金鑫大酒店

周清 著

作家出版社

第一章

一

朱秀华的感冒虽然好了许多，人也有了些精神，可还是感觉浑身乏力，口中寡味。她的味觉突然记起了杜士坤那里的烧烤。她走进卫生间，对着镜子用手理了理头发，然后去衣柜挑了件驼色风衣穿上，拿上小坤包，出门去了。中秋已过，有了些许寒意，她把风衣领子翻起后，沐浴着明媚的阳光，踏着悄然而落的树叶，继续向前走去。烧烤店不远，离家三百米不到，一会儿就到了。

朱秀华以前不喜欢吃烧烤的，认为烧烤不卫生。她吃烧烤，是杜士坤摆了烧烤摊后开始的。

上世纪九十年代初，朱秀华和杜士坤在田塍镇供销社的生产资料部共过事。杜士坤二十二岁那年，服役参军，在安徽一个山沟沟的军营里待了三年。在部队，他当的是“伙头军”，烧火买菜打杂什么都干。他当兵时虽没犯过错，但也没有混出多大出息，三年后退伍回到了家乡。根据他在部队的经历，地方政府安排他在一家集体企业的食堂工作，干了几年，他嫌工资低，不自由，便辞职去了一家饭店帮厨师打下手。饭店生意虽好，可赚的钱是老板的，他的工资虽然比以前在集体企业时高了些许，但与自己的期望值有一定的距离。他心有不甘，想出来自己开饭店又没本钱。后来通过朋友介绍，他去了一家私营企业。因他相貌出众，能说会道，又受过部队教育，老板便让他去广州设点搞营销。可好景不长，没几年，企业倒闭破产了，他也就失业了。失业了，也就没有了经济来源。自己要吃饭穿衣，而且还希望有朝一日妻子带着儿子回到自己的身边来，所以总得有一份工作。想想自己在厨房工作过，多少掌握了些厨艺，想开个小饭店的念头再次从心底泛起，可囊中羞涩，又不想负债经营，只得暂且放下这念头。他见街上的夜宵摊多了起来，便想先从小事做起，考虑卖烧烤不需要多少本钱，心里便有了决定。他根据自己的设想和要求，请木匠师傅制作了一辆加长板车，然后购置了各种必备的用具，弄了个流动烧烤摊。流动烧烤摊有它的好处，哪里人多热闹就往哪里跑。人家白天有工作，晚上出来摆摊，他反正失去了工作，白天、晚上都出摊。他喜欢穿军装，虽然没有了领章帽徽，但别人一看便知他当过兵，买他的烧烤便多了一分信任感，慢慢地生客熟客多了起来。生意好了，他对生活也就有了希望。

朱秀华已多年没见到杜士坤了，没想到一个偶然的机会，在烧烤摊遇见了他。那是个星期天，朱秀华去菜场买菜，以往她都是从侧门进菜场的，那天时间充裕，她绕路从正门进。刚要进门时，一个似曾相识的声音叫住了她。

“是朱会计吗？”杜士坤只看到了朱秀华半个侧面，不敢完全肯定是她。

朱秀华转身一看，见是一身军装的杜士坤，有些惊喜，边向他走去边说：“是杜士坤呀，好久不见，怎么做起烧烤生意来了？”

“朱会计，让你见笑了。来来来，先吃一串烤羊肉。”杜士坤一脸愧色，拿起一串刚烤好的羊肉串，递给朱秀华。

朱秀华摇着手说：“不不不，我从来不吃烧烤的。”

杜士坤知道她讲卫生。朱秀华讲卫生在单位是出了名的，她从不随便吃摊贩上的东西。杜士坤笑着说：“朱会计，你放心吃，我的烧烤干净着呢。”

朱秀华不好再推，再推，就是嫌他的烧烤不干净了。而且，她知道杜士坤也是个爱整洁的人，便接过了羊肉串。她先看了看，然后咬了一小口，嚼了嚼，感觉不错，便放心地吃了起来。见朱秀华吃他的羊肉串，杜士坤感到高兴，说：“朱会计，味道还可以吧？”

“嗯，不错，好吃。”朱秀华连连点头说。

见朱秀华吃得高兴，杜士坤又拿起一串烤鱿鱼，说：“朱会计，你再尝尝这个。”

朱秀华边后退边说：“不吃了，再吃我就吃饱了。”

杜士坤说：“一两串吃不饱的，你尝尝，如果味道好，就帮我做做宣传，好让我多做些生意。”

朱秀华只得走上一步，接过烤鱿鱼，有滋有味地吃起来，并说：“嗯，味道不错，火候也刚好。”

朱秀华夸他，杜士坤心里高兴。她刚吃完，他就马上递上两张餐巾纸。朱秀华接过餐巾纸擦了擦嘴巴和手，把纸团扔进旁边的垃圾桶。杜士坤见她要掏钱，连连摆手，脸上堆满笑意说：“朱会计，我怎么会收你的钱呢。再说，我还有事要你帮忙呢。今天巧了，我的运气不错。”

杜士坤前一阵子就想过要请人做媒的事，今天突然遇到朱秀华，心想，这做媒的人不是来了嘛。所以，心里满是欣喜。

“你有事要我帮忙？”朱秀华停下掏钱的手，疑惑地看着杜士坤，心想，今天这烧烤吃的……

“嗯，我想，想——”

朱秀华见杜士坤说话吞吞吐吐，猜不透他什么意思。她心里琢磨，这么多年没见了，他找我会有什么事呢？算了，或许根本就没什么事。他这人以前就有点油嘴滑舌，也许为了不收我的钱，随便一说而已。

杜士坤看看旁边没人，弯腰探身，脸微微一红，压低声音说：“朱会计，你是热心人，我想请你帮个忙，替我介绍个对象。”

“替你介绍对象？开什么玩笑，你不是有老婆吗？”朱秀华没想到会是这事，以为他在开玩笑。

“朱会计，她不要我了，离开我已经一年多了。”说到伤心处，杜士坤神色黯然，情绪有些低落。

“噢，原来是这样。”朱秀华见身旁有人走过，没有问他夫妻分离的原因，想了想说，“你有什么要求？有看中的人吗？”

“也没什么特别的要求。”杜士坤看了看旁边，见有人走过来，加快语速说，“朱会计，你认识通和桥旁开‘大众茶馆’的赵桂花吗？麻烦你去问问她。”

噢，原来你看中她了，心想，这倒是般配的一对。朱秀华笑了笑说：“杜士坤，你还真找对人了。我不但认识她，而且早在二十年前我和她就熟悉了。”

“那太好了。”杜士坤高兴起来，认为这事有希望。

朱秀华说：“杜士坤，你是怎么认识她的？”

“都在田塍街上做生意，所以我对她有所了解。而且，她来吃过我的烧烤。”杜士坤嘿嘿笑了一下。其实，他对赵桂花并不了解，只是见过几面，而且知道她离婚了，他看中的是她的长相。

原来如此。朱秀华说：“好吧，我去试试，但不能保证。”

“那当然。谢谢朱会计！”杜士坤脸上洋溢着笑意，他两手抱拳，连连向朱秀华致谢。

朱秀华向他挥挥手，说：“那我走啦，事成了可不是一两串烧烤就能打发我的啊。”

“朱会计，一定请您吃大餐。”杜士坤笑着和她挥挥手，高兴得高声吆喝起来，“卖烧烤嘞！卖烧烤嘞！”声音愉悦嘹亮。

因生意好，杜士坤手里已有了些小积蓄。为了让赵桂花今后见到他的烧烤摊时不显得那么寒酸，在遇见朱秀华的第三天，杜士坤就在菜场口的斜对面租了间十几平方米的门面房，里面还摆了两张小桌子。这样一来，烧烤摊就变成了烧烤店。

今天，朱秀华小恙后嘴里乏味，又想起了杜士坤的烧烤。

二

杜士坤出生在一个普通农民家庭，家有兄弟二人，他是老二。一般父母都喜欢小的，更加上他长得俊，嘴巴活络，所以深得父母喜爱。小时候他无心读书，初中毕业便辍学了。十六岁那年，他父亲托关系把他弄进了田塍镇供销社的生产资料部，让他做了一名普通职工。这时，容貌俊秀、高中毕业的朱秀华已经是那里的出纳会计了，所以，他对她既尊重又敬畏。

杜士坤在部队做“伙头军”时，除了帮厨师打下手外，还负责食堂的采办。在菜场买菜时，他认识了一个卖蔬菜的年轻姑娘。姑娘长得眉清目秀，身材高矮适中，不胖不瘦，凹凸有致。一扎马尾辫垂在后脑上，显得简约干练。身上的衣服虽然土气，却整洁合身。姑娘不像其他卖菜的摊贩，见有人走过就吆喝招呼，而她则不言不语，还有些腼腆，睁着一双期盼的大眼睛，希望路过她摊位前的人能停下脚步，哪怕是看一眼她的菜或问一下价格也好。杜士坤第一次看到她时就怦然心动，心想，这么漂亮的姑娘在这里卖蔬菜，真埋没了她。他来到她摊位前，找话说：“姑娘，以前我怎么没看到过你？”

姑娘见前面站着一个剃着小平头的年轻英俊的小伙子，在笑着朝她说话，不觉脸一红，心怦怦乱跳。听他一口不太标准的普通话，知道不是本地人，便不想多搭理他。她答非所问地说：“你要买菜吗？”意思很清楚，如不买菜，就别在这里瞎打岔。

“当然要买啊，不买我来干吗？”杜士坤明白她的意思，故意显得一本正经地说。为了表示诚意，他报了几个所需要的蔬菜和数量。

姑娘见他一下子买这么多菜，心里高兴起来，脸上也有了笑容，一笑，面容就更加灿烂。杜士坤见她高兴，他也高兴，付过钱后，他笑着说：“姑娘，你还没有回答我的话呢。”

姑娘脸上又没有了笑容，轻声说道：“我妈身体不好，所以今天我来了。”

“噢。那你明天还来吗？”

“要，还来。”姑娘又看了一眼杜士坤，猜不透他问这话是什么意思。

“那好，明天见。”杜士坤把菜放进三轮车后，向姑娘挥挥手，骑着车走了。骑出一段距离后，他又回头看了一眼姑娘。他见她也在朝他看，心里便掠过一阵春风，吹着口哨继续往前骑去。

次日，杜士坤特意穿了一身军装去买菜。平时他一般都是着便装上街买菜。今天这身打扮，一来想在姑娘面前炫耀一番，他是一名中国人民解放军战士。二来，昨天看她的样子，不是对我有所戒备吗，今天我穿了这身军服，她应该放心了吧。

来到菜场，杜士坤没有兜圈子，骑着三轮车直接来到姑娘的摊位前，说："姑娘，我又来了。我没有失约吧。"

姑娘眼睛一亮，惊讶得嘴巴张得老大，片刻后才说："你是解放军？"

"是啊！"杜士坤两手一摊，低头从胸前看到脚板，微微一笑说，"不会是假的吧？"

就这样，两人算是认识了。只要是买蔬菜，杜士坤总是去姑娘那里。杜士坤的需求量大，姑娘的菜不愁卖不掉，而且价格还卖得好，况且还是卖给解放军的，心里不但高兴，还多了一分自豪。她对杜士坤也越来越有好感。一来二去，两人就熟了。姑娘叫冯春妮，今年二十一岁，就住在附近的农村。因家里穷，弟弟要上学，她读完初中，就辍学在家，帮助父母料理农田和家务了。

冯春妮的母亲身体康复后要换下女儿。她猜想女儿菜卖得快价格好可能与她长得好看有关，便不想再让她去菜市场抛头露面。可春妮不同意，母亲感到奇怪，究其原因，她才红着脸向父母摊了底，说是认识了一个苏南来这里当兵的解放军战士。父母听了当然高兴，高兴之余又有些担心，担心女儿会不会上了人家的当。

母亲说："一个姑娘家，不要随便轻信人家，可能是人家见你长得好看，跟你闹着玩的。"

春妮含着羞说："不会的，人家是解放军战士，在部队的大学校里受着教育呢。"

在父母的要求下，春妮把杜士坤领到了家里。父母见一身戎装的杜士坤英姿勃勃，相貌堂堂，加上他能说会道，礼数周全，一下就喜欢上了。从此以后，杜士坤一有空就往冯春妮家里跑。

杜士坤退伍回家的时候，把冯春妮带回了田塍老家。

杜士坤的父母见儿子带回来一个虽然漂亮但没有任何嫁妆的姑娘，心里总有点不爽。但见冯春妮勤劳节俭又懂礼数，更加上第二年为他们添了一个活泼可爱的孙子，也就人前人后夸起了儿媳妇。

三

新世纪刚开始，杜士坤工作的私营企业在广州设了个办事处。说是办事处，其实就是企业在那里设了个点，人员就杜士坤一个；虽然光杆司令一个，但好歹是个办事处主任，大小事情他一个人说了算。只要业务上的事不出大的差错，企业老板不会去过问他的私事。再说，即便有了差错，凭他那张嘴巴，把方的也会说成圆的。更何况天高皇帝远，谁知道他在外面干了些什么？

办事处的工作量并不大，杜士坤的空闲时间多，在广州这个国际大都市，他成了条大海中自由自在的鱼。温饱思淫欲，他开始出没于各种娱乐场所，游走在奢靡与混乱之间。没多久，他在歌舞厅结识了一个艺名叫梅香的坐台小姐。梅香小姐二十多岁，能说会道，能歌善舞；容貌出众，风姿绰约。一个风度翩翩，一个风情万种，在那种场合那种氛围中，两人不弄点风流韵事出来才怪呢。

杜士坤虽然经常出没于娱乐场所，但他有自己的底线。他去那种场所潇洒娱乐，只是为了寻开心、求刺激，并不想在哪一个小姐身上投注专一的感情。可遇到梅香后，他的做派就有了变化。

杜士坤不但舞跳得好，而且人帅气。只要他一进舞池，就好比鹤立鸡群，成了那些年轻女子心目中的男神。梅香遇到杜士坤后，为了独占男神，她尽己所能卖弄风情，不但投怀送抱，而且不取分文。杜士坤捡了个大便宜，当然高兴。他和梅香不但在歌舞厅出双入对，而且一反常态把她领进了办事处。穷山沟里走出来的梅香，见他还是企业的驻外办事处主任，是一方大员，以为他是有钱的主，便动起了心思。为了培养感情，她干脆住进了杜士坤的办事处。杜士坤还保持着部队养成的生活习惯，把床铺被子收拾得整整齐齐、干干净净。梅香见后，心想，真没想到，一个男人，能把房间床铺收拾得如此整洁，而且办公室也整理得井井有条，心里更有了好感。

梅香虽然还在歌舞厅上班，但她对杜士坤说："杜主任，自从认识你以后，我就再也没有和其他男人有来往了。我去上班，只是为了养活自己，为了生活。"

杜士坤心知肚明，心想，你这话说给鬼瞎子听。我和你交往，反正也不损失什么，你说没有就没有吧。

梅香知道杜士坤有家室妻儿，一次，她试探着问："杜主任，你喜欢我吗？"

"当然啊。"杜士坤说得干脆。心想，娱乐场所有的是漂亮女子，不喜欢你我会同意你住进我的办事处？说实话，他还真的蛮喜欢梅香的，漂亮、温柔，最主要的是她不向他索取。

"这就好。我想和你结为夫妻，你愿意为了我和你老婆离婚吗？"

"这怎么行！你不是和我开玩笑吧？"这下杜士坤有了警惕。家里的妻子贤惠漂亮，儿子活泼可爱，他可不想轻易放弃。这时他又想起，下次回家，得赶紧和妻子去办结婚证了。孩子快要上学了，到现在，结婚手续还没去办，自己也真是糊涂。

梅香哈哈一笑，说："杜主任，看把你吓的，我是和你闹着玩的。"

有了打算的梅香，开始付诸行动。一次，在和杜士坤上床时，她轻轻推了一下他，柔柔地说："就别戴那东西了吧。"杜士坤说："为什么？"梅香说："不戴不更爽吗？"杜士坤说："那怎么行，怀孕了怎么办？"梅香说："你放心，为了你，当然也为了我们俩玩得开心，我早就采取措施了。"杜士坤正猴急着，就信了她。从此以后，杜士坤知道梅香已经采取了措施，就再也不戴那玩意儿了。

三个月后的一天，梅香在床上和杜士坤一番云雨后说："杜主任，我怀孕了。"

杜士坤一听，吃惊不小，说："你不是说采取措施了吗？怎么会怀孕了呢？"

梅香说："可能是掉环了。"

“你说谎！你骗我！”杜士坤这下来了脾气。

“我没骗你，反正我怀孕了，你要负责。”梅香面无表情地说。

杜士坤这才明白她的用意和目的，原来她是要等生米做成熟饭后逼他就范。这女人好有心计。他对她便有了反感，甚至感到厌恶。可这时觉醒，为时已晚。俗话说得好，天上不会掉下馅饼，天下也没有免费的午餐。如此一个美人儿，怎么会长期免费跟你玩呢。可想想人家也没有错，人家看中了你，是想和你一起过日子，是你自己贪便宜，占有了人家。说到底，是自己不好，怪不得人家。可事已至此，怎么办呢？一急，急出了一个想法。他沉着脸说：“梅香，你说你怀孕了，我暂且相信你。可你白天黑夜在外面跑，谁知道孩子是谁的。”

这时梅香也有了脾气，提高声音说：“杜士坤，你别赖皮，如不信，可以去做亲子鉴定。”

这下杜士坤哑口了。他转念一想，现在不是和她吵的时候，得先把她稳住，然后再想办法把她甩掉。他换上笑脸，一只手伸过去，抚着她光溜的肩说：“对不起梅香，刚才是我一时性急，错怪你了，我向你道歉。你别急，让我好好考虑考虑，我会给你一个满意的答复的。”

“反正今生今世我跟定你了。”梅香脸上这才有了笑容，眼神里又有了柔情。她心道，暂时不能把他逼急了，逼急了，他破罐子破摔，那就前功尽弃了。

杜士坤在梅香的脸上轻轻吻了一下，言不由衷地说：“你放心，我的心肝宝贝，我不会不管你的。”

梅香说：“那你赶快回去和你老婆离婚。”

“好吧，我把手头的事处理一下，马上就回去办。”杜士坤当然不会把他和春妮还没领结婚证的事告诉梅香。

梅香这才满意地回吻了一下他，她穿好衣服后，离开了杜士坤的办事处。

说来也巧，梅香刚走，杜士坤就接到了他企业办公室主任的电话，叫他马上把手头的事处理好，然后带上所有资料回公司。杜士坤不知发生了什么事，难道企业领导知道了他在外面的所作所为？想想这样也好，正好金蝉脱壳，摆脱梅香的纠缠。他心里忐忑着，匆匆忙忙办好了所有要办的事，第二天就回家了。到了家，才知道企业倒闭了，他也失业了。

两天后，梅香又来到了杜士坤的办事处，掏钥匙开门时，才发现锁被换掉了，知道杜士坤不辞而别了。她的第一感觉是自己受骗了，她火冒头顶，狠狠地对着门踢了一脚，骂道："杜士坤，你这个畜生！"

梅香蹲下来想哭，可她忍住了。她稍稍冷静后想，也许他回家和妻子办离婚手续了。可一想不对，真要是回去离婚，怎么也得告诉我一声。不辞而别，还换了锁。是的，他一定是把我甩了。不行！不能便宜了他，我得追过去。

三天后，梅香追到了田塍镇。人生地不熟，她几经问询后来到杜士坤的单位时，才知道他的企业破产了，他也失业了。她多方打听，才问清了他的住处，穿乡村过农田，好不容易寻到了他的家。一看才知道，他的家并没有她想象中的那样美好，想跟他过日子的想法顿时就动摇了。她在他家大闹了一场后，拿到了一笔钱，回广州的歌舞厅去了。

杜士坤游弋在广州的花花世界里的时候，对家里的关心越来越少，冯春妮早就怀疑他在外面有了野女人，现在，野女人果然找上门来了。杜士坤不但失了业，还被野女人拿走了一笔可观的钱，有个性的冯春妮心寒到了冰点，一气之下，朝杜士坤大声说了句："你这个畜生！我再也不想和你过了！"然后带着儿子，回安徽老家去了。

冯春妮走后，杜士坤沮丧到了极点，整天耷拉着脑袋。他打过多次电话，冯春妮就是不领他的情。杜士坤以为过了一段时间，等她气消后就会回来的。一年后他再次打电话时，接电话的是春妮的母亲。她说，你就别打了，春妮已经嫁人了。杜士坤总以为春妮应该回心转意了，如她再不回来，他就去安徽跑一趟，把母子俩接回家。当得知她已经嫁人了，他这才完全失去了希望。他后悔得用拳头连连敲打自己的脑袋：我真糊涂，为什么不早点去安徽向她赔礼道歉，去把他们接回来呢。

四

朱秀华吃了杜士坤的烧烤，第三天下午就去了赵桂花的大众茶馆。小茶馆里冷冷清清，没几个人。赵桂花见是朱秀华上门，起身迎到大门口，满脸堆笑说："朱会计，你真是稀客。今天怎么有空到我这小茶馆里来了？"赵桂花边说边把她领到里面。

朱秀华虽然知道赵桂花的茶馆开在这里，但从没来过。茶馆里陈设简陋，有些零乱。几个上了年纪的男人，边喝茶边天南海北地闲聊，室内烟雾缭绕，空气混浊。虽然桌子上有烟灰缸，但地上到处都是烟头。

两人来到里面的一个小包间。朱秀华坐下后，接着刚才赵桂花的话说："特意来看看你这田塍镇上的阿庆嫂，不可以吗？"

"朱会计就会开玩笑，我怎能和阳澄湖边上的阿庆嫂相比。你看我这小茶馆越开越冷清了，照此下去，关门是早晚的事，你朱会计平时也不邀些人来照顾我的生意。"赵桂花接着说，"朱会计，今天的茶可是免费的啊。"

有关大众茶馆的一些传说，朱秀华有所耳闻，可她对这些不感兴趣，笑笑说："今天你想不免费，我也不会给茶钱。"

赵桂花在朱秀华的对面坐下来，眼神中满是疑惑，微笑着说："说说看，什么事。我知道你朱会计无事不会来我这小茶馆的。"

"桂花，最近过得怎么样？"朱秀华答非所问。

"还能怎么样，就这样过一天算一天呗。"赵桂花的情绪有些低落，她猜不透朱秀华的意思。

"我的意思是，你想不想重建一个家庭？"

"想又怎么样，去哪里找合适的。再说，我还有个孩子，即使我看中了人家，人家也不一定能看上我。"意思很清楚，想，只要有合适的。

赵桂花看了一眼朱秀华，明白她今天是来做媒的。可不知她今天来说的是什么样的人物。她为她杯中续上开水，等待她的下文。

“如想的话，我向你介绍一个人。”

“说说看，他是谁。你朱会计介绍的人，肯定不会差的。”赵桂花来了兴趣。

“这人你应该认识，开烧烤店的……”

“你说的是杜士坤？”没等朱秀华说完，赵桂花就抢着说了。

朱秀华嘿嘿一笑，说：“看来你早就注意上他了。”

“朱会计，这你就冤枉我了。我去他那里吃过烧烤，所以知道。”赵桂花脸一红，话锋一转说，“只是不知道人家是什么想法。”

“和你说实话，我是受他的委托来找你的。如行的话，我就去给他回个话。”朱秀华想，看来，我这红娘是个现成媒人了。

“好吧，先谈谈再说。”赵桂花是结过婚的人，既不羞羞答答，也不忸怩作态。况且，她知道自己在外面的名声不太好，像杜士坤那样相貌堂堂的男人能看上自己，也算是自己的造化了。

赵桂花再一次给朱秀华续开水时，朱秀华站起身来说：“别添了，我该走了。事成之后，你不但要请我喝茶，还得请我吃饭。”朱秀华说完，嘿嘿一笑。

“不成也该请你吃饭。”赵桂花满面春风地把朱秀华送到大门外。

五

三十刚出头的赵桂花稍作打扮，看上去仿佛二十岁出头的样子。她高中毕业后，进了职业中学的文艺班学习了两年，说拉弹唱虽不精通，倒也都拿得起。她天生丽质，从小心高气傲。虽然家境一般，可她自恃长得漂亮，心里一直藏着想出人头地的梦想。她想通过上大学实现自己的梦想可又没考上，便想凭借姿色改变自己的命运。面对现实，她认为找份好工作不如嫁个好男人。二十三岁那年，她托人做媒嫁了个官家之子，而且有了份不错的工作。结婚第二年，她生了个儿子，便辞去工作，做起了全职太太，生活过得虽平淡无奇，倒也富足安逸。孩子上幼儿园后，按理她应该去上班了，可她懒散惯了，反正有一个当官的公公和一个收入不错的老公，就不想再去端人碗受人管了。她在家闲不住，开始出没于麻将馆和歌舞厅。在歌舞厅，她见了世面，开了眼界。她经常会遇到一些风度翩翩和能说会道的男子，便感到自己的男人太平庸无能，要相貌没相貌，要才能没才能，做事笨手笨脚，说话笨嘴笨舌。要不是他有一个做官的父亲，自己怎么也不会嫁给他。她慢慢开始冷淡丈夫，到后来，她甚至对丈夫有了厌恶感。晚上丈夫需要她时，她常常会一把推开他说，别烦我。

她在歌舞厅结识了一个比她小三岁的男子，这男子长得一表人才，且能说会道，能歌善舞。几经交往，两人便勾搭成奸。他们常常出双入对，出没于饭店和娱乐场所。慢慢地外面就有了风言风语。好话不出门，丑话传千里，没多长时间，赵桂花在外面有野男人的绯闻就传到了她公公的耳朵里。公公是吃官家饭的，这种伤风败俗的丑事怎么可以发生在他的家里。一气之下，他责令儿子和赵桂花离了婚。一开始，赵桂花死活不同意离婚，可她势单力薄，怎敌得过势力强大的公公，而且后果是她自己造成的。最后只得以把儿子带走为条件离了婚。

离婚后，赵桂花想嫁给歌舞厅结识的那男子。那男子本来是和她玩玩的，听她带了一个孩子要嫁给他，便吓得再也不敢在歌舞厅露面了。他像人间蒸发一样，赵桂花后来再也没有看到过他。

离婚后，赵桂花的生活也成了困难。她用以前积下的私房钱，在一个并不热闹的、通和桥旁的一个小巷子里租了一间门面房，她把门面房隔成前后两间，开了个大众茶馆。虽说是大众茶馆，但规模很小。一开始，她发挥自己的特长，用说拉弹唱来吸引顾客，一时间倒也顾客盈门。可她就那三脚猫的功夫，程咬金三板斧耍过后就没其他招数了。所以，没多长时间便门可罗雀了。再说，每天为了赚那几个茶钱，忙上忙下，还要献艺卖唱，想想也作孽。想想离婚前那衣食无忧的日子，现在却一个人独撑门面经营这朝不保夕的小茶馆，她常常暗自流下眼泪。那出人头地、风光无限的日子也不知在何方，目前这种日子也不知何年何月才是个头。她那心高气傲的棱角也早已磨得差不多了。可是自己和儿子要生存，再难也得把门面撑下去。她另辟蹊径，在茶座进门处的屋角上方装了一台电视机和一台录放机，为防路人看到，电视机面向里面。她用放黄色录像的方法招揽顾客。这一招还真灵，没几天，她的小茶馆又开始顾客盈门了，自己忙不过来，还招了个服务员。不但经营茶水，还经营面食、小菜。虽然忙了点，但她看到了生活的希望，脸上便有了笑容，走路也哼起了小调。

一天，一个老头的妻子，不知怎么七拐八弯找到了大众茶馆。她来叫老头马上回去，说女儿回来了，找他有事。那老太婆一进门就听到一个女人嗯啊嗯啊的怪叫声，抬头一看，电视机里正放着不堪入目的画面。老太婆一把拎起老头子的耳朵，大声说："好啊！你这老不正经的东西，你每天出来吃茶，原来是为了来看这东西的？"

"你这死老太婆，叫什么叫。"老头一记打掉妻子的手，涨红着脸说。

那老太婆是个喇叭嘴，她像发现了新大陆，到处宣扬在大众茶馆看到的录像画面。听到的人多了，就有好事者打 110 报了警。警察当然毫不客气，去没收了赵桂花的电视机和录放机，并警告她，今后如再犯，就封门抓人。

赵桂花的生意再次清淡下来。有些老顾客见赵桂花长得漂亮，嘴巴甜，有时还能和她打情骂俏开开玩笑，倒也能经常来照顾她的生意。但小茶馆的生意总归大不如前了。

六

朱秀华去过大众茶馆的次日，就去了杜士坤的烧烤店。杜士坤见到朱秀华，仿佛盼来了星星月亮一样。他赶快拿起两串烤好的羊肉，送到朱秀华手中，满脸堆笑说："朱会计，终于把你盼来了。快吃羊肉串。"

朱秀华也不客气，接过羊肉串，坐下后说："看你这么猴急，也就几天的时间，就等不及了？"

"朱会计，看你说哪儿去了。我只是想早一点知道人家的想法。"

杜士坤脸红了一下说。

朱秀华说：“你别急，等我吃完了这两串烤羊肉再告诉你。”

杜士坤见朱秀华羊肉串接得爽快，知道有戏，倒也不急了，说：“朱会计，你慢慢吃，吃完了我再给你拿。”

朱秀华说：“今天不吃了。我还等着在饭店里吃你们的大餐呢。”

“如此说来，她已经答应了？”杜士坤满面春风，高兴得不断搓着双手，如果不是朱秀华在面前，他可能就要手舞足蹈了。

“我只是牵一下线，接下来的事你们自己去谈。都这么大岁数了，又都是过来之人，也没什么不好意思的。好了，我的任务完成了，该走了。祝你们成功。”朱秀华挥挥手走了。

“谢谢你，朱会计！”杜士坤高兴得心花怒放，一直把朱秀华送到大门外。

下午两时许，杜士坤西装革履，头发梳得滴溜顺，准备去见赵桂花。他虽然有过一段婚姻，而且在广州的花花世界里混过，但今天要去见心仪之人，心里还是有些紧张。

也许是下午的原因，小茶馆里冷冷清清，没有一个顾客。一个胖服务员坐在椅子上打瞌睡。杜士坤推门进去，胖服务员听到门响，无精打采地抬起头来，打了一个哈欠。看到一个英俊的男子站在面前，她愣了愣，问：“先生找谁？”她认为这样体面的中年男子，不可能单独来这小茶馆里喝茶的，以为他跑错门了。

杜士坤答非所问，说：“怎么没有客人？”

“一般这个时间没有客人。”胖服务员说。她看了他一眼，猜不透这位体面的男子来干什么，也许他就是来喝茶的吧。她又问了一句：“先生你喝茶吗？”

“你家老板呢？”又是一个答非所问。

“在里面。”两次答非所问，胖服务员有些不高兴，但见是找老板的，只好耐下性子朝里面喊：“老板，有人找你。”

不一会儿，里面款款走出一个人来，正是赵桂花。

见是杜士坤，赵桂花的脸一阵发热，心怦怦直跳，一脸灿烂说：

"原来是杜老板，快里面请。"

赵桂花前面引路，两人一前一后到里面去了。

"小杜，快给杜老板泡杯好茶。"两人隔着桌子面对面坐下后，赵桂花朝外面喊。

杜士坤笑笑说："这服务员跟我一个姓。"

"是啊。"赵桂花明知故问说，"怎么有空到我这小庙里来了？"

杜士坤刚想接话，小杜送茶水进来了。小杜把茶杯放下后看了看两人，心里做着各种猜测，扭着滚圆的屁股出去了。

两个人，一个俊男一个靓女，一个你需一个我要，更何况两人早就看中了对方，相互心仪着，因此，没几句话，两人就亲密无间了。赵桂花说："我有一个儿子，你不介意吧？"

"这我知道。你放心，我不会介意的。今后，你的儿子，就是我们两人的儿子，我会和你一起把他抚养长大的。"杜士坤信誓旦旦地说。

最后，两人谈到目前的生意时，杜士坤问："最近茶馆的生意怎么样？"他听说过她的茶馆里发生过的一些故事，猜想生意一定受到了影响。

"还能怎么样，勉强维持，不知能否开下去还是个问题呢。"她担心他问起以前的事，转换话题说，"你呢，你那儿的烧烤生意怎么样？"

杜士坤说："我那儿还好，只是小打小闹，发不了财的。"

"你有厨子手艺，我认为你完全可以开个饭店，这样，你的生意才会做大。"赵桂花早就了解过，他在部队干的是食堂工作，退伍后又在单位的食堂干过。

"开饭店要有本钱的，凭我现在的情况，哪能开得起饭店。"

"这倒也是。不过，钱可以想办法筹措。只要饭店开起来了，手里一盘活，就有办法了。"

"话是这么说，可到哪里去借钱呀！"杜士坤虽然嘴巴活络，但他向来胸无大志，生活只要过得去，他就会满足现状。他也想过开饭店的事，可压根儿就没想过借钱开饭店的事。

“办法总会有的。如果你同意，等我们俩领过结婚证后，我把这小茶馆关掉，你也别开烧烤店了，我们找个合适的地方，先开个小饭店。等有了本钱，再扩大规模。”赵桂花想要出人头地的梦想再次死灰复燃。

“好啊，今后有了你，我们的生活一定会越来越好的。”杜士坤心中也充满着希望。

两人越谈越投机，越谈越开心。小杜进来加水，见他们刚才还是隔着桌子面对面坐的，现在已并排坐到了一起。续过水后，她赶快退了出去。

第二章

一

说关就关。两人去民政局领过结婚证后，赵桂花的大众茶馆首先关掉。杜士坤的烧烤生意不错，暂时不关，两人边找店面边做烧烤生意，胖服务员小杜跟了过来，在烧烤店打下手。一下多了两个人，在赵桂花的建议下，烧烤店增加了一项面食生意。因此，店里比以前热闹了许多，也忙碌了许多。

说来也巧，一天，赵桂花路过附近的一家小饭店时，看到玻璃门上贴着一张转租的告示，进去一问，原来那开饭店的外地人的孩子已到了上学读书的年龄，在本地又不符合上学条件，所以急于转让后要回老家去。真是天赐良机，瞌睡遇到枕头。赵桂花在谈判时抓住这一软肋，把转让费压到了低得不能再低，这一来，就捡了个大便宜。杜士坤、赵桂花夫妻俩原来手里多少有些积蓄，所以，没借钱就拿下了饭店。盘下饭店后，杜士坤把刚热闹起来的烧烤店的租房也退掉了。两人先把该添置的餐具设备全部配全，饭店原来的服务员赵桂花不中意，没留用，另外招了两个容貌姣好的年轻服务员。考虑到饭店原有的影响，要留住老顾客，饭店没有更名，仍叫“田塍饭庄”。

田塍饭庄两间门面，楼上楼下两层，外加一个小阁楼。底层有吧台，有菜样展台，还放了五张桌子，布置得十分紧凑。厨房和仓库在后面的披舍内。楼上隔了四个包厢和一个公用小卫生间，其中一个最好的包厢还隔了个内卫。对刚开始经营饭店的夫妻俩，这些已经够了。

杜士坤和赵桂花仿佛新婚燕尔，过着欢乐甜蜜的全新生活。赵桂花把儿子托付给母亲后，干脆和杜士坤一起住进了饭店的小阁楼，两人以店为家，以事业为重，每天起早摸黑，任劳任怨，认真经营。杜士坤每天五更就起床去菜场买菜，和菜贩斤斤计较，省下一分是一分。厨房里配菜掌勺也是他一个人。赵桂花既是大堂经理又是收银员。客人进来出去，她总是面带笑容迎来送往。因两人热情周到，饭菜的价格适中，新老顾客、回头客慢慢多了起来。两人虽然辛苦，但每天有进账，生意一天天好起来，心里便感到美滋滋的。他们看到了希望，看到了前程。赵桂花整天脸上挂着笑容，高兴的时候还会哼唱几句。有客人听她唱得好听，便要求她到包厢内来上一曲，她也乐得开心，既自娱自乐了，还讨得客人的欢心。她干脆把家里多年不用的二胡和琵琶带到了饭店里，有客人需要，就给他们弹上一曲，唱上一段。客人高兴，她自己也开心。真没想到，她在职业高中文艺班学到的三脚猫功夫，在自己的事业中派上了用场，也算是学以致用了。饭店的名气越来越响，生意也越来越好。

一天，赵桂花的初中同学徐品华，带了几个朋友来到田塍饭庄。徐品华长得高大帅气，说话声音响亮，为人落落大方。进门就朝服务员嚷嚷道："老板娘呢？叫赵桂花出来迎接我。"

服务员刚要进里面去叫，赵桂花闻声走了出来。她在里面听到有人大声嚷嚷，还以为是有人寻事找上门来呢。一看是徐品华，马上笑容可掬，走上一步，握着他的手说："原来是徐大老板，多年不见，快不认识你了。快楼上请。"

"什么徐大老板，老同学应该叫名字。"徐品华边说边领着他的五个朋友向楼上走去。赵桂花抢先一步，在前面引路。服务员见是老板娘的同学，马上紧随其后，跟上去端水泡茶开空调。

"徐品华，那我就叫你的名字了，可别介意啊。"上楼梯后，赵桂花放慢一步，与徐品华并肩走着。

"介什么意呀，我刚才不是说了嘛，我们是老同学，就别见外了。"徐品华说着还在赵桂花肩上拍了拍。

来到楼上，赵桂花把他们领到一个最好的包厢，包厢里有单独的卫生间，有卡拉OK。大家各自挑位子坐下，徐品华今天是东道主，当仁不让坐了主位。服务员给他们逐个泡好茶，退到一旁。赵桂花对徐品华说："老同学，你们先喝茶，我去吩咐厨房，让他们弄几个好菜，今天我请客。"

赵桂花刚要转身，徐品华就大声说："呃，不行不行！赵桂花，今天我请朋友吃饭，怎么要你请客，你这不是小瞧我吗？你真要请，下次你专门邀请我，我带上我的朋友一起来，这才合情理。"

"好好好，今天依你，下次我请你们。不过，你要保证在座的各位老板都到齐，否则，这客还得你请。"赵桂花笑容灿烂地说。

"好，一言为定。"徐品华朝大家说，"你们都听到了，下次我老同学请客，一个都不能少。"

大家都说保证到。

赵桂花走后，徐品华的一个朋友说："徐老板，你这位同学长得好漂亮。"

这朋友是做建材生意的，名叫邹伟达，四十多岁，相貌平平，为了弥补相貌上的平凡，平时喜欢西装革履。最近几年生意不错，赚了一些钱。他是徐品华的装修材料的主要供应商，所以，平时对徐品华言听计从。

徐品华说："邹老板，喜欢吗？喜欢就常来照顾我老同学的生意嘛。"

邹伟达一脸坏笑，说："你徐老板的老同学，我怎么敢夺人所爱？"

"邹老板，你想哪儿去了。我是叫你来照顾她饭店的生意，你想干什么？"徐品华说，"再说，我跟她纯粹是同学关系，怎么能叫夺人所爱呢。何况，我和她已多年不见，哪来的爱不爱呀。你真要喜欢，只要不给我知道，今后只管来。"

大家听后，一起开心地大笑。

一会儿，服务员端来了三荤三素六个冷菜。徐品华把自己带来的古井贡酒叫服务员打开，并分别给大家的杯中斟满。徐品华是东道主，他先敬了大家一杯，然后推杯换盏，正式开吃。

二

上第二个热菜时，徐品华对服务员说："去把你们老板娘叫来。"

"不用叫，我来了。"赵桂花端着一盆热气腾腾的菜推门进来，"老同学在这里，我会不来吗？"

"就是嘛。你别去忙了，快坐下，陪我们喝一杯。"徐品华早已把旁边的一个位子给她留好了。

"好吧，陪各位老板喝一杯。不过，我喝黄酒不喝白酒。"赵桂花坐下后，叫服务员去拿黄酒。

"不行，今天清一色喝白酒，你得给我面子。"徐品华说，"哪怕少喝一点。"

"这又为什么，你这不是强人所难吗？"赵桂花故作生气说。

"我哪敢为难老同学呀，我让你喝白酒是有原因的。你不知道，我这古井贡酒是该企业奖励给我的呢。"徐品华说，"所以，我们今天喝古井贡酒是有特殊意义的。"

"听你这么说，这其中还有故事呢，不妨说来听听。"赵桂花来了兴趣。

"那当然。"接下来，徐品华便把那个可能已给别人讲过多遍的故事，当着赵桂花给大家又讲述了一遍。

一次，一个民间协会的旅游团，受本市古井贡酒总经销商的邀请，专程去亳州旅游，徐品华也是这次旅游团的成员之一。在亳州，旅游团先游览了大关帝庙、曹操地下运兵道等几个景点，最后参观中国白酒博物馆和古井贡酒厂时，"古井贡"的老板不但安排人员带领他们参观了厂容厂貌、流水生产线和五万多平方米的藏酒地窖，而且，那天还专门委派一个副总经理，为他们安排了丰盛的晚宴。晚宴时，大家对"古井贡"赞不绝口。读书时就喜欢诗歌的徐品华，三杯酒下肚，突然来了灵感，他一阵摇头晃脑，即席向大家朗诵了他刚酝酿好的一首小诗。诗的题目叫《亳州行》，内容是：

亳州行

诵吟三曹诗，豪饮古井贡。

呼朋千杯少，醉依门前松。

古井贡酒厂的副总经理听后，立即起身带头鼓掌。徐品华的诗不但赞扬了古井贡酒，还把古井贡酒与历史上的曹操、曹丕、曹植三位大文豪联系在了一起。副总经理高兴之下当即表态，不但要奖给诗人徐品华十箱古井贡酒，还说要向董事长汇报，把那首诗写进企业文化。

徐品华讲完他的故事后说，今天带来的酒就是那首诗的奖品。还说这是他家的藏品，遇到一般的客人、一般的地方，他是绝不会带出来的，今天因为是到老同学这里吃饭才带来的。

赵桂花听得将信将疑，她只知道徐品华读书时喜欢唐诗宋词，语文成绩也好，好像还做过语文课代表，但没听说他会写诗，也许是他读高中时开始学写诗的。她站起来说："真没想到，我这老同学还是个大诗人呢。今后我这小饭店如有文化方面的需求，还请老同学不吝赐教、多多帮忙呢。来，我先敬大诗人，然后敬大家。"

赵桂花连干了两次，有了些酒意，她看了看大家说："徐品华，你还没有向我介绍你这些做老板的朋友呢。"

"别急，我这就介绍。"徐品华有些兴奋，他先指着一直眯细着眼睛朝赵桂花看的邹伟达说："这是做建材生意的邹老板……"

夏末秋初，暑热未退。赵桂花上身穿了件蓝底碎花低领无袖衫。她手臂浑圆如藕，胸部白皙迷人。邹伟达的目光正在她身上游来扫去时，听徐品华在介绍他，便迫不及待地掏出名片，来到赵桂花身旁，弯腰双手奉上，说："在下邹伟达，今后请多多关照。"

赵桂花起身接过名片，说了声"谢谢"。

等邹伟达回到座位上后，徐品华逐一介绍了其他几位朋友。他们中有做油漆生意的，有做水泥生意的，有做砖瓦生意的，等等。他说，他做装修工程，平时多亏了这些朋友的关照帮忙。接下来他说："老同学，听说你说拉弹唱样样精通，今天趁大家高兴，何不来上几曲，给大家助助兴。”

邹伟达听后第一个起劲，边叫好边噼里啪啦带头鼓起了掌，大家也就跟着一起鼓掌。

赵桂花面色红润，已有了些醉意，她兴奋地说：“行，我就给大家献丑了。”

赵桂花刚说完，杜士坤敲门进来，看了看大家说：“听说我老婆的老同学来了，我来敬大家一杯。”

见杜士坤长得一表人才，徐品华心中不觉赞叹。他知道些赵桂花的过去，心想，她离婚后能嫁给杜士坤这样的人，也算是不冤枉了。

等杜士坤敬过酒，赵桂花对他说：“士坤，你去把我的琵琶拿来。”

听赵桂花还会弹琵琶，都向她投去敬佩又好奇的目光。大家都喝到了兴奋处，便都想看看这位美丽的老板娘的才艺表演。

杜士坤去取琵琶的时候，赵桂花先在卡拉 OK 上唱了一曲。掌声刚断，杜士坤拿来了琵琶。赵桂花接过琵琶，把自己的椅子向外移出一步，坐下后先来了一段苏州评弹。吴侬软语，既嗲又糯；琵琶丝弦，优雅悦耳。大家听得不过瘾，要求再来一段。赵桂花见推不过，站起来又清唱了一段锡剧。

徐品华和赵桂花初中毕业后，徐品华仍在田塍中学读高中，而赵桂花考到了一个最边缘的中学读高中。因为赵桂花长得漂亮，徐品华高中毕业后打听过她，只听说她后来又去上了职高的文艺班。再后来因为成了家，有了事业，就慢慢地把她给淡忘了。其间他听说她嫁给了一个官家之子，可后来又听说离婚了，具体情况就不得而知了。前一段时间，徐品华听说田塍饭庄换了老板，现在的老板娘不但人长得漂亮，而且还能说拉弹唱。他仔细一打听，老板娘原来是他的初中同学赵桂花。所以，他今天是慕名前来。今日一见，果然名不虚传，真没想到她比读初中时还漂亮。读初中时，她还显得单薄、青涩。而现在的她，五官精致，容貌靓丽，身材丰满婀娜，而且还多才多艺。徐品华不觉心里赞叹，真有相见恨晚的感慨。他说：“老同学，你这样多才多艺，又有经济头脑，你老公又是厨师，应该把饭店做大，做出规模来。”

“好啊，到时候真要做大了，装修工程就找你徐品华。”赵桂花听得心花怒放。她早就听说徐品华是做装修工程的老板，只是没有机会和他相见。

徐品华说：“一言为定，到时候若有困难，我们这些朋友都会帮忙的。”

邹伟达第一个跟着说：“对，我们一定会帮忙的。”

宴席结束时，赵桂花给他们发了名片。三天后，赵桂花兑现承诺，把徐品华他们几个一起请到饭店欢聚了一次，各自加深了印象。

后来，邹伟达凡要请客，一定是去赵桂花的田塍饭庄。他自己也经常单独去她的饭店打牙祭。他为能认识赵桂花这样的老板娘感到高兴。

徐品华就更不要说了，他成了田塍饭庄的常客。一次，他带高淳正等人去吃饭时，高淳正向赵桂花证实了徐品华吟诗获奖的故事是真实的。高淳正圆头大脸，长着一个酒糟鼻子，喝酒时先红鼻子后红脸，他是古井贡酒在田塍镇的销售代理商，也是那次旅游团的成员之一，所以，他是徐品华那次吟诗获奖的见证人。

三

田塍饭庄的名声与日俱增，那些喜欢吃饭店的人，不管男人还是女人，听说田塍饭庄的老板娘既漂亮又能歌善舞，便不管饭菜如何。一时间，纷纷向田塍饭庄跑。一开始还只是那些小老板，或是企业的管理者们趋之若鹜，到后来，连街道、居委会的工作人员和镇上的有些小领导也慕名前往了。可是，去过之后才知道菜肴平平。再说，单是为了看一眼漂亮的老板娘或听她弹琴唱歌去吃饭，对那些有些身份和地位的人，传出去总归有点不大好听。况且，去吃饭毕竟是要花钱的，花了钱总要物有所值。老板娘的颜值和才艺，看也看了，听也听了，下次就没必要再去花冤枉钱了。一段时间后，饭店的生意又慢慢冷落下来。

一次，徐品华带了几个人去吃饭，赵桂花朝他说：“老同学，怎么好长时间不来了。你不来，我这里的生意清淡了许多。”

徐品华说：“这段时间忙了点。不过，生意清淡也不能怪我呀，我来一次只是一次，要顾客盈门才能生意兴隆呀。”

“那当然，和你开玩笑的。”赵桂花叹了口气说，“也不知怎么回事，前段时间生意挺好的，这一阵怎么就不行了。”

“老同学，想知道原因吗？”

“当然想啊。难道我们的服务不好？”

“不尽然。”徐品华说，“我说了你可别介意。”

“不会的，你只管说。”

“老同学，你要知道，人家来吃饭，不单是为了来享受服务员的服务质量，或者是来看你献才献艺的，这些虽然重要，但不是主要的。主要的是你们的菜肴要过得硬。这下你该明白了吧。”徐品华看看旁边几位朋友，不再说下去。

“没事，你只管说下去。我知道，杜士坤就那两下子。我们本来有计划要添厨师了，如真是这原因，我们就尽快解决厨师的问题。”赵桂花继续说，“杜士坤也该松口气了，他也太辛苦了。”

徐品华说：“这就对了，希望你们的生意很快就会好起来。来，今天你就别去忙了，我们一起喝一杯。”

次日，夫妻俩就着手找厨师的事。几天后，田塍饭庄便有了真正的厨师。

有了厨师，田塍饭庄的菜肴有了很大的起色，随之，饭店的生意也就有了很大的起色。为答谢徐品华，赵桂花专门把他及上次一起来的几个人约来吃了一顿饭。

四

昨天傍晚的一场雷雨，把空气中的雾霾冲刷得干干净净。今天，是入秋以来难得的好天气。碧空万里，凉风习习，使人感到惬意舒适。上午十时许，田塍饭庄来了四个四十岁上下的中年妇女。她们今天是慕名而来的。她们慕的不是饭店的档次，也不是菜肴有名，而是老板娘的才艺。这四位都是有钱的主。她们一个个涂脂抹粉，穿金戴银，打扮得花枝招展，显得派头十足。其中为首的，被其他三位称为大姐的名叫施玲芬。赵桂花与前夫离婚前在舞厅与她见过面，算是早就认识了。这四位不但有钱，还有时间，三天两头聚在一起，不是吃饭喝酒，就是唱歌跳舞。她们听说田塍饭庄的老板娘不但长得漂亮，而且说拉弹唱无一不能，吃饭的包厢里还有卡拉 OK，便相约一起来到了这里。施玲芬和赵桂花虽然早就认识，但没有深交，更不知道她有说拉弹唱的才艺。施玲芬是开水泥预制构件厂的老板，专门做些下水道用的水泥管、窨井盖等没有多少技术含量的小型预制构件。她小学毕业的文化，可脑子聪明，乐于吃苦。以前在人家的预制构件厂工作时，她不但掌握了制作那些小构件的技术，还学会了投机取巧、偷工减料的小窍门。她认为这是一个投入小、赚钱快的行业。她辞职回到家，倾其所有，在镇乡接合处租了一块边角料土地，办起了小型预制构件厂。凭她的聪明能干，能说会道，产品很快在当地打开市场，没几年，在业内就成了一个小有名气的女老板。有了钱，她把厂里的事交给丈夫管理，自己买了辆小轿车，专门负责跑业务。为此，她在外面结交了一些朋友。空余时间，她开始跑饭店、跑歌舞厅，享受有钱人的生活。赵桂花就是前几年在歌舞厅和她认识的。施玲芬虽然长得不漂亮，但有了钱，就不断变换方式打扮自己。她两只眼睛大而有神，可两颗大门牙却不敢让人恭维，嘴巴一动就会暴露无遗。她赶时髦，学身材姣好的年轻女子，喜欢穿紧身衣服，一开步走路，丰满的胸脯就会抖动不已。她们四位一开始都是在歌舞厅结识的，后来发展到经常在一起唱歌跳舞吃饭，再后来便成了朋友，成了结拜四姐妹。

赵桂花见四位贵妇人鱼贯走进门来，马上迎出吧台。她笑容可掬，双手握住走在前面的施玲芬的手，连连说道：“欢迎，欢迎，欢迎施老板大驾光临。”然后和其他三位一一握手，表示欢迎。

施玲芬向赵桂花介绍说，她是她们四姐妹中的老大，其他三位都叫她大姐或老大。然后她指着其他三位一一介绍。那个直鼻梁、大眼睛，烫着爆炸头的是老二，叫周如梅，老公在市区开手机店；那个脂粉涂得又白又厚、嘴唇如血的是老三，叫钱娟，是开化妆品店的老板；那个长着鹅蛋脸、樱桃嘴的是老四，叫沈梦梦，老公名牌大学毕业，现在是政府官员。施玲芬介绍完毕后，赵桂花亲自把她们领到楼上那个最好的包厢。

大家分主次坐下，赵桂花吩咐跟上来的服务员说：“给施老板她们上最好的茶。”她接着朝施玲芬说：“施老板，我们也算是早就认识的。今天你们四位第一次光临我这小饭店，我请客。”

“那不行，你是开饭店的，我们来吃饭，哪有你请客的道理。”施玲芬说，“不过，我们有个小小要求，还请赵老板赏脸。”

赵桂花说：“施老板只管吩咐，只要我办得到。”

施玲芬说：“我们听说赵老板多才多艺，说拉弹唱样样拿得起。我们四位都是喜欢热闹的人，今天特地来请赵老板露一手的。我们呢，借你的卡拉 OK 凑凑热闹，破嗓子喊上几句。赵老板，你看怎样？”

赵桂花笑笑说：“都是外面谬传，我哪来的多才多艺，更谈不上样样拿得起。不过，只要各位不见笑，等会儿我给大家献丑来上一曲，倒是可以的。这样，你们先喝茶，有兴趣的先唱起来。我去厨房给你们配菜。”

赵桂花吩咐身旁的服务员调试音响，然后下楼去了。

赵桂花再次来到楼上时，她们已经唱开了，现在是四姐妹中的老二在唱，虽然唱得有些走调，嗓子倒是一副好嗓子。四个人每人唱了一首，冷菜已经端了上来。施玲芬朝赵桂花说：“让赵老板见笑了，我们都是破嗓子。等会儿还是听你唱，你是专业的。”

各自坐下后，施玲芬一定要叫赵桂花坐下和她们一起喝一杯，并要坐在她的旁边，说不然的话，就不好意思让她献艺了。赵桂花见推不过，只得说："那我就恭敬不如从命了。不过，我有一个要求，过几天我做东邀请姐姐们，你们可一个也不能缺。"

"这我同意。"施玲芬指着其他三位说，"你们都听好了，赵老板已经说了，到时候一个也不能缺。我还要补充一句，谁缺谁下次请客。"其他三位都表示同意，施玲芬接着又说："不过，这样一来，赵老板要吃亏了。"

赵桂花抚了一下施玲芬的背，笑着说："施老板这就见外了。"

大家嘻嘻哈哈说笑着，吃喝着。酒过三巡，施玲芬拍拍赵桂花的背说："赵老板，该你的了。"

赵桂花会意，离座唱了一曲她最拿手的《茉莉花》，她想就此过关，可她们四位哪里肯放过她。她又清唱了一段锡剧，虽然没有乐器伴奏，却也听得四位摇头晃脑，大呼过瘾。这一来就更不放过她了。她只得取了琵琶，来了一段苏州评弹。沈梦梦还要她再表演时，施玲芬说："我知道，赵老板的好节目是表演不完的，留给下一次吧。"

大家又互敬了几圈，都有了些醉意，一个个面红耳赤，兴致高涨。施玲芬忽然站起来说："我们四姐妹自封为四大资深美女，其实呢，就老四沈梦梦算得上是美女，其余三个最多勉强说得过去。现在我提议，把赵老板这个大美人也吸纳到我们姐妹中来，这样一来，我们就成了五朵金花，不知大家意下如何？"

周如梅、钱娟、沈梦梦都拍手叫好。只是赵桂花受宠若惊，有点不好意思，她站起来说："我当然同意。不过，这一来，我就高攀了。"

"赵老板就别客气了，你哪一样在我们之下。既然大家都同意了，今后我们就姐妹相称，或者称老大老二老三老四老五。"施玲芬兴致高涨，露着大门牙说，"姐妹们，我们虽然不是亲姐妹，但要胜似亲姐妹。来，今天高兴，我们干了此杯。"

大家一齐起身，举起杯一饮而尽。

根据年龄，赵桂花最小，所以她是老五。

五

晚上睡在床上，赵桂花翻来覆去睡不着，忙了一天的杜士坤早已进入梦乡，打起了呼噜，可她还在想与施玲芬她们结为姐妹的事。说实话，她有些心虚，说到底，她没底气，不自信。她对自己说，人家一个个不是老板就是老板娘，就算那个沈梦梦不是老板也不是老板娘，可她是个漂亮的官太太，生活得自在潇洒。你看她们哪一个不是油头粉面，衣着光鲜，哪一个不是穿金戴银，腰缠万贯。而我呢，表面上是个老板娘，她们可能还以为我也是个有钱人呢，可事实呢。开饭店不久，生意还不错，让人看到了希望。可后来一段时间形势急转直下，生意很快清淡下来。幸亏老同学徐品华及时提醒，添了厨师，饭店才有了起色。现在自己手里根本就没有积蓄，怎能与她们为伍。施玲芬她们这样看得起我，与我结为姐妹，使人既高兴又惭愧。现在只希望饭店的生意能越来越好，今后也成为像她们一样的有钱人。对！只有赚到了钱，才会出人头地。想着想着，前面仿佛出现了希望，她的心里舒坦起来，脸上有了笑容，慢慢也进入了梦乡。

一个星期后，赵桂花开始为宴请四个姐姐作准备。她专门去进了五粮液、进口葡萄酒等名酒。请客这天的一大早，她吩咐杜士坤去采购上档次的海鲜和长江鲜。杜士坤见她又是准备高档酒，又要让他准备高档菜肴，心里就有了想法，说："不就是几个小姐妹嘛，何必这样破费，像招待贵宾似的，弄得一本正经。"

赵桂花说："你懂什么，她们都是有地位有身份的体面人，我能和她们姐妹相称，那是我的荣耀，是我的造化。"

"有什么值得自豪的。正因为她们都是有身份有地位的人，所以我们要有自知之明，就不要小鱼儿去跟大鲤鱼游了。"

赵桂花说："你这是鼠目寸光。跟你说不明白，你只管照我说的去办，我自有道理。"

杜士坤老大不愿意地嘀嘀咕咕走了。这几天，赵桂花内心有些激动。前天，她去买了一条看上去很漂亮，但实际是条人造的珍珠项链。

今天刚吃过早饭，她就去理发店烫了个漂亮的发型。回到饭店，她找出一身最好的衣服穿上，戴上项链，然后描眉、涂唇、搽脂抹粉。一番折腾后，她在穿衣镜前，正面、侧面转着圈看了又看。本来就漂亮的她，稍作打扮，就更光彩照人了。她自己看得也心满意足，自信满满。她挺了挺胸部，胸部还是那样丰满坚挺。她脸上露出了笑意，好像自己已经是上流社会的人物了。

赵桂花担心把自己的头发和衣服弄乱，上午就不想再做事了。她坐在吧台里面静等四个姐姐的到来。杜士坤买菜回来，见她那副妆容和衣着打扮，心里很是不爽，斜了她一眼，便去了厨房。

说好早点来先唱一会儿歌的。所以，一过十点，赵桂花就起身来到门口，站在迎接客人的服务员前面，恭候四个姐姐的到来。不一会儿，一辆白色的宝马车来到门口后缓缓停下，车上下来的是老四沈梦梦。赵桂花马上迎出门外，握住她的手说："欢迎欢迎！四姐，你是第一个。"

"老五啊，我哪敢晚到呀。以前我是四姐妹中的老四，是幺妹，晚到了，她们谁都有资格批评我。"沈梦梦笑着说，"现在好了，有了你，我就升级了，所以，我得谢谢你呢。"

"谢什么呀，我能攀上高枝，有了你们四个姐姐，是我的福分。"

两人嘻嘻哈哈说笑着的时候，前面又来了一辆红色小奔驰。沈梦梦说："是三姐来了。"

钱娟还没把车停稳，紧接着，周如梅和施玲芬分别开着奥迪和尼桑也到了。施玲芬一下车，就露着大门牙大呼小叫说："我的车最蹩脚，所以只好落在你们的后面。"

"你是老大，资格最老，落后了还找理由。"沈梦梦说。老二老三跟着说，就是，就是，老四说得对。

"怎么啦，今天在老五面前联合起来对付我？"施玲芬嗔怪说。说完又带头笑了起来，笑得整个胸部都颤动不已。

赵桂花把四个姐姐一一迎进大门。一时间，叽叽喳喳热闹成了一片。本来一脸灿烂的赵桂花，脸色突然阴了下来。她看看四个姐姐，开的车一个个不是宝马就是奔驰，连最蹩脚的也是尼桑，而且人手一部手机。想想自己连一辆电瓶车还没有，“小灵通”还是买了没多长时间。现在虽然开着饭店，但只是个不上档次的小餐馆，不免一阵心酸掠过心头。

赵桂花一副呆呆的样子，其他四位则一如既往，聚到了一起就评头品足，说着谁又换了新衣，谁又添了首饰。施玲芬见赵桂花一时插不上话，走过去拉着她的手说：“五妹今天好漂亮。”

老大的话一下把大家吸引过来。好像大家才发现，今天的五妹真是漂亮。有人说她的头发烫得好看，有人说她的衣服好看。老大说，老五长得漂亮，所以，不管怎样装扮都比我们漂亮。

赵桂花一下又找回了自信，脸上灿烂如花，说：“我哪能和姐姐们相比呀。”

老三钱娟走上一步，看着赵桂花胸前的项链，说：“唷，五妹的这条项链真漂亮，珍珠又亮又匀。”

钱娟的话，使大家一齐把目光投向赵桂花的胸前，都说老五的项链真漂亮。

“姐姐们过奖了。”赵桂花的心怦怦乱跳，笑容有些尴尬。她担心有人识破真假，赶快把话引开：“姐姐们，我们上楼吧。你们不是说要早点来唱歌的吗？我已经叫服务员把音响调试好了。”

赵桂花前面引路，带着众姐妹向楼上走去。

杜士坤虽然对妻子的做派有看法，但还是和厨师一起认真准备了菜肴。赵桂花全程陪同，不但为大家唱歌弹曲，而且不断劝酒夹菜。姐姐们不但夸奖她漂亮，而且夸奖菜的档次高，味道好。大姐施玲芬说：“小妹呀，我说句心里话，你可不要见气，像你这样多才多艺，人又这么漂亮，在这里开这么个小饭店，有点大材小用。我想，你应该把事业做大。”

赵桂花说：“大姐，我一定听您的。到时候小妹我如有困难，姐姐们可一定要帮忙啊。”

六

姐妹们酒足饭饱玩够后，一个个摇摇晃晃地走了。热情高涨的赵桂花好像意犹未尽，还没玩够。可没多长时间，一种失落感便油然而生。走了，都走了。她们这一走，把她的魂都带走了。她还真像掉了魂似的，整个下午都无所适从。

杜士坤见她一副失魂落魄的样子，说："桂花，你这是怎么啦？我看你今后还是少跟她们来往。"

"唉，士坤，你要是个大老板该多好，我也不用整天卖在店里了。"赵桂花坐在吧台里，双手撑着下巴，望着门外发呆。

杜士坤说："事业要慢慢做大的，财富要靠奋斗出来的，你想就能想得来吗？"

赵桂花既像在回应杜士坤的话，又像自言自语地说："对，既要想，也要奋斗。"

晚上睡在床上，赵桂花翻来覆去睡不着，想着心事。旁边的杜士坤累了一天，早已睡着了。新箍马桶三天香，杜士坤已经没有了刚结婚时的激情和柔情。赵桂花侧头看了他一眼，苦笑着摇了摇头。窗外的月光皎洁如水，柔和宁静，可赵桂花的心却静不下来。她想，我什么时候也能像姐姐们那样，戴上真正的珍珠项链，开上高档小轿车，过上上等人的生活呢。同样是女人，她们比我大不了几岁，可为什么就不一样呢？论长相，我比她们任何一个都漂亮，论才艺，我更不比她们差，可我为什么只能过着下等人的生活呢？难道是我的命不好？不行！我不能向命运低头，我一定要过上像她们那样的生活。

赵桂花又想起了她们看她的项链时的情景。她们会不会发现我的项链是假的呢，如看出来了，那她们不知会在背后怎样议论、嘲笑我呢。想到这里，她背上惊出一身冷汗。可一想当时的氛围和她们的表情，好像并没有看破真假，她的心又放了下来。她慢慢开始平静下来，慢慢地就睡着了。

一天中午，徐品华带着高淳正等几个哥儿们又来到了田塍饭庄。

徐品华每次来，都大呼小叫要赵桂花陪他喝酒。刚倒好酒，徐品华就对身旁的赵桂花说："老同学，想不想发财？"

"想啊，谁不想发财。老同学，你能为我指条发财路吗？"赵桂花又想起了她的姐姐们，想起了那天晚上想的那些事。

"要发财就得把事业做大。就凭你这小饭店，小打小闹，事业永远也做不大。"

"那怎么办？我一没本钱，二没有地方，怎么把事业做大？"

"我这里有条现成的发财路，你要听的话，得好好和我喝两杯。"

"老同学，你这话就不中听了，我哪一次没和你好好喝呀？"

"以前喝是喝了，可没尽兴。今天必须喝足喝尽兴，我就给你指一条发财致富的金光大道。"

"没问题。"听到有发财路，赵桂花马上来了兴致。

高淳正接着说："赵老板的事业做大后，让我也沾沾光，其他酒我不管，可白酒要用'古井贡'。"

赵桂花站起来说："可以。不过，到时候我如有困难，高老板可不能缩脚啊。来，我先敬你一杯。"

徐品华今天好像特别兴奋，推杯换盏，一杯杯地往肚子里灌。不但和赵桂花碰杯干，还要和她喝交杯酒，喝了小交杯不算，还要喝大交杯，直喝得面红耳赤，话用船装。

"老同学，今天我的表现还可以吧？"赵桂花拍拍徐品华的肩说。

"嗯，今天表现不错。"徐品华说话已有些含糊。

"那你可以亮出我的发财路了吧。"

"别急，天机还没到泄露的时候呢。"

"我看你就是忽悠我喝酒，反正酒是你的，我不喝白不喝。"赵桂花朝他白了一眼。

大家又热闹了一会儿，也就散了。徐品华看上去有些醉意，站起来摇晃了几下，坐到了旁边的沙发上，朝其他人说："你们先走，我等会儿再走。"

都走后，赵桂花问他："你真醉了？"

徐品华立马坐直了身子，口齿有些含糊，笑笑说：“有一点。”

“我就知道你装腔。现在可以泄露你的天机了吧。”赵桂花嘴上这样说，可她见他酒还真有点多了。她自己也有点晕晕乎乎，舌头有点不听使唤。

徐品华让她坐在他的旁边，然后告诉她说：“纺织机械厂要扩展规模，在开发区买了一块地，原来的办公楼和后面的一块空地要出手。办公楼是临街建筑，地段好，而且是框架结构，好改造。你如需要，我去帮你说。我和纺织机械厂负责基建的副厂长熟悉，你看怎样？”

赵桂花听后两眼放光，头脑一下清醒了许多。可心头马上又像有乌云飘过，说：“好是好，可我哪来那么多钱呀。”

徐品华侧过身，靠赵桂花那边的一条腿收起来盘在沙发上，色眯眯地看着她说：“没钱不能想办法吗？我问过了，那办公楼房产证、土地证两证俱全，可以抵押贷款。缺的部分可以向朋友借。老同学啊，如果在那地方把饭店开成了，你的事业不就做大了？”

这下赵桂花完全动心了，说：“这太好了。老同学，你去替我说，尽量把价格压低，事成之后，我重谢你。”

“我要你现在就谢。”徐品华一手搂过赵桂花，另一只手早已伸向了她的胸部。

赵桂花使劲推开他说：“你急什么呀，我还没有说完呢。”

赵桂花早就看出徐品华对她有意思，今天见他有些迫不及待，心里便有了打算。

赵桂花一推，徐品华清醒了许多，有些尴尬，笑了笑说：“你说，我洗耳恭听。”

“到时候的改造装修工程你得帮忙。当然，我不是说不给钱。到时候装修的工程款或作为饭店的股份，或作为借款我付给你利息。你说行吗？”赵桂花的脑子转得飞快，既然你说买楼房可以贷款或借款，那么，你的工程款为什么不可以作为参股或借款呢。

“这个嘛，到时候再说吧。”徐品华没想到赵桂花会考虑到了这一步。

“服务员马上进来收拾东西了。”徐品华还想做出什么举动时，赵桂花指指外面说。她站起身来朝外面喊：“小陈，怎么不来收拾桌子呀！”

陈阳阳是前几天招聘来的服务员，她漂亮、热情，头脑活络。

陈阳阳应声推门进来。徐品华有些尴尬，说：“现在好多了，头也不晕了，我该走了。”

赵桂花把徐品华送下楼去。在楼梯上，她拍拍他的肩膀说：“老同学，这事就拜托你了，具体怎么操作，你和我联系。”

徐品华随手拍了一下她的屁股，轻声说：“行，下次可不能再推我了。”

第三章

一

“徐品华喝醉了？”杜士坤疑惑地看着她说。徐品华经常带朋友来吃饭当然是好事，可他来了每次要赵桂花陪他喝酒，杜士坤嘴上不说什么，可心里有了想法。

“喝得有点多，但没醉。”赵桂花有些心虚，边说边埋头整理今天的菜单。

“没醉？那怎么他一个人到现在才走？”杜士坤面无表情，见旁边没人，继续问。他想说你们俩怎么到现在才下来，可话到嘴边还是改了口。

赵桂花心里一怔，难道他发现了什么？一想不可能。她想解释什么，但认为，有些事越解释越说不清。她镇静了一下，还是说了：“士坤，这事我本来想晚上和你说的，既然你问起了，我就先简单跟你说说。”

“什么事？”杜士坤的口气有些生硬。

赵桂花说：“刚才徐品华为什么一个人留了下来。他有一件好事要告诉我。”

“好事？什么好事？”

“他说纺织机械厂要搬迁到开发区去发展了，现在的办公楼和后面的一块空地要出手。因为这事还是内部消息，所以他只能等别人走了才能和我说。”

“这事跟你有什么关系，他为什么要对你说？”

“你这人真是死脑子。他为什么要对我说，我不是他的同学吗？他问我要不要买下那办公楼和空地，买下后好发展我们的饭店。”赵桂花说，“他都看出来了，就凭我们这小饭店小打小闹，到猴年马月才能发财致富。”

“你不要异想天开，买下那幢办公楼，我们哪来那么多钱。徐品华借给你？我不同意。徐品华借给你我也不同意。”赵桂花想继续说下去时，可杜士坤抢着说。最近一段时间，妻子和徐品华走得有点近、有点频繁，他心里便有点不爽。

“难道除了向徐品华借钱就没有其他路了？”

“去抢银行？”

“你这人说话怎么这么冲？除了抢银行就不可以向银行贷款吗？”

“贷款也要还的呀。况且，你能保证饭店的规模做大了，就保证百分之百能赚钱吗？”杜士坤认为赵桂花的心太大了。

“怎么不能！难道那些大饭店都不赚钱的吗？”

“反正我不同意。要开你去开，去做你的大老板，我就开这小饭店。你走你的阳关道，我过我的独木桥。”杜士坤感到这事来得太突然，自己的根基根本承受不了这突如其来的巨大压力。

“我看你就是个卖烧烤的命！”

这下杜士坤被伤了自尊，气得七窍生烟。他使劲拍了一下吧台，说：“你也就是个开小茶馆的命！”说完气呼呼地出门去了。

“杜士坤！你这个猪脑子！”赵桂花气得脚一跺，大声吼了一声。

厨师和服务员不知两人为何如此大吵大闹，为了不损他们的面子，一个个跑得远远的。

结婚后，两人虽然常有口角，可这样的吵架还是第一次。

杜士坤走后，赵桂花坐在吧台里面生了一会儿闷气，慢慢开始冷静下来，想开了心事。徐品华是我的同学，不可能会害我。当然，他可能帮了我会乘机占我便宜。今天他倚酒三分醉，已显现了他的意图，可这没什么，男欢女爱，人之常情，我不也对他有好感吗？！况且，这购楼的事是次绝好的机会，人的一生，好的机会不可能常有，错过了这个村，就没有了这个店。如果不抓住这次机会，也许永远只能守着这个小饭店了。那么，我就买不起高档首饰，开不上高档轿车。一句话，过不上上等人的生活。所以，决不能错过这天赐良机，但我也不能因此和杜士坤搞僵了关系，好不容易建立起来的家庭，得好好经营。要成就一番事业，少了他也是不行的。所以，必须好好与他沟通，否则，也是实现不了自己的梦想的。

杜士坤一气之下回到了乡下老家。家里已好长时间没住人了，开门进屋时，一股霉味扑鼻而来。他把前后门全都打开，穿堂风很快把室内换上了新鲜空气。屋里到处都是灰尘，凳子根本坐不上去。他叹了口气，从前门到后门来回走着。他开始冷静下来，想想刚才对妻子可能有些过分。也许妻子确实想创出一番事业来，徐品华也确实想帮助她，如真是这样，我就错怪他们了。想想自己，刚才也太冲动了些。可是，妻子的胆也太大了，要买这么大一幢楼，简直是自不量力，异想天开。

杜士坤想去向妻子赔礼道歉，同时晓之以理，陈述利害，劝其回头，可又卸不下面子。再说，现在去向她道歉，她能否接受还不知道，而且，她如不听劝，说僵了怎么办？再和她吵吗？当然不能。那怎么办呢，看来只有找个中间人调解劝说，才有可能解决问题。可这个人应该是谁呢？他突然想到了一个人。对，非她莫属。

杜士坤把前后门重新关好，骑上自行车去找朱秀华。

“男子汉大丈夫，去认个错也没勇气？亏你还是个大男人。我真不该做你们的介绍人，你看，麻烦来了吧。”听了杜士坤的述说，朱秀华笑着说，“不过，桂花的心也太大了点，这需要花多少钱呀。”

“就是呀，我们哪来那么多钱呀。即使能贷能借，可都是要还的呀。”杜士坤说，“朱会计，你就为我跑一趟吧，你的大恩大德我没齿难忘。”

杜士坤说完，嬉皮笑脸起来，又是作揖又是哈腰。

朱秀华说：“好了，不要说好话了，我陪你走一趟吧，我也好长时间没看到桂花了，今天趁机去看看她。不过，能不能劝她回头，我可拿不准。”

“嘿嘿，嘿嘿。”杜士坤傻笑着说，“只要您朱会计出面，哪有办不成的事。”

“话不能这么说，这事我还真没把握。我知道，桂花她从小就心大。”

朱秀华的父亲是小学老师。赵桂花读六年级时，朱老师是她的班主任。因家里贫穷，赵桂花小学毕业后，父母亲就不想让她继续上学了。中学在镇上，赵桂花从上一年级起就立志要到镇上读中学。一听父母不让她去镇上读中学了，仿佛一下跌进了冰窟窿。她不甘心，一个人来到了班主任家中，向朱老师诉说自己的情况。这时正是吃中饭的时候，朱秀华像大姐姐一样，边安慰她边给她盛饭。吃过中饭，朱老师领着她一起来到她的家中。朱老师连批评带说理，做通了赵桂花父母的工作。从此以后，赵桂花一直对朱老师感恩戴德，把朱秀华当大姐姐看待。在以后的日子里，赵桂花和朱秀华虽然很少见面，但彼此的感情却在。

赵桂花还坐在吧台里面看账单，听到门响，见朱秀华和杜士坤一前一后走了进来，知道是怎么回事。她马上起身走出吧台，一脸灿烂地迎了上去，说：“朱会计，您怎么来了？是士坤把您请来的吧？”

一看赵桂花的脸色，听她的口气，知道她的气已经消了。朱秀华心里有了底，嘿嘿一笑说：“杜士坤不来请，我就不能来了？不过，今天确实是他把我请来的。怎么，不欢迎？”

赵桂花上去拉着朱秀华的双手，说：“朱会计，您说哪里去了。想请您可能还请不来呢。也只有士坤有这么大的面子，才能请动您大驾，换了我还不一定呢。快里面请。”说着，两人勾肩搭背向里面走去。

看表情，听口气，杜士坤知道妻子已不生他的气了，心里一阵轻松。他吩咐陈阳阳泡三杯茶，然后跟着两人向里面走去。

赵桂花把朱秀华领进一个小包厢，杜士坤紧随其后。三个人坐下后，朱秀华说：“看样子你们俩的气都消了，我也没必要多说了。但既然请我来了，我就想听听你们的想法。士坤的想法我已经知道了些，他理解桂花的打算，但认为步子跨得太大，饭得一口口地吃，吃快了会噎。当然，我听的只是士坤的一面之词。现在，我想当面听听桂花的想法。”

赵桂花刚想开口，陈阳阳端茶进来。她看看三位，不知道他们要商量什么，或许与一小时前两位吵架的事有关。陈阳阳退出去后，赵桂花说：“要说步子嘛，确实有点大，可这是个机会，是千载难逢的机会。过了这个村，就没有了这个店，我们怎么能放弃这个机会呢。”

杜士坤说：“我知道是个机会，但我们没有那个实力呀。”

赵桂花说：“这我知道，凭我们自己的实力，那楼房根本不可能拿下来，但我们可以想办法。可以借，可以贷款。今后只要我们把饭店的生意做好了，债务还一点就会少一点。再说，虽然负着债，可我们的资产在那里是跑不了的。而且，按现在的行情，资产只会升值，不会贬值。”

杜士坤说：“就算把房子买下来了，还得改造装修，还得添设备，这些钱哪里来呢？”

赵桂花显得胸有成竹，说：“这，我已经和我的老同学徐品华商量好了，房子的改造装修工程由他全垫资负责施工。而且，工程结束后，工程款暂时也不用付，可以作为饭店的股份或作为借款我们付给他利息。等我们其他债务偿还得差不多了，再还他的钱也不迟。”

“这装修的事你刚才为什么不说呢，说了，我就不会和你争论了。”知道这事犟不过妻子，杜士坤只好找个台阶让自己下。

“刚才我还没说完，你就迫不及待地打断了我，叫我怎么说呀。”

“好了好了，都别说了。我听出来了，刚才可能都有些误会。现在说清了就好了。”朱秀华说，“这事如真能办成，我倒认为是件好事。不过，要办就要认真办好，要脚踏实地，要有艰苦奋斗的精神，不能有半点马虎。只要你们认真去做，到时候真有困难，我也可以力所能及地助你们一臂之力。”

“有朱会计支持，我就放心了。”杜士坤知道赵桂花办事大手大脚，喜欢摆派头，出风头。如有朱秀华参与，就多了一分监督。

赵桂花也显得很高兴，说："朱会计，有您的支持，不管是精神还是金钱，都是对我们最大的信任和帮助。您放心，我和士坤一定会把事业做好的。"

二

朱秀华去过田塍饭庄的第二天下午，赵桂花打电话给徐品华，说要见他。徐品华说本来有事要出去的，现在就不走了，在办公室等她。

天阴沉沉的，像要下雨的样子。赵桂花来到门外时，感到有点阴冷，她回去系了条丝巾。自行车停放在门外的廊檐下，她走过去吹了吹坐凳上的灰尘。这一吹，心里就吹出了一阵悲凉：我要是像四个姐姐一样，有辆小轿车该多好啊。我一定要把饭店做大，一定要有很多的钱，有了钱才能出人头地，才能过上上等人的生活。赵桂花这样想着的时候，两手握住自行车龙头，一脚踢开了撑脚。

赵桂花心事重重地向徐品华的办公地点骑去。经过城中路时，忽然听到有人喊她，她侧转头向旁边看去时来了个急刹车，结果被后面的自行车撞了个正着，两人都摔倒在地。撞她的是个中年男子，爬起来的时候，满面怒色朝赵桂花说："你是怎么骑车的！"

赵桂花自知理亏，无话可说。她爬起来时感觉膝盖摔痛了，她忍着疼痛正要扶自行车时，旁边走来一个人，说："我来我来。"边说边把她的自行车扶了起来。

赵桂花一看，是高淳正，说："原来是高老板，我说声音怎么有些熟呢。"

后面那人还在叽叽咕咕骂人，见被他撞的人有人相帮，不敢过分蛮横。高淳正把车子撑好后，见中年男子还在骂骂咧咧，就想在赵桂花面前做一回英雄。他一手叉腰一手指着中年男子说："你撞了人家还有理了？你懂不懂交通规则？我告诉你，你这叫追尾，追尾是要负全责的。"中年男子被他说得一头雾水，怔在那里没有了话。高淳正见中年男子被震住了，更来了劲："你不但要向人家赔礼道歉，如果人家被撞伤了，还要承担医疗费用。”这时，旁边已围了好几个人看热闹，看事态的发展。

“是她急刹车了我才撞上去的。”听到要承担医疗费用，中年男子嘀咕着说了句后，赶快骑上车走了。

“赵老板，摔痛了吗？”高淳正像英雄救美完成了一件壮举，自豪感油然而生，酒糟鼻也明亮了许多。

“膝盖有些痛，现在好多了。”赵桂花扭了扭右脚，然后说，“高老板，你帮我拨一下自行车龙头，可能摔歪了。”

“好好好，我马上弄。”高淳正走过去，把自行车的前轮夹在两腿中间，然后两手抓住龙头，使劲一拨就拨正了。他拍拍手说：“搞定。”

“高老板，谢谢你了。”赵桂花心里对高淳正既埋怨又感激。心想，要不是你喊我，我就不会急刹车，也就不会被撞。又想，要不是你出面相帮，我可能要被那中年男子纠缠着不放了。

“快进屋去坐一会儿，等脚不疼了再走。”高淳正想去扶她。

“没事，我自己能走。”赵桂花摆摆手说。她突然想起了什么，说：“高老板，你怎么在这里开店了？”她抬头看了看，大门上方有霓虹灯管制成的“纯正烟酒店”五个大字。

“是啊。前几天才搬过来的。”两人来到屋里，高淳正让赵桂花坐下后继续说，“以前专门经销古井贡酒，赚不了几个钱。后来，我在这里租了间店面房，扩大了经营范围。现在我这里各种烟酒都有。”

“你这店怎么叫‘纯正烟酒店’，而不叫‘淳正烟酒店’？”

“我本来想叫‘淳正烟酒店’的，可徐品华说，还是叫‘纯正烟酒店’好。他说，纯，说明你这里不卖假货；正，说明你这里的货都是正宗的。我一想也对，所以就听他的了。”

“噢，原来如此。”赵桂花想，看来徐品华还是有两下子的。

“赵老板，你们饭店今后如需要烟酒，请多多关照我这小店。”

“一定一定。”赵桂花说，“不过，我今后有事要高老板帮忙，你可不能缩脚啊。”赵桂花想起，她已在高淳正面前第二次说这话了。

“只要赵老板吩咐，高某人决不缩脚。”高淳正的眼睛不安分起来，在赵桂花身上扫来扫去。他发现她的丝巾有些凌乱，猜想可能是刚才摔跤的原因。他的心怦怦跳着，说："赵老板，你的丝巾怎么乱了。"说着就去给她理了一下。赵桂花的身体向旁边让了一下，但没有过度的反应。高淳正得寸进尺想占便宜，把嘴向她的脸上凑去。一股口臭味使赵桂花感到恶心，她赶快把他推开，站起来指着外面说："当心有人进来。"

高淳正看看外面，涎着脸笑笑说："哪来的人呀。"

赵桂花感到脚已经不疼了，说："高老板，我该走了，徐品华等着我有事呢。"

"赵老板心里只有徐老板，哪里把我们这些小人物放在眼里。"高淳正有些失落，既像玩笑又像当真地说。

"高老板，你说什么呀，徐品华是我的同学，我去和他有正事商量呢。"赵桂花本来对高淳正的举动感到反感，现在听他这样说话，心里很是不爽。

高淳正有些尴尬，说："我知道。赵老板多心了，我和你开玩笑的。"

赵桂花走后，高淳正想，她不会把我想揩她油的事告诉徐品华吧。又一想不可能，你赵桂花本来也不是什么好货，你以前的那些糗事我还是知道一些的，否则，我还没有胆量想占你的便宜呢。况且，她刚才只是说了句"当心有人进来"的话，并没有责怪他的意思。想到这里，也就放下了心。

三

天气阴沉潮湿，加上刚才路上发生的事，赵桂花心里有些郁闷。她来到徐品华的办公室时，徐品华为她泡的茶已经凉了。

"老同学，怎么现在才到呀？"徐品华迎到门口说。

"在高淳正那儿耽搁了些时间。"来到里面，办公室豪华的装饰和布置，使赵桂花眼前一亮，精神为之一振，刚才的不愉快顿时烟消云散。

“噢，说说看，怎么会在他那儿耽搁了？”徐品华请赵桂花在沙发上坐下。

赵桂花把路上的遭遇述说了一遍。高淳正想揩油占她便宜的事她当然不会说。

徐品华听后说：“高淳正这人还是挺热情的。”

“就是因为他的热情我才被撞的。”赵桂花噘着嘴说，她又想起了他想占她便宜的事和他的口臭味，心里有些厌恶。

“好，不说他了。说说看，今天找我何事？”徐品华坐到了她的旁边。

赵桂花朝旁边挪了挪身子，说：“我想问问，你上次说的纺织机械厂办公楼的事现在怎么样了？”

“这事有点难度，我那做副厂长的朋友说，他们的董事长说要以招标的形式进行拍卖。”

“那怎么办，这不是黄了？”赵桂花有些失望，心里发急起来，她朝徐品华的身边挪了挪。

“别急，我的老同学，办法总是有的。”徐品华左手一把搂过赵桂花，右手把她的丝巾解开，然后从领口处伸了进去。

这次赵桂花没有挣扎，顺势倒在了他的怀里，柔柔地说：“徐品华，你不会想占我的便宜而忽悠我吧？”

“你放心，我绝对没有骗你。而且我已经替你想好了办法。不过，事情确实有些难度。”徐品华轻轻揉捏着她的胸脯，喃喃地说，“啊，感觉真好。”

赵桂花嘿嘿一笑，说：“你老婆没有？”

“有是有，可哪能和您的比呀。”

“你们男人都是这德性，总以为野花比家花香。”

徐品华想说，你怎么知道男人都是这德性的。可一想不妥，换成了：“不要单说男人，男女都差不多的。”他把右手从她的胸口抽出来，想要得寸进尺。

赵桂花马上从他的怀里挣脱出来，坐直了身子，说："不行。今天不行。"

"为什么？"徐品华愣了愣说。

"这几天我身上不方便。"赵桂花看徐品华的脸色不大好看，脸红了一下，说，"真的，我不骗你。我们来日方长，你急什么呀。"她想，要给你，也不是今天，我得先听听你的想法，看看你的表现。你如忽悠了我，我不白给你占便宜了？

听赵桂花说来日方长，徐品华又高兴起来，说："对对对，我们来日方长。"

"好了，别贫嘴了，说正经的。你说已经想好了办法，快说来听听。不要说得热乎，到时候又凉了。"赵桂花理了理头发，重新把丝巾系好。

徐品华起身给她的杯中续过开水，开始说他想好的办法。

那天去田塍饭庄吃过饭的次日，徐品华就去了纺织机械厂，他那做副厂长的朋友余光迪热情接待了他。两人坐下后，徐品华开门见山说，余厂长，你上次和我说，你们这里的办公楼和那块空地要处理掉，一时卖户找不到买户，让我帮你打听有没有人要。你余厂长的吩咐，我可是当事做的，现在我已打听到一个人有意向要买，她是我的同学，只是不知道你们出什么价。余光迪说这事有些变化，说他们董事长说，要通过招标的形式进行竞争，而且起码要有三家单位方能进行竞标。徐品华一听就蒙了，心想，这样一来，价格就不好把握了，而且还不一定能得手，除非愿出大价钱。不行，这得想办法。他做装修工程参加过竞标，这方面有经验。他对余光迪说，余厂长，这事你先不要声张，我那同学势在必得。怎样操作，我来帮你想办法。事成之后，少不了你的好处。余光迪说："徐老板，我这人你知道，好处的事你别提，我们公事公办。至于怎样操作，想什么办法，也都要摆得到桌面上。"徐品华有些尴尬，只得说："那当然。"

"老同学，事情就到了这一步。我说我已经想好了办法，这办法说的是这三个竞标者必须都是我们自己人。你来之前我已想好了两个，你一个我一个，现在还差一个。你刚才说在高淳正那儿耽搁了一会儿，你看，这不是天意吗。这第三个人就非他莫属了。”徐品华说完，哈哈一笑，转身在赵桂花脸上亲了一口。

原来如此。赵桂花说：“你能保证余光迪会按你的思路操作吗？”

徐品华说：“他是个正派人，办事讲原则，当然不会完全听我的，但我们可以想办法。”

“正派人？办事讲原则？你这么了解他？”赵桂花想，再正派、再讲原则也得讲个人情世故吧。

徐品华说：“以前他家里的装修工程是我做的，工程结束后，我问他厂里要不要搞装修，他说不要。我说你就不可以想想办法吗？他说，徐老板，你的意思我明白，但这犯错误的事我是不会干的。你放心，我家里的装修款我会按标准付给你的。我尊重他的人品，打九折收了他的装修款。但即使打了九折，也只是比市面价稍微优惠了些。就这样，我们成了朋友。”

“那你想好的办法能行吗？高淳正他愿意参与吗？”

徐品华说：“高淳正那里应该没问题。如再有其他情况发生，到时候我们见机行事。”

怎样见机行事，这需要智慧和策略，需要手段。有徐品华在，赵桂花也懒得去动这些心思，她只想依靠徐品华把事情早日办成，赚到大钱后，好过上上等人的生活。她站起来说：“老同学，这事就拜托你了，你赶快去办，办成了，我会好好感谢你的。”说完，向他抛了个媚眼。

徐品华看了浑身一轻，说：“高淳正那儿你去说还是我去说。”

赵桂花又想起了高淳正那个酒糟鼻和使人恶心的口臭味，说：“还是你去吧，这事事关重大，我和他没有交情。”

“好吧，那就我去吧。”

四

吃过晚饭，徐品华去逛街，突然想起了赵桂花的事，便向城中路的纯正烟酒店走去。

城中路是田塍镇最热闹繁华的街道。城中路东西向，不长，仅三百余米，西头连着田塍广场，广场向西便是城西路。东头连着南北向的健康路，健康路向东便是城东路。城中路上有田塍镇最大的商场，有五六家手机店，有银行、药店、鞋帽店、服装店、糕饼店、烟酒店、小吃店、照相馆、新华书店、金银首饰店等等。它是田塍镇的商业中心，一到晚上，街道两旁林立的店铺便灯火通明，路灯和霓虹灯更是流光溢彩，街道上照耀得如同白日。

徐品华慢悠悠来到高淳正的烟酒店。烟酒店晚上生意清淡。高淳正一个人坐在柜台后面，一副无精打采的样子，看着街面上来来往往的人群，不知是希望路过的人进来买包烟呢，还是在看路过的美女，或许两者都有。见徐品华走进门来，高淳正精神一振，马上从柜台后面迎了出来，边大呼小叫边和他握手："喔唷，徐大老板驾到。是什么风把你吹来的呀？"

徐品华哈哈一笑，说："歪风。歪风来找邪气，才能合并同类。"

徐品华坐下后，高淳正边泡茶边说："什么又是歪风又是邪气的，说话玄玄乎乎。今天你不会来叫我一起去做坏事吧。"

徐品华接过茶杯，吹了吹水面上的茶叶，正经说道："高老板，你看我们是做坏事的人吗？好了，我们说正经的，我今天来还真是找你有事的。"

"我就知道，没事你不会跑到我这小店里来的。说说看，有什么好事想起我来了。"高淳正也坐了下来。

"不是你的好事，也不是我的好事，是别人的好事，但要请你帮忙，帮成了才是好事。"

高淳正想，不会是赵桂花的事吧，便说："徐老板，不会是你那老同学赵桂花的事吧？"

“算你聪明，还真是她的事。”徐品华把赵桂花想购买纺织机械厂办公楼的事，以及他怎样操作的想法对高淳正述说了一遍。最后他笑着说：“高老板，看来你们也是有缘，不然，今天下午她路过你这里的时候，怎么会被你喊得摔了一跤呢。”

原来赵桂花都对他说了。这个赵桂花，看来她就是为这件事去找徐品华的。哼，要我帮忙？他想起赵桂花拒绝他亲脸的事，不免心里不悦。心想，要我做你们发财致富的垫脚石，做你们的电灯泡，我可得掂量掂量呢。但又一想，他们是同学，即使有说不清道不明的关系，与我何干，我吃他们哪门子醋呀。而且，我还是通过徐品华才认识赵桂花的。再说，这件事如真能办成了，今后不怕她赵桂花饭店里的烟酒生意不照顾我。而且，而且可能还有机会亲近她呢。更何况，徐品华是不能得罪的，他那里平时需要的烟酒都是我这里供应的。想到这里，他爽快地说：“只要你徐老板吩咐的事，我哪有不照办的道理。”

“好！痛快，够朋友。我让我老同学今后需要的烟酒都到你这里来拿。”

高淳正想，你不说我正想提出来呢，可现在他却说：“徐老板，看你说哪儿去了，朋友帮忙哪能提条件。不过，既然你今天这样说了，那我就先谢过徐老板。”

“先不用谢，这事八字还没一撇呢，现在首先要做的是，想办法把楼房和那块空地拿下来。”

高淳正说：“一切你去操作，我按你的意图办就是了。”

两人又坐了一会儿，说了一会儿闲话，徐品华就告辞了。来到街上，夜市正热闹时，街道上灯火通明，人流如织，只允许晚上才能经营的小摊摆满了街道两侧。吆喝声此起彼伏，南腔北调的讨价还价声不绝于耳。徐品华边欣赏夜市夜景边悠然地往回走。来到田塍广场的旁边时，昂扬的广场舞曲吸引了他，他信步向广场那边走去。广场上上百个男男女女排着整齐的队列，跟着音乐节奏在扭动身子，动作整齐划一，煞是好看。队伍中不但有大妈大爷，还有好多年轻人。那些身段姣好的年轻女子的舞姿更是让人赏心悦目。动听的舞曲、优美的舞姿使徐品华心情愉悦，他边走边欣赏时，一个长发飘逸、十分好看的后背吸引了他，这身段似曾相识。他快步来到前面的一棵香樟树下，向侧后方看去，果真是赵桂花。像心有灵犀似的，赵桂花也发现了他。她停下动作，走出队伍向徐品华走去。来到香樟树下，她朝他笑笑说："你怎么来了？"

徐品华看了看身旁，笑着说："是你把我吸引过来的呀。"

"别贫嘴，你不会也来跳广场舞吧？"

徐品华说："以前倒是经常去舞厅，可这广场舞没跳过。呃，老同学，饭店每天要忙到很晚，你怎么有时间出来跳广场舞的？"

赵桂花指着队伍前面几个打扮入时的女士，答非所问说："我听说我的姐姐们经常来跳广场舞，所以我也就来了。"

徐品华看着赵桂花指的方向说："你的姐姐们？她们都是些谁呀？"

赵桂花一脸自豪地说："你不知道，她们都是有身份有地位的人，今后有机会，我介绍你和她们认识认识。"

徐品华不想听这些，言归正传说："跟你说正经的，我刚才去了高淳正那里。"

"噢，你和他说买办公楼的事了吗？"

"我就是为这事去找他的。"

"他什么态度？"

"我出面，他敢不答应？"徐品华这是实话，高淳正为了做他的生意，像邹伟达一样，平时对他也是言听计从。

"那得谢谢你了。"赵桂花想，其实帮这忙高淳正也不会损失什么，到时候到到场而已。况且，他帮了我的忙，我也不会忘记他的。

徐品华说："不过，今后你饭店需要的烟酒得照顾他的生意。"

"那当然。"赵桂花答应得爽快。

"这就好。明天我们一起去纺织机械厂的余光迪那儿，和他把这事敲定下来。"

赵桂花说："要叫杜士坤一起去吗？"

"随便你，由你定。"徐品华看了看手表说，"你去跳舞吧，我得走了。”说完，偷偷在她的屁股上摸了一把，转身走了。

五

回家后，赵桂花和丈夫说起买办公楼的事，问他愿不愿一起去纺织机械厂和余光迪谈判。杜士坤说：“这种事人去多了不一定好。”赵桂花想想也对，也就不勉强。

其实，杜士坤还有一个想法，他认为，这事既然是徐品华和余光迪在商量操作，我去了既插不上话也做不了主，不就成了摆设？这反而有损自己的面子和形象。所以，还是不去为好。

杜士坤虽然能说会道，但他是个安于现状、胸无大志的人，这种动脑子有麻烦的事他懒得过问。别人做成了，他坐享其成，何乐而不为。况且，他心里明白，一切都是赵桂花在做主。

翌日上午九时许，赵桂花一番打扮后，骑车去徐品华的办公室。叩门进去后，见有人在向徐品华汇报工作，便在旁边的沙发上坐下。徐品华叫她别急，说去早了反而不好。

汇报工作的人走后，徐品华笑着朝她说：“打扮得这么漂亮，当心被别人看中，余光迪可是个色中饿鬼。”

赵桂花红着脸说：“有你保护，我还怕谁。”

徐品华走近她说：“只怕到时候我保护不了你，你也不需要我保护。”

赵桂花打了他一拳，说：“去你的，别瞎说，你上次还说他是个正派人呢。”

“和你说着玩的，余光迪可是个正人君子。”徐品华一把搂过她，嘴就向她脸上凑了过去。

“我就知道，人家当厂长的，哪可能像你。”赵桂花一把推开他说，“好了好了，我们快去吧，不要人家有事走掉了，我们去摸冷门框。”

“放心，我已经和他电话联系好了。”徐品华不想再和她闹下去，边说边去拿包。

徐品华自己开车，宝马车一路奔驰，没几分钟就到了纺织机械厂。两人来到三楼的一个办公室门口，叩门进去。余光迪端坐在椅子上，见两人进门，马上起身迎客。和徐品华握过手，与赵桂花握手时，他玩笑着说："这么漂亮的女老板光临，我这陋室蓬荜生辉啊。"

赵桂花被夸得满面春风，脸红了一下，说："余厂长，你这是夸我呢，还是讥笑我呀。我都半个老太婆了，还漂亮什么呀。"

徐品华插话说："赵老板，余厂长说你漂亮你就漂亮，谦虚什么呀。"

赵桂花嗔怪他说："你就会趁脚跷，还算是我的老同学呢。"

余光迪朝两人说："不要只顾说话，快请坐吧，我替你们泡茶。"

余光迪泡茶时，赵桂花开始仔细观察他。余光迪中等个子，年龄五十开外，上身穿棕色休闲西服，下身黑色西裤。一举一动显得老成持重，一看便知是个办事稳妥的人。

"赵老板，能认识你很高兴。"余光迪把茶杯放在赵桂花面前的茶几上。

赵桂花说："能认识余厂长，是我的荣耀。今后还希望余厂长多来我那小饭店坐坐，照顾小店的生意。这次买楼的事成功后，等我的饭店做大了，你余厂长来吃饭我免费。"

"要是免费，我就不敢去了。"余光迪嘿嘿一笑说，"好吧，我们言归正传。"

余光迪说，根据董事会的决议，办公楼要通过公开拍卖，而且参加竞争者不能少于三家。厂里要把这消息通过市报公开发布，消息见报后，有意向竞买者开始报名。余光迪最后说："大致情况就是这样，希望你们到时候积极报名。"

"乖乖，要弄得这样一本正经。"徐品华没想到事情会这么复杂。

余光迪说："是的，这过程必须要走。"

"好吧，我们俩今天算先向你报名了。"徐品华心里有些不适，他的如意算盘完全落空。他今天来，本来想先商量一下操作方法，然后定下就他们三个人参与竞买，哪知道还要登报发布消息。

“好的，谢谢你们的支持。等消息见报后，你们来厂办公室办齐所有报名手续。”

“好吧，就按余厂长说的办。”

“也不是我说的，是我们董事会的决定。”

看看没什么好商量的了，徐品华邀请余光迪去赵桂花的田塍饭庄吃顿便饭。余光迪说：“这不合适吧。”徐品华说：“怎么不合适，你不认我这个朋友了?”

徐品华这么一说，余光迪只得说：“怎么会呢，你徐老板永远是我的朋友。好吧，恭敬不如从命，我也好长时间没与你好好喝一杯了。”

其实，余光迪虽然方正，但只要在情理之中，不违背原则，他为人处世还是很通情达理的。

三个人坐徐品华的宝马车去赵桂花那里吃饭。路过纯正烟酒店的时候，把高淳正也一起带了过去。

办公楼拍卖的消息见报后，赵桂花、徐品华、高淳正去纺织机械厂的办公室办好了报名手续。到报名时间截止时，出乎意料，报名人数一共只有四家。而且，另外一人也是田塍人，此人姓杨，徐品华认识，是一位做贸易的小老板。想想也是，这么大一幢楼，除了开饭店，人家买了有什么用呢。对纺织机械厂来说，如果没人要，一堆废物而已。对报名的结果，徐品华心里已有了盘算。

赵桂花担心楼房会旁落他人之手，购楼一旦落空，发财梦就会破灭，上等人的生活就会遥不可及。她急得像热锅上的蚂蚁，去向徐品华讨对策。

徐品华说：“你先别急，我不但要让你稳稳地得到那幢楼，而且要以最低价拍得。”

赵桂花疑惑地看着徐品华，说：“你有什么好办法?”

徐品华暂时还不想告诉她，说：“天机不可泄露。”

这天下午，徐品华带了两条中华香烟，找到了那位杨老板。徐品华开门见山说：“杨老板，你买了那幢楼想派什么用场呢?”

杨老板说：“我也不知道。其实我也不想买，看到报上登着这则消息，就是觉得好玩，想去凑个热闹，反正也不损失什么。”

“噢，原来如此。杨老板，我那同学赵桂花倒是势在必得。”

杨老板说：“徐老板，我明白了，你是为你的同学来当说客的。好了，你别说了，我们都是一块土上的人，你徐老板的面子我会不给吗？放心，开拍的那天，我知道该怎么办。”

“那就谢谢杨老板了，事成之后，我叫我同学请你喝酒。”

“徐老板你这么客气，还给我带来了香烟。喝酒就免了。小事一桩，徐老板不必挂齿。”

“那就再次谢过杨老板。”徐品华与杨老板握过手便告辞了。

六

竞拍会如期举行，公证处应邀派人参加。一脸严肃的公证员坐在主席台上，一副公事公办的样子。坐在主席台上的还有余光迪、纺织机械厂的办公室主任和一名工作人员。

竞拍会现场没几个人，显得有些冷清。竞拍开始后，工作人员举牌第一次报价，台下没人应。过了一会儿，工作人员举牌第二次报价，台下还是没人应。工作人员第三次降价举牌后，台下的赵桂花才举了牌。工作人员三次重复报价后落下了锤，结果是赵桂花拍得那幢楼和后面的那块空地。最后一次降价的幅度比较大，比徐品华的心里价位还低了些。看来，厂方也担心办公楼会成为一堆没人要的废物。

竞拍会结束后，如愿以偿、心情愉悦的赵桂花想请大家吃顿饭，可余光迪说今天吃饭不合适，改日再说吧。三天后，赵桂花把徐品华、余光迪和高淳正请到饭店招待了一顿，对大家的支持表示感谢。为这次竞拍立下汗马功劳的徐品华把杨老板也请去了，杨老板本来不愿去的，徐品华说，拍得者请参与者吃顿饭，这是惯例，杨老板这才去了。

一个星期后，赵桂花拉徐品华一起去纺织机械厂，与余光迪签订购楼合同。经过协商，购楼款分三年付清。这当然是徐品华为赵桂花争来的。一开始余光迪坚决不同意，说董事长那里肯定通不过。徐品华说，余厂长，幸亏赵桂花需要这幢楼，要不你们或许就真的卖户找不到买户了。如没人要，偌大一幢楼，一堆废物而已。你向董事长陈清利害，我想他会理解的。余光迪这才勉强松了口。

这次签合同的谈判很成功，杜士坤和赵桂花对徐品华十分感激。

赵桂花拿了办公楼的土地证和房产证去银行办了抵押贷款。因为贷款要过几天才能到账，所以，付给纺织机械厂的第一笔款又拖延了几天，这其中又费了一些口舌。该付款的那天，余光迪打电话给赵桂花催讨。赵桂花说可能还要过几天。余光迪心里不悦，说，这怎么行，董事长问起，我怎么向他交代？赵桂花说：“这还不好说，你就说房子还没交付，人家想拖几天很正常。余厂长，你放心，五天内一定付清第一笔款子。”余光迪心里不爽，有一种被别人牵着鼻子走的感觉，但事到如今，想想也只能如此，便勉强答应了。幸亏五天内，赵桂花付清了第一笔款子，董事长也没有问起这事，余光迪这才松了一口气。

付过纺织机械厂第一笔款子后，剩下的钱就可以用在今后新饭店设备的添置和启动资金上了。目前，只要办公楼里的人员一搬走，马上就可以装修了。手里有了钱，就有了新的希望，赵桂花心里别提多开心了。她整天脸上乐呵呵的，走路也哼着唱着。她换上了新的行头，买了新的手机，换了手表，自行车换成了电瓶车，那条假的珍珠项链被她扔进了垃圾箱，干脆换了条金项链。

杜士坤见买了一幢楼房，不但没拿钱出去，还多出了许多钱。他见妻子换了新手机，乘机也换了部新手机。想想马上鸟枪换炮要有新饭店了，自己便人前人后也神气了许多。看来还是妻子有远见、有本事，今后饭店经营的事，就让她去折腾吧，自己落得省心省力。

第四章

一

十几年前，纺织机械厂建设在田塍镇东北角的镇乡接合处，当时，那里还并不热闹。最近几年大开发大建设，该厂就被围在了镇中间，成了黄金地段，可工厂想扩大规模却被束缚住了手脚，施展不开来，所以只得易地发展。赵桂花能低价得到纺织机械厂的办公楼和那块空地，可谓捡了个大便宜。办公楼里的人员刚搬走，赵桂花就着手准备装修了。

赵桂花对开饭店还没完全入门，对饭店装修更是门外汉，所以，她只得完全依赖于徐品华。她担心自己和徐品华接触多了杜士坤有想法，故意对杜士坤说："这装修的事我一窍不通，你去和徐品华商量着操作吧。"

杜士坤说："我也不懂，还是你去，你们同学之间好说话，商量起来方便。"

"也好吧，有啥我不能决定的，回来和你商量。"赵桂花的意思是，我可是和你说过的，到时候可不要怪我往徐品华那里跑得勤。

这天一早，赵桂花就打电话给徐品华，说要去他那里商量饭店装修事宜，徐品华回她说："好吧，今天我哪里也不去，专门恭候你的光临。"

赵桂花精心打扮了一番，背了只坤包准备出门。杜士坤见她那模样，嘀咕着说："又不是去走亲戚、参加啥活动，用得着这样打扮。"

赵桂花说："你这人怎么这样说话。我大小是个老板娘，出门总得有个形象吧。再说，我打扮光鲜了，不也是为你争面子，为我们的饭店争面子？”

“去吧去吧，我也是随便说说。”

赵桂花的心情本来好好的，被杜士坤一说，就有些不开心了。她默默地骑着电瓶车出门去了。到了徐品华的办公室门口，她的心情才开朗起来，而且还有些激动。叩过门，里面传出洪亮欢快的请进声。

赵桂花推门进去，徐品华已经离座迎了出来，“哈哈，我就知道是你。”他先把门关上，并上了保险，然后转身两手一伸，就把她熊抱住了。

赵桂花笑着推开他说：“干什么呀，我是来和你商量饭店装修事宜的。”

“我知道。今天我们先做好事再做正事。”

“大白天的，你就不怕有人闯进来？”赵桂花的心怦怦乱跳，脸上一片红晕。

“我门也保了，手机也关了。没人会来的。”

徐品华的办公室是个套间，里面有一个休息室，休息室内有卫生间和卧室。徐品华把赵桂花拥进休息室，说：“我的老同学，你一次次拒绝我，都快把我想疯了。”

徐品华再一次紧紧抱住了她。这一次赵桂花没有拒绝，十分配合地踮起脚，双手吊住他的脖子，把嘴凑了上去。接过吻，两人同时宽衣解带上了床。一番天翻地覆的折腾，两人精疲力尽地平静下来。今天遇上了徐品华，赵桂花算是又见过了世面，心想，徐品华还真是个男神。徐品华则想，这个老同学，还真是个人精。

赵桂花仰躺着，四顾卧室的装潢，说：“今后我的办公室里，也装一个这样的卧室。”

徐品华说：“行啊，装好后，我也掌握一把钥匙。”

赵桂花笑着说：“想得美，你就不怕杜士坤提刀捉奸？”

“那就算了，还是你到我这里来吧，我这里安全。”

“别贫嘴了，坏事做过了，我们该做正事了。”

“不对，我刚才好像说的是先做好事。”

赵桂花边起床边说：“好吧，你说好事就好事吧。”

两人去淋浴房冲洗了一下，各自穿好衣服。徐品华说他先出去泡茶。赵桂花对着台盆上方的镜子，整理好头发，补好妆，然后回到办公室。两人在沙发上坐下后，开始言归正传，商量饭店装修事宜。徐品华问赵桂花，喜欢中式的、西式的，还是现代派的。赵桂花说她也不懂什么式什么派，让徐品华替她拿主意。徐品华说还是现代派的好，装修得简洁明快些，这样既简单大方，又便于清洁打扫，可能还符合她的性格。赵桂花说：“好，就依你的。”徐品华说：“要不要征求一下杜士坤的意见。”赵桂花说：“算了，他更不懂。”徐品华说：“那好，我就自作主张了。到时候要改进或有好的建议，我们再及时更正。”

徐品华突然想起，手机还关着，便赶紧开机。刚打开，叮咚叮咚一连串的声音就响了起来。徐品华一看，有十几个未接电话。其中有一个电话接连打了五次。徐品华笑了笑说：“这个邹伟达，什么要紧的事。”他把电话打了过去。

电话刚接通，邹伟达就迫不及待地大声说：“徐老板，大白天的关什么机呀。不会躲在哪个角落里干坏事吧？”

旁边的赵桂花听得一清二楚，脸一红，对徐品华扮了个鬼脸。徐品华一本正经说：“别瞎说，早上忘记开机了。什么事横一个电话竖一个电话？”

“你快来市区东方大酒店的208包厢，我有几个朋友在这里。我请客少了你徐老板就不热闹了。”

“好吧，我再带个人过去。”

“谁呀？女的还是男的？”

“你认识的，来后你就知道了。”徐品华没等邹伟达回话就断了电话。

“谁呀，怎么听声音有些耳熟。”

“你认识的，做建材生意的邹伟达。”

“我可不去，我一看到他那色眯眯的眼神就不舒服。”

"怕什么，他会吃掉你？"徐品华嬉皮笑脸地说，"你这么漂亮，人家要看，就让人家看看呗。"

赵桂花噘着嘴说："真是物以类聚，和你在一起的没一个是好人。"

"嘿嘿，你不也和我在一起吗？"

赵桂花被说得一脸通红。为避免尴尬，徐品华赶快说："别打口水仗了，我们快走吧，你正好去看看人家东方大酒店的菜肴和装修。"

赵桂花这才笑着说："这倒是个不错的理由，既能看到还能吃到，一举两得。"

两人说笑着向门外走去时，才发现办公室的门锁还上着保险，也不知有没有人来推过或敲过。徐品华心里好笑，真是玩昏了头。

二

阳春三月，风和日丽，一路上，两人的心情不错。赵桂花坐在副驾驶位子上，跟着车载音乐欢快地哼唱着。徐品华一身轻松，边驾驶，边听得摇头晃脑。路程过半时，徐品华突然说："桂花，我们要不要签订一个协议？"

"什么协议？"沉浸在音乐中的赵桂花一时没反应过来。

徐品华扭头看了她一眼，说："装修协议呀。"

赵桂花这才回过神来，想了想说："这个嘛，说实话，我也不懂。我认为，也不用签什么协议，工程结束后，就依照工程量按实结算。再说，你也不会让我吃亏的。"

"也好吧，你放心，我怎么会让你吃亏呢。但按惯例，你得先付百分之三十的预付工程款给我。可现在既没有预算又没有协议，你就象征性地先付点给我吧。"徐品华知道她手里有钱。楼房抵押贷款所得的钱，除了付纺织机械厂的第一笔钱，余下的应该还没动吧。

"老同学，这个就要你帮忙了，工程结束后我一次性和你结算。再说，我现在也没余钱。"赵桂花根本没考虑过要预付工程款，只知道装修好后统一结算的。她现在也不提工程款作为饭店参股或借款的事，她担心他反悔，引起不必要的口舌或麻烦，等工程结束后再说也不迟。

“你怎么没钱了？你那楼房抵押贷款的钱，除了付过第一笔购楼款，其余的哪儿去了？”

“我那笔资金是不能动的，一部分要准备用于新饭店的设备添置和启动资金，还有一部分是准备付购楼的第二笔款子的。”赵桂花当然不能对他说，那笔抵押贷款所得的钱，早已给她花掉了很大一部分。

其实，徐品华早已有了全垫资的思想准备，但他必须提出预付工程款的事。否则，资金会垫得不明不白。现在提出来了，她不付，就不但欠着他的工程款，更欠着他的人情。至于她说过的工程款作为参股或借款处理的事，到时候看情况定，即使欠一部分款子或拖欠一段时间也并非不可以。不要说是老同学，现在有些单位的工程款，拖欠几年的都有。

“好吧，我先替你垫着。不过，我这就亏大了，不但要垫付材料款，还要垫付人工工资。”徐品华边和她说话边认真驾驶着。

“放心，我也不会让你吃亏的。”赵桂花在他的右腿上轻轻捏了一把。

不到半小时，宝马车就驶进了东方大酒店的停车场。两人没有急于去 208 包厢，而是先在大厅、宴会厅，以及其他包厢转了一圈，边转徐品华边给赵桂花讲解，指出其装修的优缺点。直到邹伟达再一次打电话说：“怎么回事呀，到现在还不到？”两人这才向 208 包厢走去。

两人推门进去，里边的所有人都眼前一亮。高大魁伟的徐品华，里面西装领带，外罩皮风衣，说他风度翩翩、气宇轩昂，一点也不为过。跟在他后面的赵桂花更是夺人眼球，她波浪长发，面如满月，唇红齿白；她身穿驼色呢风衣，脖子上的翠绿色丝巾，更使她增添了几分妩媚。她款款向里走去时，把里面的男人们看得一个个眼珠子都要夺眶而出。

“我说还有一个是谁呢，原来是赵老板赵大美女。”西装革履的邹伟达第一个站起来，大呼小叫说。握过徐品华的手后，他抓住赵桂花的手握了好一阵才放开。

里面另外四个人一起站了起来，迎接两人的到来。

和邹伟达握过手后，赵桂花笑着走向另一个人，热情地握着他的手说：“老同学，你怎么也在这里？”

“啊呀，多年不见，真想不到，我们会在这里见面。”王轩接着说，“我和邹老板是朋友，今天是受他的邀请来这里的。”

“噢，原来如此。”赵桂花不明白，他怎么和邹伟达是朋友了。这世上真有太多弄不明白的事情。

王轩虽然个子不高，但五官端正，看上去很精干，他的眼睛闪闪发光，十分有神。见众人一齐把目光投向他们，他介绍说：“我和赵桂花是文艺班的同学，今天能在这里见面，还得谢谢邹老板呢。”

大家分别握过手后，在邹伟达的指引下，一一分主次坐下。邹伟达是东道主，坐主位，徐品华坐在他的右边，赵桂花坐在徐品华的右边。王轩坐在邹伟达的左边。其他人随便坐。坐定后，邹伟达对大家一一作了介绍。介绍到王轩时，他说，王老板现在是沙塍市股市中的名人，是炒股圣手，我现在拜他为师，希望能发个小财。

赵桂花插话说，真没想到她的老同学成股神了。她给大家介绍说，王轩是文艺班里的尖子生，对笛子二胡特别精通，而且歌还唱得好。

王轩被赞得有点不好意思，想谦虚说几句的时候，邹伟达好像想起了什么，对身旁的徐品华说：“徐老板，今天你和赵老板怎么会在一起的？我电话打了五六个你也不接。”

徐品华正色道：“怎么，你不欢迎赵老板？还是怀疑我们干了让你不放心的事？”

“不不不，徐老板，你想哪里去了，我只是随便问问，我知道你们是同学。”邹伟达拍着徐品华的肩膀，皮笑肉不笑地说。

“这就对了嘛。”徐品华笑着说，然后他面朝大家，“今天我的同学赵桂花，去我那儿商量她新饭店的装修事宜，正好邹老板请客吃饭，所以我就把她带来了。一来她和邹老板早就认识，二来她正好来见识一下东方大酒店的装修和菜肴，三来我给大家带来一个大美女，给大家喝酒助兴。况且，赵桂花和她文艺班的同学还意外相见，这不是一举多得的好事吗？可邹老板好像还有点不欢迎的意思，大家说，他是不是应该先罚一杯？”

徐品华先发制人，给邹伟达来了个下马威。

赵桂花本来有些尴尬，见徐品华把话说得滴水不漏，心情一轻松，便带头鼓掌说：“应该，应该。”

王轩和邹伟达是朋友，和徐品华只是初次见面，他不能帮着徐品华，可见赵桂花带头鼓掌响应，只得象征性地笑着拍了几下。其他人都和徐品华不熟，都只是嘿嘿了几下。

邹伟达知道和徐品华斗占不到便宜，见冷菜上齐了，便吩咐服务员倒酒。大家的杯中都满上后，邹伟达站起来先干了一杯，一来他今天是东道主，二来也给了徐品华面子。然后和大家一起干了一杯，酒局正式开始。

三

推杯换盏，大家尽兴地吃着喝着，有美女赵桂花在场，邹伟达兴致更浓。王轩因意外遇见老同学，也高兴得把红酒当白开水喝。酒一杯杯地喝，烟一支支地抽，不到半小时，包厢里便烟雾腾腾，把不抽烟的赵桂花熏得连连咳嗽。徐品华见状，去把通道门和东面的窗子打开，窗外的新鲜空气顿时涌了进来，使他感到神清气爽。他深呼吸了几口，一缕清香悠然飘进他的鼻中。他举目一望，窗外的围墙东侧有两棵白玉兰，一棵开得正盛，一棵半吐芬芳。他看得有些陶醉，触景生情，便萌生了诗意，摇头晃脑想吟上几句。

邹伟达见他呆呆的样子，说：“徐老板，发什么呆呀？窗外有美女吗？再美也美不过赵老板呀。”

“邹老板，在你嘴里就吐不出象牙来。”徐品华说，“你来看，那两棵白玉兰开得好漂亮啊。”

“我的大诗人，你不会来了灵感，诗兴大发了吧？”邹伟达并不计较徐品华的恶语相加，他离座向窗口走去。一看，两棵白玉兰还真是开得漂亮，并感觉有一缕幽香飘进窗来。邹伟达吸了吸鼻子，说："徐老板，即兴来一首吧。"

徐品华又一阵摇头晃脑，便打好了腹稿。他离开窗口时轻轻吟诵了一遍。来到座位上，他说："好吧，既然东道主发了话，我只得从命献丑了。"又说："如果大家认为我吟得还可以，就鼓鼓掌，我们一起干一杯。如不行，没有掌声，我自罚一杯。"

赵桂花笑着说："老同学，你这是在讨掌声呢，还是在卖关子呀？快朗诵吧。"

徐品华哈哈一笑，说："好。我这就朗诵。诗的题目叫《窗外》——

邻家两棵白玉兰，一前一后相继开。
东风无意花有情，暗香浮动潜窗来。"

徐品华手指击着桌面，摇头晃脑刚吟诵完，王轩就一声叫好，带头鼓起了掌。大家也不知诗究竟好与不好，便跟着噼里啪啦地一阵乱拍。然后大家一起举杯，喝完了杯中酒。

赵桂花想，徐品华还真是个才子。有句话称有文采的商人叫什么？她一时想不起来。她无意间抬头看对面的墙上，墙上挂着一幅书法作品，上书"儒雅"两字。她如梦方醒，对了，叫儒商，徐品华还真称得上是个儒商。他有才有貌，有事业有成就，应算得上是个成功人士了，我能攀上他这高枝，也算是自己的造化。她又想到了和他在床上那销魂的一刻，脸上便一阵发烧。她想入非非时，突然想起一件事，今后的新饭店还没个名字。总不能再叫"田塍饭庄"吧。何不趁现在让徐品华给取个名字。想到这里，她站了起来，举杯对旁边的徐品华说："老同学，我单独敬你一杯。"

徐品华抬头看了看她，说："这又为何？"

赵桂花说："首先，感谢你对我事业上的支持，并希望你今后一如既往地支持我。"

徐品华笑着说："嗯，这是个理由。有了首先，还有其次呢。"

"其次，趁你诗兴大发、才思泉涌的时候，给我今后的新饭店取个名字。"

大家听后，一齐叫好。邹伟达起哄说："给新饭店取名字的人非徐老板莫属。"

徐品华没想到她会提这个要求，笑笑说："这个有点难度。这首先要根据你自己的文化理念和饭店的经营理念。而且名字既要大方大气，又要有文化内涵。"

赵桂花说："那当然，不然怎么会叫你来取呢。不过，也不要想得太复杂。我开饭店，没有其他目的，就是为了赚钱发财，过上好日子。说到底，饭店的名字有要财源滚滚通四海的意思。要说内涵嘛，这就是内涵。"

徐品华沉吟片刻，说："钱财即金，金通四海，那干脆就用四个金字。四个金字，代表四方的钱财，所以，就取名'金鑫大酒店'。"

在邹伟达的带头叫好下，大家跟着一齐叫好。王轩心里却想，这名字有点俗了，可既然大家都说好，自己如果有异议，就扫大家的兴了，所以，也就跟着一起鼓掌，然后一笑了之。

徐品华见邹伟达今天特别兴奋，说道："邹老板，我看你对赵老板的餐饮事业也是个热心支持者。等金鑫大酒店正式开始装修时，这装修材料，你可得大力支持啊。"

邹伟达说："你是我的朋友，赵老板是你的同学，我怎么会不支持呢。"

酒喝得差不多了，开始上主食。赵桂花已经吃饱，便放下了筷。刚才大家又是喝又是闹，她分不出心，现在趁大家吃主食时，她才开始回味吃过的每一道菜的特色。

散席后，有人提出要去搓麻将，邹伟达第一个响应，并提出赵桂花也留下，哪怕为大家倒倒茶。赵桂花还真想留下，可徐品华说回去还有事，就不陪大家了，下次一定奉陪。徐品华要走，赵桂花也只得跟着走。她与老同学王轩交换过手机号码后，握手告别。

四

“什么要紧的事急着回去呀？”车上了路，赵桂花意犹未尽，回想着刚才的热闹劲。她多么想和这些有钱有身份的人在一起多待一些时间啊。

“其实也没什么大事。”

“那你干吗要赶紧回去？”

“我不喜欢打麻将，费时间，还要受烟熏。你没看出来？他们都是些烟鬼。我虽然有时也抽烟，但我不喜欢那种环境。”

“噢。”赵桂花若有所思。她想，开饭店前和徐品华没有接触，初中同学而已，对他谈不上有多深的印象，只知道他在学校时语文成绩不错。现在看来，他这人还是蛮有品位的。她不免侧过头深情地看了他一眼。

“不过，我看你那同学王轩倒是蛮斯文的，像个文化人。”徐品华见赵桂花不说话，补充了一句。

“嗯。只是不知道他怎么和邹伟达搞在了一起。也许真是因为炒股的事才使他们走到了一起。”

两人说着话的时候，汽车已进了田塍镇区。先回徐品华的办公室，徐品华也没有叫她上楼去坐一会儿，只说了句：“我们抽个时间，具体商量一下饭店装修的事。”他想，现在不能和她过往甚密，好事要慢慢品味，要细水长流。

赵桂花还真想上去再待一会儿，他没请，她也不好要求，说了一句：“好吧，我们得把装修方案尽快定下来。”说完便骑上电瓶车回她的田塍饭庄去了。她虽然有些依依不舍，但心里还是蛮开心的。今天有太多的收获，她怎能不开心呢。

回到饭店，已过了下午两点。杜士坤和服务员们还在忙碌着，见衣着华丽的赵桂花回来了，杜士坤阴沉着脸说：“怎么到现在才回来？人家忙得脚不点地，你倒好，一跑大半天。”

本来心情愉悦的赵桂花，一听杜士坤那口气，一下也来了脾气，说："你忙，难道我就闲着的？我也忙了大半天了。"

在杜士坤心里，一跑大半天还是小事，这大半天时间和徐品华在一起究竟干了些什么可是大事。不知怎么，他对妻子和徐品华在一起，心里总感到别扭，但又没理由怀疑什么。他们是同学，人家在为你的新饭店出心出力，你应该感谢才对，但他心里就是像吃了只苍蝇。中午时分，客人来了，吧台上没人，杜士坤没法，只好自己去坐。他想给她打电话，问怎么到现在还不回，可一生气，又不愿意打了。今天客人还特别多，所以特别忙。客人走后，他见服务员忙不过来，便帮着一起收拾。他想和她吵下去，可想到服务员在旁边，说了一句"我看你不要心跑野了"后，便忍气吞声继续干他的活。

赵桂花见丈夫对她这种态度，说话阴阳怪气，心沉了一下。想回撑他几句，一想算了，毕竟今天做了有负于他的事。她勉强换上笑脸说："我知道今天你们辛苦了，可我也没有闲着。"

开口不骂笑脸人，见妻子笑脸相对，杜士坤不好再说什么，换了一副态度说："今天客人特别多，忙都忙不过来。"为刚才的态度，算是打了招呼。

赵桂花去换了身衣服，坐到吧台上翻看今天的营业情况。等杜士坤忙完后，她主动叫他坐到她旁边，说："士坤，按理今天的事应该你出面的，新饭店装修的事，我一个女流之辈懂什么。"你不是批评我到现在才回来吗，我还有苦难言呢。

"我也不懂。你去了，你们同学之间容易沟通。"杜士坤想起，这话他好像说过，至少这话的意思他说过。

"容易沟通不错，可这事既麻烦又复杂，我真担心弄不好。所以你要支持我才行。"话点到就好，她可不想把这事让给杜士坤去办。

"我当然要支持，我们自己家的事，我会不支持吗？"杜士坤突然发现，自己好像被套了进去。但不这么说又能怎样说呢。

"这就好。今天我和徐品华商量了一上午，他问我装修中式的还是西式的还是现代派的，我说我也不懂。他建议我装得现代一点。他说这样既美观大方，又节省造价。不知道你是什么意见。"赵桂花知道丈夫是个怕动脑筋怕承担责任的人，想给他出些难题，让他今后不要老疑神疑鬼。

“我看徐品华的主意不错，你们去商量着办吧。”

“既然你这样说了，我就可以放心去办了。”

然后，赵桂花又把上午怎样去市区的东方大酒店参观装修和品尝菜肴的事给丈夫说了一遍，她还特别提到了给将来的新饭店取名字的事。杜士坤听说新饭店取名叫“金鑫大酒店”，便说这名字好听。其实，他还以为是“金兴大酒店”呢。也不知道他有没有学过鑫这个字，他接着说：“这名字不但好听，还大气、吉利。金钱赚多了，就兴旺发达了，是这意思吧。”他自以为把这名字的意思给理解透了。

赵桂花知道他理解错了，说：“你以为是兴旺发达的兴？你搞错了，那是三个金字叠加起来的鑫，金鑫，加起来共四个金，取财源滚滚通四海之意。”她想说，这你就不懂了吧，但她没说，怕伤他的自尊。

“原来是这个鑫，我没学过。经你这么一说，倒确实是四个金字了。这徐品华，还真是个有学问的人。好，这名字不错。”只有初中文化的杜士坤不得不心悦诚服。

赵桂花说：“是啊，这名字你能想得出来吗，反正我是想不出来。徐品华是诗人，诗人取的名字当然有诗意了。而且人家是免费给取的。前几天，我还想着要去请风水先生给取个名字呢。真要去了，人家知道你是开饭店的，没个千儿八百，根本不会放过你，而且还取不出这样好的名字。你说是不是。”

杜士坤笑笑说：“这倒是的。”

五

三天后，赵桂花又去了徐品华那里。她担心杜士坤又要怪她不守在店里，便和他说去徐品华那里商量装修事宜。去之前她和徐品华电话联系过，徐品华说他在办公室等她。

徐品华办公的地方不在田塍镇上，在离镇区两公里远的开发区的一幢写字楼里，他租了三楼的一半。写字楼里有大大小小十几家公司，整天来来往往的人员没有几个互相认识的。谁也不去管谁的办公室来了什么人。所以，赵桂花大可不必担心有人看到她去徐品华的办公室。当然，看到了也无所谓，她是去办事的。

徐品华也真是有本事，他去市城建档案馆找到了纺织机械厂办公楼的施工图，并借出来复印了一份。赵桂花敲门进去的时候，他正在研究图纸。见她走进门来，他没有起身相迎，而是看着她笑。她朝他莞尔一笑，看着办公桌上的几十张图纸说："这是什么图纸呀，看得这么认真。"

徐品华说："还不是为了你？这就是纺织机械厂办公楼的施工图，有了这些图纸，才知道房子的结构，才知道哪里好敲，哪里好填，才能进行装修设计。为了这些图纸，我不但请了一顿客，还花了几十元钱去复印了一份。"

"唷，老同学，那我得好好谢谢你呢。"赵桂花根本看不懂图纸，也不知道搞个装修还这么复杂。

"拿什么谢我呀，不要嘴上说得好听，要有实际行动的呀。"徐品华周身的血液开始沸腾起来。

"要什么尽管说呀，要个大活人我都给你送来了。"赵桂花春心荡漾，面色如三月的桃花。

现在不行动，更待何时。徐品华起身过去，一把抱起赵桂花，向卧室走去。进门后，他腾不出手关门，用脚后跟把门关上。卧室内空调早已打开，温度使人感到舒适，光线柔和，地毯没有一点声息，仿佛一切专为颠鸾倒凤而准备。两人没有多余的言语，各自宽衣解带，进入主题。

一翻云雨后，两人回到办公桌上，开始商量装修事宜。赵桂花先提了个粗线条方案。底层安排迎宾厅、厨房，以及一个可以安排二十桌的中型餐厅，二楼全部安排包厢，有可以放一桌的，有可以放两桌的。三楼主要做宴会大厅，宴会大厅当然要设置舞台，另外再安排几个豪华包厢。赵桂花还提出，现在饭店虽然不时兴卡拉 OK 了，可还有人喜欢唱歌，她赵桂花就喜欢，所以得考虑几个包厢设计卡拉OK，这样考虑，可以满足各类人群的需要。人家有的我们要有，人家没有的我们也要有，这样生意就来了。

徐品华非常认同赵桂花这一观点，一一在记事本上记下了。心想，我这老同学还是有些思路的。

赵桂花一看手表，时间快十点半了，她站起身来说："我得回去了，不然，杜士坤又要责怪我了。"

"他说过你什么了吗？"徐品华起身相送。

"倒也没说什么。只是我上次回去晚了，他那天忙不过来，责怪了我几句。"

"噢。那今后我们要注意点了，免得他心生怀疑。"徐品华想，要想和她保持这种暧昧关系，必须慎之又慎，否则弄得鸡飞狗跳、满城风雨就麻烦了。两人不能继续相好是小事，自己身败名裂可是大事。家中上有老下有小，况且，我还不想和老婆离婚呢。

赵桂花嗯了一声，回头朝他嫣然一笑，他趁机凑上去吻了她一下，说："快回吧。"

她扭动着身子，依依不舍地出门回去了。

回到田塍饭庄时，已有客人陆续到了。杜士坤坐在吧台上，见她回来了，站起身来说："我以为你又要晚回来了呢，你来吧，我去厨房看看。"

"好吧，你去忙吧。等会儿我把商量的方案简单和你说说。今天，搞装潢设计的工程师也来了。"赵桂花不知怎么来了灵感，不假思索地说了个谎。

"噢，好的。"杜士坤去厨房帮厨去了。

赵桂花刚坐下，大门口一辆宝马车飘然而至。车上鱼贯走下以老大施玲芬为首的四姐妹，沈梦梦最后一个从驾驶室中走出来。赵桂花见后，马上从吧台里走出来，一直迎到大门口，和她们一个个又是握手又是拥抱，说："姐姐们怎么这么长时间没来了呀，还以为你们把我这个穷妹子给忘记了呢。"

一向伶牙俐齿的老三钱娟说：“老五呀，怎么可能呢。我们前段时间去泰国、香港和澳门旅游了半个月。知道你忙，所以没有叫你。”

老大施玲芬说：“是啊，下次我们五朵金花一起出游。”

大大咧咧的老二周如梅说：“老五啊，你不知道，我们这次可算是见了世面。泰国的人妖表演，还有什么‘三合一’表演，我们都看得脸红。澳门的艳舞表演，还有顶级碟片中才能看到的现场表演，更让人开了眼界。”

老四沈梦梦说：“好了，别说了，那些让人脸红心跳的事，要说到包厢里去说。”

赵桂花边领着她们上楼边想，那些表演，难道比我开茶馆时放的碟片中的镜头还刺激？一想也是，现场表演肯定不一样。心想，有了钱真好，哪里都可以去，什么都可以看到。我一定要有钱，一定不能让她们小瞧了我。刚才钱娟说我忙才没叫我一起去，其实，她们可能知道我没钱才没叫我的。她心里不免哀叹了一声。她想入非非时，已到了那间最好的包厢门口。赵桂花把她们领到里面，安排她们坐下后说：“姐姐们先坐，我让服务员来给你们泡茶，等我安排好后，再来敬姐姐们的酒。”

“快去安排吧，安排好了来和我们一起喝。听我们说说这次旅游的经历，饱不到眼福饱饱耳福也好。”周如梅快人快语。看来，她还沉浸在这次旅游的所见所闻中。

赵桂花坐到吧台里后，开始回味周如梅的话，“饱不到眼福饱饱耳福也好”。这是什么意思，是看不起我没钱出去玩？还是无意中的脱口而出？还是我多虑了？唉！不管是有意还是无意，还是我多虑了，反正我和她们不在一个档次。表面上她们和我姐妹相称，背后还不知把我当什么看待呢，如果真把我当她们的小妹看待，为什么出去旅游的时候不招呼一声？你看那官太太沈梦梦，每次相见的时候，哪一次拿正眼看过我的？算了，不想了，我应该有自知之明，不能生她们的气，等我有了钱，就能过上她们一样的生活了，她们就不会另眼看我了。哼！我总有一天会赶上她们的，而且，这一天很快就会到来的。想到这里，她心里便释然了。

六

赵桂花走后，徐品华的精力怎么也集中不起来。他想，这么容易就让赵桂花躺到了我的床上，而且，好像她还有点主动投怀送抱的意思。这是天上掉下的馅饼还是她设下的陷阱？俗话说，世上没有免费的午餐。不行，我得防备着点。她说等装修结束后，和我按实结算，可如果到时候她拉下面皮，要赖我的工程款怎么办？可一想又不大可能，毕竟是老同学，大家在一个镇上创业，都是要脸面的，怎么也不会赖我的钱吧。但不管怎样，我还是得防着点为好。上次答应过她全垫资为她装修酒店，现在看来，还是得让她先付一笔预付款才行。但怎样把话说回来呢？这得有个理由。他沉思片刻，心里说，对了，就说现在银行催着要我还一笔贷款，手头资金紧缺。对！就这理由。还有，为了减小风险，装修材料全到邹伟达那里进货，货款先欠着。邹伟达不是心仪着赵桂花吗，就让他也承担一些风险。想到这里，徐品华心里轻松了许多。

这几天，赵桂花老是心神不定，做事丢三落四，不是忘了这就是忘了那，有时候坐在吧台里也是一副木呆呆的样子。客人来了，甚至有时答非所问。徐品华的影子老是在她的脑子里晃来晃去，她想去他的办公室，可饭店里忙着，脱不开身。再说，也不能有事无事老往他那儿跑，如真的引起了杜士坤的怀疑或被他看出了破绽，就坏事了。她有时给徐品华发短信，可他总是说他正忙着。他是真忙着呢还是在故意回避我？要是在故意回避我，那就是他开始讨厌我了。如真是这样，其他事还是次要的，影响到酒店装修的事就大了。她心里掠过一阵凉意。越是这样想的时候她越是想要马上见到他。是呀，究竟什么原因，见到了他不就知道了？我为什么不能去见他呢，我有充足的理由可以去见他呀。上次在他那儿，他说马上就去做装修设计的方案，快一个星期了，方案应该做得差不多了吧，我应该去看看了。杜士坤要说什么就让他去说吧，你不是说过，装修的事都由我去操办吗？想到这，她又自嘲地一笑，也许我想多了。她给徐品华发了个短信，说下午两点左右要去见他。他只回了个“好”字，她就激动不已了。

下午一点多，客人都走后，赵桂花有点迫不及待。她对杜士坤说，新饭店的装修设计方案可能出来了，她要去看看。杜士坤看了她一眼，说：“去吧，早去早回，晚上预订的就有好几桌呢。”意思是说，不要晚上客人来了也不见你的人影。

再急，也得稍稍打扮一下，她去更衣室补了一下妆，重新整理了下头发，换了件前几天新买的浅灰色短风衣，然后出门去了。

装修设计方案昨天就拿到了，可徐品华没有急于告诉赵桂花，他要让她主动找他，这样才显得她急而他不急，不能让她认为他急于要见她。

徐品华见赵桂花一身新装而来，眼前一亮，可他告诫自己，不能让她的美艳乱了方寸。他让她先坐下，然后边为她泡茶边说：“赵老板，方案图我昨天就拿到了。你不打电话，我也想打电话给你了。”

赵桂花疑惑地看了他一眼，就两个人，怎么叫起赵老板来了？而且，见了面，也不像前几次那样又是亲来又是抱。她笑笑说：“老同学，今天怎么生分起来了。”

徐品华说：“没有啊，我又是请坐又是泡茶，哪里生分了？”

“这就好，下次不能再叫赵老板了，特别是两个人的时候。”

“好，遵命。”徐品华欢快地说，他想把气氛调得轻松一些，不要弄得这一次和上一次见面时的情景如同霄壤。接下来，徐品华把一本设计好的装修图集拿给她，说：“你先看看，然后我们再商量怎样操作和开工的事。”

赵桂花从头翻到尾也没看出什么名堂来，她实话实说：“老同学，说实话，我只认识上面的字，可那些图案、符号和线条我根本就看不懂。反正按照我们上次说的去做，简洁大方不落后，文化理念有超前意识就可以了。”

“那好，就这么办。而且，我替你能省则省。下面我们商量具体操作的事。一是预付工程款的事，还有一个是开工日期的事。”徐品华看了她一眼，想继续说下去时，赵桂花插话说：“老同学，预付工程款的事，上次不是已说好全垫资的吗？”

“对，是已经说好了，可我现在有些困难，这需要你理解和帮忙。”

赵桂花这才明白过来，之所以我今天来了你没有以前那样热情呢，原来是有原因的，脸色不免有些变化。她笑容有些尴尬地说：“老同学，你还有困难？说说看呢。”

“是这样的，上次说的时候，我没有想到，我有一笔贷款将要到期，后来银行催讨了，我才想起这事。不好意思，这事只好请你理解。”徐品华起身边去给她续开水边继续说，“老同学，算是你帮我的忙了。”

话都说到这个份上了，还有什么好说的呢，再要说什么就不客气了，她勉强挤出一丝笑容，说：“老同学，那你要我付多少呢？”

“按百分之三十付，我粗略估算了一下，你得付六十万。”

“这么多？”赵桂花想，按这么说，装修的总造价会超过二百万。这个数字她考虑过，可要她付六十万预付工程款她没想过。

“对，是要这么多。”徐品华说完，看着她的脸色。

“不能少了？”赵桂花的脸色有些难看，心里有些恼火。

徐品华淡淡一笑说：“当然能，不是在和你商量嘛。”

“那先付十万行不行？”赵桂花的脸上有了些许笑容。她想，要预付款是肯定的了，现在要谈的是，能尽量少付一些。再说，也不能和他谈僵了，今后还要和他相处下去，还要他帮忙呢。

“不行，再少也不能少于五十万。”

“老同学，你就帮帮我吧，就我现在的情况，你不帮我谁帮我？看在我们俩的特殊关系上，你也应该帮我呀。”

最后，两人商量定下，赵桂花先付三十万元人民币的预付工程款，然后择日开工。看看没其他事了，赵桂花也没见徐品华有其他举动的意思，只好悻悻地起身告辞。

快要出门时，徐品华说：“请等一下。”

赵桂花精神一振，以为他要把她留下。见他回过去拿了一本图集，并没有请她回过去，一阵失落感又上心头。

徐品华说："这本图集你带回去，让杜士坤也看看。"

赵桂花说："我都看不懂，他一个初中生怎么看得懂。"

"看不懂没关系，你回去把它藏好，这里面除了瓦匠、木匠、油漆工的施工图，所有强电弱电的线路图也都画在上面，今后，如酒店的用电线路出了故障，可以按照上面的线路图进行维修。"

"噢，你还真想得周到。"赵桂花心里涌上一阵小小的感动。

徐品华笑笑说："我不替你着想谁替你着想啊？"

赵桂花深情地看了他一眼，依依不舍地走了。

赵桂花回到田塍饭庄，还不到四点。她和杜士坤说起要预付工程款的事，杜士坤说："不是说好全垫资的吗？"

赵桂花把事情说清后，杜士坤说："也许他这是借口。"

赵桂花听了心里不舒服，但也没说什么。杜士坤反倒想，欠人家的钱反正是要给的。如真是借口，这正好说明，他们之间并没有他所担心的那种事发生。

第五章

一

2006年4月中旬的一天上午，赵桂花和杜士坤说，她想去一趟小桥头。她说，听人家说小桥头的小瞎子对生辰八字、阴阳八卦很有研究，她想去叫小瞎子给新酒店的装修选个开工日期。杜士坤说，小桥头有十几里路远，又没公交车，你怎么去呀。赵桂花说骑电瓶车去。杜士坤说，骑电瓶车去就来不及赶回来坐吧台了，到时候客人来了，吧台上没人怎么行。赵桂花说，要不这样，我叫徐品华开车送一下。杜士坤说，不知人家有没有空呢，再说，老是麻烦人家怎么好意思。赵桂花说，有什么不好意思，我们家这么大的装修工程都给他做了，让他跑一趟还不是应该的。而且，就凭同学关系，也是应该的。杜士坤说，也好吧，早去早回。

其实，赵桂花早就想好了，她要和徐品华一起去小桥头。她有点心虚，担心丈夫有想法，才故意这样说的。八时许，她打电话给徐品华，说明情况，徐品华虽然答应了，但口气并不干脆。不一会儿，徐品华开着宝马车来了。车子停在田塍饭庄的门口，他本来不想下车的，但想到应该和杜士坤打个招呼，便下了车。他和杜士坤握手互相问候时，赵桂花一身时装，满身香气地从里面走了出来。徐品华笑着说："你穿得这么漂亮，打扮得这么靓，小瞎子又看不见。"

赵桂花心里说，傻瓜，我是穿给你看的呀，可嘴上却说："我是给你的汽车挣面子。你的车子这么高档，我穿得土里土气，坐在里面总不相称吧。"

“好了，别贫嘴了，我们快去快回，我回来还有要紧事要处理呢。”徐品华和杜士坤挥挥手，和赵桂花一左一右上了车。

人间四月，万物回春，公路两旁一派生机勃勃。徐品华把车窗开启成一条缝，新鲜空气入窗而来，使人神清气爽。汽车开出一段距离后，赵桂花侧头看了一眼徐品华，说：“怎么最近人不见影、音不闻声？”

“我最近忙。一个工程刚开工不久。你那酒店的装修工程，我正忙着备料，准备施工机械，还要组织人员。只等你一声令下，我就要立即进场的。”徐品华看着前方，敷衍着说。

“这倒也是，看来你还挺辛苦的。”

徐品华说：“是啊，不辛苦哪来钱赚，哪来的幸福生活，幸福生活是靠奋斗出来的。”

说话间，汽车来到了一座小石桥旁。小瞎子所在的村子在小石桥的对面，村子因小石桥而被命名为“小桥头村”，简称“小桥头”。桥小，车子过不去。车子要进村，须绕一公里多路。徐品华决定把车子停在桥这边，步行过桥进村。

小石桥的两端各栽有几棵垂柳，新柳随风荡扬，如少女长发飘逸。河中的残荷，像迎接春天的使者，仍一株株顽强地伫立在浅水之中，形成一道独特的水墨风景。两人过桥来到对面堤岸上时，徐品华站在那里发起了呆。赵桂花抬头看着他的脸笑着说：“怎么啦，又来灵感了？”

“是的，你看这里风景多美，小桥流水，鸟语花香。杨柳依依，残荷不败。我还真想吟一首呢。”

“那就来一首呗。”赵桂花偎依着他说。

徐品华沉吟片刻后说：“有了，题目叫《春意》。”

徐品华摇头晃脑来了首五言小诗：

春意

残荷画冬韵，新柳写春风。

人行堤岸上，蛙鸣池塘中。

赵桂花听后，嘿嘿一笑，说：“哪来的蛙鸣呀，你在说梦话吧。”

徐品华一本正经说：“这你就不懂了，这叫意境，臆想中的情境。”他笑着拍了拍她的肩膀，接着说：“走吧，办完了事我们赶快回去，晚回了你老公又要起疑心了。”两人这才向村中走去。问了一村妇后，两人来到了小瞎子的家中。

小瞎子一身本装，脚穿布鞋，年龄六十上下。他头发枯黄，面容消瘦，眼睛半睁，眼球白中带黄。有客人进屋，小瞎子翻着白眼，笑脸相迎。赵桂花说明来意，报上她和杜士坤的出生年月。小瞎子掐指一算，嘴里一阵念念有词，便选定了个日期。结束后，赵桂花问多少钱。小瞎子知道他们是开饭店的，是有钱的主，便开价一千。赵桂花说：“这么多？我只带了二百。”小瞎子说：“你是做大事的，这点小钱也不舍得出？旁边是你男人吗？让他付。”

“是的。”赵桂花的脸红了一下，她轻轻捅了一下徐品华的腰，说，“你付吧。”

徐品华耸耸肩，苦笑了一下，从口袋中取出一千元给小瞎子。小瞎子熟练地点了点，说：“还是你男人大方，是个做大事的人。”

赵桂花用手按住嘴，使劲忍住才没笑出声来。

出了小瞎子的家，徐品华苦笑着说：“我这个冤大头算是做到家了。”

赵桂花咯咯咯咯一阵开心地大笑，说：“你就做一次我的男人嘛，不是家的也是野的嘛。”说完又哈哈一笑。

过小桥时，徐品华再也没有了来时的雅兴，默默地上了车。汽车开出一段路程后，徐品华才一本正经说：“赵桂花，我可告诉你，这种钱要自己出的，否则不吉利，信不信由你。”

“你也算是自己人嘛。怎么，出了一千元心疼？”赵桂花心情不错，微笑着说。

徐品华不好再说什么，再说就是自己小气了。他换了一个话题说：“其实，小瞎子看的开工日期我也会看，日历上翻翻就知道。”

赵桂花侧脸瞟了他一眼，说："你早不说。"

"我说了你相信吗?"徐品华漫不经心地说。

赵桂花心想，这倒是的。可她故意说："我看你还是心疼那一千元钱。不过，今天你也不吃亏，也有收获的。"

"什么收获?"徐品华别过头看了她一眼。

"你观赏到了风景，还收获了一首诗。"

"这倒是的。这就要感谢你了。"徐品华说完，腾出右手在她的左腿上轻轻捏了一把。赵桂花马上做出反应，探身在他的右脸颊上吻了一下。

徐品华嘿嘿一笑。

赵桂花说："你笑什么?"

徐品华说："你说我收获了一首诗，我就想到刚才说的'蛙鸣池塘中'是一种意境，便想到了你的叫声也有几分像蛙鸣，所以那也是一种意境。"

"你什么意思?"赵桂花一时没反应过来。但马上又醒悟了，便在他大腿上拧了一把，说："我看你这是臆想。那怎么叫意境，那是实境。"说完，脸上洇出一片桃红，双手捂着脸，咯咯咯又是一阵笑。

"对对对，是实境，是我用词不当。"徐品华哈哈大笑说。

两人一路打情骂俏，很快回到了田塍饭庄。杜士坤叫徐品华吃过中饭再走，徐品华说回去还有事，下次来吃吧，说完便开着汽车走了。

二

晚上在床上，赵桂花满足了杜士坤，但有点走过场的感觉。一番折腾后，赵桂花说："我们这么大的工程，应该搞个开工仪式，请有关人员吃一顿饭。"

杜士坤说："这是应该的。"

赵桂花像在问杜士坤又像自言自语，说："这开工酒，我们应该邀请哪些人呢?"

杜士坤没有考虑过这些，说："我也不知道，你定吧。"

赵桂花说："人也不要多，就一桌人，对象应该是与饭店装修有关的人。"

杜士坤说："那当然。"

于是，赵桂花说了她考虑的人选。他们是，装修老板徐品华、做建材生意的邹伟达、做烟酒生意的高淳正、纺织机械厂的副厂长余光迪、她文艺班的同学王轩，还有以施玲芬为首的四个姐姐。其中有些人，杜士坤只见过一面，有的虽见过但早就忘记了。可她所谓的四个姐姐他印象颇深，他说："施玲芬她们四人和装修不搭界，请她们做啥。"

赵桂花说："暂时不搭界，今后还得靠她们撑场面呢。"

杜士坤有些累了，打了个哈欠，说："随便你吧，我要睡了，明天还得起早去买菜呢。"

不一会儿，杜士坤便打起了呼噜。

赵桂花辗转反侧了好一会儿也睡不着，她又想起了在小瞎子家中要徐品华替她付一千元钱的事，感到好笑，便扑哧一声笑出了声。她心里有些甜蜜，想着想着也就睡着了。

装修开工日的前一天，赵桂花逐个通知预先定下的人员，叫他们明天晚上到田塍饭庄吃开工酒。今天中午客人一走，赵桂花就去美容美发店做了个美容、烫了个发。她今天要以崭新的妆容展示在客人面前。

下午四时许，赵桂花一身新装，带着陈阳阳等几个服务员站在大门里面，恭候客人的到来。

刚过四点半，沈梦梦的宝马车就到了。不用说，车上照例走下四个姐姐。赵桂花后来才知道，她们四人为什么大多时候都坐沈梦梦的车，原因是沈梦梦的丈夫是政府官员，能搞到汽油票。今天四姐妹提前到来，是想拉开嗓子先唱几首的。赵桂花热情地把她们迎进大门。周如梅像发现新大陆似的说："大家看，今天老五好漂亮啊！"

接着，一个个拉着赵桂花，有说她衣服好的，有说她发型好的，有说她人长得漂亮的。把个赵桂花赞得心花怒放，飘飘然人也觉得轻了许多，自豪感、自信心便油然而生。可她嘴里却说："姐姐们说哪里去了，我怎能和姐姐们比。"然后她拉着施玲芬的手说："大姐，你带姐姐们上楼先唱起来，我等客人都到了，再来陪你们。"她对身旁的陈阳阳说："小陈，你带姐姐们上楼去，把音响调试好。"

陈阳阳答应一声，领着她们叽叽喳喳上楼去了。

过了五点，客人们陆续到了，首先来的是王轩。王轩头发滴溜顺，一身浅灰色西装，皮鞋擦得锃亮，人显得很精神。老同学相见分外热情。赵桂花握着他的手说："欢迎老同学光临。"然后说："你先上楼去，上面我那四个姐姐在唱歌。你的嗓子不比她们差，去露一手，长长我们文艺班同学的脸。"说完让陈阳阳领着他上楼去了。不一会儿，高淳正到了，邹伟达到了，余光迪也到了。余光迪本来不想来的，是徐品华打了电话他才来的。他们见了赵桂花，一个个不是说赵老板越来越年轻了，就是说老板娘越来越漂亮了。说得赵桂花心里像吃了蜜一样。

最后一个到的是徐品华，他是今天的主宾，不会急于先到。像开会一样，主席台上的领导，虽然不会迟到，但不到最后时刻不会进场。徐品华今天西装革履，皮风衣外套，可谓气宇轩昂，派头十足。他走进门来时，赵桂花眼前一亮。不知怎么，她竟想起了他的"意境"之说，心里有些荡漾，脸微微一红。和他招呼时向他抛了一个媚眼。他不易觉察地笑了笑，说："不好意思，有事耽搁了，所以到现在。"说完，自己上楼去了。

都到了，赵桂花叫杜士坤一起去陪客人。杜士坤说，你先上去，我等会儿来。他有些不待见她的四个所谓的姐姐。再说，今天都是赵桂花的客人，她应该坐主位的。自己现在去了，坐主位好，还是坐主位的对面好。坐了主位，显然不合适。坐了主位的对面，自己又没了面子。等会儿上去了，说明自己正忙着，坐在主位的对面，那也是顺理成章的事。冷菜上齐后，他才姗姗来迟进了包厢。果然，主位对面的位子给他留着。在大家的招呼下，他心安理得地走向他的位子。他拿起酒杯，逐个给大家敬了一圈，他还特地多敬了徐品华一杯，说："这次酒店的装修，全靠徐老板的鼎力相助，所以，我得多敬一杯。"他本来就能说会道，几杯酒下肚，话就多了起来。一圈酒敬下来，气氛热闹了许多。

施玲芬她们四姐妹，从没和杜士坤一桌喝过酒，没想到他不但人长得帅，原来还能说会道，心里不觉赞叹。再加上她们的五妹比她们年轻貌美，现在竟开起了大酒店，就更加对她刮目相看。特别是老四沈梦梦，早已收敛了她蔑视的目光。敬赵桂花的酒时，不但语气亲切向她表示祝贺，而且还离座来到了她的身旁。赵桂花感受到了这一点，把一切都看在眼里。心想，人都是势利的，我一定要把事业做大，一定要有很多钱，活出名堂来，我要成为田塍镇上响当当的人物。酒过三巡，她有了些醉意，心中便有了一种意境，仿佛自己已经是个大老板了，是一个成功人士了。她端起酒杯站起来，朝四位女宾说："姐姐们，我们五朵金花一起敬大家。"四人同时起立，和她一起敬了大家。敬完那杯酒，赵桂花又有了一种新的感觉，一种能领导别人的感觉。这是她第一次号召并带领过去她心目中高人一等的四个姐姐做同一件事。她有些飘飘然，心里舒坦极了。

徐品华没有多少言语。他对赵桂花的那四个姐姐不甚了解，虽然赵桂花和他说起过她们，但没有和她们一起喝过酒、吃过饭，更没有和她们打过交道。自己大小是个老板，至少在田塍镇，也算是个有些身份和影响的人，而且和赵桂花还有一层特殊的关系。所以，一言一行都得注意，把握好尺度。但他今天是主宾，总得有所表示。想到这里，他起身说："来，女士优先，我借老同学的酒，先敬四位美女。"接下来，他感谢东道主，敬了杜士坤、赵桂花夫妻俩。然后分别敬了其他各位。

见徐品华敬了酒，余光迪、邹伟达、高淳正、王轩等人分别起身敬了大家。几轮下来，一个个开始豪情满怀起来，而且有人开始醉了。邹伟达第一个醉。他醉意蒙眬，眼睛色眯眯地盯着赵桂花，摇摇晃晃站起来，语无伦次地说："赵、赵老板，祝贺你事业有成，也谢谢你对我生意的照顾。我、我再敬你一杯。”

徐品华一看那样子，笑笑说：“邹老板，今天就差不多了，下次再敬吧。另外，酒店开始装修后，你可要多加支持啊。”

“这、这个你放心。你老、老同学的事，我、我会不支持吗？”说着说着，他就忘了在敬别人的酒，自顾自把杯中酒一口干掉了。

看看差不多了，徐品华说：“没有不散的宴席，今天到此为止吧，我们下次再聚。”

大家都走后，杜士坤对赵桂花说：“我们今天忘记了一个人。”

赵桂花说：“谁？”

“朱会计，朱秀华。”

“对，怎么没有叫她呢，下次不能再把她忘记了。”

三

八时许，原纺织机械厂办公楼的大门口放起了烟花爆竹。这不过年不过节的，放什么烟花爆竹呀。路人抬头看到大门上方的横幅上写着“‘金鑫大酒店’装修工程开工志喜”时，才知道是怎么回事。原来这里要开酒店了，这酒店的名字叫“金鑫大酒店”。不出三天，消息便传遍了田塍镇的大街小巷。一开始，人们还不知道金鑫大酒店的老板是谁。一传十，十传百，到后来都知道了，原来是田塍饭庄的老板把事业做大了。看来，这年头开饭店是赚钱的行当，不然的话，一个小小的田塍饭庄的老板怎么买得起那幢大楼。

受金鑫大酒店装修工程开工的影响，田塍饭庄的生意也日渐见好，杜士坤、赵桂花夫妇的名气也越来越响亮。夫妻俩信心满怀，赵桂花更是踌躇满志。看来，好日子就在前面，离上层社会的生活就差一步之遥了。但冷静下来想想，这一步之遥也不是好跨越的，可能还要付出艰苦的甚至巨大的努力，自己的家底赵桂花心里明白。但不管怎样，现在已有了良好的开端，是应该值得高兴的。

开工后的次日一早，徐品华打电话约赵桂花一起去邹伟达那里，商量采购装修材料的事，并说他到她店里去接她。赵桂花说：“你去和他谈，我就不去了。”

“我去可以，但他不一定会把所有材料都欠给我。”徐品华这是实话，他和邹伟达有君子协定，平时的材料款欠到一定的数字就不能再欠的。

“好吧，我跟你跑一趟。”

“为你的事，怎么叫跟我跑一趟。你等着，我马上就到。”徐品华早已想好，今后去邹伟达那里赊购装修材料，都得由赵桂花去签字，不要到时候都来向他徐品华要钱。

五分钟后，徐品华开着宝马车来了，响过喇叭，赵桂花提着包走出门来。在自己家的店门口，她拉开车的后排门上了车。不一会儿，两人便来到了建材城邹伟达的门市部。

见老客户徐品华到来，邹伟达热情有加，又是请坐又是泡茶。并说，赵老板第一次到他这里，今天两位一定要吃过中饭才能走。徐品华说：“我还有事，谈好事我还得赶快回去。要么赵老板留在这里吃饭。”

赵桂花说：“我也要走的，客人来了我还得坐吧台呢。”

徐品华说：“那么我们就赶快谈正事吧。”

经过商量，凡金鑫大酒店装修所需要的材料，只要邹伟达这里有货，都由徐品华负责提货，欠账单均由赵桂花负责签字。待工程结束后，由赵桂花一次付清所有货款。

邹伟达心想，你徐品华真是个老江湖，你怕赵桂花的材料款让你垫付，却把它推在了我身上。

回家的路上，赵桂花问：“老同学，欠账单为什么一定要我签字呢，你签不行吗？”

徐品华说：“这你就不懂了。我签字，就得我付钱，这当然可以。但买卖双方就是我和邹伟达了，我买了，我就会把材料款算在装修工程的总造价里。按照取费标准，这就要多出包括税金在内的好多费用，这些费用都是被政府拿去的，这一来，你我都有损失，有什么必要呢。

你签字，你把钱直接付给邹伟达，就不存在这些费用了，这叫合理规避。而且，我付钱，他会和我讨价还价，你直接付钱，可以把价杀到底。”

“噢，里面还有这许多奥妙，我还真不懂。”

“呃，我看邹伟达这家伙对你有意思，一双贼眼老是在你身上扫来扫去，你可要防着点他呀。”

“这你放心。我早就发现了。”

“你也不要冷脸对他。你就利用这一点，和他若即若离，不冷不热，到时候算账的时候，狠狠地杀他一记。”徐品华刚说完就后悔了，叫她和他若即若离，到时候狠狠地杀他一记。那么，自己都和她上床了，到时候她还不多砍我几刀？

赵桂花笑笑说：“好的不教。你们这些生意人都不是好东西。”

徐品华说：“说话注意分寸，你自己也是生意人。”

赵桂花说：“不和你闹了，时间还早，要不要去你那里玩一会儿？”

“玩什么？怎么玩？”徐品华明知故问。

“不和你说了，随便你。”赵桂花闹了个大红脸，故作生气地说。

徐品华不再说什么，直接把汽车开到了他的办公地方。赵桂花一看，心里开心不已。

四

徐品华并不打算在金鑫大酒店的装修上赚钱，他的目标是不亏本，略有微利。为了这个目标，他必须加快进度，提高效率。到了六月下旬，装修便初见成效。

一天晚上，施玲芬等四姐妹又来田塍饭庄聚餐。她们来了，当然要拉赵桂花一起入席。杜士坤对她们已有了些许好感，毕竟她们既是赵桂花的结义姐姐，又是饭店的常客，况且她们也不来白吃白喝。顾客是上帝，是自己的衣食父母，有什么理由不对她们好、不对她们热情周到？所以，她们刚到，他就来到大门口，满脸堆笑、满嘴甜蜜，姐姐长、姐姐短地把她们迎进门。

这次是老二周如梅做东，吃着喝着的时候，自然要说到金鑫大酒店装修的事。说到酒店的装修，赵桂花自然就兴奋起来。说："装修的进度很快，这多亏了我那老同学，要是换了别人，我不知要多费多少心思呢。有机会领姐姐们去参观一下。"老大施玲芬说："新酒店装修好了，老五就鸟枪换炮了，我们吃饭也就换档次了。"周如梅说："给了徐老板这么大的装修工程，作为老同学，帮忙也是应该的。按理，他要经常请你吃吃饭，组织些活动邀请你参加，让我们这些做姐姐的也好揩揩油，分享快乐。"老四沈梦梦说："谁说不是，我常听我老公说，做工程都是这样的，施工单位经常要请建设单位的头头脑脑吃吃喝喝，组织旅游等活动，这是不成文的规矩。"

赵桂花被姐姐们这么一说，顿觉没了面子，好像自己是个傻帽。尽管她知道自己并不傻，但她还是说："我一定和我老同学说，让他请客，或吃饭，或出去旅游。"

沈梦梦说："老五，你也不要当真，我们也是说着玩的。你们是老同学，也许他在装修工程的事上照顾着你呢。"

赵桂花说："我知道姐姐们是开玩笑的，可我是当真的。"

晚饭后，赵桂花给徐品华打了个电话，把姐妹们的话给他传达了一遍。徐品华听后，淡笑着说："我看你那四个姐姐一个也不是省油的灯。好吧，为了给你撑面子，我答应了，既吃饭又旅游。不过，时间不宜长。"

赵桂花听后十分开心，说："长了我也不答应，就一天，一日游。"

徐品华说："行，一日游。我们去苏州。后天是星期天，就定在后天。具体去哪里我再考虑一下。我再把邹伟达和高淳正叫上，大家一起热闹热闹，路上一切费用由我负责，晚上回来让邹伟达在你的饭店请客。"

赵桂花立即把情况电话通知了四个姐姐。她们一个个听得高兴不已，都说徐老板够意思。老三钱娟说，她店里的店员这几天请假，她脱不开身，所以就不能和大家一起去了，有点遗憾，但晚宴一定到。

星期天一早，徐品华就开了一辆七人座的越野车，来到田塍饭庄门口等大家。他叫杜士坤也一起去，说车上挤一挤可以坐。杜士坤说他就不去了，他准备好了晚饭恭候大家回来。不一会儿，大家陆续到了。

上了路，徐品华告诉大家行程，说："估计苏州有名的园林大家都去过，就不去了。我们今天上午去菱湖湾，下午去东山采枇杷。大家看行不行。"

大家都说行，一切听从徐老板的安排。一路上，大家有说有笑，热闹着开心着，不知不觉就进入了苏州地界。

早上出发的时候，天虽然有些阴沉，但不像有雨的样子，天气预报也没说有雨，可现在怎么下起雨来了，真是天有不测风云。车子直接开到菱湖湾的停车场，大家鱼贯而下。雨虽然小了许多，但徐品华还是在小卖部给每人买了一件塑料薄膜雨衣和一双鞋套。既然是游菱湖湾，就应乘游船在湖中游才好玩。徐品华买了船票分发给大家。赵桂花带头先上，后面逐个跟上。

上船后，各自挑位子坐好。徐品华走在最后，沈梦梦在他前面，两人便坐在了一起。游船慢慢驶出码头。天公不作美，大家有些扫兴，徐品华想调节一下气氛，说："大家打起精神来。要我说啊，在这烟雨蒙蒙中游菱湖湾还别有一番情调呢。"

徐品华这么一说，还真有了效果，游船中开始热闹起来。高淳正说："徐老板，你不是诗人吗？你看前面蒙蒙细雨中的湖光山色，多像一幅水墨山水，多有诗情画意，何不即兴来一首。"

经高淳正一提醒，邹伟达如梦方醒，带头鼓掌叫好。其他几位女士听徐品华会写诗，便一个个来了兴趣，都说徐老板快来一首。

"我哪是什么诗人，只是喜欢而已。既然大家有要求，我就恭敬不如从命，为大家献丑助兴。"徐品华笑笑说。其实，面对此情此景，他早已萌生了灵感，经大家一起哄，他脑子一激灵，便有了一首，说："我已想好了一首小诗，其实也不叫诗，打油而已。而且意境还有些淡淡的愁意，可能会扫了大家的兴。"

身旁的沈梦梦说："徐老板，打油诗也是诗。而且淡淡的愁意也是诗的一种境界，也是一种美。"

"好！既然我们美丽的四姐这么说了，我就不怕献丑了。我这首小诗的题目叫《雨游菱湖湾》。"徐品华知道可能遇到知音了，侧头看了一眼沈梦梦，然后用不太流利的普通话，吟诵了诗的内容：

雨游菱湖湾

烟雨茫茫菱湖湾，风轻浪细游舫悠。
山水朦胧景如黛，惹得闲人满是愁。

身旁的沈梦梦首先鼓掌叫好，其他人不管领会的和没领会的，都跟着拍手叫好。施玲芬则是一窍不通，但她不懂装懂也跟着一起鼓掌，这一鼓掌，说明她也听懂了。

雨越下越大，且有些阴冷，这就影响了大家的兴致。没有了游兴，也就没有了诗情画意，没有了热情。徐品华见再也提不起大家的兴致，便叫船老大打道回岸。

五

上岸后，徐品华叫大家不要把雨衣扔掉，可能还能派上用场。上了车，汽车一路向苏州的东山方向开去。离东山还有半小时车程时，徐品华见路旁有一家饭店，才感到肚子已饿了，一看手表，时间已过了十一点。他方向盘一打，便拐了进去。

雨还在下，可小了许多，成了毛毛细雨。大家下车后，发现饭店不大，可大门上方"玖加壹饭庄"五个大字却十分醒目，五个大字下"农家乐"三个字则小了许多。大家不理解"玖加壹饭庄"是什么意思，也许就是个农家乐饭店吧。徐品华想，不管它，有好吃的就是好饭店，进去看看再说。

进门一看，这饭店还真有些特色。店老板迎到大门口，把大家引到里面，先参观并介绍了厨房和食材。大家这才明白，这是家原生态饭店：土灶、铁锅、木锅盖，烧的是木柴，灶上用的都是些老旧东西，食材以太湖三白（白鱼、银鱼和白虾）、家养土鸡、河塘中放养的水鸭和不施农药的蔬果等为主，甚至还有太湖里的河蚌、螺蛳等水产物。大家参观后，觉得新鲜，一下来了兴趣。有些人根本就没有见过土灶和那些老旧物品，所以，一个个边参观边用手机拍照，沈梦梦甚至还去灶后添柴烧火。

为满足大家的兴趣，凡饭店现成有的菜肴，徐品华每样都点了一份。因下午要去东山采枇杷，徐品华说喝酒不强求，能喝多少是多少。菜上得差不多的时候，酒也喝到了高兴处。沈梦梦见坐在她对面的徐品华一副木呆呆的样子，猜想他可能又来了灵感，站起来笑着说：“徐老板，我敬你一杯，喝了这一杯，你就有感而发吧。”

徐品华马上反应过来，也笑着说：“知我者，四姐也。”他站起来先干了一杯，然后真的来了一首。题目就叫《农家乐》，内容是：

农家乐

铁锅木柴土灶头，太湖三白农家鸡。
欲问此处何所有，姑苏饭庄玖加壹。

徐品华吟诵完毕，免不了又引起一阵喝彩叫好，大家一齐敬了徐品华。高淳正亮着红鼻子说：“徐老板，你这首诗应该卖给这家饭店的老板，让他请书法家写好后挂在墙上。这一来，不但饭店有了知名度，你也出了名。”

徐品华说：“算了吧，我这打油酸诗，也就是一垛稀泥，糊不上墙的，送给人家都不要，更不要说卖钱了。”

每道菜都有特色，都很可口。特别是那道清蒸鸡尤其鲜美，大家对其赞不绝口。徐品华对赵桂花说：“老同学，你去向店老板讨教一下，这道清蒸鸡是怎么制作烹饪的，今后你的饭店也要做出这样的清蒸鸡来，让它成为一道特色菜、看家菜。”

“老同学说得对。”赵桂花起身走出包厢，向店老板取经去了。

不一会儿，赵桂花面带笑容回到包厢。徐品华知道她已取得了“真经”，说：“赵桂花，这道菜的名字我都替你想好了，就叫‘玖加壹清蒸鸡’。”

沈梦梦说：“徐老板这名字取得好，说明老五今后的这道菜是有出处的。”

大家都称赞徐品华这名字取得好，赵桂花听了当然高兴。

赵桂花的新酒店开业后，“玖加壹清蒸鸡”真成了金鑫大酒店的一道看家菜，为她赢得了顾客，带来了商机，这是后话。

又吃喝了一会儿，也就散了。徐品华付过账，上车继续赶路。

到东山时，雨已停了，大家也就没穿雨衣。可来到山坡上采枇杷时，又下起了毛毛细雨。回汽车拿雨衣已不合算，大家便坚持着各自采摘了一些，去商家那儿一一过秤，徐品华付过钱，便一个个回到了汽车上，准备打道回府。高淳正说：“徐老板，你一路辛苦，又付出那么多，回去的时候我来开车吧，借机为大家服务一下。”

徐品华说：“也好，你开吧。不过，付出谈不上。只是天公不作美，大家有些扫兴。”

说来也巧，正好沈梦梦旁边的位子空着，两人便又坐到了一起。

大家都说不扫兴。一直话语不多的施玲芬说：“管他作美不作美，只要大家在一起开心就是美。”

老二周如梅说：“老大说得对，大家开心就是美。”

沈梦梦说：“徐老板，你就别客气了。我们又是吃喝又是游玩，还欣赏到了你的诗，还有什么扫兴的呢。”

大家都说老四说得对。

说笑中，沈梦梦侧目看了一眼徐品华。心想，以前只知道他是个做装修工程的老板，是个有钱的土豪，哪知道他还会吟诗作对，是个文化人，而且还长得这么神气，不免对他刮目相看，心里产生了一阵无由头的骚动。不觉又用眼角睨了他一眼。

在七嘴八舌说话时，沈梦梦倒一时没了言语。徐品华说：“四姐怎么不说话？”

沈梦梦实话实说道：“我在想，以前只知道你是个有钱的老板，没想到你还是个儒雅之士，是个儒商。”

“四姐谬赞了，我哪配得上这些雅号。我只是平时空下时，喜欢读读闲书，大家在一起高兴的时候，逢场作戏凑个热闹。”徐品华说，“看四姐的气质，听四姐的谈吐，四姐一定是个文学爱好者。”

沈梦梦说：“爱好谈不上，像你所说，闲暇时喜欢看看书。”

坐在前面的周如梅回过头来说：“徐老板你有所不知，我们老四可是个文化人，她就在图书馆上班。她是书堆里的蛀虫。”

沈梦梦推了一下周如梅，说：“老二，你不说话没人说你是哑巴。”

“怪不得四姐一言一行这样有品位。”徐品华心想，不知她的工作是靠了当官的老公，还是凭她自己的学历或本事。想到她当官的老公，便想到是否可以利用她能接些装修业务。他想向她要个电话号码，又怕旁人，特别是赵桂花听了会往别处想。想轻轻问她，又怕她怀疑他的动机，心想算了，以后再说吧。

后面的赵桂花听他们你一言我一语互相吹捧，心里有些不爽，好在汽车的轻轻晃动使大家昏昏欲睡，一时都停止了说话。晚饭前，汽车准时赶到田塍饭庄。杜士坤已为他们备好了酒菜，在大门口和钱娟一起，热情迎接他们的归来。晚上邹伟达做东，免不了又是一番热闹。

事后，徐品华向赵桂花要沈梦梦的手机号码。赵桂花疑惑地看着他，说：“怎么，想和她单线联系了？”

徐品华说：“看你想哪儿去了。我是想通过她，让她的老公为我介绍些装修业务。如真通过她接到了业务，少不了你的好处。”

赵桂花说：“那我去帮你说说。”

徐品华说：“你去说？那在人家眼里，你成我什么人了？就凭我们是同学吗？”

赵桂花脸一红，说：“如此说来，只好你自己去说了。当心魂不要被人家勾去了。”

“放心，人家是官太太，我哪敢有非分之想。”徐品华心里觉得好笑，你吃哪门子醋呀，我的魂即使被人家勾去了，也轮不到你赵桂花来管呀。

这次苏州一日游，虽然时间短，天公不作美，而且是徐品华做东，却大长了赵桂花的脸面，因为徐品华是她的关系、她的人脉，是她的面子。因此，她在四个姐姐中的地位明显又有了提高。她在她们中间也更有了自信，说话也不像以前那样小心翼翼、瞻前顾后了。对她们也不一定要称大姐二姐三姐或四姐了，也可以称老大老二老三或老四了。

六

沈梦梦长得很漂亮。她不是大家闺秀，也算不上小家碧玉，她只是漂亮。她的漂亮说不出有什么特点，看上去就是好看、耐看，如果一定要说出特点，那就是有点冷艳。这冷艳不知是与生俱来的，还是结婚成家后养成的，她自己也弄不清楚。她只读到高中毕业，因偏科没考上大学。因为她漂亮，媒人做介绍时，大学毕业的吴昊才答应娶她为妻。在政府部门工作的吴昊，虽然大学本科毕业，但长相普通平常，生活中也缺少情调和乐趣。沈梦梦嫁给他属于高攀，所以不能有过分的要求，按两人的条件，她应该满足了。吴昊有了小官职后，把她弄进了市图书馆工作，这一来，在中学时代就喜欢文学的沈梦梦，也算是专业对了口。吴昊再一次升官后，花在家庭和妻子身上的时间和精力越来越少，日不归家夜不归宿的情况越来越多。当官的在外面养小三包情妇的事沈梦梦时有耳闻。她也怀疑过丈夫，甚至想提醒他在这方面不要犯错误，可没有证据，不能瞎说，也不敢瞎说，她要珍惜自己的生活。下班后，家务和孩子的事，使她的生活越来越枯燥乏味。她开始变得少言寡语，很少有欢声笑语。大概她的冷艳就是从这时不知不觉开始养成的。她年轻貌美，不甘寂寞，便经常把孩子送到婆婆那儿后，去歌舞厅寻找新的生活方式，在歌舞厅，她结识了她的三个结拜姐姐。

苏州一日游后，徐品华和沈梦梦常有电话联系。在沈梦梦眼里，徐品华虽然不是大学生，但他有自己的事业，风流倜傥有品位。在徐品华眼里，沈梦梦虽然是个官太太，但她有一定的文化素养，而且漂亮有气质。他们成了朋友后，他叫她让她的老公留个心眼，看看能不能弄到装修工程，如能弄到，少不了她的好处。沈梦梦衣食无忧，平时不找吴昊的麻烦。徐品华让她介绍装修工程后，她却放在了心上，向吴昊提出了要求。吴昊知道她也就是想捞点好处，没往其他地方想，所以倒也没有反对，而且也放在了心上。

金鑫大酒店的装修工程快要竣工的时候，沈梦梦通过她老公真给徐品华弄到了一个工程项目。徐品华不但给了沈梦梦一笔不小的酬金，而且他不食言，还答应给赵桂花一笔好处费，不过这笔钱没兑现，今后在酒店的装修工程款中扣除。赵桂花本来也没把这事当回事，兑不兑现她也不好说什么。再说，这好处费是人家的心意，就是不给也不能说什么。她考虑的是，酒店的装修工程快结束了，按照当初的约定，工程结束后，工程款作为参股或借款处理的，但徐品华当时没有作明确的表态，他会不会变卦也不知道。预付工程款一开始也说不付的，可后来还是付了一部分。没有合同没有协议，口说无凭的事变数很大。这才是她所担心的大事。

沈梦梦给徐品华介绍工程后，两人的联系越来越频繁，接触越来越多，直至发展到了肌肤之亲、男欢女爱。而且，第一次还是沈梦梦主动投怀送抱。

沈梦梦投怀送抱的地方也是徐品华的办公室。那天是星期天，沈梦梦在家闲得无聊，便想到了徐品华。她电话和他约好了，下午把孩子送到婆婆那里后，便驾车去了他的办公室。这是她第一次来他的办公室。她见他的办公室收拾得一尘不染，井井有条，心里不免赞叹，这是个工作学习、怡情悦性的好地方。她笑笑说：“徐老板，办公室是你自己收拾的吗？”

徐品华说：“是啊。收拾整理办公室不但可以修身养性，还可以锻炼身体。”

沈梦梦想，这种观点倒是第一次听说。想想自己的丈夫，回到家里什么都不干，有时还对她说三道四，颐指气使，心里就来气。她看到北墙边放着几幅六十公分见方的彩图，一看是金鑫大酒店的装修效果图，就想到了赵桂花，想到他们的关系可能不一般呢，心里便有了些醋意。她装着开玩笑，对徐品华说："徐老板，你和我们那位老五仅仅是同学关系吗？"

"当然还有甲方和乙方的关系呀。"徐品华知道她的意思，可他却装着正经说。接着他又笑笑说："我知道你指的什么关系，可你想，这可能吗？除非我今后不想要她的工程款。"

沈梦梦一想，这理由说得过去，便笑着说："徐老板，我和你开玩笑的。"她边说边去看徐品华办公桌后面挡了半壁墙的书柜，书柜里放满了书，而且这些书都不像是装门面的。这些书大多是有关建筑装修的技术书，除此之外就是古今中外的文学书籍。她正经说道："徐老板，怪不得你事业有成，还能吟诗作对呢。原来都是认真看书学习的结果。"

徐品华说："四姐过奖了，我也只是闲来随便翻翻。"

沈梦梦来到他的面前，声音突然柔软起来，说："徐老板，两个人的时候你不要叫我四姐。我可能也就比你大几个月，叫什么姐呀，叫我的名字或昵称'梦梦'都可以。"

徐品华见她面色红润，两眼放光，目光中仿佛潜藏着某种期盼，丰满的胸部急剧地起伏着，一副欲火难耐的样子。他知道她想要什么。他的心跳也开始加快，他咽了口口水。他还没来得及伸出双手，她就投入了他的怀中。两个人紧紧地拥抱着，热烈地狂吻着。一会儿，两人便相拥着走进了卧室。自此之后，她又来过几次，她想把这里变成她的温柔之乡。可慢慢冷静下来的徐品华却想，这样下去不行，一旦事情败露，如果再传到她那做官的丈夫耳朵中，我还要不要在社会上混了，还要不要吃饭了？再说，这事一旦被赵桂花发觉了，两个女人互相吃醋闹将起来，那我就没有太平日子了。悬崖勒马，还来得及。后来，他以各种借口拒绝了沈梦梦。可沈梦梦心里总放不下他，邓丽君的那首《心里梦里》常常会在她的心里唱起：

心里有一个谜
不知如何说起
梦里有一个你
我的心又起涟漪
心里我问自己
是否能忘记你
梦里再见到你

三年后，吴昊因受贿和包养情妇被判刑五年。为了保护老婆孩子，今后出狱后有一个完整的家，吴昊咬紧牙关，没有把为老婆介绍装修工程的事交代出来。丈夫入狱后，沈梦梦来到徐品华身边，眼泪汪汪地对他说："我怎么嫁了这么个男人，自己长成那副模样，还出去包养情妇。"徐品华听后不好说什么，不置可否地摇了摇头。她说她想和吴昊离婚，问徐品华能不能和老婆离婚。徐品华听后大吃一惊，心想，幸亏和她早就断了往来，不然麻烦就大了。他让她不要一时冲动，这是大事，要慎重考虑，并说："五年一晃就过去的。况且你有一个可爱的孩子，所以不能草率行事。"

幸亏沈梦梦是个说得通、明事理的人，没有再坚持。这是后事，暂且不表。

第六章

一

金鑫大酒店的装修工程终于进入了尾声。一天，赵桂花和徐品华在现场察看工程情况时，赵桂花对徐品华说："老同学，你干脆把各包厢的名字牌也一起搞好。"

徐品华说："可以呀，但你得把名字告诉我呀。"

"这我还没想好。"赵桂花说，"呃，你不是诗人吗？你帮我出出点子。"

徐品华说："这和我是不是诗人没多大关系，主要和老板的喜好和经营理念有关。"

"当然与你有关系，如果包厢的名字有了诗情画意，这不更有文化品位了吗？再说，你出了那么大的力，也应该有你的文化元素在里面呀。"赵桂花说，"要不这样，你不是说和老板的喜好有关吗？我就喜欢你的诗文。"接着她又轻轻加了一句："当然还有你的人。"

"我还真一时想不起来。"徐品华没理会她加的那一句，再说，他还真不想动这个脑筋或者说管这闲事。

"你想不起来？我可替你想好了，就用你写过的诗句中的花草树木等名字。你看行吗？"赵桂花想，这样一来，金鑫大酒店也就打上了你徐品华的烙印了，每一个包厢名字就像你徐品华的影子一样铭刻在这里了。

"嗯，这倒是个好主意。如这样，我可以马上就告诉你。"徐品华自言自语说，"我写过的那些狗屁打油诗中，用过哪些花草树木的名字呢。”他回想了一下，便报出了一连串。

于是，金鑫大酒店的包厢，就有了“春风”“夏花”“秋意”“冬韵”和“玉兰”“荷花”“桃花”“桂花”等名字。

晚上睡在床上，赵桂花把这些包厢的名字说给杜士坤听。杜士坤听后没有异议，说挺好的。然后他说：“装修工程快结束了，要付工程款，要添置设备，这需要大量的钱，也不知我们那楼房抵押贷款的钱够不够。”家里的经济和一本账都由赵桂花经管，杜士坤并不清楚。

赵桂花说：“当然不够。”

“那怎么办？”

赵桂花说：“我自有办法。”

“你有办法？什么办法？”杜士坤脱口说道。他想，除了去借，还能有什么办法？

“士坤，我有一件事想和你说一下。”赵桂花换了个话题，但刚说到这，她又不想说了，想等以后事情办妥了再和他说。可杜士坤追问她什么事时，她只得说：“我想在市区买一套房子。”

“什么？买房子？赵桂花，我没听错吧？新酒店开业，需要花钱的地方多着呢。我们手里的钱根本就派不过来，怎么想到要在市区买房子了，你买房子干什么？”杜士坤以为她在开玩笑。

赵桂花耐着性子说：“士坤，你先别急，这事我想了已有一段时间了。我们的儿子不是快要上初中了吗？总不能让他在田塍镇上读初中吧。”

赵桂花还没说完，杜士坤就呼的一下坐了起来，说：“赵桂花，你怎么这么自私！我们的资金这么紧缺，你怎么考虑起为你儿子买房子的事来了？”

赵桂花也一下坐了起来，大声说：“杜士坤！你这算什么屁话！我的儿子？难道他不是你的儿子吗！我们结婚这么长时间了，怎么还你的我的？”

“好！就算我说错了。那么，我是这家庭中的重要一员没错吧？我应该也有说话的权利吧？”

“谁说你没有说话的权利了，我不是在和你商量吗？”

“你这是商量吗？”

“怎么不是商量？不就是要买一套房子嘛，用得着这样大吵大闹吗？”赵桂花冷口冷面地说。

杜士坤提高声音说：“你说得倒轻巧，买一套房子是小事吗？即使要买，也不能现在买呀。赵桂花！我们买不起！”

“你声音轻一点好不好。怎么不能现在买？你看我那四个姐姐，她们哪一个在市区没有房子？我现在大小也是个老板，我和她们每次在一起说到房子的事，我的脸就没地方搁，我就是要争口气，争个脸面。还有，我刚才说了，我们的儿子总不能让他在田塍上初中吧，你看现在有钱人家的孩子，哪一个不是去市区读书了。”

“赵桂花！你这是虚荣心作怪！你太自私了！我不同意！”

赵桂花轻口薄言说：“你不同意没用，我已经决定了。钱的事你不用管，我想办法。”

“你这是胡闹！我不管了，你去折腾吧！”杜士坤捧了条被子，到包厢的沙发上去睡了。

杜士坤翻来覆去睡不着。他想，赵桂花还真是在胡闹，看样子，买房子的事她是铁了心了。自己再怎么和她闹也是徒劳，钱在她手里，事情她在办。算了，由她去吧，她爱怎么折腾就怎么折腾吧。自己干现成事吃现成饭，省力省心，有什么不好。今后有什么事，都由你赵桂花去兜着，我就做一个撒手大掌柜。想到这里，他心里舒坦了许多，很快就入睡了。次日一早，他踏了辆三轮车，上街买菜去了。

二

未来的三天里，赵桂花见杜士坤一切如常，对买房子的事只字不提，像没经过那天晚上的争吵一样，她这才放下心来。虽说一切由她说了算，但她也担心闹僵了，事情会不可收拾。毕竟自己一个女流之辈，家里的事和经营饭店还少不了他。看看没动静，她就放心了。她去银行把钱取了出来，付了市区学区房的首付。这一来，楼房抵押贷款的钱就所剩无几了。如果用这些钱来添置新饭店的设备，可能也成问题，幸亏田塍饭庄的生意一直不错，有了一些积蓄，否则，金鑫大酒店开业也会成问题。

金鑫大酒店的装修工程已经结束，开业前的一切准备工作进行得有条不紊。最近一段时间，徐品华除了去新酒店的现场与赵桂花见过几次面，其他时间，他都找理由回避她。有几次她打电话给他，说有事要去他办公室见他，他都说有事在外，并说有事电话里说。她没办法，只好找一些无关紧要的事搪塞敷衍。可今天一早，他主动打电话给她，说有事要找她商量，他在办公室等她。她一阵激动，一番梳妆打扮后，骑上电瓶车，心情愉悦地向他的办公地点骑去。

赵桂花叩门进去时，徐品华已为她泡好了茶。赵桂花靓丽的妆容使徐品华眼前一亮，可他告诫自己，今天可不能乱来。他热情地把她迎进门。她伸开双臂想去拥抱他，可他向旁边让开一步，左手指指没关上的门，右手朝沙发一指，说："老同学，快请坐，酒店马上要开业，这一阵把你忙得够呛吧。"

赵桂花扑了个空，有些尴尬，嗔怪地看了他一眼。可她马上调整好心态，坐上沙发说："怎么不是。幸亏有你帮忙，不然的话，我真要忙得像狗找屎吃了。"

"我也没帮你什么忙，只是做了我该做的事，我们对每一个客户都是这样的。不过，你老同学的事，我多用了些心思倒是真的。"徐品华今天说话中规中矩，分寸和要领把握得恰到好处。

"这就够了。当然，接下来的事还需要你老同学一如既往地鼎力相助。"赵桂花话中有话，徐品华今天约她来的目的，她已猜出几分。

"老同学，我们言归正传。"他避开帮忙的话题，坐在老板椅上，一副公事公办的样子，说，"酒店的装修工程已经结束，按照我们开工前说好的，工程结束后一次性结算工程款。我已经按照实际工程量，搞了一份决算清单，清单我已经打印好后装订成册，你先拿回去看看，也给杜士坤看看。如没有疑义或差错，就把钱打到我的账上。还有，这上面的价格和取费我都是按最低标准算的，而且已经作了最大限度的让步。”

徐品华说完，起身把一份决算清单递给赵桂花。

赵桂花欠了欠身子，接过清单，笑笑说：“看什么呀，我还不相信你老同学？再说，我也看不懂。”

“你看不懂没关系，可以给懂行的人去看。还有，即使你相信我，也应给你老公看看吧。”

赵桂花说：“他更看不懂。这事不说了，我完全相信你，就按你的数字结算。再一次感谢老同学对我的照顾。”

“那就好，也感谢老同学对我的信任。”

赵桂花说：“先不要谢我，我刚才说了，还要请老同学一如既往地对我关心和帮助呢。”

“那当然。”徐品华开始警觉起来，她不会真要把工程款作为参股或借款处理吧。

“那我就直说了。我现在手上缺钱，所以，你那工程款我暂时付不了。”

徐品华总以为她哪怕敷衍一下，要付一部分的，哪知她现在一点都不想付了，这就使他紧张起来了，他疑惑地看着她说：“赵桂花，你怎么没有钱了？你那楼房抵押贷款的钱呢？”

“和你老同学说实话，那钱我去为我儿子买学区房了。”

“你没想到要付工程款吗？”徐品华没想到她这么自私，有些恼火。

“当然想到。正因为有你老同学帮忙我才这样做的。”赵桂花想，你不但是我的老同学，还是我的情人呢，这忙你能不帮？

“你看你看，你怎么不和我商量就这样做呢。”徐品华的鼻子差点气出第三个洞来。

他急她可不急，赵桂花淡淡一笑，说：“老同学，你也别急，这事我早就想好了，而且当初和你说过的，这钱算我向你借的，利息我照付，按年息二分算，而且款到付息。也就是说，从现在起，你已经把钱借给我了，我现在就付给你利息。”她喝了口茶继续说：“我现在向你借钱的数字应该是，结算工程款扣除预付工程款后，再加上第一年的利息。老同学，你说对吗？”

见徐品华还是一副生气的样子，赵桂花起身走过去，来到他的身后，边替他捏着两肩边笑着说：“老同学，别生气了，气坏了身子骨我会伤心的。好了，我马上给你写借条。再说了，二分息的利率，干什么有这么高的利润，你做装修工程的利润恐怕也比这高不了多少吧。”

现在赵桂花不提参股的事了，她认为他如参了股，每年要到酒店分红。作为借款处理，等赚了钱，可以慢慢还给他，还清了，事情就结束了，她就轻松了。今后赚的钱就全是她自己的了。

事已至此，还有什么好说的呢。退一万步想，也不怕她少了这钱，毕竟她有那么多资产在，有酒店在经营。况且，这么高的利息应该可以了，就算是我在她那里的投资吧。按理，我不应该拿她这么高的利息，但我为她装修几乎是全垫资，而且我还有银行贷款，所以，拿她这点利息也不为过。现在看来，幸亏当时向她要了一部分预付工程款，而且大部分材料款分摊到了邹伟达的头上。想到这里，他的脸开始舒展开来，叹了口气说：“唉，我怎么会遇到你这么个老同学的。”

赵桂花放开捏他肩膀的手，把手伸到他前面，勾着他的脖子，边摇晃边笑着说：“怎么，遇到我不好吗？遇到我是你的福气，你说是吗？”说完，在他的脸颊上吻了一下。

“是，是我的福气。也是我前世里欠下了你的孽债。”徐品华无奈地嘿嘿一笑，侧过脸对她说。赵桂花不失时机地和他嘴对嘴吻了一下。

“好了，不说这些不开心的话了，我们去开心一刻。”赵桂花把他从老板椅上拖了起来，然后相拥着朝卧室走去。

今天，不管赵桂花怎么挑逗，尽管事情已经谈妥，但徐品华就是提不起兴致。最后，两人只得草草收场。

赵桂花回饭店后，杜士坤问她怎么到现在才回，她对他说了工程款的处理办法。他说：“他同意了？”她说：“怎么不同意，这么高的利息，他又不吃亏。”

杜士坤一开始还怀疑徐品华同意拖欠工程款的动机和目的，现在看来，他是被利息所诱惑，便说："只是利息高了点，不过，还是应该谢谢他。"

赵桂花后来才想起，沈梦梦帮徐品华介绍业务时，徐品华答应给她的好处费并没有在工程款中扣除。她想去说回来，又不好意思，想想还是算了，就不去惹他生气了。倒是后来徐品华也想起了此事，而且也兑了现。

三

金鑫大酒店开业这天，惊动了整个田塍镇。上午八点十八分，酒店的大门前，鞭炮齐鸣，锣鼓喧天。几十个大半人高的花篮排列在大门两旁，十几条红底黄字的庆贺标语从三楼顶一直挂到楼下，在风的吹动下，发出噼噼啪啪的响声。送这些庆贺标语的有单位，也有个人。单位有：纺织机械厂，街道办，市餐饮协会等。私人企业有徐品华的装修公司，邹伟达的建材门市部，高淳正的烟酒经销商店，施玲芬的水泥预制构件厂，周如梅的手机经销门市部，钱娟的化妆品商店，沈梦梦是上班族，她也拉了一家单位送了一幅庆贺标语。

这天晚上，赵桂花办了十几桌酒宴，把田塍镇能叫到的有影响的各色人物都叫到了场。她和杜士坤的亲戚朋友都来了，平时有来往的同学和战友也来了，总之，该来的基本都来了。这天晚上，杜士坤西装革履，气宇轩昂；赵桂花一身华装，仪态万方。赵桂花的四个结拜姐姐及文艺班的同学王轩都表演了节目。在大家的要求下，赵桂花也表演了两个最拿手的节目。当台下响起热烈的掌声时，陈阳阳等服务员上台向她献花。一身西装的邹伟达向服务员要了一束花，快步上台向她献上，并和她热烈握手。此时，宴会达到高潮。又是鲜花又是掌声，赵桂花的感觉好极了，她现在不但被称为老板、老板娘，还像明星一样被喝彩捧场，所有这些，怎不使人心旷神怡，飘飘欲仙。

赵桂花回到桌上，杜士坤对她说："我们该去敬酒了。"

赵桂花这才回过神来，说：“对，该到每一桌去敬酒了。”

夫妻俩逐桌敬酒，当敬到以施玲芬为首的四个姐姐那桌时，赵桂花满面春风，说：“姐姐们，我们来敬酒了。”

四姐妹边举杯边争先恐后说着祝贺词、奉承话。赵桂花来到她们中间时，早已没有了以前的不自信和自卑感，她现在正自信满满、踌躇满志呢。

敬到徐品华一桌时，杜士坤率先来到徐品华身旁，说：“徐老板，能有今天的金鑫大酒店，你徐大老板功不可没，这一杯我要单独敬你。”碰过杯后，杜士坤一饮而尽，徐品华也喝干了杯中酒。

见杜士坤单独敬了，赵桂花紧随其后，说：“老同学，士坤已经说了，要是没你，就没有今天的金鑫大酒店。感谢的话就不再说了，来，我也单独敬你一杯。”碰过杯后，两人都一饮而尽。

夫妻俩正想一起敬大家时，半路上杀出个程咬金，坐在徐品华对面的高淳正站起来说：“慢着，我有一个要求。既然刚才老板、老板娘都说了，没有徐老板，就没今天的金鑫大酒店，而且这些情况我们都清楚，所以，我建议，赵老板和徐老板应该喝一杯交杯酒，而且要大交杯。这不为过吧。”

高淳正几次想揩赵桂花的油没有得手，心里很是不爽，后来看看没有了希望，也就放弃了那念头。他早就看出，赵桂花和徐品华早已超出了同学关系，心里虽然有醋意，但也不能说什么，大家都是朋友。人家不喜欢你，是你没本事，没资本，怪不了谁。现在他几杯酒下肚，早已脸红耳赤，一时兴奋，自己也不知出于什么目的，竟想出了个馊主意。

桌上的人都有了些酒意，都喝到了兴奋点，听高淳正提出这一建议，本想一起响应叫好，可见杜士坤在旁，响应者就寥寥。徐品华听后心里直骂人，这红鼻子混账东西，看我今后怎样收拾你。可他面带笑容说：“高老板，喝你的酒。就你会出馊主意。我们是同学，帮忙是应该的。我和你是朋友，你家里如要装修，我也会帮忙的。”

见大家的表情有些尴尬，杜士坤的笑容就有些僵硬，他听徐品华说话于情于理，都在点子上，便感到自己应该有所表示、有个态度，而且既不能扫了大家的兴，还应表示出一个男子汉的气量和大度。他笑着对大家说："好，我赞成高老板的提议。"

赵桂花正气得心里直骂高淳正是畜生时，徐品华的话为她摆脱了尴尬。心里正释然时，没想到杜士坤来了这么一句，就猜不透他是什么意思了。

听杜士坤这么说了，同桌的王轩发话说："我看这样，我们来个折中，大交杯就免了，可小交杯么，还是要的。不知大家意下如何。"

大家一听，这主意不错，既热闹了，又顾及了大家的意愿和面子。所以都鼓掌叫好。

话都说到这个份上了，也就只好依了大家。徐品华意识到这下自己应该主动了，否则就小气了。他端起酒杯站起来，向赵桂花把手伸了过去。赵桂花虽然有些忸怩作态，可心里却甜蜜着呢。两人手挽着手，把杯中酒一饮而尽。

在大家的鼓掌叫好声中，结束了这近乎闹剧的寻开心。没想到的是，徐品华刚坐下，就被劈头盖脸地浇了一杯酒。徐品华扭头一看，见是一个半大小伙子，他呵斥道："你这是干什么！"

徐品华怒目瞪着那半大小伙子，感到莫名其妙。他抽了几张餐巾纸，擦拭脸上和身上的酒水。

这突如其来的变故使大家都感到莫名其妙。哪来的野小子这么野蛮无礼。刚转身的杜士坤赵桂花夫妇，发现泼酒的竟是他们的儿子赵方宇，脸就一下子黑了下来。

赵方宇本不姓赵，赵桂花和前夫离婚后，就让儿子随了她的姓。赵方宇年方十五，读初中二年级，和外公外婆住在一起。平时由于缺少父母管教，不好好读书，却经常接触那些不该接触的影视和书籍，过早地懂得了男女之事，可对人情世故却一知半解。今天，赵方宇坐在徐品华他们的邻桌，和他的外公外婆与现在的爷爷奶奶坐一桌，母亲和徐品华喝交杯酒的事他看得一清二楚。他认为母亲被人侮辱了，他这做儿子的在别人面前失了面子。再加上爷爷奶奶在一旁嘀嘀咕咕说儿媳妇，一个说：“桂花怎么能这样，当着这么多人，连个脸面也不要。”另一个说：“那男人是谁呀，当着人家男人的面，这样不懂规矩。”赵方宇听得怒火中烧，没和任何人打招呼，端了酒杯就怒气冲冲地向徐品华走去。

杜士坤过去对儿子训斥道：“方宇！你这是干什么！”

赵方宇虎着脸说：“不关你的事！我不要你管！”

“好好好，不关我的事，我不管。”杜士坤气愤之极，扭头走了。

赵桂花脸色铁青，两眼瞪着儿子，呵斥道：“赵方宇，干什么你！这么不懂规矩！快坐回去！”

赵桂花知道，现在不是和儿子讲道理的时候，要讲也讲不清。

儿子犟着头走后，赵桂花赶快去给徐品华打招呼：“徐老板，对不起了，是我没有教育好孩子，你也不要和孩子一般见识。”

其他桌上的人不知发生了什么，都朝这边看。刚才只看到赵桂花和徐品华喝交杯酒，却没看到泼酒的事，现在怎么突然闹了起来。大家都朝这边看时，可又没事了，便以为是有人喝多了在闹着玩。

徐品华已知道那孩子是赵桂花的儿子，这不是当众被人揭了丑打了脸吗？他气愤之极，懊丧之极，但又不能发作，人家还是孩子，如果是大人，他早已上去老拳相加了。理智使他很快冷静下来，他告诫自己不能失态，否则会被人笑话。如传出去，会成为街头巷尾、酒肆茶座的谈资。他控制好情绪，笑着对大家说：“来来来，我们喝酒。”

高淳正是喝交杯酒的始作俑者。他有点过意不去，端起酒杯来到徐品华的身旁，说：“徐老板，不好意思，这事是我引起的，我敬你一杯。”

徐品华喝完杯中酒，勉强笑着说：“不说这事了，都是为了开心。”可心里却说，你还真是无事生非。

王轩站起来说：“也怪我，如果不是我推波助澜，也许就不会发生这事了，我自罚一杯。”

王轩干了杯中酒，然后又敬了大家一杯。他没有单独敬徐品华，如果单独敬他，那就是在同情他，就小看他了。这只有徐品华能理解，心想，这个王轩，还真和别人不一样，心里不免赞许。

四

泼酒的事虽已过去，但杜士坤却一直耿耿于怀。当着他和众人的面，赵桂花和徐品华喝交杯酒，他心里本来就不爽。赵方宇当众顶撞他，他就已经大失面子了，更气人的是，说他赵方宇的事不关他的事，不用他管，这不是根本就不把他这个做父亲的放在眼里吗？或者说，他赵方宇根本就没把他杜士坤当父亲看待。平时自己吃住在饭店，一家三口很少生活在一起，也不知这小子心目中究竟有没有我这个父亲，如果没有，那我为谁而忙，忙得还有多大意义？他又想到了工程款还没付，酒店还没有开业，赵桂花就先考虑为她儿子买学区房的事。看来，今后得多为自己考虑了，不要到头来，都为他人做了嫁衣裳。这时，他想到了自己的儿子，心里不免哀叹。

金鑫大酒店从开业的那天起，生意就一直不错。规模大了，生意好了，工作人员和服务员也就多了。一次，赵桂花的四个姐姐又来吃饭。老大施玲芬露着大门牙说："老五啊，你现在家大业大，不容易啊，可你也不用大事小事事事操心，可以放放手轻松轻松了。多用几个人，抽出时间来，该喝就喝，该玩就玩。"

赵桂花说："谢谢大姐的好意，可我哪有这份福气呀，我天生就是个劳碌命。"

嘴上这样说，其实，赵桂花心里早就有了打算。她准备配齐服务员后，再配两个大堂经理和一个坐吧台的人。这几天，她已经派人贴出招聘服务员的告示。等人员一齐，就重新组合团队。她已经想好，她要像模像样做金鑫大酒店的老板，而不是老板娘。到时候要让你们四个姐姐看看，我赵老五是个什么样的角色；要让全田塍镇的人看看，我赵桂花是什么样的人物。

进行人员安排时，赵桂花让从开小茶馆就跟着她的胖服务员小杜做了大堂经理。小杜名叫杜美玲，她虽然有点胖，但面如满月，五官端正，这几年，懒散的毛病改了许多，她一直对赵桂花忠心耿耿，言听计从。杜士坤提出让陈阳阳坐吧台兼收银员，理由是陈阳阳早已熟悉业务，人也长得齐整，见人三分笑，有亲和力，而且在田塍已有了一定的人脉。赵桂花同意了他的观点。事后，陈阳阳知道是杜士坤提议让她坐吧台做收银员的，心里便对他感恩戴德。酒店规模大了，业务量也大了，需要配备一个会计，赵桂花让她的一个远房表哥来做了财务会计。让她的表哥来做她的内当家，她放心。这一来，她就省心了，就有时间坐在办公室喝茶了，可以想出去玩就出去玩了。她是省心了，可杜士坤还得每天起早去菜场买菜，去和商家与菜贩讨价还价，他想找个人替代他。他对赵桂花说，他一个人每天去买菜太辛苦了，想再找个帮手。赵桂花看了他一眼，没表态，没表态就是默认了。说来也巧，这天下午，他的姑表弟吴天民找到他，说能不能到酒店来找份工作，哪怕打个杂。杜士坤眼前一亮，这买菜的人不是来了吗？吴天民上班的企业破产后，一时找不到工作，在家种蔬菜卖。最近听说杜士坤新开的酒店开业了，便找到这里来了。没想到一说就成。他听杜士坤安排他去买菜，便笑着说："表哥，你让我去买菜，算是安排对人了。我去买菜，这叫专业对口。"

赵桂花听杜士坤说安排他的表弟去买菜，朝他说："士坤，买菜的事可不是小事，这你是知道的。"

杜士坤说："你放心，有我跟着，出不了问题。"

一开始，两个人还每天一起去菜场，过了一段时间，杜士坤就懒得去了。赵桂花说："你怎么不去买菜了？你怎么就放心吴天民一个人去了？"

杜士坤说："你放心，所有菜的价格我清楚着呢。而且我每天叫陈阳阳把买回来的菜过秤记账，错不了的。"

赵桂花不好再说什么，只说了句："你要关心好，要把好关。"

杜士坤说："这我知道。"

酒店装修的时候，赵桂花就让徐品华给她在三楼装修了一个办公室，而且是个套间，里外两间。这事一开始杜士坤并不知道，快竣工的时候，赵桂花和他一起看装修效果时他才知道的，他说："办公室要两个房间干啥，能放得下两张办公桌就行了。"赵桂花说："你不懂，到时候你就知道了。"杜士坤没有再问下去，只等着到时候坐办公室。

可布置办公室的时候，只放了一张办公桌。杜士坤问赵桂花，怎么只放了一张办公桌，这一张办公桌是你的还是我的？赵桂花说，你要负责厨房工作，在三楼办公不方便。不过，我会给你一把钥匙的，你随时都可以来坐坐。意思很明白，这不是他的办公室，如愿意，也可以来坐坐。杜士坤心里不爽，有一种被欺骗愚弄的感觉。可再一想，算了吧，没有办公室，我落得自在。不过，钥匙还是要一把的，有了钥匙，也就等于有了面子，说明他也是有使用权的，也是这里的主人。

办公室的里面一间房没有外门，只有与赵桂花办公的那间相通的内门。那间房被分隔成了两小一大三间。其中一小间，是赵桂花烧香拜佛的地方，赵桂花称其为"佛堂间"。里面的主要摆设是一个佛坛，佛坛的正中，靠墙设一神龛，神龛中供着一尊六十公分高的红木制作的财神菩萨。菩萨两旁各立一支大红电蜡烛。菩萨前面放一只铜香炉，香炉中点燃三支焚香。焚香两旁各摆一盘新鲜水果。佛坛前的地板上放有一个蒲团，供跪拜磕头用。赵桂花对外人说，她每天烧两次香，早晚各一次。

她每次烧香拜菩萨时，总是双手合十，两眼微闭，嘴里念念有词，一副虔诚的样子。她在人前一直标榜自己信佛，可她供的却是财神菩萨。

"佛堂间"向里是洗漱间，洗漱间布置得相当紧凑，但功能齐全，淋浴房、马桶、台盆、化妆台等一应俱全。洗漱间向里便是卧室，是赵桂花休息的地方。卧室不大，但装潢布置得十分精致。

开始一段时间，杜士坤为了刷存在感，还隔三差五去办公室坐坐。赵桂花在时，他就在旁边的椅子上坐一会儿，不在时，他也会坐在老板椅上晃悠几下，体验一下做老板的感觉，可里面一间房他很少进去，也从来没有去烧过香拜过佛。慢慢地，他连办公室也很少去了，去了也没意思。但他想有一个自己的单独空间，便把二楼最边上的一个小包厢做了自己的办公室。说是办公室，其实是他休息的地方。里面放了一桌一椅和一张双人沙发。从此以后，他就很少去赵桂花的办公室了。赵桂花也落得清静，没有对他的做法提出异议。

五

赵桂花这几天担心的事终于来了。一天下午三时许，余光迪打来了电话，说购楼的第二笔款子该付了。她在电话里说："余厂长，这事我记着呢。不过，酒店刚开业，万事都得花钱，手里暂时有些紧张，还请余厂长再宽容几天。"余光迪一听就急了，说："这不是我能宽容几天的事，董事长关心着这事呢。"赵桂花说："余厂长，这事我知道了，也就是拖欠几天的事，请您在董事长面前美言几句。"赵桂花话题一转，说："余厂长，您怎么这么长时间也不来吃饭呀，您来了，会带动人气。"

赵桂花这么一说，余光迪苦笑了一下，说："赵老板，你这钱不付，我哪敢去吃饭呀。"

"余厂长请放心，我不会为难您的。饭，您只管来吃，钱嘛，一分也不会少。"赵桂花说完，不等余光迪回话，便挂了电话。

其实，这笔款子，赵桂花一直在脑子里，她苦于手里缺钱，所以这几天脸色也不好看。她想到徐品华那里去求助，可又实在开不了口，还欠着他那么多工程款，那天开业庆典的宴会上，还险些让他下不了台。幸亏他阅历广、气量大、有定力，否则，还真不好收场呢。现在，余光迪打电话来催讨款子，这可怎么办呢。她想和杜士坤商量，毕竟他是她丈夫，看看他能不能有办法。她打电话把他叫到了办公室。

"什么事，我正忙着呢。"杜士坤已有些时日没来这里了。

"士坤，这楼房的第二笔款子该付了，你看看有没有办法筹措到一些钱。"赵桂花开门见山说。

杜士坤一听就来了气，他嘿嘿了几声，说："我早就提醒过你，要付购楼款，不要先在市区买房，可你听我了吗？你这叫自不量力。"

赵桂花现在有困难，不跟他发脾气。她耐着性子说：“这事已经过去了，就不要再提了。再说，方宇是我们的儿子，替他在市区买一套学区房，也是应该的。”

不提赵方宇还好，一提他，杜士坤就更来气，他又想起了酒店开业那天晚宴上的事，说：“嘿，我们的儿子，他赵方宇把我当爹了吗？酒店开业那天晚上，他朝我说的那些话，你应该还记得吧？”

“他不还是个孩子嘛，你怎么跟他计较。”

“好，我不跟他计较，那我跟你计较。当时我极力反对你去买什么学区房，可你偏不听，一心想着你的儿子。现在要付购楼款了，你却来找我。你去还呀，你不是说有办法的吗？找我干吗！”

“杜士坤！你这是人话吗？你是我老公！不找你找谁？”赵桂花也来了火。

“好好好，我不是人话！我也不是人！你爱找谁找谁去！”杜士坤说完，气呼呼地走了，出门时，把门带得山响。

“杜士坤！你这个畜生！没有这个饭店你只能去卖烧烤！”赵桂花举起桌上的茶杯，奋力向门上砸去，砰的一声，茶杯击得粉碎，茶水溅得一地。

门外还没走远的杜士坤听后一怔，站了片刻，便气呼呼地走了。

赵桂花正坐在那里生闷气时，桌上的手机响了起来，一看是施玲芬打来的，她心里亮了一下。电话接通后，施玲芬说晚上她有几个客人来吃饭。赵桂花表示欢迎后说：“大姐，你能否早一点来，我有话要和你说。”

施玲芬说：“什么事呀，能否电话里先说一下。”

赵桂花说：“这事最好面谈。”

大概施玲芬在想，究竟什么事一定要面谈呢，所以过了好几秒钟她才说：“好吧，我现在就去。”

搁下电话后，赵桂花赶快去把破碎的茶杯和茶叶水收拾干净。

十分钟后，施玲芬来到了她的办公室。见赵桂花一副心事重重的样子，施玲芬说：“怎么啦老五，看你好像有点不开心？”

赵桂花勉强一笑，边为她泡茶边说："刚才和杜士坤吵了一架。"

"酒店刚开业，而且生意兴隆，你们俩高兴还来不及呢。吵什么架呀。"施玲芬说。

"按理应该是这样，可家家有一本难念的经。"赵桂花叹了口气说，"大姐，我遇到难事了，看来，这事只有你大姐能帮我了。"

施玲芬心里咯噔了一下，不会是两人闹离婚吧，可想想又不大可能，闹离婚也不会找她。她笑着说："说说看，只要我能帮上。"

"大姐，那我就说了。你也知道，我这楼房是向纺织机械厂买的，付款形式是分期付款。现在，第二次付款的日期已到，我原准备好的这笔钱给我去市区买商品房用掉了。纺织机械厂在催着要钱，你说我能不急？"

"老五，你是说要向我借钱？"施玲芬没想到是这事，心里咯噔了一下。

"是的，大姐。但也不能完全说是借钱。"

"这话怎么说。"施玲芬疑惑地看着她。

"老大，虽说是借钱，但我会付给你利息。所以，也可以说是你把钱存在我这里。我付给你二分年息，这二分息比银行利息要高出许多。这样一来，你也不吃亏，我也解决了困难。"

利息的事，赵桂花早就考虑过。在把徐品华的装修款转为借款时她就考虑过。一开始，她准备出的年息是一分半，但考虑到有些单位的集资款年息都是一分或一分半，有的甚至二分，所以她愿出到二分。今天，在施玲芬到来之前，她也考虑过出一分半息，但又担心施玲芬借故不借，到那时再加到二分，就变得小气或不客气了，所以，干脆一步到位。施玲芬听说要向她借钱，本想找个理由拒绝，可一听二分息，便改口说："老五，这二分息，你承担得了吗？"

赵桂花一听有戏，心里一松，脸上有了喜色，说："不瞒你大姐说，开饭店只要经营得好，百分之四十的毛利还是有的。所以，你把钱存在我这里，好比是入股投资，我每年分给你本金的百分之二十的红利，你看怎样？"

“那你要借多少呢？”

“如手头方便，你就给我一百万。不过，看在大姐的面上，这笔钱我先付息后使用。所以，你只要给我八十万就可以了。”

施玲芬笑着说：“这怎么好意思呢。”

施玲芬想，借给她这笔钱，我那预制构件厂一年的收入，恐怕比这笔钱的利息也多不了多少。这么好的买卖，何乐而不为呢。

赵桂花终于松了口气，没想到事情这样顺利。

第二天，施玲芬就把八十万元打到了赵桂花的银行卡上。赵桂花收到钱后，特地来到施玲芬的预制构件厂，给她写了张一百万元的借条，借条上写明借款的数字、日期和利率。

赵桂花告辞的时候对施玲芬说：“大姐，这事也不要声张。一来，我也是要面子的人，我知道我不该先去市区买房，就是为了这事杜士坤才和我吵架的。二来，付这么高的利息，如其他姐姐知道了，也要把钱存到我那里，我就为难了。”

施玲芬有些感动，说：“老五你放心，我不会说的。”

“这就好。”赵桂花和她拉拉手，然后骑着电瓶车回酒店去了。

六

杜士坤来到楼下，坐在吧台里面生闷气。陈阳阳见状，坐到他的身旁，笑着说：“怎么啦杜老板，和老板娘吵架了？”

“唉。没什么。”杜士坤叹了口气说。

“杜老板，别生气了。你们俩都不容易，遇到烦恼事要多想开心事。你看你们的酒店开得多兴旺，人家见了你，哪一个不叫你杜老板。”陈阳阳边说边侧头看了他一眼，她不希望他们夫妻俩的关系闹僵，她还要在这里挣钱呢。

“小陈，我听你的。”杜士坤也看了陈阳阳一眼，他又装着开玩笑说，“小陈，有你在旁边，再多的烦恼也就烟消云散了。”边说边装着不经意的样子，伸手在她的大腿上轻轻按了一下。

陈阳阳不但没有避让，反而及时把一只手压在他的手背上轻轻揉着。杜士坤的心怦怦直跳，他已经忘记了生气和烦恼。他翻手抓住她柔软洁白的手揉捏着。他想做出进一步的举动时，大门外走进一个人来，两人便及时松开了手。

“杜老板，什么事还要你亲自坐吧台呀。”来人走到吧台前说。

来者有些面熟，可能是来吃过饭的顾客。杜士坤脸红了一下，可一想吧台下的小动作人家根本不会看到，便笑着说：“有几件小事和小陈交代一下。”他接着问：“这位老板，你要订餐吗？几个人？”

陈阳阳接过话对杜士坤说：“杜老板你去忙吧，这里的事有我呢。噢，对了，你刚才交代的事我会办好的。”

杜士坤起身朝客人笑着点点头，离开了吧台。他来到二楼他的办公室，关好门后躺在沙发上，两手枕在后脑上想心事。刚才试探着把手放在陈阳阳的腿上，她的反应令他有些心旌摇曳，要不是有客人来，接下来还不知自己会做出什么举动来呢。

陈阳阳不用再端着盘子跑来跑去，不用去收拾残汤剩饭、揩台抹凳，能坐吧台做收银员，是杜士坤提议的。陈阳阳心知肚明、感激在心，有心要报答他。虽然酒店真正的主权不在他手里，但他毕竟是老板，人又帅气，所以她心里有几分喜欢他。更主要的是，今后还可以好好利用他呢。可喜欢他又不能放在面上，如给赵桂花看出了蛛丝马迹，就只好卷铺盖走人，另找出路，那可不是闹着玩的。

今天，陈阳阳在三楼走道里路过赵桂花的办公室时，听到里面两人在争吵。她想靠近门听个仔细，可又担心里面的人突然走出来，便闪进旁边的一个拐角，听他们在争论些啥。不多时，见杜士坤怒气冲冲走出门来，并把门关得山响。随即又听到里面赵桂花的怒骂声和杯子击中门的声音。她想，这一次闹得有点大了。杜士坤下楼后，她也去了楼下。见杜士坤坐在吧台里面生闷气，她便主动坐到了他身旁，想安慰他几句。

陈阳阳平时向杜士坤示好的眼神和举止，杜士坤早就看出了端倪，今日一试探，果不出所料。躺在沙发上的杜士坤想到这里，胸中的怨恨之气早已烟消云散，脸上竟然有了笑容，甚至对赵桂花萌生出了几分感激之情。算了，不生气了。小陈说得对，现在酒店开得这么兴旺，哪个见了我杜士坤不喊杜老板？他又想起了赵桂花的话，没有这饭店，他就只好去卖烧烤，话虽然刺耳，但也不无道理。算了，你爱怎么折腾就怎么折腾吧，天塌下来反正有你顶着，我做我的现成老板，有什么不好。想到这里，他微微一笑，右腿搁在左腿上轻轻抖动着，竟哼起了小调。哼着哼着，就进入了梦乡。

第七章

一

杜士坤没想到，这么大的事赵桂花很快就给解决了，也不知她哪里弄来这么多钱的。赵桂花已借到钱是他从陈阳阳嘴里知道的，陈阳阳是在赵桂花向她叹苦经时知道的。一次，两人在一起时，赵桂花说："小陈啊，干点事业不容易，这酒店的第二笔购楼款要付的时候，我让杜士坤去想办法。可他倒好，不但不去想办法，还和我吵了一架，你说气人不气人，到头来，还不是我去想办法借来的。作为一个女人，你说我容易吗？"

"赵老板您真不容易。"当着赵桂花的面，陈阳阳从来不叫她老板娘。她想问钱是哪里借来的，但一想不合适。

为借钱的事，两人吵了一架。所以，杜士坤不好意思问赵桂花向谁借的钱，但他很想知道这笔钱的来路。如向女人借的，他也没必要去操心，如向男人借的，人家怎么会无缘无故借这么多钱给你？难道也是出高利息借来的？如是，也就由她去吧，这也是没有办法的事。但不弄清这事，他心里总有个疙瘩。

一天，杜士坤装着公事公办的样子去问会计刘正平，说纺织机械厂的第二笔款子该付了，不知付了没有。刘正平说已付了，是桂花向一个叫施玲芬的女人借的钱。并说桂花还特别关照，不要把向施玲芬借钱的事往外说。刘正平这话的意思是，你是自家人我才对你说的，你可不能往外说啊。杜士坤这才感到心宽气顺。他想，当时对赵桂花和那四个女人结为姐妹还有想法，而且责怪过她，现在看来，又是自己错了。多一个朋友多一条路，这话说得一点也不错。

这天上午九时许，有一个顾客打电话到吧台，说晚上有一桌人要来吃饭，而且指定要吃澳龙。酒店里没有澳龙，找不到赵桂花，陈阳阳就去找杜士坤，让他派人去市区的水产市场采购。昨天晚上睡得晚，杜士坤睡在沙发上补觉。陈阳阳叩门进去时，睡眼蒙眬的杜士坤马上来了精神。陈阳阳说明来意后转身要走，杜士坤起身一把抱住了她，说："你急什么呀。"

上次在吧台里面做过小动作后，杜士坤一直没有机会下手，平时遇见了，看到了，也只能各自一笑。趁人不注意时，陈阳阳也会给他抛个媚眼。今天这个机会怎能错过。

陈阳阳半推半就说："当心老板娘闯进来。"

"她出去了。"杜士坤边说边把她往沙发上推。

两人干柴烈火，没有多余的话语，迅速宽衣解带。一番云雨后，陈阳阳懒洋洋地从沙发上爬起来，穿好衣服后说："我得赶快出去，吧台上不能没有人，而且杜美玲一会儿看不见我就要找的。"

"她找你干什么？"杜士坤随口一问。

"我也不知道。你不要看小杜胖墩墩一副憨厚的样子，她可机灵着呢。你不要忘记，她可是老板娘从小茶馆里带过来的，好比娘家带过来的贴身丫头，她俩的关系你应该知道的。"

杜士坤说："她不会是赵桂花的密探吧？"

陈阳阳说："谁知道，我们今后可要注意着点，不要被这胖丫头看出什么。"

杜士坤说："得找个理由把她辞掉。"

"你不要做傻事，我刚才说了，她和老板娘的关系好着呢。我们不但不能得罪她，反而应该对她更亲近一点，利用好她，让她成为我们的挡箭牌。"陈阳阳一口一个我们，俨然把她和杜士坤看成是一个战壕里的战友了。

杜士坤说："好，我听你的。"

"你快安排人去采购澳龙吧。"陈阳阳整理了一下头发，向杜士坤浅浅一笑，然后出门走了。

杜士坤心想，乖乖，这些女人，一个个这么有心机，这么厉害，今后还真得小心点呢。当年在广州遇到的梅香小姐使他妻离子散的事，他永远也不会忘记。

陈阳阳的怀疑不无道理，杜士坤的猜测却是歪打正着。虽然陈阳阳完全能胜任坐吧台做收银员的工作，可这是杜士坤提出来的，赵桂花就多了一个心眼。一个打工的年轻姑娘，身材好，面容好，聪明伶俐，被老板器重，老板娘要多一个心眼，这很正常。更何况赵桂花是何等人物，她可是见过世面的人，派一个心腹对他们多加留意，这不是情理之中的事吗？

陈阳阳也不是一般的女孩子，她虽然出生在山沟沟里，可她读过高中，见过世面，而且长得漂亮，惹人喜爱。她坐吧台后，总感觉暗中有一双眼睛在盯着她，特别是在她与杜士坤说话或相遇时，杜美玲只要在场，她那眼神总有些异样。几次后，陈阳阳就看出了端倪，她心里笑着说，好吧，你想看就看吧，我才不管呢。可她的不管，并不是不在乎，而是更加注意自己的一言一行。每次与杜士坤在一起时，她总是落落大方，要么给人以一副主仆关系样子，要么是一副公事公办的样子，不露一点破绽。再说，杜美玲再怎么着，也不可能像特务一样老是跟着他俩。况且，赵桂花也没有叫她这样做，只是叫她多留一个心眼。而且，这种得罪人的事，弄得不好，是要被人打耳光的。所以，即使发现了些蛛丝马迹，也不是好随便瞎说的。更何况，一旦他们有了防范，你能发现他们的奸情吗？

现在，陈阳阳不但对杜美玲有了防范，而且还和她成了闺蜜，这是赵桂花所始料不及的。

二

金鑫大酒店的名声与日俱增，生意和顾客也就与日俱增。顾客的对象已不再局限于田塍镇上，早已辐射到了周边的各个乡村，甚至影响到了市区。顾客中以私营企业的大小老板、包工头等对象为主体，后来影响到了政府部门的办事人员。听说金鑫大酒店的女老板不但人长得漂亮，而且说拉弹唱样样精通，所以，上饭店首选金鑫大酒店；当然，很多顾客是奔着酒店的菜肴去的，譬如，那道“玖加壹清蒸鸡”的味道在田塍独一无二。有人说，能到该酒店吃饭喝酒是一种享受，一种待遇。所以，到金鑫大酒店吃饭，有人把这看作是一种身份或地位，甚至有人把它看作是一种荣耀。因此，有人呼朋唤友而来，也有人慕名前来。

赵桂花不但是金鑫大酒店的老板，而且仿佛有众多粉丝的明星，她的身份、地位和以前大不一样了。一般客人来了，她已不轻易出场了。她认识到，自己毕竟不是卖唱的，而是酒店的老板。如果是同学、朋友来了则另当别论，大家在一起和兴凑热闹，理所应当。如果是重要客人或贵客来了，只要人家有要求，也是必须出场的。

一天中午，来了一桌从没见过的年轻人，并且指定要一个能唱歌的包厢，看来他们是慕名而来的。现在几乎所有饭店的包厢都没有这个功能了。杜美玲把他们领到三楼的包厢，安排他们坐下并把音响打开，然后替他们一个个泡好茶。在替他们开菜单时，就有人拉开嗓子开始唱了起来。

今天，徐品华也带了几个人来吃饭。徐品华已好长时间没来了。上次为工程款的事他心里一直不爽，虽说给了他这么高的利息他应该满意了，但他总有一种被欺骗、进圈套的感觉。虽说也是通过商量的，但多少有点被迫的意思。况且，在旁人看来，这做法还有点不地道，人家没钱，你却以高利息为条件同意把工程款转为借款，而且还是同学，说出去总有点不好听。但想想自己也是被逼无奈，也是在帮她解燃眉之急，还帮了她这么多忙，心里也就释然了。不过，今后与她交往不能过甚了，凡事都应有个度，一旦过了度，就可能会有危险。所以，那次酒店开业晚宴后，他还没去过金鑫大酒店呢。

好长时间没见面了，赵桂花十分想念徐品华。她以为他还在为被她儿子泼了一杯酒而生气呢。她几次想打电话给他，但又不知说啥好。

向他赔礼道歉吗，这些话在当时已经说过。叫他来吃饭吗，又有拉人家来消费的嫌疑。说想念他了吗，这话当然好说。有一次她已经点好了他的手机号码，最后一刻还是放弃了。昨天，她实在有点熬不住了，就拨通了他的电话："老同学，最近怎么既看不见你的人，也听不见你的声音，在忙些啥呀？"声音甜甜的，糯糯的。

"我还能忙什么呀，工程上的事呗。"好久不见，徐品华还真有点想念她呢。虽说不能与她交往过甚，但也不能就此断了关系呀。

"工程上的事哪能忙得完呀，再忙也得吃饭吧，也不到我这里来坐坐。都像你这样，我这饭店还开得下去吗？"嗔怪的口气有点嗲。

"好吧，我明天中午就带几个人来。"徐品华这下回答得干脆。不说话不见面还好，一听见她的声音，还真想马上就见到她呢。

"好。明天中午我全程陪同。明天见。"赵桂花心满意足地挂了电话。

徐品华带来的不外乎邹伟达、高淳正那几个人，这次，他把王轩也叫来了。王轩在市区，电话里听说到赵桂花的酒店吃饭，当然高兴。

赵桂花上午一早就去美容店烫了发，做了美容。有段时间没看到徐品华了，她有些小激动。十点半刚过，她就一身珠光宝气地站在大门口，和小杜她们一起迎接客人。杜美玲从上到下看了她一遍，笑着说："赵老板，如果我没猜错的话，今天有贵客到。"

赵桂花的脸微微一红，笑了笑说："贵客倒是没有，我市区有一个同学要来。他以前有点看不起我这个乡下人，我现在也有了自己的事业，所以要在他面前炫耀一下。"

也不知她的话是真是假，杜美玲侧头又看了她一眼，笑着说："对，不但要炫耀，还要气气他。"

"你这死丫头，这话是你说的吗？等会儿他来了，可要把人家当贵客看待噢。"赵桂花在她手臂上轻轻捏了一把。她嘴里说的是王轩，心里想的却是徐品华。

"知道了，我不是在你面前说着玩的嘛。"杜美玲拖腔带调说。

杜美玲刚说完，那帮没见过的年轻人大呼小叫地进来了，指定要一个能唱歌的包厢。杜美玲把他们领到三楼后的不多一会儿，徐品华就到了。见赵桂花珠光宝气，丰容靓饰，徐品华眼前一亮，说：“多日不见，老同学越来越漂亮了。”

赵桂花脸微微一红，轻声说：“别假惺惺的，快上楼去吧。”然后右手掌朝上，向前一伸，前面带路朝楼梯口走去。

两人来到三楼早已安排好的包厢。进到里面，门刚关上，赵桂花就迫不及待地踮起脚吊住了徐品华的脖子，对着他的嘴狂吻起来。徐品华有些动情，紧紧搂着她的腰和她啃了起来。过了好一阵，徐品华才放开她说：“他们也快来了，你下去迎迎他们吧。”

赵桂花依依不舍地走后，徐品华去卫生间把脸上和嘴上的唇膏清洗干净。不一会儿，赵桂花便领着他们鱼贯而来了。赵桂花招呼大家坐下后，自己也坐了下来。她要兑现昨天对徐品华说的，今天要全程陪同。

坐下后，大家一个劲地称赞赵桂花越来越年轻漂亮了，把个赵桂花赞扬得飘飘然，全身的骨头也轻了许多。酒过三巡，赵桂花说：“各位老板，前一段时间也不见你们来我这里坐坐，特别是我的老同学徐品华，更是不见其影，也不知我什么时候得罪了他、怠慢了大家。今天，我借徐老板的酒再敬大家一杯，然后再给大家表演两个节目，算是给大家赔罪了。”

众人一听便来了劲，邹伟达站起身来，边把西装脱下后挂在椅子的靠背上边说：“你没有得罪我们，所以谈不上赔罪，但喝酒和表演节目是一定要的。”

徐品华则笑了笑说：“今后我们天天来吃饭喝酒，你天天为我们表演节目。”

“老同学，这话可是你说的，不许食言。大家都听到了。”赵桂花边说边笑着拿起早已准备好的琵琶，坐在桌子旁来了一曲苏州评弹。大家鼓过掌后，赵桂花说：“我刚才说要表演两个节目，第二个节目，我要邀请我文艺班的同学王轩和我一起表演。他拉二胡我唱歌。”

在一片的叫好声中，王轩也不推辞，两人便一拉一唱，来了一段京剧《沙家浜》里的唱词。掌声刚停，杜美玲就敲门进来了，说那桌年轻人要叫赵老板去为他们唱歌。赵桂花说：“我又不认识他们，去唱什么歌，你去对他们说，我没空。”

“我说过了，说你没空，可他们非要叫你去。”杜美玲知道，不认识的人，赵桂花一般不会为他们唱歌的。

高淳正说：“这些人真不识好歹，又不是来吃饭非要为他们唱歌的。”

邹伟达说：“小杜你去说，就说菜单中没有唱歌的内容，如要赵老板唱歌，就得加钱。”

“好，那我去这样说。”

小杜说完刚转身要走，徐品华叫住了她，说：“呃，小杜你慢走。他们是客人，客人是不能得罪的。你去说，赵老板今天喝多了，下次来一定为他们唱。”

“还是徐老板这办法好。”小杜笑着出门去了。

不一会儿，小杜噘着嘴又来了，说他们非要叫赵老板去；说他们听到赵老板在其他包厢唱歌了，所以一定也要给他们唱；说一个喝多了酒的光头男人，还摔了一个盘子。

高淳正说：“妈的，是些什么人。去看看，是不是该教训他们一下。”

“我去看看。”赵桂花黑着脸说，说完和小杜一起去了。

赵桂花进门后，强颜欢笑向他们拱拱手说：“各位朋友，我在陪客人吃饭，所以怠慢大家了。”

一个满脸横肉的光头男阴阳怪气地说：“嘿嘿，你在陪客人，难道我们就不是客人了？赵老板，你们开饭店，难道不知道来的都是客吗？”

赵桂花说：“我当然知道，虽说都是客人，但也得分个主次呀。”赵桂花还没说完，光头男便醉醺醺地说：“好！赵老板，这可是你说的，他们是主要客人，那我们就是次要客人了？”话没说完，他就又拿起一只盘子使劲摔在地上。

赵桂花知道说错话了，一时噎在了那里。

小杜见状，赶快跑出门外，向徐品华他们报告情况去了。徐品华他们听后，立即赶了过来。

邹伟达首先发话，说：“你们是什么人，敢在这里撒野？”

“怎么啦，来这么多人？想打架吗？老子不怕！”光头男气焰十分嚣张。

另一个慈眉善目的人大概怕事情闹大，接过光头男的话说：“我们是什么人不重要，但我们是客人。我们也是听朋友介绍后慕名而来的，没有别的要求，也就是想听赵老板唱个歌。”

听慈眉善目的人这么一说，倒也不好来硬的了。徐品华说：“可也不能摔盘子呀。”

慈眉善目的人说：“摔盘子固然不对，可也不是我们错在前面呀。”

光头男说：“对，是你们先错，要不是看在介绍我们来的朋友面上，我们早把桌子也掀翻了。”

又一次提到他们的朋友，徐品华猜想这帮人也许有些来头，所以更不能来硬的，他面无表情地说：“请问，你们的朋友是谁呀？说来听听，或许我们还认识呢。”

慈眉善目的人介绍了他们朋友的名字，并说，他是司法局的副局长。徐品华听说过这人，但不熟悉。不过听说此人口碑不错，怎么交了这班朋友。

“原来是他，他是我的朋友。”王轩听后，淡淡一笑说。为了证明他认识那朋友，他拨通了副局长的电话，说他有一帮朋友在田塍的金鑫大酒店吃饭，闹了点小误会，还请多多包涵。王轩简单介绍了事情的经过。副局长听后说，简直是胡闹。他让王轩叫他们听电话。王轩把手机给那个慈眉善目的人，慈眉善目的人听了，连说是是是，一定照办。

慈眉善目的人把手机还给王轩后，连连向赵桂花打招呼，说：“多有冒犯，实在对不起，摔坏的盘子我们照赔。”

这时，光头男早已没有了刚才的气焰和脾气。

赵桂花已经回过神来，知道这帮人在狐假虎威显摆自己，可虽然是这样，也是不能得罪的，更何况来的都是客，客人是自己的衣食父母。她在旁边的桌子上拿了一只备用酒杯，倒了一杯酒，赔着笑脸说：“各位朋友，今天是我照应不周，应该我向你们赔礼道歉。不打不相识，今后我们都是朋友，还赔什么盘子呀。来，我敬大家一杯。”

大家一时又热闹了起来，双方还互相敬了几杯酒，为了表示诚意，赵桂花还为他们唱了一首歌。

王轩后来才知道，那个慈眉善目的人和那个副局长是一起当过兵的战友，副局长和一个朋友来金鑫大酒店吃过饭，所以知道这里的老板娘既漂亮又能说拉弹唱。

几天后，在赵桂花的安排下，王轩叫上他的副局长朋友和那个慈眉善目的人来金鑫大酒店吃了一顿饭，徐品华作陪。饭局上，赵桂花献上一曲琵琶独奏。

从此以后，除了特殊的客人有要求，赵桂花再也不进包厢表演节目了。

三

这几天，赵桂花有些心神不定。那天徐品华来这里请客，两人在包厢里匆匆忙忙地接吻，赵桂花感到很不过瘾，她一直想找个时间和他好好待一会儿，也一直希望他能主动给她打电话。可他好像故意折磨她似的，就是没有半点音讯。一个星期后的一天下午，赵桂花实在有点心荡神迷，急于想见到他，便给他打了电话。

说实话，这几天赵桂花的影子也一直在徐品华的脑海中晃来晃去。他很想尽快结束与她这种不正当的关系，可对她靓丽的容貌和妩媚的姿态又老是心心念念。他有时想，唉，还真有点放不下她，英雄也难过美人关，何况我这个凡夫俗子。今天，她打来电话，还真是时候，他爽快地说：“我现在空着。”

赵桂花仿佛寂寞的妃子，突然接到皇帝要召她过夜一样，高兴得心花怒放。她赶快梳妆打扮一番，骑上电瓶车，急匆匆向她的温柔之乡赶去。两人见面后，不容分说，又是一番翻云覆雨的折腾。风停雨止后，赵桂花像只温柔的小绵羊，侧着身，静静地躺在徐品华的臂弯里。她两眼柔情似水，默默地看着他。徐品华微闭双眼，仿佛在回味着刚才的激情，一副甜甜的满足的样子。过了好一会儿，赵桂花边轻轻抚摸着他的胸部边柔柔地说："你怎么连个电话也不给我打呀？"

"我担心杜士坤在你身边。"徐品华张开眼睛，随口撒了个谎。

"发个短信也行呀。"

"今后打扰你了，可不要嫌我烦喔。"

"哪可能。"她的手离开他的胸部，柔情地抚摸着他的脸说。

"这就好。"徐品华侧过身，把她的身子弄得平躺着，然后一只手伸向她的腹部，由上而下抚摸着，一直到小腹下才停在了那儿。他突然发现新大陆似的说："你的妊娠纹还是蛮明显的。"以前他可没注意过。再说，以前也从没像今天这样，两人静静地躺这么长的时间。

赵桂花脸一红，伸手把抚摸她的那只手轻轻挪开，然后说："就是呀，我也感到讨厌。"她顿了一下说："你老婆有吗？"

"有，但不明显，她的皮肤倒是很好。"徐品华躺平身子后说。

"噢——"赵桂花心里咯噔了一下，神色有些黯然，情绪一下低落了许多。心想，他会因为我的妊娠纹而嫌弃我吗？

赵桂花再一次侧过身去，一只手搭在他的胸前时，他的手机突然响了起来。他转过身，在床头柜上拿过手机一看，是工地上的木工组长打来的。他接通了电话，木工组长说工地上的吊顶龙骨没有了。他说了声知道后，便挂了电话。他坐起身来说："该起床了。"

赵桂花有些依依不舍地起身穿衣，然后依依不舍地离开了她的温柔之乡。

回到酒店后，赵桂花老是心神不定，一副神不守舍的样子。她还在想妊娠纹的事。她努力回想徐品华抚摸她的妊娠纹时的表情和语气。他为什么摸到那里就停在那里了呢？是的，他一定有了想法，连我自己都讨厌的妊娠纹，他会喜欢吗？她的神情有些沮丧，对自己的身体开始失去自信。整个下午和晚上，她都心猿意马。客人来了和人家打招呼时，她尽量想驱赶掉头脑中那些烦恼的东西，可精力总是集中不起来。晚上睡在床上，她无意间又触摸到那妊娠纹时，仿佛触到地雷似的迅速把手移开。心灰意冷间她突然想到要去做美体。对！我要去美体，去把那方丑陋处理掉。一旦做出决定，便看到了希望。看到了希望，心里也就轻松了。她慢慢地有了睡意，一会儿就睡着了。

次日上午九时许，她去了一家田塍镇最好的美容院——美媚美容院。最近一段时间她经常去的美容院，是经朋友介绍的一家美容院，而且还办了贵宾卡，可她对那家美容院并不看好，一来美容院的档次不高，按她现在的身份，进这种档次的美容院是不相称的。二来去那家美容院的顾客档次不高，混迹于他们中间，也有失自己的身份。所以，她早就想换一家美容院了，她想去市区的美容院，可路远不方便。这次要做下身美体，便下定决心要去美媚美容院。据说美媚美容院是全国连锁店，这也是她选中这家美容院的主要原因。

美媚美容院的王老板听说是金鑫大酒店的赵老板来了，便亲自接待了她。王老板叫王园，四十岁左右，毕竟是美容院的女老板，皮肤光洁，容貌靓丽，显得年轻。王园把赵桂花领到她的办公室，边给她泡茶边说："赵老板，你是田塍镇上的知名人士，又是个大美人，早该到我这里来了。"

"王老板过奖了，我一不是知名人士，二不是大美人，担心到您这里来不够格。我今天来也是出于无奈。"赵桂花说完，脸微微红了一下。

"噢，赵老板还会有为难之事？说说看，看我这里能不能给你解决。"

"王老板，说出来挺难为情的，恐怕会被你笑话。"

"哪可能，到我这里来做面部和隐私部位保养的人多着呢。"见多识广的王园干脆把话挑明。她装着不经意的样子，仔细端详了一遍赵桂花的面部，也就是眼角有些不太明显的鱼尾纹，便猜测她可能要做的是胸部或下体。再看她的胸部，她的胸部挺着呢。她又看了她一眼，眼神有些诡异。她知道，一般女人不会为了取悦自己的男人来做那些保养的。她心里一笑，等会儿谈价格的时候便有了底。

“王老板，你这里能除妊娠纹吗？”赵桂花猜测，王园可能已知道她来干什么了。所以，也不再支支吾吾、遮遮掩掩了。

“能啊，怎么不能。除妊娠纹是我这里的主要项目之一。”

赵桂花也不知她说的是真是假，反正慕名而来，也就信了她。两人喝了一会儿茶，说了一会儿话，便去了一个小包间。赵桂花让王园看了她小腹下的妊娠纹，然后回到办公室谈价格。王园开价五万。赵桂花听后心里咯噔了一下。她知道可能会很贵，没想到会这么贵。她说：“王老板，要这么贵？”

王园说：“赵老板，不贵。做这种理疗式美体，前后要做半年时间，每星期一次，每次一小时。赵老板，你说贵吗？你是田塍镇上的名人，是我敬重的人，所以我也不和你来虚的，换了别人，我起码开价八万。”

这话赵桂花听了舒服，可嘴上却谦虚说：“王老板，你抬举我了，我哪算得上是名人，开个酒店而已。”

王园说：“开酒店是赚钱的行当，你赵老板把酒店做成这么大的规模，田塍镇上有几个人能与你相比。做个美体不要说是五万，就是八万十万，对你来说也是小菜一碟。”

赵桂花本想还个价，可听王园对她这么一吹捧，就虚荣心作怪，默认了，说：“价格依王老板的，可服务一定要好啊。”

“赵老板尽管放心，我一定给你安排最好的技师，包你满意。”王园有些后悔，怎么没把价再开高一点呢。她灵机一动，说：“赵老板，不知你以前有没有做过面部美容。我这里做面部美容也是一流的。”

“做倒是做过，就是不太满意。”赵桂花本想提这事，不料王园先提出来了。

“我建议你在我这里把面部美容也一起做了，价格从优。”

“只是不知王老板这里是怎么收费的？”

王园说：“这样，我给你一张贵宾卡，一年三万。只要你有时间，每天都可以来。我们这里普通客人一次服务一个小时，像你这样的贵宾，一次可以延长到一个半小时。”

一年三万，赵桂花有些心疼，可又不好意思还价。还了价格就掉了自己的身价，便心一横说：“好吧，这也依王老板的。”

“赵老板毕竟是做大事业的，为人处事没有半点小家子气。我也正因为看中了你这一点，所以开的也是最低价。换了别人，我肯定会开个高价，可讨价还价后，到后来价格还是会高于你这个价。”王园给赵桂花吃了颗定心丸，让她不要以为吃了亏。

赵桂花被抬举得有些飘飘然，以为自己确实可能还占了便宜，便心里高兴，说：“那就谢谢王老板了。”说完便起身告辞。

王园把赵桂花一直送到大门口，拉着她的手说：“希望赵老板早一点过来，做这种理疗式美体，越早越好。”接着她换了个口气，感叹着说：“赵老板，人生苦短，别亏待了自己，趁着还年轻，该漂亮的要漂亮，该寻欢的要寻欢，该行乐的要行乐。人的一生，我们都要对得起自己，要活得精彩。”

王园说得玄玄乎乎，赵桂花听得似懂非懂，她笑了笑说：“王老板说的都是人生哲理，我今天长知识了。听你的，我明天就来。”

四

从此以后，赵桂花每天下午两点，准时去美媚美容院。遇到一星期一次的理疗式美体，就先做面部美容，再做理疗式美体。有时为了节约时间，她就叫两个技师同时给她做，一个做上面一个做下面。

做下面可是件受折磨的事，要消除妊娠纹，需要一次次地打磨。每一次打磨，既不能太重，又不能太轻，重了伤皮肉，轻了无效果。得轻轻地慢慢地，要温火慢烹，不能急于求成。刚开始的时候，她问过王园能不能直接换皮。王园说，当然可以，这样还可以长痛不如短痛，一次性解决问题，可这皮得从自己身上取，所以这就成了挖东墙补西墙，妊娠纹的问题是解决了，可取掉皮的那一方怎么办。赵桂花听了再也不敢提换皮的事了。其实，赵桂花哪里知道，王园那里根本就做不了这种手术。一连去了几次，赵桂花感觉似乎有了些许效果，便增强了信心。

有了名，有了利，赵桂花的活动圈子大了，应酬也越来越多了，在酒店的时间就越来越少了，甚至有时一整天也见不到她在酒店。有些客人是奔着她去吃饭喝酒的，到了酒店看不见她，就打电话给她，她能赶到酒店就去一下，赶不到酒店就在电话里打个招呼。

她不经常在酒店的事，杜士坤说过她几次，可她说："你不是在吗？再说，我养了这么多人，难道还要我大事小事事事操心？"

赵桂花上午睡到九十点钟，下午去美容院，晚上客人还没走，有时她却先走了，也不知她去了麻将馆还是歌舞厅。在赵桂花的潜意识里，她俨然是个上流社会的成功人士了。所以，她更加注重自己的形象了。每次美容出来的时候，她总要站在镜子面前，从上到下认真注视一番，看看眼角本来就细少的鱼尾纹是不是更少更细了，看看自己的容貌和形象是否更加光彩靓丽了，然后整理一下衣衫，再走出美媚美容院。

下午从美容院出来回到金鑫大酒店，差不多已是四点左右，正是服务员们上班的时候。姑娘们见她容光焕发走进门来，都会眼睛一亮，一个个不是说她越来越年轻了，就是说她越来越漂亮了。把她称赞得喜滋滋，乐哈哈，一副喜笑颜开的样子。有时候姑娘们忘记了说她漂亮、说她年轻，她就会主动问一句，我今天漂亮吗？当得到肯定的回答后，她才满意地回她的办公室去。陈阳阳掌握了这个特点，赵桂花每次进门走近吧台时，她都会及时站起身来，不是说赵老板越来越漂亮了，就是说赵老板越来越年轻了，总之，换着花样变着内容说奉承话，说得赵桂花周身舒坦，满心喜欢。所以，赵桂花也把陈阳阳看成是她最忠诚、最信得过的员工之一。

最近，赵桂花自信满满，就常常想起她的老同学。又有半个月没有徐品华的消息了。她想主动给他打电话，不为别的，哪怕是问候一声。可每当她拿出手机想打他电话的时候，就想起了身上的妊娠纹，她的自卑感便油然而生，那地方成了她的伤心之地。他为什么不主动给我打个电话呢，难道他讨厌我了？讨厌我还是讨厌那地方？对了，他说他老婆的皮肤很好，那就一定是讨厌我那地方了。通过一段时间的理疗式美体，那地方已经有了明显的效果。对，我要让他知道，那里已不再那么讨厌了。我要让他分享我的高兴。

那天下午，她鼓起勇气打通了他的电话。知道他在办公室后，她精心打扮了一番，去了她寻欢销魂的温柔之乡。

两人上床后，按照惯例，免不了一番折腾，然后躺着小憩一会儿。当徐品华伸过手去，揉抚她那平坦的小腹时，她的心一阵狂跳，不知他会作出什么反应。他的手慢慢向下滑去，突然间又停在了那里。她本能地想去把他的手挪开，可她没有，她要让他知道，那地方已不再那么丑陋了。他疑惑地看着她说："怎么光滑了许多？"

她一阵狂喜，激动得要掉眼泪。她侧过身搂着他说："我去做了理疗式美体。"

"理疗式美体？什么叫理疗式美体？"

"就是把妊娠纹消除掉的保养。"

"为什么要消除掉妊娠纹？"

"你不是不喜欢吗？消除了不就光滑了吗？好看了吗？"

"我什么时候说过不喜欢的？再说，妊娠纹有什么不好？我倒认为，那是一种花纹，是一种花，是一种美丽的女人花。"徐品华想，看来，她是为我去做这种蠢事的。还真是傻，去花这种冤枉钱。

"可你上次摸到了，不是有些不高兴吗？"

"没有啊，我没有不高兴啊。"徐品华感到好笑，心想，女人要喜欢一个男人，也是会不顾一切的。

赵桂花不知他说的是真话还是假话，反正她认为，除掉了总比不除掉好。

五

转眼中秋节快到了。这是金鑫大酒店开业后的第二个中秋节。去年中秋节，赵桂花见有的饭店搞活动请客送礼，她也想搞，可手里差钱，没搞成。她对这事一直耿耿于怀，好像欠着那些老客、常客的情，更主要的是，风头被别人抢去了。我赵桂花是什么人？在田塍镇的餐饮行业，我可是数一数二的人物，怎么能失了这个面子。今年可不能再落下了，而且要搞就搞他个像模像样，搞出名堂来。

她和杜士坤商量中秋送礼的事，杜士坤也认为应该搞。于是，两人就开始商量送礼的对象。那些老客户、常客肯定是要送的，私人老板和企业头头也是要送的，企业里的有些关键人物，特别是那些到饭店吃饭有签字权的人也是不能漏掉的。赵桂花把这些人的名字都一一记在本子上，然后商量礼物的内容。一盒月饼和一箱水果是每个人必备的，视对象，有的还要配上两条好烟，有的不但要配上两条好烟，还要搭上两瓶好酒。对象不同，礼品的轻重当然不能一样。什么对象配什么礼品，赵桂花一一作好登记。最后一估算，还真是一笔不小的开支。一切准备就绪，重要客人由赵桂花亲自把礼物送上门；次一等的客人由大堂经理电话联系好后，或送到家，或送到人家的办公室；再次一等的客人就打电话，叫他们自己到酒店来拿。

中秋给客户送了礼，春节就更不能少了。春节的礼物和中秋的礼物肯定是不一样的。赵桂花认为，第一年给客户春节送礼，就要搞出特色来。不但要送香烟老酒和水果，还要送南北山货。这些礼物当然也要根据对象分门别类。“还有一样东西，我早就想好了。”赵桂花对杜士坤说。

杜士坤说：“什么东西？”

赵桂花说：“一件组合式台历。虽然台历应该在元旦前送的，现在送有点晚，但不要紧，也就差了半个月的时间。况且，组合式台历上还配有其他实用的东西呢，所以，晚一点也无所谓。”

杜士坤说：“什么叫组合式台历？”

赵桂花说：“组合式台历上不但有每天一页的日历，日历上留有空白处可以记事。而且底板上要印上我们酒店的地址和订餐热线电话。我还考虑在上面安装一个小巧的地球仪和一个笔筒，地球仪和笔筒分别放在底板的两侧，中间竖一块十厘米高、十五厘米长的长方形硬木板，上书四个励志的文字，如‘吃亏是福’‘宁静致远’‘业精于勤’等等都可以。看来，这个组合式台历得赶快去定做了。”

杜士坤说：“有必要吗，现在哪个坐办公室的人桌子上没有台历？”

赵桂花说：“怎么没必要。我为什么要做组合式台历，就是这个道理，人家没有的我们要有。这个台历在人家办公桌上一放，既是一件精美的工艺品，又是一种实用的物件。人家每天看每天用我们的台历，想要到饭店吃饭时，首先想到的是我们金鑫大酒店。所以，我们送组合式台历的目的，不纯粹是为了送一个礼物，而是为了扩大我们酒店的影响，所以也是一种广告。”

赵桂花的这一设想，是从电视广告中受到的启发。赵桂花总是有理由，杜士坤无话可说。

阳春三月，莺飞草长。在这桃红柳绿、春暖花开的季节，也是长江刀鱼上市的时候。过年之前的两个重要节日，赵桂花方方面面都想周到了。也许与这些有关，金鑫大酒店在春节中的生意出奇地好。赵桂花认为，人情是不会白送的。所以，在吃刀鱼的季节，她想再搞一次活动。她要给客户们送刀鱼馄饨。但单送馄饨好像单调了些，所以，她考虑干脆馄饨、团子一起送。面广量大，做团子、馄饨这一天，店内的工作人员忙不过来，赵桂花专门在外面聘请了几个中年妇女到酒店帮忙。刀鱼馄饨有刀鱼韭菜馅的，有刀鱼青菜馅的。团子有芝麻馅的，有赤豆馅的，还有青菜猪肉馅的。这一次的礼物看似简单，实则费用不小。

一年之中还有一个重要节日，那就是端午节。人家一年中也就送两次礼，中秋和春节。可赵桂花对送礼的事却乐此不疲，一年要送四次，她认为要使酒店生意好，送礼是一个重要手段。端午节前几天，她就开始着手准备粽子、高邮咸鸭蛋等礼物，然后按照列出的名单一一送出。有的送上门，有的打电话叫他们自己到酒店来拿。

一年四次礼，总结下来，可不是笔小数目。这笔数字平时没有算过细账，也没有好好总结，而且有些礼品都是记账赊欠的，如烟酒都是在高淳正那里赊账的。根据会计刘正平提供的数据，一年四次礼物，人工工资不计，开支将近六十万。真是不算不知道，一算吓一跳。

杜士坤对赵桂花提议说："其他饭店都不这样搞，我们明年是不是也不需要这样搞了。"

赵桂花说："人家是人家，我们是我们。我们要争取客户，必须这样搞。再说，去年搞了，今年搞了，明年不搞，人家有想法的。"

杜士坤说："我担心我们这样做了，人家不但不领情，反而会把我们当作冤大头。"

赵桂花说："哪可能。舍得舍得，不舍哪来得。没有付出怎么有回报？这事你别多说了，按我说的做没错。"

六

家大业大，各个岗位有各个岗位的人。一个萝卜一个坑，每一个岗位都有人顶着。客人来了有大堂经理安排服务员领到包厢。客人走的时候也有大堂经理或吧台上的陈阳阳点头打招呼，说声慢走。再也不用赵桂花亲自迎来送往了。早上买菜由吴天民负责，有的只要一个电话，人家就会把需要的东西送上门来，再也不要杜士坤亲自每天起早去和商贩们斤斤计较了。吴天民买回来的菜和人家送来的货由厨师长和陈阳阳负责验货记账，也不用杜士坤事必躬亲了。下午客人都走了，服务员也下班了，陈阳阳在吧台内盘点菜单账目的时候，杜士坤趁店内无人时，经常会坐到她的身旁，两人说说话，调调情，或互相搂着亲热一番，有时干脆拉着她到他的休息室行一番好事。

陈阳阳当然不会让杜士坤白占便宜。哪一天客人多的时候，她会偷偷抽出某一桌的菜单，撕碎后扔进垃圾桶，然后按那张菜单上的餐费数字，如数把钱点进自己的口袋。当然，除了这，她会把本职工作做得很出色；赵桂花一到店内，她会老板长老板短，礼数周全得无以复加。在赵桂花眼里，她是个年轻漂亮、懂得礼貌、精通业务、工作认真的好员工。在其他人眼里，她既像是赵桂花的亲信，又像是她的闺蜜。和杜士坤的私下关系，她会做得不露半点蛛丝马迹。甚至在杜美玲面前，她和杜士坤在一起时，都会庄重得像个淑女一样。陈阳阳十分清楚，所有这些，都来不得半点的马虎，一旦有闪失，她和杜士坤的关系，以及她分内分外的经济来源，统统都会烟消云散。所以，有时候杜士坤不识时务想和她打情骂俏，她会一脸严肃地坚决拒绝。

吴天民在失去工作时，杜士坤、赵桂花能收留他，他感激不尽。他想以认真工作来报答他们夫妇俩，所以他工作勤奋踏实。一开始，杜士坤和他一起买菜时，他更是不敢马虎了事，也不敢生半点私心。后来杜士坤懒散了，甚至让他一个人去负责采办了，他就缺少了监督。慢慢地他胆子就大了起来。自己家里吃的荤荤素素不需要出钱还是小事，采办到酒店里的食材的数量、质量和价格就是大事了。因面广量大，他自己每天进账的小数目，日积月累就是大数字了。

去饭店前他在家种菜卖菜，了解市场行情，懂得菜市场的潜规则。所以，在采办时，他会挑质量最好的，会把价格压到最低。这当然是为他的表哥表嫂负责，为酒店负责。后来，杜士坤全权让他办理了，他还是会和商家斤斤计较，还会把价格压到最低，可质量却去挑那些过时的、隔夜的，甚至变质的，这些食材的价格会更低。到饭店交货的时候他却以次充好，不但价格要高出优质食材的价格，而且还虚报数量。一开始，陈阳阳和厨师长还每天要过秤见数，没发现有问题，慢慢地就落得省心省力，让他自己报个数就算过关了。他是杜士坤的表弟，你不相信他相信谁?

原辅材料不能保证质量，成品的质量就会打折扣。菜肴的质量不能得到保证，顾客就会出声音。有一次上到桌上的河虾，被嘴刁的食客发现是死虾，要求换一份。服务员把虾端到厨房里，厨师长问明原因，想也没想，就亲自把虾端了回去，面无表情地把盘子往桌上一放，说："虾烧熟了哪有活的！"

顾客中总会有刺头，不吃厨师长这一套，呼的一下站了起来，指着厨师长说：“你这是人话吗？你是欺骗我们连死虾也看不出来吗？你们这是在坑蒙顾客，赚黑心钱。”

“你才不是人话呢！谁坑蒙顾客了？谁赚黑心钱啦？你爱吃吃，不吃拉倒！”厨师长说完，气呼呼地转身走了。

刺头哪吃这一套，他端起盘子，连盘子带虾向地上摔去，盘子摔粉碎，虾摔得一地，而且大喊着要叫老板来。服务员把情况汇报到大堂经理杜美玲那里，杜美玲一听情况，她没法处理，赶快去向赵桂花汇报。这天，赵桂花正好在，她来到包厢，连忙打招呼赔礼道歉，并答应一盘虾换一份价格等同的菜，而且所有菜一律打九折，这才把事态平息下来。

事后，厨师长被辞退。赵桂花责问吴天民，为什么要买死虾。吴天民听到风声后，早已想好了理由，说这几天河虾太贵，想节约成本，所以今天抱着侥幸心理买了次死虾。想到他也是考虑酒店的效益，又是杜士坤的表弟，赵桂花只说了句“下次不能再买死虾了”，这事也就过去了。

吃一堑长一智，吴天民再也不敢进购死虾了。

只是那个猪脑子厨师长，去和顾客论理争吵的时候，怎么没有想到，吴天民买回来的就是死虾呢。

第八章

一

赵桂花又想起了四个姐姐，前几天就想到该请她们吃顿饭了。邀过两次，可吆了鹅鸭不齐，只好下次再说。昨天她又打电话，从大姐打起，一直打到四姐，这次终于都有时间了。聚餐时间定在今天晚上，并在电话里叫她们早一点来，到她的办公室说说话、喝喝茶，新酒店装修后，她们还没有去过她的办公室呢。

美容院出来后，赵桂花马上回了酒店。一番梳妆打扮后，便来到大堂，恭候四个姐姐的到来。看看时间尚早，她来到吧台里面，和陈阳阳坐在一起闲聊。陈阳阳马上给她倒了一杯茶，然后恭维她说："赵老板今天真漂亮。"

"我就今天漂亮吗？"赵桂花笑着说。

陈阳阳发觉说话有漏洞了，赶快纠正说："赵老板您想哪儿去了，我的意思是您现在越来越漂亮了，今天换了这身时装更漂亮。"

"小陈，你这话我听了舒服。"赵桂花笑容满面说。

两人正说话间，老大施玲芬到了。赵桂花赶快迎了出去，两人热情地边拉手边互相问候。施玲芬说她们也马上到了，电话里说好一起出发的。话音刚落，沈梦梦已走进门来，紧接着，周如梅、钱娟也到了。五个人在一起，叽叽喳喳热闹成了一片。有的说，老五这身衣服真漂亮，有的说，老五越来越年轻漂亮了，说得赵桂花心花怒放，满脸笑意。

赵桂花热情地把姐姐们领到她的办公室。说实话，老大老二老三老四都没有自己单独的办公室。她们看到老五有这样一个豪华的办公室，真是羡慕死了。赵桂花为她们泡茶时，她们也不急于就座，走来走去欣赏办公室内的摆设、装饰和装潢。地上铺设的是枣红实木地板，头顶是白色天花板吊顶，正中挂着一盏偌大的枝形吊灯，紫色天鹅绒落地窗帘。宽大的办公桌上放着一台笔记本电脑，一本酒店自己定制的多功能组合式台历，以及一些常用的办公用品。办公桌后面是一张真皮老板转椅，老板椅后面是一排书柜，书柜中放着一些企业管理和文学艺术类的书籍，而更多的是工艺品摆设。墙上挂着一幅山水画和一幅“业精于勤”的书法作品。办公桌正前方墙上的一幅装裱得十分精致的书法作品，引起了大家的极大兴趣。那不是上次一起去苏州游菱湖湾时，徐品华吟诵的那首《雨游菱湖湾》的打油诗吗？而且还是徐品华亲笔所书。落款处的一行小字中，居然还记录有大家的名字。

上次老三钱娟有事没去成，今天看了很是羡慕，她先默读了一遍，读第二遍时读出了声：

雨游菱湖湾

烟雨茫茫菱湖湾，风轻浪细游舫悠。
山水朦胧景如黛，惹得闲人满是愁。

沈梦梦看后说：“这不公平，我们都去了，为什么只有老五有这幅字。徐老板这是欺负我们没有办公室。不行，叫徐老板过来，让他给我们姐妹几个每人补上一幅。”

大家听后一齐叫好，都说叫徐老板马上过来。钱娟说：“我虽然没去，但我也要一幅，而且要把我的名字补上。”

施玲芬说：“对，老五快打电话，叫徐老板现在就过来。”

赵桂花笑着说：“好，我马上打电话叫他来。”

电话接通后，赵桂花说她四个姐姐都在酒店，要他过来陪大家喝一杯，现在在她的办公室等他。徐品华爽快地答应了。

打完电话，赵桂花领姐姐们参观了她的“佛堂间”。还没到里面，一缕幽香便扑鼻而来。“佛堂间”不大，陈设也简单。北墙处设一佛坛，佛坛上有一神龛，神龛中供的是财神菩萨，菩萨前面置一铜质香炉，香炉中有三支点着的焚香，一缕青烟正袅袅绕绕升向空中。香炉两旁各置一电烛，电烛两旁是水果等供品。

沈梦梦朝赵桂花说：“老五，你还信这个？灵吗？”

赵桂花笑笑说：“信则灵。”接着，她双手合十，恭恭敬敬向财神菩萨拜了三拜。

“我们厂里也有的，都是跟浙江人学的。”施玲芬露着大门牙说完后，跪在佛坛前的蒲团上，表情庄重，向财神菩萨磕了三个头。

其他人见状，不管信与不信，都分别向财神菩萨磕了三个头。

赵桂花不准备让她们参观她的卧室，便领她们走出了“佛堂间”。

姐妹们刚坐下准备喝茶时，徐品华叩门进来了。大家免不了又是一番热闹。赵桂花对他说，喊他过来，首先是请他来和大家一起喝一杯，自从上次苏州一日游后，还没在一起聚过呢。其次呢，要他满足大家每人一幅字的要求。

徐品华听后直摇头，说：“我那狗也不吃的字，怎么拿得出手。”

钱娟听后说：“徐老板，你这算什么话，你说你的字狗也不吃，你把我们老五当什么了。你把这幅字挂在这里，难道我们五妹连狗也不如了？”

徐品华马上赔笑脸说：“不不不，三姐误会了，我的意思是我的字拿不出手，上不了大雅之堂。”

钱娟不依不饶说：“徐老板，你就别推托了，难道老五这么豪华的办公室还算不上大雅之堂？我们认为你写得好就是好，更主要是内容好，而且有姐妹们的名字在里面。所以，你写也得写，不写也得写，而且要把我的名字也加进去。”

徐品华笑着说：“乖乖，好厉害的三姐。好，我一定遵命，一定写。”

“而且，老五这里的也要换掉，五朵金花中怎么能没有我的名字。”钱娟补充说。

“好好好，一定，一定。”徐品华赶快答应。

哈哈哈，众姐妹发出一阵大笑后说，还是老三厉害。沈梦梦向徐品华多看了一眼，说：“等徐老板成了大诗人、大书法家，这幅字就成珍藏品了，也就值大钱了。”

徐品华被沈梦梦看得有些意乱，赶快说：“各位姐姐就别取笑我了。时间差不多了，我们该去包厢了。难得和姐姐们在一起，今天我做东。”

“怎么是你做东，姐姐们是我请来的，要你充什么好人。要请下次你另外请。”赵桂花假装生气说。

“好好好，下次我请。真是不识好人心，狗咬吕洞宾。”

众人说笑着一起向包厢走去。

二

赵桂花做东坐主位。就一个男人，而且是东道主的同学，徐品华当然坐主陪的位子，然后老大老二老三老四分头坐下。

服务员刚给大家倒好酒，钱娟就噗嗤一声笑了出来。施玲芬疑惑地看着她，说：“老三你笑什么？”

钱娟说：“你们看，我们六个人中，徐老板是娘子军里的洪常青呢，还是大观园里的贾宝玉？”

大家这才醒悟，沈梦梦笑着说：“依我看嘛，应该算是大观园里的贾宝玉。”

周如梅说：“如此说来，那谁是林妹妹呢？”

钱娟说：“当然是最年轻漂亮的五妹了。”

赵桂花听后脸一红，端起酒杯起身说：“别玩笑了，我们都是徐娘半老的人了，徐老板也已人到中年，怎么能跟大观园里的那群情窦初开的年轻人相比。来，感谢各位光临，我先敬大家一杯。”

干完了一杯，徐品华说：“把杜士坤也叫来一起热闹热闹。”

大家一致同意，可赵桂花却说：“算了吧，他这种没文化没品位的人，来了会煞风景的。”

赵桂花这么一说，大家担心杜士坤来了说话可能不方便，也就算了。五女一男吃喝着，谈笑着。四个姐姐称赞着老五的不易和辉煌，说把事业做成这样，也算是田塍镇上的成功人士了。说她们多么希望也拥有老五这样的一个办公室啊，看来今生今世是不可能的了。

老大施玲芬说：“老五啊，你现在已是知名人士了，连辆小车也没有，也太低调了吧。”

老二周如梅说：“就是呀老五，这与你的事业和身份很不相称。要买就赶快买，趁年轻的时候多风光几年。”

老三钱娟说：“要我说呀，要么不买，要买就买好的。我当时买车的时候，手头并不宽余，想买辆十万左右的先开着，可想想，还是一步到位好。所以，我那辆奔驰，还是借钱买的呢，你们看，到现在也不落后。”

老四沈梦梦说：“可能老五到现在还没有学会开车吧，我看现在的首要问题是要学会开车。”

徐品华多少知道点赵桂花的家底，虽然现在酒店的生意不错，但毕竟还欠着纺织机械厂最后一笔购楼款和他的装修工程款。所以，她现在还没到买汽车的时候。他附和沈梦梦说：“我同意四姐的意见，先学会了开车再说。”

赵桂花把一切都听在耳中，记在心里。她当然比徐品华更清楚自己的家底。知道自己根本无力购买汽车，更不要说买高档轿车了。她又想起了前几天邹伟达来催要建材款的事，心里一阵难过。她强颜欢笑说：“谢谢姐姐们看得起我，也谢谢你们对我的关心。”她起身来到每一个人的旁边，逐个敬了一杯，然后摇摇晃晃回到座位上，让服务员给她倒满酒后说：“来，姐姐们，我再敬大家一杯。”

“老同学，你别喝了。这一杯我替你喝了吧。”徐品华见状，知道她喝多了，要到她手中去拿酒杯，可她早已一仰脖子，喝完了杯中酒。然后一屁股坐了下来，结结巴巴朝徐品华说：“你、你以为我、我醉了，我、我清醒着呢。”说完便磕在了桌子上。

酒足饭饱菜也好，特别是那道“玖加壹清蒸鸡”，更使大家想起了那次苏州之行，想起了挂在赵桂花办公室墙上的那幅字。沈梦梦深情地看了一眼徐品华，说：“徐老板答应我们每人一幅字的事，可不能忘记啊。”徐品华笑着说：“四姐放心，兄弟我记下了。”喝也喝了，热闹也热闹过了，见东道主已经醉了，该散场了。徐品华叫服务员把赵桂花扶去休息后，就各自散了。

次日上午，赵桂花坐在办公室里，又想开了昨天晚宴时姐姐们建议她买小车的事。是啊，我也算是田塍镇上小有名气的人了，连辆小车也没有，这怎么也说不过去吧。小车，不但是代步的工具，更是一种形象，一种身份和地位。连小车也没有，算什么老板，算什么成功人士？我的面子还往哪里放，我开这大酒店还有什么意义？是的，得赶快购置一辆小车了，可是钱呢，钱在哪里呢？即使酒店的账上可以挤出一辆低档轿车的钱，可酒店还要正常运转呀，今年年底，最后一笔购楼款必须付清了，还有那么多的利息要付，还有逢年过节的礼品要送，还有邹伟达的装修材料款要付，即使他答应三分之二的款子借给她了，可利息要付的呀。所有这些都是要钱的呀。想到邹伟达的材料款，又触动了她的伤心事。

一个星期前，邹伟达又来到了她的办公室。赵桂花知道他是为钱而来，先请他在沙发上坐好，然后又是泡茶又是打招呼。这次来，邹伟达的面色有些不好看，说：“赵老板，我给你的装修材料已经是最低价了，你已经拖欠了两年多，我还有什么利润可言，你要再拖欠下去，我就要亏死了。”

“邹老板，亏不死你的，你就帮忙帮到底，再欠到年底行不行？”赵桂花嬉皮笑脸地说完后，竟来到他前面，一屁股坐在他的大腿上，一只手还钩住了他的脖子。

邹伟达没想到她会来这一手，吓得赶快把她推到一旁，站起来说：“赵老板，可不能这样，我们有事说事。”

邹伟达想，以前我讨好你，想占你的便宜，你却不理不睬，不把我放在眼里，甚至不正眼看我一眼。现在想要欠钱了，却要来勾引我了。如果我上了你的钩，你赖了我的钱，我还无处申诉呢，我脑子清醒着呢。我可不上你的当。

赵桂花没想到，以前一直色眯眯朝她看的邹伟达会拒绝她，便感到受了巨大的侮辱。一个漂亮的女人居然遭到一个丑男人的拒绝，还有比这更难堪的事吗？赵桂花的脸一下红到脖子根，只恨脚底下不生出个洞来。

邹伟达见她十分尴尬的样子，心里一时过意不去。想想逢年过节，她总要备一份礼物，或送到他的建材门市部，或让他来她的酒店拿，况且，还有徐品华这层关系，更不能与她板面孔。他换了一副笑脸，重新坐下后说："赵老板，要不这样，今年年底你先付我三分之一，其余的呢，哪怕给点利息。不然的话，我真的就亏了，请你体谅我。"

"也好吧，就按你说的办。"赵桂花慢慢缓过神来，走回自己的椅子，面无表情地说，"邹老板，要不这样，今年年底付三分之一后，余下的钱你就存在我这里，我按年息二分付给你利息。你看怎样？"

这可是不错的选择，能有多少生意有百分之二十的利润？可他嘴上却说："赵老板，你最好明年都付给我，如真有困难，就按你说的办。"

"那就这样说定了，到时候我会写借条给你的。"赵桂花接着说，"邹老板，今天的事还请你多多包涵，哪里的事哪里了，我也是要面子的人。包括二分息借钱的事也不要对人家说，因为我们是朋友才给这么高利息的，换了别人我绝对不会这样做的。"

"赵老板，这个你放心，我也是生意人，知道怎样做人的。"

邹伟达走后，赵桂花轻轻叹了口气，她感到有点累，靠在椅子上想闭目养一会儿神。不一会儿，就睡着了。

好了，不想了，还是沈梦梦和徐品华说得对，先考到了驾照再说吧。

三

三天后，赵桂花去驾校报了名。田塍镇的镇乡接合处有一块空地，市区的驾校在那里设了一个培训点。赵桂花每天就在那里练习开车。

教练姓吕，叫吕品中，是个四十岁不到的中年男子，退伍军人，平时纪律严明，要求学员什么时候到就应什么时候到，什么时候走就应什么时候走。上午八时、下午一时，学员必须准时到。可赵桂花上午八时还在床上，下午一时要么在酒店要么还在午休，关键是下午两点她要去美容院。所以，这两个时间点都和她的作息时间有冲突。她和教练商量，她能否上午十点、下午四点到，教练说不行，这两个时间正好是他的下班时间。赵桂花说，师傅你能否给我开个小灶，我可以给你报酬。教练说这不行，违反规定的事他不做。赵桂花说，既然是下班了，就是你的自由了，和你的单位就没关系了。教练一想也对，下班后的时间是我自己支配的。他犹豫不决时，赵桂花说："师傅，要不这样，你每天上午教我一个小时，到十一点你送我到酒店，就在酒店吃中饭。下午四点你再教我一个小时，五点送我回酒店，在那里吃过晚饭再回家。"

吕品中支吾了半天，说："可我们单位有规定，教练是不允许到学员家吃饭的。"

赵桂花笑着说："师傅，你这是业余时间带学徒，你单位的钱我一分不少交。所以，这和单位的规定没关系。至于牺牲你的业余时间，我会给你补偿的。"

吕品中看着眼前这位漂亮的酒店老板，犹豫了一会儿，说："好吧，就这样定吧。"

上车第一天，赵桂花给了吕品中两千元钱。一开始，吕品中横竖不肯收，可经不住赵桂花软磨硬泡，说这是师傅在业余时间教学徒应得的劳务费，不算受贿或小费。最后，吕品中还是半推半就收下了。在规定时间教练，车上坐满学员。可赵桂花练习时，车上只有她一个人。教练精心教，她认真练。

吕品中当过兵，一言一行都体现出军人的气质。这种气质会使有些女人着迷。赵桂花接触过很多男人，但这种气质的男人她还是第一次遇到，杜士坤虽然也当过兵，但他当的是炊事兵，身上没有吕品中这种特殊的阳刚特质。赵桂花对吕品中身上的这种气质有时会想入非非。一次下午练车时，赵桂花想着他走路时那雄健的步伐时有些分心，在快要撞到前面的标杆时也没发现。吕品中及时伸出左手去帮她打方向盘时，她才本能地紧急刹车。这一刹就刹出了一个小插曲。

春夏之交，赵桂花只穿了件衬衫，吕品中也只穿了件衬衫，袖子挽到手臂上面。赵桂花急刹车，人磕向方向盘时，整个胸部就伏在了吕品中的手臂上。不知怎么，也许担心汽车跑偏，吕品中没有及时把手臂抽出来，他的心狂跳着。赵桂花感觉到了这一点，她一只脚死死踩着刹车，身子竟没有及时坐直。吕品中慢慢缓过神来，手抽出来后，把车挡挂到了刹车挡上。他没有说话，侧过头看赵桂花的表情，这时正好赵桂花也在看他。四目相对时，赵桂花忘情地伏了过去，抱住了他。吕品中喘着粗气，竟不敢动弹。他也想伸出双手抱她时，军人的纪律和素质，单位一系列的规章制度在他脑海中闪现。单位以前有过几起年轻女学员与教练闹绯闻的事，人家的男友或老公一直闹到单位，要起诉单位打官司。最后，单位只好以赔钱和开除教练来息事宁人。这些事吕品中当然知道，他把她的手轻轻挪开，坐直了身子，说："赵老板，我们学开车吧。"

赵桂花没说什么，继续学开车，可神情沮丧，心思老是集中不起来，不是忘记踩刹车，就是忘记打方向盘。要是换了别人，吕品中早就开始训人了。吕品中看看手表，说："明天再来吧。"他和赵桂花换了个位子。他把她送到饭店后，晚饭也没吃，一踩油门，回家去了。

晚上，赵桂花翻来覆去睡不着。这是她第二次主动投怀送抱被人拒绝，这太伤一个漂亮女人的自尊了，太让人伤心了。邹伟达拒绝我是担心我少他的钱，那么吕品中呢，吕品中担心什么呢？她不得而知。如果他不担心什么，那就是他不接受我的主动示爱。他今后就会看不起我，把我看作是一个轻浮的女人，一个不正经的女人。她越想越伤心，越想越气愤，她不断地翻身，叹气。后来她想，你们这些臭男人，有什么了不起的，早晚有一天，我会胜过你们的。杜士坤问她怎么不睡觉，在想什么。她背朝着他，一声不吭。

次日过了十点，赵桂花还没起床，她发烧了。杜士坤以为她睡过了头，去提醒她该去练车了时，才知道她病了。自从赵桂花去学开车后，每次都是杜士坤用摩托车送她到教练场。他问她要不要去医院，她说不用，躺一会儿就会好的。他服侍她服了家里备用的退烧药，就忙他的去了。

十点半也过了，还不见赵桂花来练车，吕品中有些急了。是为昨天的事使性子生气了？还是不好意思见我了？还是别有原因？如是别有原因，也应该打个电话给我呀。不管什么原因，我应该给她打个电话。电话打通后，才知道她病了。他也没多想，叫她身体好了再去练车。两天后，她便把那事放开了，又去练车了。从此以后，她一门心思练车，认真学习理论知识，倒也进步很快。吕品中一如既往地每次把她送到酒店，一如既往地在她的酒店里吃两顿饭。学习结束时，她顺利通过了考试。理论考试有些小问题，吕品中给她解决了。拿到驾驶证的那天晚上，她像模像样办了顿谢师宴。她把徐品华和四个姐姐也请来了，这次，杜士坤也一起参加了。

晚宴时，自然又提起了买车的事。四个姐姐一味地怂恿赵桂花赶快买车，而且要买好车。徐品华泼冷水说："刚学会开车，一开始免不了会磕磕碰碰，所以，还是先买辆旧车开开。"

吕品中也是这个意见，说："我同意徐老板的建议，先买辆旧车，等熟练了再买新车。"

杜士坤听了不说话，他想的是现在哪有钱买汽车，酒店外表看似光彩，实质是个空架子。

赵桂花却想，要买就买新车，而且要买好车，否则，我赵桂花开出去，有什么脸面可言。所以她不开口，大家说什么她都只是笑笑。她现在要做的是陪好师傅喝酒。她一次次地敬师傅，姐妹们也跟着逐个敬，感谢师傅对五妹的付出。大家推杯换盏，直吃到一个个面红耳赤，酒足饭饱后才散席。

四

杜士坤听赵桂花说要买宝马3系，知道她脑子发热了，朝她说："你买这么好的车干吗？再说，你哪来那么多钱？"

赵桂花说："我还想买宝马5系呢。钱的事你别管，我自有办法。"

"你不会是又要去借钱吧？"

"借钱怎么啦？借钱叫超前消费，超前享受，这是一种积极前卫的消费意识。你没有听说过中国老太和美国老太的故事吗？"

"什么乱七八糟的东西，你借钱和中国老太美国老太有什么关系？"杜士坤越听越糊涂了。

赵桂花说："我说你这人真是孤陋寡闻。你没听说过，我就讲给你听听。说一个中国老太年轻时就想买房子，可苦了一辈子，到老时才勉强攒够买房子的钱，真要买房时，可她却生病死了，所以到死也没有住上好房子。一个美国老太年轻时借钱买了一套好房子，到退休时刚好把钱还清，开始安度晚年。结果是她住了一辈子的好房子。你说中国老太聪明还是美国老太聪明？这叫什么？这叫生活态度和生活理念，你不懂了吧？"

杜士坤听她讲得似乎有些道理，心想，反正买了车我也能开，你要买就买吧，只要不让我去弄钱。

下午三时许，赵桂花打电话给施玲芬，问她在哪里。施玲芬没说在哪里，问她什么事。赵桂花说有事要找她商量，去她那儿也好，她来酒店也好。施玲芬说："去你酒店吧，我的预制构件厂连个像样的办公室也没有。"

"那好吧，我泡好茶等你。"赵桂花的理疗美体已经做了两个疗程，妊娠纹已有了明显改观，她准备明年再去做一个疗程。虽然花钱较多，但她认为这钱花得值。现在，她三天去一次美媚美容院，做面部保养。所以，她三天中有两天的下午时间不受美容院支配。

不一会儿，施玲芬来了。赵桂花笑着说："怎么这么快？"

施玲芬说："我在美容院刚好快结束时你打来电话，所以这么快。"

“大姐去的是哪家美容院？”赵桂花随口一问。

施玲芬说了美容院的名字。原来是她赵桂花一开始去的那家普通美容院，心里便有了高人一等的感觉，嘴上却说：“大姐好休闲。”

两人闲聊了一会儿，赵桂花言归正传，说：“大姐，我叫你来不为别的，主要是和你商量买车的事。”

施玲芬以为是和她商量要不要买或买什么车的事。心想，这倒不好随便瞎讲了。酒桌上人多的时候随便怎么讲都可以，反正说了也不算数，现在说正经的就不一样了。她说：“老五，这主要是你自己拿主意，或者和你家杜士坤商量决定。”

赵桂花知道她理解错了，说：“大姐，我叫你来是商量钱的事。”

“钱的事？老五，难道你买一辆小车还缺钱？”施玲芬认为，酒店生意这么好，她怎么会缺钱呢。

赵桂花说：“倒也不是缺钱，只是钱一时不能到手。大姐，酒店的情况你也知道，现在来吃饭的几乎都是欠账。平时即使能收些现金，也只能勉强维持经营。而欠账都要到年终才能收到。”

“那你要借多少？”施玲芬说，“老五，和你摊个底，我自己已没钱借给你了。我的钱也都在应收款中。”

“大姐，这我知道。因为借钱也不是什么光彩的事，姐妹五个中你是老大，最能体谅我这个小妹，所以我只和你商量，就不去惊动其他姐姐了。”赵桂花略作思考后继续说，“大姐，你去替我想办法。反正我给你年息二分，至于你给别人多少我不管。你看怎样？”

施玲芬被说动了心，心想，这倒是笔好买卖，可她嘴上却说：“其他圈子我也没什么朋友。即使我的业务单位，他们都欠着我的钱，所以也不好向他们开口。余下的就是我们几个姐妹了，可我怎么好意思赚她们的利息呢。”

赵桂花说：“有什么不好意思，你给她们的利息只要比银行利息、比买理财产品的利息高，就对得起她们了。如果你给了她们一半利息，那也是在为她们做好事、谋福利，帮她们发财呢。”

“老五，可我们也不好意思拿你这么高的利息呀。”施玲芬嘴上这么说，心里却暗自高兴。

赵桂花知道她这是客套话，浅浅一笑说：“有什么不好意思，你这不是在帮助我吗？再说了，我开酒店赚了钱，和姐妹们分享成果也是应该的呀。”

经赵桂花这么一说，施玲芬便心安理得起来，说：“老五，听你这么一说，倒还真是这个道理。但是，也不知道她们几个家里谁当家，钱都在派什么用场。”

“其他人我不知道，我好像听沈梦梦说过她在炒股，说前几年亏了不少。你和她说，放在我这里是包赚不亏的好事，不要去做那些有风险的蠢事了。”

“好吧，我去说说看。再问问其他两人，看能否拿点出来。只是不知道你需要多少。”

“如可能的话，多多益善。反正存在我这里比存银行要好上几倍，这笔账她们应该会算的。”

“好的，我明白了。”施玲芬想，存在她这里的钱确实能拿到可观的利息，而且逢年过节还能得到一份礼物，这种好事到哪里能撞得上？

施玲芬去和三人商量借钱的时候，周如梅和沈梦梦不答应，说：“虽说有这么高的利息，但担心到时候连本金也拿不到。这样的情况社会上不是没有。”

施玲芬说：“这个你们尽管放心，大家姊妹一场，有什么不放心的。再说，老五有这么大的家业在那里，还怕她少了这点钱。你们如不放心，由我来作担保，我写担保书给你们。”

一个礼拜后，施玲芬给赵桂花的银行卡上打了二百万。施玲芬到赵桂花办公室取借条时说：“这笔钱是她们三个人的，沈梦梦一百万，周如梅和钱娟各五十万。”然后她又压低声音说：“老五，我给她们的利息是年息一分，你可不能对她们说，你出的是二分息啊。她们如知道了我从中赚了她们的利息，会不把我当人的。”

“这我知道，我只说我出的利息都是年息一分。”

“这就好。我和她们说的时候，她们还问过，为什么你不直接向她们借。我说老五不好意思开口，才让我来和你们商量的。”

“对对对，事实也是这样。”

两人说完，各自哈哈一笑。

这些钱都放在赵桂花的私人账户上，会计刘正平是不知道的。

一个月后，赵桂花买回来一辆5系“华晨”宝马。可“华晨”两字赵桂花看了不舒服，有“华晨”两字，说明是国产车。她叫杜士坤想办法把“华晨”两字弄掉了。她认为，这样一来，人家就以为她买的是进口宝马车了。为什么要买5系宝马呢。一开始赵桂花想买辆3系宝马的，可想到沈梦梦的也是3系宝马，便想到要比她高一个档次。还有，当时姐姐们建议她买车的时候，不是说过要买就买好车的嘛。现在买了5系的，也算是如愿以偿了，既遂了大家的愿，也如了自己的意。

五

杜士坤不知赵桂花哪儿借来的钱，她不对他说，他也不问，落得省心。他总以为，车子买回来了，也有他的一份，哪知道两把车钥匙，一把挂在她赵桂花的身上，一把锁在她办公室的抽屉里。他难得想要开一次，像向她借似的，一要看她在不在用，二要看她的脸色。他又不能有过分的要求。他一开始就反对她买汽车，而且买汽车的钱也是她弄来的，能偶尔给你开一次，也算是网开一面了。没有汽车的使用权，心里总不是个滋味，他感到自己越来越不像个老板了，有时甚至像她赵桂花的伙计或员工。他心里当然明白，酒店真正的老板是她赵桂花。他有点自暴自弃，看到妻子在酒店的时间越来越少，去美容院和麻将馆的时间却越来越多，便想到自己也该好好享受生活了。

虽然酒店的家由赵桂花当着，但杜士坤负责厨房和后勤，所以他有权去会计那里签字领钱，但要写清用途。而且，他平时也需要零花钱，因此，他领钱时写的用途一般都是买菜和零用。

下午客人走后，杜士坤也开始泡歌舞厅和麻将馆了。在广州跑营销时，他就是歌舞厅的常客，现在重返歌舞厅，他的激情如枯木逢春，一下子就被激活了。这几年他的身体虽然有些发福，但他的舞姿还是那样优美，在舞池中还是那样潇洒自如。只要他进舞池，就有许多眼睛特别是女性的眼睛跟着他转。没几次，他就有了好几个固定的舞搭子。在麻将桌上他也是如鱼得水。别人知道他是金鑫大酒店的老板，都想赢他的钱。他也摆出一副财大气粗的派头，赌大赌小无所谓，输赢都不放在心上，这反倒使他赢多输少。别人输了钱心里不服，便暗中联合起来，做小动作算计他，这下杜士坤开始输钱了。越输越不服，越不服越输。别人赢他的钱都心安理得，就跟他来大的。他像战场上杀红了眼的战士，不顾了死活，可屡战屡败。输多了他就不敢去会计那里领钱了，一来会计是赵桂花的远房表哥，是她赵桂花的人，做过了头，他担心赵桂花会断了他的财路。二来酒店要正常运转，账上掏空了会出问题。没有办法，他开始借高利贷。高利贷利滚利，杜士坤开始债台高筑。这事传到了赵桂花的耳朵中，两人大吵了一场，他答应她不再去赌场了，她才去替他还清了所有债负。他后来才知道，自己被别人暗中算计了，做了冤大头。他想去找他们算账，可又没有把柄，只好作罢。

不去赌场了，生活中就少了乐趣，所以，歌舞厅又跑得更勤了。别人进歌舞厅找服务员跳舞要出小费，他不一样，服务员和其他女子主动找上门。所以，他进歌舞厅只要买张门票，根本不要考虑小费。人有时也怪，花不了钱心里反倒不爽。

为了追求刺激，他脑子一时糊涂竟接触了摇头丸。按理服摇头丸不应是他这种年龄的人，可他实在感到无聊。一开始他只是好奇和寻求刺激，慢慢地便对它有了依赖，到后来竟一发不可收拾。他的零花钱根本不够开销。他开始从买菜的钱中克扣，导致饭店成本变大。他担心做过了头被赵桂花发觉，只敢适可而止。没办法，又不敢借高利贷，就想办法去办了小额贷款。当他又开始债台高筑时，东窗事发，他在舞厅里的行为被赵桂花的四个姐姐发现。

那天下午三点不到。杜士坤两曲舞刚跳完，便感到身体疲惫、四肢无力，他服过摇头丸，精神慢慢亢奋起来，在刺耳的音乐声中，他在舞池中和一群疯子一样的男男女女疯狂地跳着舞着。这时，舞厅中鱼贯走进来四个衣服华丽的中年女子。刚进舞厅时，她们的眼睛一时不能适应昏暗的灯光。在服务员的引导下，她们在一个空着的桌子旁分别坐下。眼睛慢慢适应后，她们发现舞池中央有几个男子在甩头摆尾地狂舞着，中间还有几个青年女子，拼命甩着长发，扭着腰摆着臀在跟着狂舞。四个女子一看便知，那些狂舞者可能都服了摇头丸。

这四个女子不是别人，正是赵桂花的四个结拜姐姐。她们早就听说这里的舞厅比其他地方开放，今天是心怀好奇而来的。这里是两市交界处，地处偏僻。杜士坤就是奔着这一点来到这里的。

眼尖的沈梦梦像发现了新大陆，轻声对其他三位说："喂，你们看，那个中间的不是杜士坤吗？"

这时，其他三位也都发现了杜士坤。周如梅一惊一乍说："是啊，是杜士坤呀。他怎么也……"

四个人怎么也不会相信，杜士坤怎么会走到了这一步。

"老二你小声点。"施玲芬说，"他如真接触了那东西，我们还不能和老五说。老五如知道了，非跟他闹翻天。"

钱娟说："对，不能和老五说。"

沈梦梦说："即使不对老五说，我们也不能放过杜士坤。"

钱娟说："当然不能放过他，否则我们对不起老五。我们把他叫过来，先对他好言相劝，他如听，便罢，如不听，就警告他说我们去告诉老五，或者说去报警。"

沈梦梦压低声音说："对，他听与不听，我们都要报警。只有把这毒窝端掉了，杜士坤才没有办法了。"

她们都希望金鑫大酒店兴旺下去，如出了败家子，她们在那里的利益就不能得到保证。

"好，就这样定了。我去把他叫来。"周如梅站起身来，边扭动身子边向舞池中央移去。

周如梅舞到杜士坤身边，用身子撞了他一下。杜士坤正起劲时，一时竟没有发现她。她转了一个身又撞了他一下。他这才模模糊糊地看清是周如梅。他吃了一惊，动作马上慢了下来。周如梅拉了他一下，然后往回走去。杜士坤已经清醒过来，他被发现了，心里开始慌乱起来。

杜士坤心里忐忑着来到四人中间，尴尬地笑笑说："姐姐们怎么也在这里？"

施玲芬替他找了张椅子，让他坐下后说："杜老板，你怎么也在这里？"

杜士坤开始镇静下来，说："我也是难得来。"

钱娟低声说道："杜老板，我们不兜圈子。我问你，你是不是服摇头丸了？"

"没，没有，绝对没有。"杜士坤又是摆手又是摇头。

钱娟说："没有最好。如服了，今后不能再犯。我们也不想告诉老五。还有一件事想要告诉你，如果你不想被抓，今后就不要再来这里了。你懂这意思吗？"

杜士坤赶快说："我懂，我懂，谢谢姐姐们。"

钱娟说："这就好。为了不被人怀疑，我们跳一会儿舞吧。等散场的时候我们再走。"

六

"赵老板今天的气色真好。"赵桂花做完美容回到酒店时，陈阳阳从吧台里站起身来笑脸相迎，她每次都变着内容说好话。

"我哪天气色不好的呀？"赵桂花听了心里舒服，走到吧台里面，想和陈阳阳说说话。

"看我这张笨嘴，跟了赵老板这么长时间还没学会说话。"陈阳阳边笑着说话边去替赵桂花泡茶。

"好了，马屁话少说。跟我说说这几天的生意情况。"赵桂花坐下后说。

陈阳阳正想接话时，赵桂花的手机响了，她只好噤了声。赵桂花一看是陌生电话，以为是订餐的，声音柔和地说了声您好。可对方的声音却不是那么友好："你是赵方宇的妈妈吗？"

"是的，你是？"赵桂花心里一惊，脸上马上变了颜色，知道又是儿子不好好学习或惹是生非了。

"我是赵方宇的班主任……"

班主任正想说下去时，赵桂花打断了他的话："噢。杨老师您好！杨老师，赵方宇他怎么啦？"

"他和人打架了，一刀把人家捅进了医院。"班主任故意没有说问题的严重程度，他对赵方宇早就感到讨厌了。

"知道了杨老师，我马上去学校。"出大事了，赵桂花这一惊非同小可，拿手机的手抖个不停，上下牙齿也打起了架。她挂断电话后，坐在那里长长地叹了口气。一刀捅进了医院，是抢救，还是包扎？她不知道问题严重到什么程度。她的心狂跳不已。

电话里的内容陈阳阳听得清清楚楚，她知道赵桂花的儿子可能惹上大事了，可她认为不至于会出人命，否则杨老师早就说了。她小心翼翼地对赵桂花说："赵老板您先别急，可能事情并不严重。"

赵桂花说："但愿如此吧。唉，这孩子怎么就不能让我省点心呢。"

陈阳阳说："赵老板，您要不要和杜老板一起去，如要，我去找他。"

赵桂花想，如真把人家捅严重了，就不知道人家的父母什么态度了。多一个人去就多一分力量，毕竟杜士坤是男人。她有气无力地说："好吧，你去把他找来。"她看了一眼大门口的杜美玲和几个服务员，接着说："小陈，这事不要声张。"

"这我知道。"陈阳阳说完找杜士坤去了。其实，陈阳阳完全可以打电话叫他，可赵桂花在旁边，她担心杜士坤一上来就在电话里说出不该让赵桂花听到的话。

不一会儿，陈阳阳领着杜士坤来了。看杜士坤的脸色，他已知道发生了什么事。他来到赵桂花身边，冷冰冰地说："我去干啥，他又不认我这个爹。"

赵桂花一听就来了气，低声责怪道："你这是什么话，怎么跟小孩子一般见识。难道你不是我的丈夫吗？"

一旁的陈阳阳马上制止说："都别吵了。我认为杜老板应该去，两人去了好有个商量。"

陈阳阳这样说了，杜士坤只得说："好吧，我去。"

赵桂花担心路上分心，把钥匙交给杜士坤，说："你开车。"

赵方宇上初中前，赵桂花把应该交购楼款的钱，替他在市区买了一套学区房，希望他能接受良好的教育。有了学区房，他顺利地读到了理想的初中。可他朽木不可雕，考高中时，离最边缘乡镇的高中录取分数线还相差一大截。为此，只好出高价读了职业中学，而且还是托徐品华找了关系才读上的。杜士坤以嘲笑的口气对赵桂花说："是金子才会发光呢。你以为买了学区房就能考上好的高中了？就能有出息了？要真是这样，到北京买了房，就能上清华、上北大了。"

赵桂花被噎得半天说不出话来。赵方宇天生就不是省油的灯，上职业中学后，不好好上课读书，整天调皮捣蛋。晚上人家上夜自修他上游戏房，每次考试都有红灯高挂。老师见他不可塑造，只要不惹是生非也就懒得管他。可不惹是生非就不是他赵方宇了。

到学校后，夫妻俩知道了事情的经过。

吃过中饭，赵方宇和几个同学在一起玩耍，不知怎么说起了各自的父母亲。有同学问他说："赵方宇，你父亲是干什么的？"

赵方宇随口说道："我没父亲。"

一个同学笑着说："你没父亲？你天落种？"另一位叫李光辉的同学也笑着说："你不会是野种吧？"

赵方宇朝李光辉上去就是一拳，然后说："你才是野种呢。"

李光辉也不是善类，马上还了他一拳。两人你来我往打了一阵，赵方宇竟吃亏了，他后退一步，从口袋中掏出一把水果刀，冲上前向李光辉的胸部刺去。李光辉没想到他会动刀，躲闪不及被刺中了，痛得两只手按住血流如注的胸口，坐在地上直喊救命。旁边几位同学都吓傻了，有一位同学飞奔着向班主任报告去了。

赵方宇也吓坏了，但他没有逃，等待事态的发展。不一会儿，班主任跟着去报告的同学快步跑来了。一看情况，马上打了120电话。事关重大，他没有直接打110，他要先向校领导汇报。打过120电话，他先后拨通了校长和校医的电话，校长听后，不敢怠慢，立即赶到现场。这时，校医带着急救药箱已先校长一步到了。不一会儿，120车也到了。校长叫班主任和校医上了120车一起去医院，并叫班主任到医院后立即打电话给赵方宇和李光辉的家长，让他们马上来校长办公室。120车走后，校长打电话叫保安来把赵方宇先看管起来。他要等医院的消息再定要不要报案。一旦报案，事情就会闹大。事情一闹大，他这个校长吃批评是肯定的，降职甚至撤职也不是没有可能。所以，他当时就叫在场的几个学生不要乱讲，要暂时保密。并说，这次事件，你们几个都有逃脱不了的责任。校长这么一说，几个同学被震住了，都噤了声，不敢随便乱说了。让校长没有想到的是，虽然学生没有出去乱说，可医生哪管你校长有什么想法，你能让医生不传出去吗？所以，校长后来还是受到了警告处分，这是后话。

半个小时后，医院传来了消息。谢天谢地，幸亏水果刀短小，也幸亏赵方宇没有用全力，否则事情就大了。刀尖离心脏仅差三公分。李光辉同学虽然没有生命之虞，可这次事件的性质却不一般。校长在电话里通知班主任先回学校，让校医留在医院。

班主任刚到校长办公室，肇事学生的双方家长也先后到了。李光辉的父母只知道儿子打架的事，不知道儿子被捅伤住进了医院。当知道孩子并无大碍，最多十天就能出院时，才没有急于要去医院。校长叫班主任去把现场的几个同学一起叫来。通过了解，知道双方都有责任，而且好像李光辉错在先，说赵方宇是野种，所以才导致赵方宇拔刀捅人的。好在没有性命之虞，也没有伤筋动骨。经协商，双方同意私了，实行一次性经济赔偿。条件是不报警，如要报警，那么，所有事情就交给警方和司法部门处理。李光辉的父母知道自己的孩子也不是省油的灯，便同意校方的处理方案。可在赔多少钱的问题上意见难以一致。赵桂花只同意出五万元。李光辉的家长知道他们是开酒店的老板，是有钱的主，所以一定要十五万。李光辉的家长说，否则就报案，让执法机关来处理，该赔多少就多少。但有一点，赵方宇是故意持刀行凶，被判刑是起码的。杜士坤想，判刑就判刑吧，让他去吃几年苦长长记性也好。可赵桂花一听要判刑，吓得马上松了口。在校方的调解下，双方都作了让步，最后以一次性赔偿十万元达成一致意见。按说理赔多少钱要等李光辉出了院才能定，可李光辉的家长想，最多十天就能出院，估计也花不了多少钱，也许到时候根本就赔不到那么多钱。所以，当赵桂花答应十万时，他们像突然捡到了一只钱包似的心中窃喜。

真是飞来横祸，一下子损失十万元，想想也心痛。回去后，杜士坤气得连说好几个孽种。赵桂花心痛得直想哭，她怪杜士坤说："都怪你，平时不关心他，否则，他怎么会说自己没有爹呢。"

杜士坤差点鼻子气出第三个洞来，朝赵桂花吼道："他认我这个爹了吗！"

第九章

一

江南的雨停停下下，下下停停，一连好多天了，都没有消停的意思。这冬天的雨啊，让人湿冷难熬，愁意绵绵。天公不作美，可酒店的生意却并没有显得清淡。人们该吃的照吃，该喝的照喝。

金鑫大酒店已经营业四年了。应该说，四年来，生意一直不错。外界对其的印象也是一个生意兴隆的酒店，杜士坤、赵桂花夫妇至少在田塍镇上是个响当当的老板。可不知怎么，这几年来，赵桂花手中并没有积下钱。她有时也想，虽然在市区买了一套房，自己买了一辆宝马车，可那都是借来的钱。当然，酒店的楼房是买来的，这是一笔大钱，购置酒店的设备也花了不少钱。还有，在酒店开业前，他们住进了镇上的商品房，购房时虽然贷了款，但首付还是要付的。虽然商品房的装修款还欠在徐品华那里，但购置家具、家电等也花了一些钱。但是，购酒楼的钱还有最后一笔款子没有付，而且酒店所有装修的钱还欠着。那么，这几年赚的钱去了哪里呢？除了上面说到的几笔大的花销，其余的应该就是被大手大脚花掉了。花掉了就花掉了呗，赚了钱不就是为了花的吗？不就是为了有钱花才开酒店的吗？赵桂花这样一想，也就心安理得了。

还有一个多月又要年终了。年终是一个关，这叫年关，怎样过这个关，这是对每一个做老板的考验。精明有钱的老板，当然会轻松顺利过关。可没钱的稀里糊涂的老板，日子就难过了，对他们来说，年关就是难关。当然，这个关再难过也得过。对于赵桂花来说，也不知道这个关算什么关，好像年年都难过，但年年都过去了，年年难过年年过。按赵桂花的说法，叫没有过不去的关。

快过年了，赵桂花又开始盘算了。银行账上有多少钱，酒店的保险柜里有多少现金，有多少应收款可收。这些钱，会计刘正平都知道，杜士坤也知道个大概。还有一笔钱就是赵桂花自己银行卡上的钱，这个钱就只有她赵桂花一人知道。所以，对赵桂花来说有两本账，一本是公的，一本是私的。当然，公的也是她的私账，不过由别人帮她管着，别人也可以知道。应付款也有一公一私两笔账，说一公一私，其实是一明一暗。明的，会计和杜士坤都知道，主要用于支付采购原辅食材和欠款，以及人工工资和水电费等。暗的，只有她赵桂花知道，主要用于偿还她的借款利息和她的日常开销。

真是不算不知道，一算吓一跳。今年的收支竟然又是不平衡，而且支付要大大超出收入，更何况有些需要支出的钱还没算进去，比如春节前要送的礼品，每年一次的年会支出，员工的红包等等，这些都需要钱。这账算得赵桂花满脸愁云，整日愁眉苦脸。怎么会是这样的呢？现在该怎么办呢？她想和杜士坤商量。是啊，他是我的丈夫，不和他商量和谁商量呢？

晚上睡在床上，赵桂花一只手穿过杜士坤的脖子搂着他，以近年来少有的温存向他示好，杜士坤有些意外，猜想她可能有事要求于他。果然，她向他摆出了今年的困难。杜士坤并不领她的情，嘿了一声说："我早就知道今年的年会很难过的。"

"你什么意思？"赵桂花知道他接下去想说什么，有些后悔和他商量。

"今年要付最后一笔购楼款这我知道，要支付一笔不小的利息我也知道一些，这已经很累了，可你又去买什么宝马汽车，再加赵方宇捅了人家一刀又损失了一笔钱，这个年会不难过吗？"杜士坤想把赵方宇说成你的儿子，担心又要起争端，及时改了过来。

赵桂花想抽出手来不理睬他，可一想现在不是和他动气的时候，她耐着性子说："我不是在和你商量吗？"

“我有什么办法？要说办法，要么你再去和人家商量，能欠的继续欠，该付的利息转成本金。还有，今年春节的礼能否不送，这也能省下一大笔钱。”杜士坤想说不关他的事，可一想到自己平时的所作所为，想到自己也有不可推卸的责任，想到酒店还要经营下去，所以也应该有所表示。

赵桂花说：“你前两点建议我同意，可不送年礼我不同意。年年送了，今年不送，人家会有想法的，而且，还关乎我们今后的生意。”

“那就依你吧。”杜士坤想，不依你我又能有什么办法呢，还不如做个顺水人情，反正不要我去操办。他心情一轻松，就翻身上去，做了他想要做的事。

说实话，赵桂花和杜士坤商量与不商量没有多大区别。所有事还得她去考虑和实施。所有应付款中，购楼款是不能再拖欠的了，这笔款子按理去年就应该付清的，和余光迪好说歹说，还动员了徐品华去做工作他才答应再拖欠一年的。今年所有要付的利息，除徐品华和施玲芬的可以转成本金外，其余的像邹伟达、周如梅、钱娟、沈梦梦等人的利息都应该及时付清，否则会失去信用。她心里明白，一旦失去信用，后果不堪设想。她又有了一个新的念头，她要把施玲芬的利息提前给她，然后让她主动提出再回存过来，她想她肯定会这样做的。这样操作，可以取得她的更加信任。次日上午，她在手机银行上把利息打在了施玲芬的银行卡上。不一会儿，施玲芬打来电话说：“老五，时间还没到，怎么就给利息了？”

赵桂花说：“大姐，这利息反正是要给的，就提前一点给。否则我一直牵挂在心上。”

“我又不急着要用这笔钱，就是晚几天也没关系呀。”施玲芬说，“老五，你如需要，那利息还放在你那里也可以。”

“暂时倒也不需要。不过，你放在我这里也可以，我这里，资金多总比少好，多了操作起来活络。”事情果然在预料之中，赵桂花有些小得意。

“老五，既然你这样说了，我那利息钱就还放在你那里。另外，我这里还有两张五十万的承兑汇票，你如需要，也一起放在你那儿。”

“可以呀，利息还是按以前的一样。”赵桂花一阵欣喜，这可解决大问题了，她心里马上有了打算，这一百万承兑汇票，就付纺织机械厂的最后一笔购楼款。她按捺住喜悦的心情，说：“大姐，计息按你给我的日期算起。”赵桂花这话的意思，当然是让施玲芬早一点把承兑汇票送过来。

施玲芬当然高兴，本来承兑变现还要贴息，现在可好，不但不要贴息，还可以拿一笔利息。看来，天上还真能掉下馅饼。真是福气好，不用起早。她满心欢喜地把那笔利息打回到了赵桂花的银行卡上，而且，把承兑汇票也送到了赵桂花的手里。

施玲芬那里的利息解决了，可其他人的利息还得付。肉摊、鱼摊平时记账欠的钱要付，副食品店欠的钱要付，员工工资要付，还有高淳正那里的烟酒款也是一笔不小的数字。而且，先要扣除春节置办礼品的钱和酒店的日常开销，才能考虑付那些钱。这样一算，钱就又不够了。怎么办呢，赵桂花的愁绪好比这几天的雨，纷纷扰扰，缠缠绵绵。

二

吃过中饭，赵桂花想去美容院躺一会儿。她已经三天没去美容院了，这几天烦愁的事多，眼角的鱼尾纹好像变多变明显了。她从三楼下来路过大堂时，大堂里已没有了人，陈阳阳一个人坐在吧台里埋头整理菜单。心想，小陈还是蛮敬业的。陈阳阳听到声音，抬头见是赵桂花，笑着和她打招呼。赵桂花刚要出门，忽然心中有了个念头，便回了过去，来到吧台里面，坐在陈阳阳的身旁。陈阳阳要去给她泡茶，她拦住她说：“小陈，就别麻烦了，我跟你说件事。”

“赵老板您说。”陈阳阳心里有些慌乱，刚才她还从十几张菜单中抽出一张一千多元的菜单。赵桂花不会发现什么吧。

“小陈，跟你商量件事。这事对你来说应该是件好事。”

陈阳阳这才松了口气，说：“赵老板有事只管吩咐，不用商量。”

“小陈，你每年拿了工资、奖金是存银行的呢，还是拿回家的？”

提到钱的事，陈阳阳又是一惊，心里有些突突，忐忑着说：“一部分寄回老家，余下的用作日常开销。如有剩余，就买些理财产品玩玩。”看赵桂花的表情和态度，不像发现了什么，而且她刚才还说对我是件好事呢，所以又放下了心。

赵桂花说：“今后别去买理财产品了，钱就存在我这里，我给你二分年息，比买理财产品的利息高多了。小陈，这对你来说不是件好事吗？”

原来是这事，这倒确实是件好事。陈阳阳一脸灿烂地说：“好的呀，那就谢谢您了。”

赵桂花说：“那就这样定了。小陈，你也不要出去张扬，我就照顾你和杜美玲两个人。因为你们两人表现最好，工作最认真，算是我对你们两人的奖赏。”

“谢谢老板！”陈阳阳笑容可掬。

赵桂花走后，陈阳阳就想开了。不会是赵桂花资金紧缺的原因吧，否则，她怎么会出这么高的利息向我们借钱呢？她究竟差不差钱，我不得而知。她说是对我们两人的奖赏，也不知是真是假，就当她是真的吧。不管怎么样，这应该算是好事。她心里盘算着，我现在一年的工资十万元，如果这十万元全都存在她那里，一年就变成了十二万，再加上平时的外快，嘿嘿，买套房子也要不了几年。看来，我陈阳阳的日子将越来越好了。陈阳阳心里愉悦着，嘴里哼着小调，继续埋头干她的工作。

走出酒店后，赵桂花没有直接去美容院，而是驾车去了高淳正的烟酒店。她要去和他商量烟酒款的事，她也想用付二分息的方法把欠款转为借款。她想过，能否把所有借款的利息降低些，可又担心利息少了人家不愿借。生意人向生意人借钱年息低于二分，如果没有特殊关系，人家是不愿借的。

高淳正见赵桂花登门，有些意外，他满脸堆笑，一直迎到大门口：

“赵老板大驾光临，有失远迎。”

赵桂花说：“高老板什么时候学会说话文绉绉的了。”

“刚学会。”高淳正嬉皮笑脸，一笑，酒糟鼻就亮了许多，他把赵桂花迎到里面，然后说，“赵老板，是不是快过年了，要进些好烟好酒？”

“好烟好酒当然要进。我今天来，还有一件事要和高老板商量。”赵桂花坐下后，说明了来意。

高淳正说：“赵老板这么大的老板，酒店生意又这么好，还会缺钱？”

“我是不缺钱，但最近周转有些紧张。你如同意我的办法，就这样定了。如不同意，也不勉强，我去其他地方想办法。和你商量，我是看在老关系的面上。”赵桂花知道，像高淳正这样的人，绝不能迁就，否则，他会得寸进尺。

“呃——不不不，赵老板，我没说不同意呀。再说你赵老板的面子我会不给？”高淳正马上打招呼说。

“你不给我面子也没关系，我是来和你商量的。”

“对对对，赵老板，您说得对，是商量。其实，是您给我面子。”高淳正也算是在生意场上混过多年的人，前几年，他也是歌舞厅的常客，年轻漂亮的女子见过无数。可不知怎么，他在赵桂花面前就是缺乏自信。

“那就这样定了。”赵桂花向高淳正要了笔和纸，写了张借条，借条上写明借款数字、利率和日期，然后要回赊款凭证。起身后她拍拍他的肩，笑意盈盈地说：“谢谢高老板，告辞。”

高淳正受宠若惊，他若有所失地看着赵桂花出门而去。他有些后悔，她拍我的肩时，我怎么一点反应也没有呢，哪怕摸一下她的手也行啊，我怎么这么愚钝呢。

到了美容院，赵桂花才想起，应该告诉高淳正，这事不应向别人透露。她马上给他打电话，说：“高老板，刚才那事你知我知就可以了，如给别人知道了，给你这么高的利息，还以为我和你有什么特殊关系呢。说实话，我完全是看在你的面上，看在我们多年合作的分上，才给这么高利息的。”

“这我知道，赵老板您放心。”高淳正还在想入非非中，赵桂花突然打来电话，他有些小激动。

三

赵桂花美容快要做完时，手机突然响了起来，一看是朱秀华的电话，她赶快接了电话，说：“朱会计好，好长时间没看到你了，还真挺想你的。”

“是啊，好久不见了。你在哪里呀？想到你那儿讨杯茶喝，欢迎吗？”朱秀华的声音欢快轻松。

“欢迎，当然欢迎。别人谁都可以不欢迎，唯独你朱会计不能不欢迎。”赵桂花热情有加，接着说，“朱会计，我现在在外面有点小事，马上就回酒店，你也马上过去。见面后，我们好好聊聊。”

“好。等会儿见。”朱秀华挂了电话。

赵桂花回到酒店时，朱秀华已经到了，杜士坤在大堂的客人休息处陪她喝茶。赵桂花快步走了过去，朱秀华站起来和她又是握手又是拥抱，说：“桂花，好长时间不见，我看你越来越年轻漂亮了，吃了什么灵丹妙药呀？”

赵桂花最喜欢别人说她年轻漂亮。朱秀华的话使她心花怒放，说：“朱会计，是你说得好。我看你也不老，还是那么年轻。走，去我办公室喝茶。”

朱秀华对被冷在一旁的杜士坤说：“士坤你去忙吧，我和桂花去楼上说说话。”

两人说笑着上楼去了。

“朱会计，你还没去过我的办公室呢。”赵桂花说。

“可你没邀请过我呀。”朱秀华嗔怪她说。

“这就是我的错了。”赵桂花自我检讨说。

来到办公室，朱秀华眼前一亮，她边看边啧啧称赞说：“桂花，你这是标准的大老板办公室啊。”

“朱会计，你过奖了。”赵桂花被赞得满面春风。

看过办公室，赵桂花把朱秀华领到了她的“佛堂间”。

朱秀华看着表情丰富的财神菩萨，笑着说：“桂花，你也信这个？灵吗？”

“信啊，怎么不信。”赵桂花一脸虔诚说，“朱会计，只要信，就灵。不然，我们酒店的生意怎么会这样好呢。”

朱秀华不置可否地一笑，说：“好，你说灵就灵。我也来烧烧香，希望财神菩萨保佑你的生意越来越好。”

朱秀华在一旁拿过三支香，用备在一旁的打火机点着后插进香炉中，然后拜了三拜。两人回到外面，赵桂花请朱秀华在沙发上坐下，然后去为她泡茶。

“桂花，刚才听你的口气，酒店生意不错啊。在楼下的时候，我听杜士坤也是这样说的。”朱秀华接过茶杯说。

“是啊，你朱会计平时也不来吃吃饭，为我们捧捧场。”

“没事我就不来打扰你们了。只要你们事业有成，我把你们俩撮合成夫妻，也算是做了一件好事。”朱秀华呷了一口茶继续说，“桂花，杜士坤对你还好吧？”

“还好。他这人嘴巴倒是蛮活络，就是缺少点文化，没有大的志向。”

“你就满足吧，他要是有了文化，有了远大志向，能轮到你当家？”

赵桂花嘿嘿一笑说：“这倒也是。不过，也不完全是我当家，凡遇大事，都是我们俩商量着办的。”

朱秀华不想再说他们的家事，言归正传说：“桂花，年初一的晚上，我想在这里订一桌酒，还有包厢吗？”

“应该有的。即使没有，我也会帮你挤出来的。”

“这可不行，我的事是小事，把别人挤走了，影响了生意、影响了酒店的声誉可是大事。”

“没事的，朱会计你放心，我会安排好的。”

“这就好。我招待亲戚，你看看多少钱一桌合适。”

“说什么钱呀，到时候你只管带人来吃，一切由我来安排。”

“这可不行。”

“有什么不行呀，权当是我和士坤两人在家里请你们吃一顿饭还不行吗？”

话说到了这个份上，朱秀华就不好再坚持了，只得说：“菜不要弄得太好，家常菜就行。”

赵桂花又说了句你放心我会安排好的话，然后说：“朱会计，最近在忙些什么呀？”

“不忙什么，在家里养养花，做做家务，空下来也炒炒股。”朱秀华说，“说到炒股，也是件烦心事，去年赚了一些，可今年又亏掉了点，但总的来说不亏，比存银行好。”

赵桂花听后脑子一激灵，说：“朱会计，你去炒什么股呀，劳神伤心，还不能保证赚钱。你如有闲钱，放在我这里，我给你二分年息，旱涝保收，省神省心。你看怎样？”

“桂花，你酒店经营得这么好，难道还缺钱？”

赵桂花说：“不是我缺钱。朱会计，我和士坤能有今天，不是有你的一份功劳嘛。我们送钱给你，你肯定不会收吧。你把钱放在我这里，我给你利息，天经地义。虽然比银行高了些，就算是我们对你的小小报答吧。”

“桂花，这钱你需要多长时间呢？”朱秀华被说动了心。

“多长时间都可以，我们的酒店开多长时间，你就可以放多长时间。什么时候要用，只要提前一个星期和我打个招呼。如果即时要用即时来取，我可能一时手中无现金。”赵桂花想，朱秀华还真是自己的贵人，今天怎么送钱来了。

“嗯，我明白了。只是赚你们的钱总有点不好意思。”朱秀华说这话的时候还真有点不好意思。

“朱会计，快不要说不好意思的话了。你把钱放在我这里了，我对你也有要求的。你要经常来关心我们的酒店，对我们多提建议，好让我们经营得更好。”赵桂花边说边去给她杯中续水。

“提到建议，说实话，这经营酒店的事我也不懂。只希望你们夫妻俩和和睦睦、认真做事，酒店兴旺了，我也就放心了。”朱秀华站起身来说，“好了，别加水了，我该回去了。”

“朱会计，您的教诲我记下了。您放心，我和士坤会认真做好事业的。”赵桂花接着说，“来了就别走了，吃过了晚饭再走。”

“晚饭就不吃了，我回去还有事呢。钱的事，在最近几天我就打到你的银行卡上，你把卡号发到我的手机上。”朱秀华边说边向门外走去。

三天后，朱秀华把一百万元打到了赵桂花的银行卡上。

四

今天下午杜美玲值日。她坐在大堂里供客人休息的沙发上打瞌睡。快三点时，一个中年男子推门进来。杜美玲睡眼惺忪地问：“请问有事吗？”

中年男子感到好笑，没事我来干吗，说：“我来订餐。”

杜美玲一下来了精神，站起来说：“什么时候的？几桌？”

中年男子说：“年初五晚上的，三十桌。”

“那要交定金。”

“这我知道，我带来了。”中年男子说。

按酒店规定，杜美玲是不能收现金的。她马上给陈阳阳打电话，可陈阳阳关机，再打杜士坤，杜士坤也关机。她只好给赵桂花打电话，告诉她有人要订餐的事。赵桂花说她在外面有事，让她找小陈。小杜说小陈关机。赵桂花又让她找杜士坤。小杜说他也关机。赵桂花不耐烦地说：“烦死了。你去敲杜士坤的门，他可能在睡觉。”后面还加了一句：“真是的，这种事还来烦我。”

杜美玲噘着嘴说：“好吧。”

杜美玲猜想赵桂花又去了美容院，哪知道她正在她温柔乡的床上与徐品华疯狂着呢。她已有一段时间没去那儿了。不知怎么，她昨天夜里梦见了他，今天上午给他打了个电话，说下午找他有事。徐品华说他在外面有事，要到下午两点才能回办公室。吃过中饭她想休息一会儿，可哪里睡得着，刚到两点，她便迫不及待开着宝马车过去了。两人正玩得高兴时，杜美玲打电话给她，她当然就不开心了。

“对不起，你先坐一会儿，我去叫人，一会儿就来的。”杜美玲给中年男子泡了杯茶，便向二楼杜士坤的办公室走去。

杜美玲想，赵老板怎么啦，订餐的事怎么就不能找你了？听口气好像她还挺不耐烦的。她边走心里边嘀咕着，一会儿就来到了杜士坤的房门口。正想敲门时，忽然听到里面有女人吃吃吃的浪笑声。她感到好奇，把手收了回来。仔细一听，她吃了一惊，那笑声怎么是陈阳阳的声音，难道他们在谈什么事情。好奇使她把耳朵贴上门去，两人的动作声和说话的内容不堪入耳。她知道是怎么回事了，想马上离开这是非之地，可一想到赵桂花对她这么好，心里就为她鸣不平。她突然恨起了杜士坤，恨他平时总对她一副有点讨厌的样子；她更恨陈阳阳，这个小狐狸精，平时对老板娘这么好，原来都是假的。想到这里，她毫不犹豫地敲响了门。里面马上噤了声，她又敲了三下，杜士坤才出了声：“谁呀？我在睡觉。”

“杜老板，我是小杜。楼下有人订餐，年初五的，三十桌。”

“你给他办一下不就得了吗，这事怎么还找我？真是的。”

“杜老板，这要收定金的，还要给人家开单子。”杜美玲感到委屈，怎么我今天找的人都找错了？

“知道了，我马上就来。”杜士坤的口气有些不耐烦。

“噢。那我走了。”杜美玲还想听听里面有什么动静，可担心里面的人撞出来，便赶快离开了。

杜士坤叫陈阳阳不要走，说他办好了马上就回来。

杜士坤来到楼下，与客人打过招呼，还给了他一包香烟。客人本来等得有点不耐烦，见杜老板如此客气，脸上便有了笑容。杜士坤很快把事情办妥，客人走后，他看了一眼小杜。小杜也正在偷眼看他，见他看她，马上收回目光。杜士坤朝她瞪了一眼，说：“下次有事先打电话。”说完上楼去了。

小杜心里说，你们都关机了，我打了有什么用。

杜士坤回到房间，陈阳阳已穿好了衣服。她面无表情地说：“我估计我们的事被小杜听到了，今天怎么这么巧。”

两人只想赵桂花出去后，起码要过四点才会回来，哪知来了个订餐的。

“不会吧。”其实杜士坤也在担心今天的事被小杜发现了。她敲门时他们正玩到高兴处，她怎么会没听到呢？今天也太大意了。他突然想到，小杜可能打过他的电话，打开手机一看，还真是打过了。陈阳阳见状，也打开手机一看，杜美玲也打过她的电话。今天的事肯定被她发现了。

陈阳阳忧心忡忡说：“她打了我们两人的手机都不通，很可能还打了老板娘的电话。这样的话，事情就变得复杂了。所以，我们得赶快想办法。”

“想什么办法？能有什么办法？你有办法吗？”杜士坤显得一筹莫展。

陈阳阳说：“我们得想一个让她闭嘴的办法。”

“让她闭嘴？除非把她弄死。呃，这倒是个办法。”

陈阳阳吓了一跳，说：“你瞎说什么呀，我还年轻，还想活下去呢。难道让她闭嘴，就只有把她弄死吗？”

杜士坤眼睛突然一亮，说：“我倒是有一个办法，你看行不行。”

“什么办法？”陈阳阳看着他说。

“除非让她也躺上我这沙发。这样一来，她就不会说出去了。”

陈阳阳嘿嘿一笑，说：“我还以为是什么好主意呢，原来你是开了里锅还想着外锅。亏你想得出来，这样还成什么样子了。这不成了酒店里的女人们明里暗里都成了你的老婆了。不要说我不同意，就是同意了，还要问问杜美玲答应不答应呢。”

“那你说怎么办？我只有这个办法。”杜士坤一脸无奈。

陈阳阳说：“要想让她不说出去，除非用钱把她的嘴堵住。还有一个办法，就是把她吓住。不过，这做法有点下作。”

“只要能吓住她，管他下作不下作。”杜士坤可不想花冤枉钱，所以他对吓住她的办法感兴趣，说，“说说看，怎样才能吓住她。”

“你去把她叫来，就用你说的那办法。不过，这办法只能嘴上说，而不能具体实施。”陈阳阳说。

杜士坤心领神会地去了。不一会儿，就把杜美玲带来了。来的路上，杜美玲忐忑着问：“杜老板，什么事呀？非要到你的办公室里才能说。”

“去后你就知道了。”

来到杜士坤的办公室，一看陈阳阳也在，知道刚才听到了不该听到的事。虽然来的路上猜想可能为这事，没想到还真为这事。她的心狂跳不已，一脸尴尬地站在那儿不知如何是好，好像是她做了见不得人的事。

陈阳阳看着她那样子，心里便有了几分把握，一脸严肃地说：“小杜，你坐下。”

杜美玲在旁边的一张椅子上坐了下来。陈阳阳换了一副笑脸，说：“小杜，刚才我们在里面的事你都听到了吧？”

“小陈，我听不懂，你说的什么呀？”

“好了，就别装了，听到了就听到了，我们也无所谓。不过，这事你绝对不能对任何人说，如说出去了，对你不利。”陈阳阳的脸色突然阴沉下来。

杜美玲知道这事与自己脱不开干系了，只得说：“你们放心，我决不会说出去的，说了烂舌头。”

杜士坤见时机已到，说：“小杜，我谅你也不敢说，如果说出去了，我就说你和我也有过这种关系的。你是因为吃醋，才说我和小陈的事的。”

陈阳阳赞许地看了一眼杜士坤，心里说，你还真和我想到一起了。

可嘴上却说：“杜老板，小杜不可能说出去的。首先，她和你是一笔写不出两个杜的本家。其次，我和她虽然不是亲姐妹，但胜似亲姐妹。再说，这事老板娘如果知道了，和你闹翻了，对大家都不利。”陈阳阳又转向杜美玲，笑着说：“小杜你说是吗？”

杜美玲被他俩一句进一句出，一会儿听得心惊肉跳，一会儿听得云里雾里。听到后来，她只得发誓说：“你们放心，我如说出去，就遭天打五雷轰。”

五

排来排去，还差鱼摊和副食品店两笔应付款没付，数字虽然不大，两笔钱也就三十多万元，可两个老板一天一个电话，说他们还欠着人家的货款，等酒店给了他们钱才能付给人家。赵桂花正急得没有办法时，施玲芬打来电话说，她手里有三张承兑汇票，共五十万，问是否需要。这三张承兑汇票是她收应收款收来的，要到明年的五月份才能兑现。施玲芬想，现在借给了赵桂花，单这半年时间，就可以白得五万多元利息。况且，存在她那里，二分息的利息可以一直拿下去。

这不是雪中送炭吗？可赵桂花在电话中没有表现出高兴的样子，她不能让别人以为她正缺着钱。她说：“暂时倒也不需要。不过，大姐你的钱如果闲着，只管放到我这里来。我赚了钱，让大姐分享点红利，也是我这个小妹应该做的。”

施玲芬听后有些感动，说：“那就谢谢赵老板了。”

“大姐，怎么叫起赵老板来了，这不是要折煞我吗，下次再也不能这样叫了。”赵桂花说，“大姐，想当初，我只是开了个小饭店的一名穷老板，姐姐们也没有看不起我，这都是你带头带得好。这些，我都记着呢，我现在要知恩图报。所以，我还有一个想法，你要是能弄到钱存在我这里，我都出二分息。如果是别人的钱，你拿的那一半利息，可以每个月在我这里领取，而给别人的那一半，当然还是一年一支付。”

“那就太感谢老五了。”过了两天，施玲芬不但把五十万的承兑汇票送到了赵桂花的办公室，而且又把一百万元打到了赵桂花的银行卡上。施玲芬说，打到银行卡上的一百万是她向朋友借的。

这样，施玲芬每个月可以在会计刘正平那里领取利息一万元。

刘正平对赵桂花说：“你让我每个月付利息，可我没有收到本金呀。”

赵桂花说：“我让你付你就付，本金在我卡上，我另有用场。”

这样一来，今年的年，赵桂花就过得富足有余了。尽管酒店的利润不理想，但赵桂花手里有钱。为此，赵桂花总结出一个经验，要想钱来得快，盘得活，并不是单凭酒店的生意有多好，还得想其他办法，要有套路。当然，酒店开得好，有影响，这是平台，没有这个平台，办法再好、套路再多也没办法施展。这就使赵桂花又有了新的灵感，她要在明年再展宏图，使自己的事业更上一层楼。那是明年的事，到明年再说吧，暂且把这事放在心里。今年要热热闹闹、开开心心、风风光光过个年。

手里有了钱，赵桂花就有了打算。她考虑，不但要把今年的年过得热闹、开心、风光，而且要过得体面，过得能显示出她的大手笔。为此，她又扩大了送礼的范围。凡是借钱给她的，凡是有些地位的亲戚朋友及同学，凡是田塍镇上的大小老板，凡是企业里吃饭有签字权的领导，凡是镇上及街道办的部门负责人，都要备一份礼物。她这礼一送，在田塍镇上就引起了不小的反响，都说金鑫大酒店赚大了，不然，怎么会有这么大的手笔。金鑫大酒店的影响大了，所有得到礼物的人都高兴了，可田塍镇上其他饭店的老板们就不开心了。他们发现往年到他们那儿订春节年酒的人都跑向金鑫大酒店去了，心里就更不爽了。他们中有的开始降价吸引顾客；有的提高服务质量拉牢顾客；也有的放出野话，说金鑫大酒店的菜根本就不洗的，用过的盆子用布抹一下边就又派上用场了，桌上撤下来的剩菜有的重新装盆后又卖给了别的客人；更有甚者，说她赵桂花以色相勾引顾客，而且还翻出了她的老底，说她开大众茶馆时，就是以放黄色录像吸引顾客的。所有这些，有的纯属谣言，有的捕风捉影，可有的也确有其事。但不管是谣言还是真相，总之是影响了赵桂花的声誉和生意。赵桂花知道后，恨得咬牙切齿，但又找不到谣言的源头。她也想过，也许是自己太招摇张扬了吧。但又一想，张扬招摇怎么啦，我不但要做田塍镇上的名人，我还要做全市餐饮行业的名人。你们眼红什么，你们有本事有实力也这样搞嘛。哼，我明年还要有更大的动作、更大的手笔，我会让你们更加眼红、更加羡慕的。我要成为明星一样的大红人，到时候眼热死你们。

赵桂花手里宽余，而且有了更远大的打算，就不再去计较那些风言风语、流言八卦。她要过一个开心年，一个风光年。可有一件烦心事却让她放不开。赵方宇期末考试又有两门课挂了红灯，如果寒假后补考再不及格，就得留级。根据他的学习情况，再次不及格，估计是铁板上钉钉的事。这可怎么办？唯一的办法是让班主任和任课老师放他一马。赵桂花和班主任联系过，想邀请他和几个任课老师来金鑫大酒店吃顿饭，再为他们每人备一份礼物。可班主任横竖不答应。无奈之下，赵桂花只得请徐品华出面。

赵方宁当时能上职中，是徐品华通过副校长的关系才进去的。当时副校长想，只要赵方宇出钱，反正就是教室里多安排一个座位的事。我做了人情，学校还多了一份收入，还为社会多培养了一个人，很可能社会上还少了个混混。于学生、于家庭、于学校、于社会都有利，这样的好事，何乐而不为呢。

徐品华和副校长通电话说明缘由，并请他无论如何要给个面子，和赵方宇的班主任及各任课老师一起来金鑫大酒店吃顿饭，联络一下感情。副校长见推不过，只得答应。他为自己找了个理由，这不算是不正之风，算是校方的一次家访，是和学生家长的一次交流互动。

六

徐品华是通过一家室内装饰设计院的院长认识副校长的，院长和副校长是大学同学。一次，徐品华去请院长吃饭，副校长正好在院长办公室喝茶，便一起把他也请了。一来二往，徐品华和副校长也成了朋友。这次，徐品华出面请副校长他们吃饭，便把院长也一起请来作陪。

班主任本来不愿来的，可副校长做了他工作，他就不好推了。他把其他六个任课老师都叫了，可两个家中有事，不能一同前往。这天晚上，副校长一行六人按时到达金鑫大酒店。徐品华早已等在大厅恭候，见他们到来，便和杜士坤赵桂花夫妇一直迎到大门外，分别和他们一一握手。还没进大门，设计院院长的汽车也到了。徐品华快步过去把他迎出车门。

赵桂花今天可是精心打扮了一番的。她浓妆艳抹，满身茉莉花香味。她波浪式披肩长发，蓝宝石耳坠，珍珠项链下挂一颗红宝石坠子。她身穿貂皮毛领的绛红色呢大衣，脚蹬黑色中跟皮靴。所有人看到她时都眼前一亮。一个女老师和她握手时说："赵老板你好漂亮啊。"说得赵桂花心花怒放，一脸春风，嘴上却说："还漂亮什么呀，老了。"

徐品华在一旁打趣说："说你漂亮就漂亮嘛，谦虚什么呀。"

众人听了，发出一阵欢笑。赵桂花更是笑靥如花，一脸灿烂地说："老同学就会开我的玩笑。"

一行人在赵桂花的引领下，热热闹闹来到三楼最豪华的包厢——桂花厅。按理今天杜士坤应坐主位，可他不愿意，他知道自己有几斤几两。他虽然嘴巴活络，可与知识分子在一起，他就是个俗人了。再说，今天这个场合，他本不愿意参加的，可不参加说不过去，所以勉强来了。他也不要面子，让赵桂花坐主位，说他老婆才是当家的。他还有一个想法，等会儿说到赵方宇的时候，你们爱说什么说什么，我可不想说什么，或者至少可以少开口甚至不开口。赵桂花见杜士坤让她坐主位，正中下怀，当仁不让。她两旁坐的分别是副校长和设计院院长，然后是徐品华和班主任，其他四位任课老师自己挑位子分别坐下。杜士坤坐在赵桂花的对面。

赵桂花把呢大衣脱下后挂在墙角的衣架上，里面的葱绿色紧身羊毛衫把她的身段勾勒得曲线毕现，分外妖娆，瞬间把大家的目光吸引了过去。班主任心想，好一个娇艳的女老板，可怎么生了个不争气的儿子。

今天，赵桂花把所有的当家菜都上齐了，简直可以和满汉全席媲美。菜上齐后，副校长朝赵桂花说："赵老板，这么多的好菜，你也太客气了吧。"

赵桂花笑着说："是校长说得客气，这都是本店的家常菜。再说，能把大家请来，是我们的福分和荣耀，所以，菜不管多好都不为过。"

吃着喝着的时候，自然就说到了赵方宇学习上的事、考试的事。赵桂花举杯站起来说："承蒙校长和各位老师看得起，光临我们金鑫大酒店。我代表我们全家再一次感谢大家。犬子赵方宇，在学校为老师们添了不少麻烦。没有教育好孩子，我们感到十分愧疚。今天我叫他一起来，可他无颜面对学校的领导和老师，我也就没有勉强他。"她扫视了一下大家，继续说："这一次期末考试他又没考好，春节后补考时，还请校长和老师们高抬贵手。当然，春节期间，我们一定会督促他好好复习，争取各门功课都能通过。来，我敬大家一杯，就算和大家打过招呼了。"赵桂花说完，把杯中酒一饮而尽。大家都响应着把杯中酒喝完。

为了赵方宇，班主任可是伤透了脑筋。按他的意愿，早就要把赵方宇除名了，可碍于副校长的面子，他只好一次次地忍下了。这次既然来了，也就不用客气应该说几句。他清了清喉咙说："今天不来，还真不知道赵方宇家有这么大的酒店。赵方宇的父母亲真可谓事业有成，可遗憾的是，在培养教育孩子这个更大的事业上却疏忽了。我作为班主任，希望你们今后在孩子的教育培养上多下点功夫。"

今天这个场合，班主任这话就有点重了，副校长不无责怪地看了他一眼。院长心想，这班主任书生气有点浓，可其他任课老师却都投以赞许的目光。徐品华心想，是应该敲敲他们夫妻俩的警钟了，否则，连我都没了面子。杜士坤却一副旁观者的心态，他想，可没有我的责任，我想要教育他也插不上手，他也不会听我的。

赵桂花被班主任说得既高兴又惭愧。高兴的当然是说她事业有成。惭愧嘛，其实也没什么。她心里说，我儿子要是读书好了，会进你们那职中？我今天会请你们来吃饭？想到这里，她的脸色由尴尬变得平静，淡淡一笑说："班主任说得对，我们今后一定要多注重孩子的教育和培养。"

杜士坤发觉自己也应有个态度，便跟着说了一句："对，我们今后一定要教育好孩子。"

副校长见关于孩子的事，双方要说的都说了，其他的都在不言之中了，就不想再发表什么想法了。院长见气氛有些沉闷，端起酒杯说："金鑫大酒店有如此档次，有我的一份功劳呢，赵老板可能不知道，这装修的方案还是我们设计院做的呢。当然了，酒店能如此兴隆，主要是赵老板和杜老板经营有方。来，祝贺你们，我敬你们一杯。"

赵桂花被赞得又飘飘然起来，带头喝完了杯中酒。她心中早已没有了儿子的烦心事，笑意盈盈地朝院长说："院长大人，我还真不知道方案是你们那儿做的，这都怪我老同学没对我说。明年我们扩大酒店规模的时候，我亲自到你那儿商讨方案。"

徐品华和杜士坤不知赵桂花在说酒话还是在开玩笑，都朝她看看，心想，你在痴人说梦话吧。

院长多看了一眼这位漂亮的女老板，说："好，到时候我恭候赵老板大驾光临。"

徐品华一脸正经地说："好啊，过河拆桥的事也做起来了。我现在有言在先，到时候可不关我的事。"

院长说："徐老板，到时候哪少得了你，恐怕你想躲都躲不开呢。"

"院长这话我爱听。来，我敬大家一杯。"扩大酒店规模的事可能纯属子虚乌有，现在为这事斗嘴，徐品华感到好笑。

接下来，大家推杯换盏，又是一番觥筹交错的热闹。又说笑吃喝了一会儿，宴席也就散了。结束后，赵桂花为客人每人备了一份礼物。班主任说，还有两位任课老师没来。赵桂花便又给了两份。

徐品华把副校长拉在一旁，耳语道：“赵方宇的事还请校长多多关照。”

副校长说：“徐老板请放心。但一定要叫他在寒假期间认真复习。”

徐品华说：“这个当然。”

第十章

一

今年的春节过得还真是热闹，大年三十的晚上，金鑫大酒店张灯结彩，鞭炮齐鸣，单烟火就放掉了五千多元。赵桂花还破例登台为顾客表演了节目。这在田塍镇上无疑又扩大了影响，引起了街谈巷议，说金鑫大酒店的赵老板快成明星了。信息反馈到赵桂花耳朵中，赵桂花听得心里像吃了蜜，心想，我还要做出更大的动作，让你们看看我赵桂花是怎样的一个人物。

过了正月十五，她去欧洲旅游了半个月。去了趟欧洲，又大开了眼界，也更使她体会到，人必须要有钱。有了钱，才能过上上等人的生活，才能得到你想得到的东西。要想拥有更多钱，只有把事业做大。为此，扩大酒店经营的事又摆到了她的议事日程上。一天晚上，她先向杜士坤提出了自己的想法。

杜士坤说："酒店开得好好的，怎么又要扩建了？"

赵桂花说："正因为我们酒店的生意好，所以更应该扩建。"

"怎么扩建？就那幢楼，你想扩到天上去？"杜士坤突然醒悟似的说，"难道你想给楼房加层？"

"你真是死脑子。不加层就不可以扩建了？后面不是还有一块空地吗？"

"你想建新房？可钱呢？"

"对，要建新房。我准备建一个能办五十桌酒的宴会大厅，钱的事你别管，我自有办法。"

杜士坤说："赵桂花，我可提醒你，有些事步子要迈得稳妥一些，不要弄大了收不了边。"

赵桂花说："我说你这人，怎么像个小脚老太婆，总是迈不开大步，做不了大事。事业不做大，怎么能赚到更多的钱？当时你反对我买这楼房，可现在呢，走出去谁还敢小看我们。"

"你有办法你去弄吧，我反正没有办法。"

"我看你就这点出息。"

阳春三月，莺飞草长的某一天，赵桂花驱车去徐品华那里商量酒店扩建事宜。

徐品华见她上门，浅浅一笑，说："赵老板有何贵干？"

赵桂花嗔怪他说："没事就不能来看看你吗？怎么啦，不欢迎？也有你这人，我不来，不给你打电话，你就不能主动给我打个电话吗？"

"你老板做大了，工作忙，我不是怕打扰你嘛。"徐品华去给她泡茶。

"别找借口了，我知道，你在躲我。"赵桂花噘着嘴说。

"这可冤枉死我了，我喜欢你还来不及呢，怎么会躲你呢。"

"那我今天送上门来了，你也不有所表示。"

"好好好，让我表示表示。"徐品华边说边把她抱进了卧室。

完事后，两人回到外面的沙发上。赵桂花说："老同学，我今天来还有一件正事要办。"

徐品华嬉皮笑脸说："怎么，刚才的不是正事？"

赵桂花白了他一眼，说："你这人，亏你还是个诗人呢。我不是说还有一件正事嘛。好了，别贫嘴了。我是来和你商量酒店扩建事宜的。"

"酒店扩建？我好像听你说过这事，当时我还以为你在开玩笑呢。你还真要扩建酒店？"徐品华警惕地看着她说。心想，这次不能再为她垫资金了。我看她喜欢摆派头，整天张扬显摆自己，这可不是好苗头。还听说她现在很少在酒店里待着，上午睡到十点多，中午蜻蜓点水去酒店点一下卯，吃过中饭就不知去了哪里。人家夫妻俩开饭店可不是这样的，都是一个吧台里一个吧台外，关键部门外人是插不上手的。他们俩倒好，吧台内外都是外人掌控，两人简直成了撒手大掌柜。当然，她的酒店成规模，上档次，可能她有她的管理方式，有她的经营理念。但不管怎样，还是应该提醒她一下，他说："老同学，有句话不知我当说不当说。"

赵桂花笑笑说："当然该说，我们俩还有什么不好说的。"

"桂花，你扩大经营规模我不反对，可平时对饭店的管理要多上些心。听说你现在在酒店待的时间越来越少了，这可不好。酒店可是哪一个环节都会出漏洞的。"徐品华这话说得语重心长。

"这我知道，你放心，我那里每个关键部门用的都是信得过的人。不会出问题的。"赵桂花想，我的事业做大了，还要我事无巨细事事关心，这不太累了？那我这老板做得还有什么意义呢。

"这就好。我只是提醒你一下，不要到时候出了问题就来不及了。"

"谢谢你的关心，我会当好心的。我们言归正传吧。"赵桂花不想再说那些她认为伤她自尊的话。

"好吧，说说你的想法，想和我商量什么。"徐品华想，也许我多虑了。

"现在好多人家办喜酒，都是男女双方合在一起办，我们那个三十桌的宴会厅已经不能满足这些客户的需求了。所以，我想在楼房后面那块空地上建一个宴会大厅。"

徐品华说："这是个不错的想法，符合当下和今后的发展方向。可投入也是可观的。"

"没有投入哪来回报。我来找你，就是要你帮我出主意的，怎样搞才能做到经济实惠、事半功倍。"

徐品华想了想说："要做到既投入少又达到预期的效果，我认为，主体结构可以采用钢结构材料，围护墙用黏土砖，屋面材料用夹芯保温彩钢板。这样，不但投入小，而且施工周期短。"

赵桂花说："这方案好，我听你的。你是这方面的行家，我想把所有土建和装修工程都包给你。包给你，我放心，也省心。你看怎样？"

“不行，不行，这可不行。装修工程包给我我责无旁贷，可搞土建我是外行。而且，钢结构工程我更是外行，你还是另找别人吧。”徐品华想，你赵桂花可能又在打如意算盘了，我可不上你的当，到时候土建、钢结构和装修的所有工程款都由我一个人来垫资，那可不是闹着玩的。

“怎么不行？你说你是外行，总比我内行吧。再说，你叫我去哪里寻找施工队伍。”

“施工队伍我可以帮你找。再说，即使土建和钢结构工程包给了我，我还得另找施工队伍，何必多此一举。”

两人各自打着自己的算盘，赵桂花想把所有工程包给徐品华的意图，一是省心省力，更主要的是想让他垫资，套用他的资金。徐品华推掉土建和钢结构工程，就是担心让他垫资，但装修工程自己是没有理由推掉的。

赵桂花见他态度坚决，也不能太勉强，便退一步说：“也好吧，你替我找一个施工队伍。不过，谈判的时候你必须在场。你不在场，我被别人宰了也不知道疼。”

“这个可以。”徐品华终于松了口气。

二

都说春光无限好，江南的四月天，更是使人如痴如醉。金鑫大酒店的扩建工程，在这一年中最美好的季节开工了。赵桂花又成了田塍镇街谈巷议的对象，都说她这几年发大了，事业也越做越大了。她走到哪里，都会像明星一样被人指指点点。她的宝马车停在哪里，总会被一些人认出来，有人还自以为只有他知道似的对旁人说，这是金鑫大酒店赵老板的座驾。更有甚者，有人还站在她的宝马车旁拍照留影。赵桂花知道这些反响后，荣誉感和虚荣心便得到极大的满足。别人和她打招呼时，她也总会满面春风报以微笑。别人得到满意的回报后，也会在背后宣传说，赵老板的人真好，和气、热情，一点架子也没有。

别人不知道的是，赵桂花也有烦心事。按照工程合同条款，金鑫大酒店的扩建工程开工前，应付百分之三十的预付工程款，单这一笔款就已使她囊中羞涩。基础工程结束时，必须再付总造价的百分之二十，工程竣工时，应付总造价的百分之九十。从工程进度看，基础工程很快就会结束，可那百分之二十的工程款还不知在哪里呢？所以，赵桂花的头等大事是赶快弄到钱。

借钱，赵桂花首先想到的是徐品华。一想到他，赵桂花就心中骂道，这个滑头，他不愿意总承包，估计就是怕垫资。如果是这样，去和他商量钱的事也是白费口舌，不借就不借，到时候的装修款他是逃不了的。可不去向他借又能向谁去借呢？她把所有的亲戚朋友都想了一遍。四个姐姐那里不能再去开口了，除非万不得已的时候。邹伟达和高淳正那里更开不出口。那么，谁还能借一笔数字不小的钱给我呢？她搜肠刮肚，从亲戚朋友再想到同学，王轩！对了，我怎么把这个老同学给忘掉了呢。

王轩不是在炒股吗，听说他以前赚了不少。对，他应该是个有钱的主。一天下午，赵桂花没有去美容院。她打电话给王轩，说找他有事。王轩表示欢迎后说，他在市区的一个茶座等她，并说了茶座的名字和地址。赵桂花好像钱已到手似的一阵轻松，她梳头打扮，浓妆艳抹，一身华丽，开着宝马车去会她的老同学。

赵桂花来到茶座时，王轩已恭候在那里了。两人握过手，王轩问："老同学喜欢什么茶？"

"老同学你喜欢什么茶？今天应该我做东。"赵桂花客套说。

"就别客气了，到市区来，哪有你请我的道理。这样吧，就来杯碧螺春新茶。"

"好吧。现在的碧螺春新茶应该是明前茶，好喝。"

"对，你开过茶馆，懂茶。"

"快别说开茶馆的事了，那时候都是骗骗老年人的。"赵桂花的脸红了一下，继续说，"老同学最近在忙什么呀？"

"唉，我还能忙什么呀，除了炒股就是玩，也没个正经的工作。"

“炒股好啊，听说你赚了不少。”

“快不要说赚了。要说赚，前几年倒是赚了一些，可去年跌了个大跟斗，幸亏收得及时，不然就倾家荡产了。”

赵桂花见时机已到，便说：“老同学你客气了，你这个炒股圣手怎么会失手。”

“老同学你错了，股市似商海如战场，哪有常胜的道理。不像你开酒店，只要经营得当，是个包赚不亏的行当。”

“虽说开酒店是个赚钱的行当，但也要做大做出规模来，才经得起风浪，才能做出大事业来。”赵桂花说，“老同学，我今天就是为酒店扩建的事来找你的。”

“为酒店扩建的事找我？”王轩疑惑地看着赵桂花。

“是的，我正在扩建一个能办五十桌酒的宴会大厅。可手头缺少资金，所以来找你商量。”

“你还差钱？”

“对，我现在差钱。按理我不差钱，但现在田塍镇上吃饭签字欠账已成了惯例，所以我的钱都在应收款里，不到年终又不好去向人家要钱。”赵桂花说，“还有，我是个特别要面子的人，又不好意思去向别人借。按理我还可以向我的初中同学徐品华借，但我今后的装修工程要包给他施工，所以我也不好意思去向他开口。”

王轩这才知道她的来意。他虽不是个视钱如命的人，但对借钱的事却一向敏感。不借，人家只是一时对你有想法，借了，可能今后头痛的事就多了。现在赵桂花来向他借钱，他就为难了，说：“可是我的钱都在股市里呀。”

“我知道你在炒股，但你无论如何要帮我解决一百万。我刚才说了，我不向别人借，只向你借。”

“要这么多？你还真是大手笔。”王轩两只眼睛惊得老大。

“对，一百万。不过，老同学你放心，我不会让你白借的。我给你二分利息，虽然可能比你炒股赚得少，可借给我是包赚不亏的。”

“你别提利息的事，老同学借钱讲利息，就俗气了。”王轩说，“你这数字有点大。你让我好好想一想。”

在王轩犹豫不决时，赵桂花突然走过去，一下跪在了他的前面，两只手放在他的大腿上，眼泪汪汪地说：“老同学，这忙你无论如何得帮，你不答应我就不起来。”

王轩没想到赵桂花会来这一手，弄得一时手足无措，边把她扶起来边说：“快起来，给人家看见了不好。”

赵桂花虽然起来了，但更让王轩没想到的是，她竟上前一步，一屁股坐在了他的大腿上，两只手搂住他的脖子，说：“你不答应，我就不放你。”

王轩吓得大惊失色，使劲推开她说：“好好好，我答应你。你快坐好了我们商量。”

“老同学，看来不给你来点颜色，你就不会就范。”赵桂花这才破涕为笑。说实话，她这举动还真准备献身借钱呢。

王轩明白她的用意，可他不想占她的便宜，更不想与她发生不正当的关系，他的脑子清醒着呢。他苦笑着摇摇头说：“赵桂花，我算服了你了。好吧，我借给你五十万，利息我也不要二分息，你按银行利息给我就行了，但你必须一年之内还给我，这在借条上必须写清楚。”

赵桂花终于大功告成，虽然只借到五十万，但利息这么低她没有想到。她顿时感到一身轻松。

三

王轩把钱打到赵桂花的银行卡上后，又有点后悔起来，这钱今后不会打水漂吧？她想用勾引我的手段借钱，不会也用这种手段去向别人借钱吧。她说只向我一个人借钱，可谁知道呢。还有，她开出这么高的利息，这不大正常，如果真是短期应急还说得过去。可再一想，算了，借也借了，想想不可能会打水漂的，她有这么大的酒店在，而且是因为生意好在扩大规模，在向好向大的方向发展。再说，借条上写着借款时间为一年，这一年之内不可能有什么变故的。想到这里，王轩也就放心了。

赵桂花在王轩那里借到钱后，又想到了另外一个人——她学开车的师傅吕品中。她打电话给他，说她想念师傅了，约他今天来酒店吃晚饭，并说再约几个人陪他喝一杯。吕品中带过许多学员，他认为，赵桂花也算是为数不多的成功人士之一，他为有这样的学员感到骄傲，所以，接到电话后，他乐意地接受了。赵桂花叫他早点来她的办公室，说有事要和他商量。

吕品中脑袋中一直贮存着她学开车时，一次急刹车胸部伏在他手臂上的感觉。他知道这不好，想抹掉这记忆，可就是挥之不去。赵桂花拿到驾照后，师徒俩平时没啥联系，倒是逢年过节，赵桂花还能想到他，在给客户准备礼物的时候，总少不了也有他的一份。在他的记忆中，很少有学员逢年过节给他送礼的。他仿佛渡船上的船老大，把学员从此岸送到彼岸就算完成了任务。所以，赵桂花还能想到他，他心存感激，心想，这个学员还是不错的，有良心。今天她说有事要与他商量，就猜不透是什么事了。

下午四时许，吕品中来到了赵桂花的办公室。赵桂花今天刻意打扮了一番，简约大方的春装使吕品中眼前一亮，他不免多看了她一眼，微笑着说："赵老板越来越靓丽了。"

赵桂花脸红了一下，说："老了，没人看得上了。"

吕品中明白她的意思，赶快转移话题，说："你这办公室装修得真豪华，我应该是第一次来吧。"

赵桂花说："师父啊，我不请你来，你也不来看看我这笨学员。"

吕品中说："你赵老板是个大忙人，我哪敢来打扰呀。"

"忙什么呀，我这个人懒惰，会享福，事情都安排给别人做了。"

"小老板自己忙，大老板别人替他忙。你这是大老板的做派。"

这话赵桂花听了舒服，笑着说："师父笑话我了。不过，我还真想做个大老板，可现在还不够格，还要继续努力。"

吕品中恭维她说："你一定会成为更大的老板的。"

"托师傅吉言，我正在努力。"赵桂花话锋一转说，"师父，喝茶之前，我先领你参观一下我的内室。”她引着他向里面走去。赵桂花说的内室，其实指的是“佛堂间”。

参观内室，她想干什么？吕品中的心一阵狂跳，他又想起了她胸部伏在他手臂上的事，想起她刚才说过的话。他心里忐忑着跟她向里面走去。来到里面才知道，原来是个烧香拜佛的地方，便放下了心，说：“赵老板原来还信佛。”

“也不是完全信。佛也好，菩萨也好，信则有，不信则无，只要心存善念就好。我烧香拜佛拜菩萨，说穿了，这是一种自我安慰，一种精神寄托。当然，我作为生意人，这也是一种自律。所谓自律，就是要督促自已做一个善良的人，做一个诚实的人。”赵桂花边说边侧目看吕品中的反应。

吕品中想，原来她还有这样一种境界，不免对她另眼相看。以前认为她有些轻浮，现在看来，可能她只是个性情中人，是一个感情丰富的人。人都有七情六欲，由此看来，她的有些举动，也无可厚非。吕品中赞同她的观点，说：“所以赵老板事业有成，是与你的为人和经营理念分不开的。”

赵桂花看看已经达到目的，心中窃喜，说：“师父过奖了。”

两人回到外面，坐下后边喝茶边说话。赵桂花说：“师父，你刚才说，我一定会成为一个大老板的。师傅啊，我还真在做这个梦。今天叫你来，就是要你助我一臂之力，成全我成为一个大老板。”

“叫我帮助你成为一个大老板？我能做什么？”吕品中有点丈二和尚摸不着头脑。

赵桂花浅浅一笑，说：“师傅当然能。不知师傅来的时候有没有注意到，这幢楼房的后面，我们正在扩建酒店，建造一个能办五十桌酒的宴会大厅。不瞒师父说，我现在手头缺些资金，想请师傅伸出援助之手。”

吕品中说：“你要向我借钱？”

“师傅，按理我不缺钱。可到我这里吃饭的顾客大多是熟客，吃饭签字欠账，按照惯例，不到年终我不会去向人家要账的。虽然平时也能收些现金，银行有些存款，但我要备足流动资金。所以，我向你借钱也只是用作备用。”

“可你怎么想起我来了。你不是有很多朋友吗？”

“是的，我有很多亲戚朋友。但我首先想到的是您，因为您是我师傅。”

“这又是什么意思？”吕品中有点云里雾里。

“师傅，我完全是为您考虑。现在有些单位向职工集资的利息大多是年息一分二，可我借钱准备出年息二分，这利息要高出银行好多倍，这好事我要先考虑帮助过我的人。我从小就梦想要学会开汽车，是师傅您教我学会了开汽车。所以，我首先就想到了您。”

吕品中行伍出身，性格耿直，被赵桂花说得有些感动，他说：“那你要借多少呢？”

“我手头需要钱，当然越多越好。所以，如有的话只管拿来。师傅您都看在眼里，我这酒店开得兴旺着呢。您放心，钱放在我这里，一是安全，二是收益高。”

“好吧，我回去和妻子商量一下，拿个五十万出来应该没问题。但利息倒不一定要这么高，你看着给。我借钱给你，是为了支持你开酒店，不是为了赚你的利息。”这么多钱，吕品中虽然有些担心，但想到她烧香拜佛，诚心做人诚实做事，想到她的事业在发展。想到这里，也就不再担心了。

“那就谢谢师父了。等会儿我有一个做装修的同学来陪你喝一杯，你们见过面的，到时候不要提我向你借钱的事。”

吕品中说：“这我知道。”

四

秋天是个美好的季节。春天的耕播或花开花落，到了秋天，庄稼和果实就开始成熟，就有收获了。金鑫大酒店扩建工程自春天开工以来，所有土建和钢结构工程都已进入了尾声。

一天下午，赵桂花没去美容院。她午睡了一个多小时，洗了把脸，整理了一下妆容，然后来到财神菩萨前，烧了一炷香，跪在蒲团上磕了三个头。礼拜结束后，她泡了一杯茶，今天她哪儿也不想去，就在办公室里，她要认真考虑宴会大厅装修的事。

她坐下还不到一刻钟，就听到有人敲门。她叫过请进后，来人扭动门把手推门进来，笑着说："赵老板，我还担心你不在办公室呢。看来我今天运气不错。"

"原来是王书记。我还以为是谁呢。快请坐。"一看是社区的王副书记，赵桂花满脸堆笑，马上起身相迎。王副书记在沙发上坐下后，赵桂花去给他泡了杯上等好茶，她说："王书记，你真是稀客，平时也不来关心关心我这小酒店。"

"我刚调来不久，哪敢来打扰你赵老板。要说酒店的大小，赵老板就客气了，在田塍镇，谁不知道金鑫大酒店，谁不知道大名鼎鼎的赵桂花。"王副书记这话说得赵桂花浑身舒坦，一脸灿烂。

"王书记过奖了，都是人家谬传。"赵桂花猜不透王副书记的来意，又不好主动开口问，如先问了，就有有事请说事，无事我还有事的嫌疑。

王副书记，三十多岁，大学生。是镇上刚下派到基层的年轻干部。他今天是为教师节的事来的。他喝了口茶，言归正传说："赵老板，我今天来有一事相商，还望赵老板支持。"

"王书记但说无妨。"王副书记要商量什么呢？赵桂花心里做着各种猜测。

王副书记说："赵老板，教师节马上到了，镇上在搞捐款助学活动，我们社区应该积极响应，但这离不开各行各业的热心支持。金鑫大酒店不但是田塍镇餐饮行业的龙头企业，而且是田塍镇所有企业中具有影响力的企业。所以还希望赵老板积极响应，支持教育事业的发展。"

赵桂花听后面呈难色，说："王书记，按理说支持教育事业是我们应该做的事。但企业也有企业的难处，王书记你也看在眼里，我们酒店正在扩建，需要大量的投入。不过，今天王书记亲自登门，我当然应该有所表示。王书记你开个价。”

王副书记说：“赵老板，我理解你们的难处，但这不是买卖，怎么能开价呢？都是自愿的。”

“王书记，不知人家捐了多少。”赵桂花想，捐是肯定的了，可捐多了吃亏，捐少了说不过去。

“人家嘛，有多有少，三万五万的有，十万八万的有，十五万二十万的也有。”王副书记说，“说实话，金鑫大酒店是田塍镇的著名企业，所以我是放在最后来的，是希望最后结大果的。”

赵桂花很是为难。王副书记又是龙头企业又是著名企业，说得她想比别人少捐也开不出口。这时，她突然滋生出一种想法，或许通过这次捐款助学，能给她带来声誉，给酒店带来生意。所以，这或许是一次机会呢。她浅浅一笑说：“王书记，政府会对这次捐款助学做宣传吗？”

王副书记说：“当然会呀。这次捐款，不但要登报、广播，要发奖状、发证书、发奖牌，还要在教师节那天开表彰大会。捐款多的人还要上台受奖，镇领导还要授予锦旗和红绶带。场面一定会很风光的。”

“场面风光倒是次要的，我的意思是通过宣传，可以让我们的酒店沾些光，扩大些影响，好招徕些生意。”这是赵桂花的想法之一，她自己想借机风光一下则是她的另一想法。

“赵老板想得真周到，所以生意能越做越大，理念就是与众不同。”王副书记及时恭维了她一下。

“王书记，我呢手头确实有些紧张，否则我就多捐一些了。要不这样，我也捐二十万，算是表示一下心意。”赵桂花虽然心痛，但这次机会她不想放过。

“那就谢谢赵老板了。赵老板真是个热心人，你这是在为教育事业作贡献，为祖国的未来作贡献。请允许我代表社区再一次向你表示感谢。”王副书记从包中拿出早已准备好的银行账号给赵桂花，说，“如方便的话，明天就请你把钱打在这个账号上。九月十日那天，恭请你在田塍中学的大礼堂参加庆祝教师节的大会。上午还是下午，届时我再和你联系。”

王副书记走后，赵桂花回头思量时，既有些心痛又有些激动。心痛的是一下子要捐出去二十万，激动的是又有了一次出风头的机会。最后想想还是划算的，人生在世，不就是要活得风光体面吗？为此，她盼着教师节的早日到来。

九月十日终于到了。会议在上午九时正式开始。这天一早，赵桂花就开始精心打扮。这是她平生第一次参加政府举行的会议，而且还要上台受奖，能不注重自己的形象吗？但她知道，今天这种场合，既不能穿得太靓丽，也不能浓妆艳抹，但又要显示出与众不同。她把衣柜中的秋装每一件都试穿过了，但好像哪一件都有不尽如人意之处。最后她选中了一身绛红色套裙。她认为，这身套裙，既不落俗套，又端庄大方。再配上一串珍珠项链，脚穿黑色中跟皮鞋，就更显得高雅有品位了。这种打扮既漂亮时尚，且不失经典，特别适合参加这种比较严肃庄重的会议。

赵桂花按要求提前半小时来到会场。她到时，社区的王副书记已在签到处恭候他们了，王副书记热情地和她握手打招呼。她签到后，工作人员把她领到主席台旁边的一个房间内，进行上台受奖的辅导排练，然后把她领到台下第一排座位的中间位子上。今天参加会议的有田塍镇四套班子的主要领导和各条线负责人，田塍镇所有中小学及幼儿园的领导和老师，各年级的学生代表及个别学生家长代表，各村各企业的主要领导，当然还有捐款助学的私企老板和爱心人士。

会议第二个议程就是捐款者上台受奖，赵桂花排在第一批的第一个。主持人报到她名字的时候，她就激动得热血沸腾了，自豪感、荣誉感油然而生。她面带微笑，在掌声和音乐声中，走在队伍的最前面。来到主席台上，她与所有受奖人员排成一排，面对台下一千多个与会者，面对媒体记者的镜头，在雷鸣般的掌声中，她颤抖着双手接过镇长授予她的荣誉证书、铜质奖牌和鲜花。和镇长握手时，她感动得热泪盈眶了。这是多大的荣耀啊，是多么的风光啊。这时，她一点也不心疼那二十万元钱了，那二十万捐得太值了。

五

已是晚上十点多了，赵桂花还静静地伫立在窗前，凝望着苍穹中的那颗明月。此时此刻，卧室是宁静的，苍穹也是宁静的，只有她赵桂花的内心是不平静的。月虽不圆，但很明亮，四周的星星围着她、拱着她。她想着上台受奖时的情景，心想，我不就像天空中的那颗月亮吗，那些跟我一起上台受奖的人，不就像月亮周边的星星吗？她又想起了当时的鲜花、掌声和音乐，想起了镇长那温暖的手。她激动了一天的心情，到现在还不能平静下来。在她的潜意识中，自己俨然是一个明星了。不！是明星中的那颗明月。

“桂花，快来睡觉呀。你在看什么呀？看月亮吗？月亮有什么好看的。我看你今天去开会开傻了。”杜士坤已是第二次叫她了。

赵桂花拉上窗帘，上床后说：“士坤，你不知道，我今天感觉像做了一回明星。”

杜士坤嘿了一声，说：“我看你不是做了一回明星，是做了一次傻子。人家捐助三万五万，有的甚至一万二万意思一下，敷衍一下。你倒好，非要跟那些大企业家争个高低上下。你可知道，拿出去的是真金白银，不是白纸废纸。你干吗要去跟人家比，你这是鳑鲏鱼跟鲤鱼游，你游得过人家吗？”

“你不懂，和你说不清。”赵桂花说，“你知道什么是人生价值吗？我告诉你，有的时候名誉高于一切。”

“可你这名誉是买来的你知道吗？”

“买来的又怎么啦？他王书记怎么不去找别人买？这是要有社会影响的，要有实力的。”

“实力，你究竟有多少实力你自己最清楚。你那些钱都是借来的，有的甚至是骗来的。说难听点，有些钱来得不干净。”杜士坤虽然不明确反对她去借钱，甚至用不正当的理由去借钱，但他肯定反对她去捐那么多钱。

“放你妈的狗屁。我借钱都是给利息的，都是要还的。怎么就不干净了？”赵桂花换了种口气说，“我借钱都是为了发展我们的事业，是为了我们能活出个出人头地来。以前，你卖烧烤、我开小茶馆的时候，谁看得起我们，现在呢，走出去谁不喊我们老板？还有，你知道那些明星、土豪，和有些当官的，他们的钱都是干净的吗？放心，我的钱和他们相比，干净着呢。”

“好了，我累了，要睡觉了。”杜士坤想，你爱怎么折腾就怎么折腾去吧，我就做我的现成老板，乐得自在。杜士坤每次争论不过赵桂花的时候，总是这样安慰自己。

次日上午十时许，赵桂花刚进酒店，一个中年妇女便从沙发上站起来迎了上去，操着外地人的口音说：“赵老板你好！”

这时，负责迎宾的服务员还没到岗。

赵桂花从上到下看了中年妇女一眼，看她穿得还算整齐，便和颜悦色说：“大姐，你找我有事？”

“赵老板，你们欠我的三千多元钱，我跑了好多次也不给。今天终于遇到你了。”中年妇女口气平和、不卑不亢。

“我们欠你的钱？我不认识你呀，怎么欠你的钱了？”赵桂花的脸色有了变化。

“你是不认识我，可你这里的吴天明认识我。他在我那里欠了三千多元的货款，我从去年要到今年也没要到。所以我只好找你了。”中年妇女的表情还是那么平静。

“我来问一下吴天明。也许账上没有钱。”赵桂花面无表情地说。

“账上没钱？你们这么财大气粗，会没钱？”中年妇女的口气开始有了变化。

“你怎么知道我们就一定有钱了？”赵桂花的口气近于责问了。她没必要在这个普通的外地人面前摆阔。

“我怎么就不知道了？你捐款助学一次就捐了二十万，会没有钱？”

她怎么知道我捐了二十万？难道电视里播放了？赵桂花一阵欣喜，她多么希望电视里能尽快播放那个使她风光无限的镜头啊。可使她没想到的是，这一播放，竟招致债主上门。但一想，也许没这么快吧。那她是怎么知道的呢。赵桂花调整了一下情绪，说：“你怎么知道我捐了二十万？”

“我昨天上午也去参加了会议。”

“你也去参加会议了？”嘿，这怎么可能。对赵桂花来说，那中年妇女简直是在痴人说梦话。

赵桂花哪里知道，昨天上午，那中年妇女还真去参加了庆祝教师节的会议。中年妇女叫方丽琼，四川人，来这里打工已有些年头了，手里有了些积蓄后，在田塍镇上租了间门面房，开了个杂货店。虽然没有可观的收益，但一家三口的生活倒也过得去。方丽琼和丈夫没有多少文化，所以把希望全都寄托在孩子身上，对儿子的学习抓得特别严。儿子挺争气，从小学一年级到六年级一直是三好学生。学校每次开家长会，都是方丽琼去参加的。方丽琼去参加家长会，一是要及时掌握儿子的学习情况，二是去分享儿子的荣誉。每次家长会，不但她儿子会得到表扬，她这个做母亲的也会受到表扬，说她教子有方。所以，她成了优秀学生的家长代表。这次教师节的庆祝大会，她被特邀参加。

赵桂花不认识方丽琼，可方丽琼却认识赵桂花。昨天，方丽琼见赵桂花上台受奖，而且见她一下捐了二十万，心想，你这么有钱，欠我几千元钱也不给。在她受过奖走下台的时候，她想去向她讨钱，可一想在那种场合不合适，会弄得两人都没有面子。她放弃了那念头。回家后她和老公说起这事，老公说，你明天一早就去酒店等她，也许她手下的办事人员做事不靠谱，她不一定知道这种情况。所以，今天上午，酒店开门不久，方丽琼就来等赵桂花了。

“是的，我也去参加会议了。我是以优秀学生家长代表的身份去的。”方丽琼的口气有些自豪。

优秀学生家长代表？赵桂花想起了自己不争气的儿子，心里一阵悲凉，她不想再和方丽琼纠缠下去，手下的员工马上来上班了，得赶快把她打发走，反正也就三千多元钱。她把方丽琼领到刘正平那里，刘正平见过方丽琼，知道是来要钱的，对赵桂花说："妹子，现在资金紧张，让她过一段时间来拿吧。"

赵桂花的脸马上拉了下来，说："怎么三千多元也没有？"

刘正平说："有是有，但这些钱要留着买菜用的。"

赵桂花气得狠狠地瞪了刘正平一眼，说："不知整天在干些什么！"她转身问方丽琼："多少钱？"方丽琼说了数字。赵桂花从包里拿出一沓钱点给了她。然后朝刘正平说："把她的欠账消掉。"说完，气呼呼地走了。

六

方丽琼把吴天民签过字的欠条给刘正平，刘正平接过欠条后，冷冰冰地说："你可以走了。"

方丽琼在回去的路上想，今天能顺利拿到钱，还得感谢儿子，如果儿子不好好读书，学校不会邀请她去参加昨天的会议，不去参加会议，也就不知道赵桂花捐这么多钱，今天也就不会这么顺利拿到钱。看样子，赵桂花的酒店并不是很有钱，不然的话，会计身边怎么会连这点钱也紧张呢。但既然没有钱，赵桂花怎么会捐这么多的钱呢。也许，赵桂花是个要面子爱出风头的人吧。

方丽琼走后，刘正平把那张欠条收好，这可是做账的凭证。他突然心里一阵窃喜，这笔钱赵桂花不是替我付了吗？嘿嘿，我这个表妹啊，也不知她是财大气粗，还是刚才一时气糊涂了，她自掏腰包付应付款，我一做账，这不就把钱间接地付给我了吗？可又一想，这钱可能她只是先垫付着，她会来向我要的，所以这事还得先挂着。

几天后，也不见赵桂花来提起这笔钱，看来，她已经把这事丢到脑后了。也不知是她贵人多忘事呢，还是她根本就不明白其中的关节。再说，他来这里做会计后，他们夫妻俩压根儿就没来查过他的账，最多就是问问账上还有多少钱，年终时，问问今年赚了多少。需要用钱时，来领过钱签过字就算完事。刘正平慢慢掌握了两人的个性和办事风格，便动起了歪脑子，而且胆子越来越大。刘正平家境一般，他生活俭朴，为人处事低调，可办事精明，颇有心机。见到赵桂花没有妹子不开口，见到杜士坤总是妹夫相称。他慢慢发现了酒店管理上的不少漏洞，他几次想提醒他们，但见他们并不是管理酒店和办大事的料，可能说了也是白说。想想算了，由他们去吧。再说，水清了，就捞不到鱼，还是趁机多捞几个吧。他从一开始的小打小闹，到后来胆子越来越大，没几年，竟积累下了一笔数目不小的钱财。他不动声色，今年在赵桂花到处借钱扩建酒店的时候，他在市区购置了一套大户型的商品房。

金鑫大酒店的工作人员中，在市区买商品房的还有一个人，她是陈阳阳。陈阳阳不但人漂亮，而且八面玲珑，她是金鑫大酒店的红人。不但顾客说她好，酒店里的员工们说她好，而且赵桂花也说她好，当然，杜士坤对她就更好了。酒店的所有员工中，除了厨师长，她和杜美玲两人的工资最高。可她和杜美玲不同的是，她们的岗位不一样。岗位不同，地位和获得也就不同。杜美玲是大堂经理，负责对顾客迎来送往，负责带领服务员一起工作。陈阳阳不但是大堂经理，她还负责吧台收银，负责吧台上的一本流水账。她的工资虽然存在赵桂花那里大钱生小钱，可并不影响她在银行卡上积聚财富。她凭借老板对她的信任，凭着自己的小聪明，这几年也着实捞了一把。儿子今年刚上幼儿园，她就不动声色在市区订购了一套一百四十多平方米的学区房，没有借一分钱就付了首付。余下的虽然贷了款，但她一点也不担心每月的还贷。再说那个负责采办的吴天民，虽然没在市区买房子，但他现在抽烟要抽中华烟，穿衣要穿名牌衣，在麻将台上也是牛气冲天，财大气粗。而且听说他老婆也不去上班了，在家做起了全职太太。其实，他捞钱的小伎俩杜士坤应该清楚。但杜士坤认为他这个表弟不可能会做出格事。一开始，吴天民和杜士坤一起去采办食材的时候，还真是勤劳诚实。当杜士坤放手不管后，他便缺少了约束和监督。慢慢地心就变了，每天报账交差时，数量上以少报多，质量上以次充好，价格上以小报大。日积月累，家境竟富裕了起来。看到杜士坤不去采办食材了，全权托给了吴天民，赵桂花提醒过他，说："士坤，买菜的事你怎么放心让吴天民一个人去办，你看人家的饭店都是自己去采办的。"

"你放心，天民这人我知道，人老实着呢，出格的事他不会做的。"杜士坤又说，"知道了，我今后会多关心这事的。"

杜士坤嘴上是这样说的，可就是没有实际行动。

刘正平和陈阳阳在市区买房子的事，互相不可能告诉对方，当然更不会告诉赵桂花和杜士坤，赵桂花和杜士坤当然就不知道。就在刘正平和陈阳阳在市区买房后不久，金鑫大酒店扩建工程的土建和钢结构工程也即将竣工了，接下来装修队伍该进场了。可赵桂花并没有表现出开工时的那种亢奋和张扬，反而显得有些忧愁、沉闷。她怎么会不愁闷呢。钢结构工程一结束，工程款就要付到总造价的百分之九十，餐桌餐椅餐具也该预订了，所有宴会大厅的设备要考虑了，还有装修工程即将进场。这些都需要钱啊，可这些钱在哪里呢。还有，宴会大厅计划在春节前要开业的，开业总得有个开业的样子吧，总要举行个像样的仪式吧，这也需要一笔可观的钱。虽然到年终可以收到一定数量的应收款，可要考虑应付款，要付员工工资，要付借款利息，要付房贷，要考虑春节礼物，扣除这些，根本就没有多少余钱了。一想到这些头就大，可不想不行啊，想了还要想办法解决。

还能有什么办法呢，一是能欠的继续欠，二是想办法继续借，三是这次的装修款无论如何得让徐品华全垫资了。时间紧迫，该一项项开始落实了。

赵桂花先去了徐品华那里。去后她没有先说装修的事，而是先做足了事前准备，她让徐品华在床上心满意足后才言归正传。徐品华一开始坚决不同意全垫资，可经不住赵桂花软磨硬泡，加上吃人嘴软，拿人手短，你都一次次地占了人家的身子，人家需要你帮忙的时候，你能缩脚吗？所以，最后只得苦笑着摇了摇头说："赵桂花呀赵桂花，可能我前世里就欠下了你的。”

徐品华这里总算摆平，赵桂花大大地松了一口气。

继续欠、继续借两个办法，赵桂花真是使出了浑身解数。凭借她那三寸不烂之舌，好话、丑话，真话、假话都说到了家。甚至还使出了美人计、悲情计，调动了一切积极因素和消极因素。真是功夫不负有心人，通过一段时间的努力，连她自己都不敢相信，居然一切都解决了。通过这次筹集资金，她更加认识到，财富不一定单靠做事业才能创造。有时要靠智慧、靠资源、靠相貌，甚至靠不择手段。

第十一章

一

宴会大厅的装修工程进入尾声时，赵桂花开始考虑开业典礼的事了。这么大的事，她想应该和丈夫一起考虑。夫妻俩白天各忙各的，几乎没机会商量事情。有时两人难得遇在一起吃饭，可当着员工的面，有些事又不便商量。况且，赵桂花难得和员工们一起吃饭，她一般都在办公室用餐。她的饭菜是厨师为她特别加工制作的，做好后由服务员送到她的办公室。杜士坤则和员工们在一起用餐，按赵桂花的说法，杜士坤是员工的直接领导，应该和员工们一起吃饭。吃过中饭各有各的事，赵桂花不是去美容院就是去麻将馆，有时也和她的四个姐姐约好一起去歌舞厅玩上半天。杜士坤也有他的活动圈子，麻友、牌友、舞友越来越多。所以，有事只能晚上商量。

两人上床后，赵桂花提起了宴会大厅开业典礼的事。

“不就是一个宴会大厅吗，弄什么开业典礼呀，我们的酒店不一直在营业吗？”杜士坤不赞成赵桂花的想法。

“怎么不要弄，不弄一个仪式，人家怎么知道我们有了一个如此规模的宴会大厅？搞了开业典礼，就等于做了一次广告，这不但扩大了酒店的影响，还扩大了我们的知名度。”

“为了扩大影响和知名度，又得要花多少冤枉钱啊。”

“怎么叫花冤枉钱呢。不花钱怎么办大事？我说你那小本经营的思想为什么这么顽固呢。”赵桂花说，“我们不但要搞，而且一定要搞出样子来，搞出规模来，搞出影响来。”

“我也不是一定反对搞，也不是反对花钱。可我们哪来那么多的钱呀?”

“钱的事你别愁，我已经筹集好了。”

“又是借来的吧，借来的可是要还的呀。”每逢借钱的事，杜士坤总是这么一句话。

“当然要还，谁说不还了。你怕什么，我们的酒店不是在经营嘛。我们暂时借钱是为了投入，投入是为了今后赚更多的钱，所以我们不差钱。银行有钱吗? 当然有钱，可钱是他们自己的吗? 当然不是，是靠吸纳老百姓的存款才有钱的。他们把老百姓存进去的钱去放贷，去搞投资，去赚更多的钱。这叫什么，这叫经营，这与我们借钱经营酒店有什么区别吗?”赵桂花接着说，“到时候我们不但要搞开业庆典，在庆典的时候我们还要请明星来表演助阵，而且我们自己也要做一次明星，要走红地毯。”赵桂花越说越兴奋，越说越激动。

杜士坤被她说得无言以对，而且也开始兴奋起来，说：“好吧，你总是对的。我支持你还不行吗，可你现在先得配合我。”

赵桂花依了他。事后，两人继续商量开业典礼的事。

首先商讨的是邀请对象。这一次开业典礼可不能像第一次了。第一次开业时，从田塍饭庄到金鑫大酒店，他们的老板身份刚转换，影响还不大，知道他们的人也不多。可这次不同了，她赵桂花早已是大名鼎鼎的大老板了，是公众人物了。他杜士坤走出去，人家也早就刮目相看了。所以，邀请的对象一定要考虑周全，宁多勿缺。漏掉了哪一个，在人家看来，就是不给他面子，今后要想补回，花双份代价也补不回来。邀请的人数以五十桌为标准，整个宴会大厅不能有空位，要坐满。请帖要提前一个星期发出去。

在商量邀请具体对象的时候，杜士坤打了个哈欠说：“这事明天再说吧，我困了，要睡了。”

两天后的一个下午，赵桂花躺在美媚美容院的贵宾包厢里做面部美容。过程还没走到一半，她的手机响了起来，一看是个陌生的座机电话，她想不接，又担心是订餐的，还是接了。对方是个女的，声音甜甜的："喂，是赵老板吗？"

这声音和称呼赵桂花听了舒服，她礼貌地说："是啊，请问你是谁呀？"

"我是镇党委办公室的工作人员。"

赵桂花听后马上示意技师，让她暂停服务。然后她对着手机说："噢，您好。请问有事吗？"

原来，新年元旦将临，镇党委、镇政府准备在元旦期间召开一次年终总结和表彰大会。因为金鑫大酒店在全镇的餐饮行业具有代表性，上次又在捐款助学的活动中表现突出，所以，这次会议特邀赵桂花参加。

赵桂花听后精神一振，说："那我是这次会议的特邀代表了？"

"对，你不但是这次会议的特邀代表，而且还要在大会上作交流发言。"党委办工作人员说。

"不行不行，这么大的场面，我怎么敢在台上发言。"赵桂花没想到会叫她上台发言，既有点担心又激动不已。

"赵老板，你就别谦虚了。你这么大的老板，什么场合没经历过。就这样定了。"

"可是我不会写发言稿呀。"赵桂花听得热血沸腾，这是一个抛头露面、宣传自己的绝好机会，她心里能不激动？

"赵老板，你明天上午来我办公室，我们商量一下发言稿怎么写。"

"好的，那就先谢谢您了。明天见！"这时，赵桂花的脑子转得飞快，她想，明天去了党委办，商量好方案后，我让徐品华代我执笔，他的文笔好。

打完电话，赵桂花继续让技师替她做美容。她的心里充满了阳光，舒坦极了。她主动和技师搭话说："你猜我刚才接了个什么电话？"

"没听明白，但我知道赵老板一定遇到了好事。"技师刚才听得断断续续，没听明白，可看赵桂花扬眉吐气的表情，知道一定是好事。

"算你聪明。告诉你，镇党委、镇政府要召开年终总结表彰大会。特邀我参加大会，还要我在大会上发言呢。"赵桂花满面春风，得意地说。

“真的？赵老板你真了不起。”技师随口拍了她一记马屁。

“当然是真的，这么大的事我会骗你？”赵桂花说完闭上了眼睛，她想让自己平静一下，好好休息一会儿。

二

赵桂花回家后，和杜士坤说起要参加镇上的会议和要在大会上发言的事，杜士坤既感到意外又感到高兴，他也认为这是一次宣传自己和酒店的好机会。心想，上次助学捐款的事也许做对了。赵桂花说：“我现在担心的是发言稿写不好。”

“那就请一个文笔好的人帮你代写呗。”

“文化圈子里我也不认识谁。我只知道徐品华的文采好，而且他对我们酒店的情况知根知底，只是不知道他愿不愿意。”赵桂花边说边对杜士坤察言观色。

“对呀，就去找他。老同学这点忙应该帮的。”杜士坤说，“再说，我们的装修工程都是他做的，看在这个分上他也应该帮忙。”

“那我明天就去找他。”赵桂花要的就是他这句话。她担心自己什么都去找徐品华，杜士坤会生疑心。

次日，去过镇党委办公室，赵桂花直接去了徐品华那里。徐品华一听来意，笑笑说：“乖乖，老同学成名人了。”

“别取笑我了，我的底你还不知道？”赵桂花嘴上谦虚，心里却得意着呢。

徐品华奸笑着说：“我当然知道，你的底我不知道还有谁知道？噢，当然还有杜士坤也知道。”

赵桂花在他背上打了一拳，说：“别贫嘴了，跟你说正事呢。”

徐品华离开沙发，坐到办公桌上，拿起笔和纸，说：“说吧，我洗耳恭听。把要求对我说说。”

赵桂花说了具体要求，徐品华说：“知道了，五分钟的发言。主要讲你赵桂花是怎样筚路蓝缕、艰苦创业的，是怎样献爱心支持教育事业的，是这两个方面吧。”

“是的，就是这两方面。”

“好的，明白了。我这就着手写。”

赵桂花告辞的时候，脸红了一下说：“没有其他要求了？”

徐品华扮了个怪相，说：“没有了，今天我要集中精力替你写报告呢。交差的时候你再打赏我吧。”

“没有拉倒。到时候我才不给你打赏呢。”赵桂花有些失望，悻悻地走了。

赵桂花走后，徐品华心里说，这个赵桂花，想出名想疯了。他花了一个下午时间，替她完成了一篇两千多字的发言稿。

2015 年 12 月 27 日下午，田塍镇党委、政府利用星期天，在田塍中学的大礼堂召开三级干部大会，参加会议的还有企业、学校及各行各业的负责人，共一千多人出席了大会。赵桂花的心情一直处于亢奋状态。她上午去美容院烫了个大波浪发型，下午出发前她认真作了一番打扮。她知道参加这样的会议不宜浓妆艳抹，所以她轻施粉黛，从简着妆。上身葱绿色羊毛衫，外罩貂皮领子的驼色呢大衣，下身牛仔裤，脚穿高鞠皮靴，整个打扮既时髦又大方，且不失庄重。

赵桂花是发言代表中最时髦最漂亮的女士，所以，当她被介绍登台时，仿佛明星上场一样，全场爆发出雷鸣般的掌声。人们的注意力一下被她吸引住了，特别是那些男人的眼睛更是瞪得老大。她来到发言台前，向台下看了一眼，一千多双眼睛像行注目礼似的一齐向她看。报社和电视台的记者，长枪短炮在对着她拍。她有些紧张，马上收回目光，尽量让自己平静下来。一大簇鲜花在她面前的讲台上，每一朵鲜花都仿佛在对她微笑。掌声、鲜花、注目礼，使她既紧张又兴奋。这一刻，她是多么自豪、多么光荣啊。此时此刻，她就是大明星、大名人，是群星中的月亮。她又看了一下台下，台下一片肃静，她开始读发言稿。发言的内容不外乎两个方面，一是她怎样把一个小小的田塍饭庄发展成现在的金鑫大酒店；二是她怎样献爱心捐款助学。至于其中的用词，如筚路蓝缕、艰苦创业、不忘初心、关心和支持教育事业等，都是徐品华的想法和杰作。是否符合实际那就不去管他了。发言结束时，赵桂花没有忘记为自己做一下广告，她说：“金鑫大酒店的扩建工程——宴会大厅即将投入使用，希望广大新老客户一如既往地关心和支持我们的大酒店。谢谢大家！”赵桂花说完后朝旁边轻移一步，在热烈的掌声中，向台下深深鞠了一躬，然后侧转身又向主席台上的领导们鞠了一躬。这鞠躬的礼节她事先没有准备，她是看到她前面发言的人这样做了才这样做的，但她做得很认真，很得体，很虔诚。

今天的会议，有些以前不知道赵桂花的人都记住了她。有些人——特别是有些男人，当时就有了打算，今后去饭店，就去金鑫大酒店。

参加会议后，赵桂花的心情亢奋了好几天。她见人便说会议是怎样地隆重，她上台时和发言结束时，掌声是怎样地热烈。陈阳阳听后说：“赵老板，你现在就是个大明星、大名人了。照这样下去，你的名气会越来越大的，你头上的光环会更加绚丽多彩。”说得赵桂花心花怒放，高兴得热情地拥抱了她一下。

会议的盛况，当日就在本市的电视节目中播放了，以施玲芬为首的四个姐姐看到后，又是打电话，又是发微信，向赵桂花表示祝贺，说她现在成了大名人了。赵桂花高兴得有点忘乎所以，像身处云端里似的。说过几天一定请姐姐们吃饭。

参加会议的次日，赵桂花就去了徐品华那里，一来要报答他，二来要为她自己庆贺一下。事后，徐品华笑着说：“这次出足风头，享尽风光了吧。”

赵桂花的心头充满着喜悦，脸上洋溢笑容，深情地看着徐品华说：“这其中也有你的一份功劳嘛。”

“那当然，不然你会主动来打赏我？”徐品华嬉皮笑脸说。

赵桂花在他的大腿上轻轻拧了一把，说：“亏你还好意思说，你就不能主动一点吗？好像我天生就是个贱骨头。”

“好，下次一定改正，争取主动。”

杜士坤这几天见赵桂花一直处于兴奋之中，不冷不热地说了一句："还真把自己当明星了，不就是个开饭店的嘛。"

赵桂花回撑他说："开饭店怎么啦，开饭店就不能成为明星吗？你看那些影视演员，成了大明星后去开饭店的多着呢。"

这下杜士坤无言以对了。

三

元旦后，赵桂花激动的心情慢慢平静下来。她把心思放在了宴会大厅的开业典礼上。元旦前的那次会议，对她的心情也好，办事的热情也好，对金鑫大酒店的影响也好，无疑都是锦上添花。所以，赵桂花更要认真对待这次开业典礼。她要以这次开业典礼为契机，继续扩大酒店的影响，扩大自己的影响，为酒店和自己增光添彩。

赵桂花准备把庆典的时间定在2016年1月8日的晚上。1月5日前，所有邀请函都发了出去。视对象，有发请帖的，有打电话的。有赵桂花亲自邀请的，有杜士坤负责邀请的，也有让陈阳阳和杜美玲负责邀请的。

这几天，赵桂花忙得有点晕头转向，为了办好这次开业庆典，她动用了一切可以动用的力量。她通过金牌司仪李彦玲，邀请到了小有名气的乐队、舞蹈演员和歌唱演员。届时，她不但要请她的四个姐姐登台表演节目，请她的同学王轩表演节目，而且她自己也准备了两个节目。

1月8日，虽已三九季节，但晴空万里，冬阳和暖，这是入冬以来难得的好天气。这一天，金鑫大酒店迎来了第二次开业庆典；这一天，金鑫大酒店热闹非凡，八个大气球悬挂着写着庆贺标语的条幅，一直升到半空中；大酒店临街的正面墙上，几十条写着庆贺标语的红底黄字条幅，从楼顶一直拖挂到地；还没到晚上，装饰一新的霓虹灯就大放异彩；刚过下午四点，大酒店内就开始张灯结彩，宾客云集。

今天的赵桂花，浓妆艳抹，锦衣华服；珠光宝气，香气袭人。她和西装革履、风度翩翩的杜士坤并肩站在大门口，面带微笑，迎接各路宾客的到来。今天的两人，一个赛若嫦娥，一个胜似吴刚，让人看了赞叹不已。首先到来的是以施玲芬为首的赵桂花的四个姐姐。她们今天都准备来喝一杯的，所以都没有开车，她们由第一个人开始打的，一路逐个接来。四个人见了赵桂花，一个个不是说老五今天赛若天仙，就是说老五今天胜似西施，说她和杜士坤简直是天生的一对，地就的一双。听得赵桂花心花怒放，笑得嘴角一直拉到耳朵根。不一会儿，徐品华来了，余光迪来了，王轩来了，朱秀华也来了，邹伟达和高淳正也分别到了，汽车教练吕品中师傅也到了，亲朋好友和各路宾客都陆续到了。宾客中有镇政府的工作人员，有乡村和社区的领导，有各企事业单位的老板，有社会名流，有供应商，有餐饮行业的领导和同行们……

餐桌上有号牌、有宾客们的名单，负责引导的服务员，身穿崭新的、款式新颖的工作服，她们每人手里都拿着一份名单，引导着宾客对号入座。每个座位上都有一张兑奖券和一份礼品。兑奖券以供庆典抽奖时兑奖用，礼品是每人一只不锈钢保温茶杯，茶杯是定制的，上面刻有金鑫人酒店的地址、订餐电话等内容。

宴会大厅装修、装饰得宏大、气派、华丽。大厅的正中是一条二米宽、三十公分高的跑道，跑道由北向南直通主席台。跑道和主席台上都铺设着大红地毯。由鲜花制作的花篮整齐地排列在跑道两侧，彩带、彩色气球以及各种鲜花和灯光把大厅装饰得绚丽多彩、美轮美奂。这一切，怎不使人赏心悦目，心旷神怡。

六点十八分，宴会在《欢乐颂》的音乐声中拉开帷幕。主持人由本市的金牌司仪李彦玲担任。当李彦玲宣布有请金鑫大酒店的老板赵桂花女士上台致辞时，全场响起了雷鸣般的掌声。

赵桂花从宴会大厅的后门入场，当她踏上铺设着大红地毯的跑道时，五百多双眼睛一齐投向她，她成了全场目光追逐的焦点。只见她浓妆艳抹，珠光宝气；春风满面，神采飞扬。她身披紫红色的超长披风，披风的后摆拖在地上足有一米多长。她的前面并排走着两个手捧鲜花的年轻漂亮的服务员；两旁一边一个同样捧着鲜花的年轻漂亮的服务员与她并肩向前；披风的后面也是两个服务员，她们手戴白手套，跟在后面随时准备替她整理披风的后摆。

赵桂花面带笑容，在有节奏的掌声中，边走边向两旁的宾客们挥手致意。她今天仿佛一个大明星。不！仿佛一个女皇在走红地毯。她来到台上的中间，向台下挥了挥手。这时，走在她后面的两个服务员上前一步，替她解下披风，收好后走下台去。脱下披风后，绛红色的呢套裙，使赵桂花显得既简约大方又不失高贵端庄。这打扮，将女人想要呈现的身材魅力都刻画得淋漓尽致。她来到讲台前，四个年轻漂亮的服务员手捧鲜花分别站在她的两旁和后面。

她今天的讲话稿还是由徐品华替她捉刀，所以她读起来感到格外的亲切和顺口。加上她如莲的靥笑和清脆悦耳的声音，她的致辞收到了完美的效果。致辞完毕后，她深深地向台下鞠了一躬。热烈的掌声一直把她送到台下。

接下来是社区的王副书记代表来宾发言，发言结束后宴会正式开始。与宴会同时开始的是节目表演。节目有歌舞，有杂技，有魔术，有演奏。施玲芬、周如梅、钱娟、沈梦梦、赵桂花五姐妹同台表演了一个小合唱，王轩来了个独唱。节目演到高潮处，是赵桂花的琵琶独奏。这时，她换上了一件粉色底、上印牡丹花图案的旗袍。合身的旗袍把她的身段勾勒得凹凸有致、曲线毕现，使她显得更加清丽脱俗，妩媚妖娆。当她来到台上时，台下又是一阵雷鸣般的掌声。一曲完毕，早已等在台下的陈阳阳和杜美玲两人及时捧着鲜花来到她的面前，把鲜花恭敬地献上。当赵桂花向台下走去时，人们用掌声和欢呼声把她留在了台上。她邀请她的同学王轩和她一起表演了一个节目，两人一个演奏一个演唱，配合得珠联璧合，堪称完美。宾客们用掌声和欢呼声还想把她留在台上。李彦玲宣布下一个议程抽奖开始时，赵桂花才得以走下台去。

奖项分一二三等奖，一等奖为两千多元的手机一部，所以，抽奖活动为宴会又带来了一个小高潮。抽奖结束后，赵桂花和杜士坤两人开始敬酒。这时，赵桂花又换上了一身牛仔装，这打扮显得简约大方又不失时髦。有细心人发现，赵桂花今天已变换了四身服装。夫妻俩逐桌敬酒，笑脸面对每一位宾客。

今天的活动，内容丰富多彩，菜肴同样丰富，有山珍海味，有长江鲜、太湖鲜，有南北山货，有本地特产，特别是那道看家菜“玖加壹清蒸鸡”更是众口皆宜。真可谓一应俱全，应有尽有。

宴会结束后，还有一个内容是燃放烟花爆竹，这一内容也持续了半个多小时。据杜士坤说，单烟花就放掉了一万多元钱。

这次庆典，几乎使每一位宾客都高兴而来，满意而归。最后，唯独有些不高兴的可能只有徐品华。徐品华、王轩和施玲芬等几个人是最后一批离开酒店的客人，他们都是等烟花放过后才走的。徐品华走近汽车时，看到风挡玻璃上有半个炸过的炮仗，他过去把它拿掉时才发现，风挡玻璃上砸了个小洞，小洞辐射出好几条裂缝。一块玻璃也就几千元钱，虽然有些心痛，倒也并不怎么难过。但他感到这不吉利，所以心里不爽。送徐品华的杜士坤、赵桂花夫妇，见他脸色难看，杜士坤上前说：“徐老板你自己去配一块，钱我们出。”

“这倒也不必。”徐品华想，这哪是钱的事。他不声不响地去马路上拦出租车。今天喝了酒，他不能开车。

虽然有个小插曲，但不影响这是一次成功的庆典，一次影响深远的庆典。通过这次庆典，赵桂花的名字和金鑫大酒店的名字一样，传遍了田塍镇的大街小巷、各村各组。

四

赵桂花一连兴奋了好几天，一遍又一遍回忆着庆典时的情景。鲜花、掌声、喝彩声使她得到了极大的满足。她不止一次地问陈阳阳和杜美玲，我那天美吗，我那天的衣服漂亮吗，我那天的节目演得好吗？当得到满意的回答后，她脸上便笑靥如花，有时她也会加上一句：“你不会在骗我吧。”或者：“是你们说得好。”

庆典活动后，金鑫大酒店的生意一度又热了起来，一些以前没有来过的企业老板、政府工作人员和喜欢凑热闹的有钱人，一时间趋之若鹜，呼朋唤友而来。这其中不乏有赶时髦的，有以能到金鑫大酒店来消费为荣的，也有想再来一睹赵桂花风采的。这些人，特别是想再来一睹赵桂花风采的人，一开吃就要求赵桂花来敬酒。刚开始，赵桂花也乐此不疲，总是能满足客人的要求。从宴会大厅开业那天起，她不再一个人进包厢敬酒了，而是带着两个不太漂亮的服务员，一个替她拿酒瓶，一个替她端酒杯。她体验到了旁边有人陪着的派头，她联想到那些明星身边带着保镖和助手的派头和气场。现在她愿意进包厢敬酒，某种意义不是为了满足客人的要求，而是为了显摆自己，为了满足她的虚荣心。她挑选两个不太漂亮的服务员跟随她，目的是要突出她的漂亮。

宴会大厅的开业，确实扩大了酒店的影响，为拓展业务赢得了商机。但也并没有想象的那样理想。田塍镇就那么大，饭店却越开越多，而且，有几家原来就具有一定规模的饭店也扩建了宴会大厅。掐指算算，一年中也就那么几个黄道吉日，人们办喜事都往那些日子里挤。金鑫大酒店一年中一次性承办五十桌酒的宴席也就那么几次。所以，那个宴会大厅，在某种意义上成了酒店的一个效益并不显著的招牌，一个摆设。

转眼又要年底了。赵桂花又要开始盘算过年的事了。她去刘正平那里盘了一下家底，发现应收应付款不但不能持平，反而应付款略大于应收款，她坐不住了。可这还是小事，更大的事是她自己抽屉里的一本账。她借的本金不说，每年要付的利息就是几百万。酒店经营竟然没有多少效益，这是怎么回事呢。虽然这几年投入大了些，可也不至于会这样呀。酒店不是在正常运转吗，平时的生意不是很好吗？可酒店的利润呢？按自己的估算，百分之四十的毛利应该是有的，也就是说，净利不会少于百分之三十，再少也不会少于百分之二十呀。可钱呢？怎么没有赚到钱呢？是管理不善，用人不当吗？我不是每天到酒店来的吗？杜士坤不是每天在酒店吗？而且，各个关键岗位都是自己信得过的人。会计刘正平是自己的表哥，采办吴天民是杜士坤的表弟，吧台上是自己的亲信陈阳阳，对他们还有不放心的吗？当然，要真正找原因，也不是没有。

听说杜士坤每天在外面打麻将，刘正平对她汇报过几次，说杜士坤经常去他那儿领钱。赵桂花平时并不在意，他一个男人要用钱很正常，自己不也经常去领钱的嘛，赚了钱不就是要用的嘛。所以，她每次都说："知道了。他领了钱一定要叫他签字。"

刘正平也总是说："这我知道。"

刘正平见赵桂花没有了下文，平时也不去查他的账，便用心思要小聪明。他不但把陈阳阳送到他手里的餐饮单子隔三差五抽去一张，采用陈阳阳一样的办法，只收钱不记账来中饱私囊。见他们夫妻俩不断到他那儿领钱，他又有了另外一个想法。他把门关起来模仿杜士坤和赵桂花的签名笔迹，看看模仿得可以乱真了，他就开始几天一次签字领钱了。如果不是这样，他怎么能在市区买得起商品房呢。所有这些，一心想出风头、当名人、过上等人生活，而对酒店的具体事务很少过问的赵桂花又怎么会知道呢。

丈大要花钱，儿子要花钱，自己又要花钱。而且，每个月要付房贷，每个月还有借款利息要付，这么多的支出，钱当然就紧张了。好在今后不再搞基建了，相信困难会慢慢过去的，赵桂花这样安慰着自己。可今年的年关怎么过，这是摆在面前的大问题。没有更好的办法，还是能欠的继续欠，能借的继续借。

这一次，赵桂花给了杜士坤一个任务，要他想办法借二百万，并威胁他说："如借不到二百万，今后就别再到刘正平那儿领钱花了。不要只知道花钱不知道操心。"

杜士坤说："你叫我到哪儿去借钱呀？"

"你不是有很多亲戚朋友吗？你不是当过兵吗？"赵桂花说，"难道你就不能动用这些关系吗？"

"那我去试试。"听到不让他去领钱花，杜士坤只得答应说。

"不是试试，是一定要完成任务的。"赵桂花面若寒霜说。

五

夫妻俩都能说会道，开始启动各自的三寸不烂之舌。杜士坤去向他的哥哥借钱时，嫂嫂也在场。哥哥说：“你们的酒店开得这么兴旺，怎么还差钱呀。”

嫂嫂嘴上不说，可心里也是这么想的。

杜士坤说：“哥哥嫂嫂你们有所不知。我们也不是差钱，是应收款不能及时到位，资金一时周转不过来。又不好意思去向别人借，只好来求助你们了。哥哥嫂嫂你们放心，我们也不是白借的，我和桂花商量好了，我们是亲兄弟，一笔写不出两个杜字，所以，我们给二分利息。虽然利息高了点，但浑水不落外浜，给的是自家人。”

听到有二分利息，嫂嫂动了心，答应借五十万。可她刚说出口又有些担心，想反悔又不好意思，只得说：“兄弟呀，这可是我们的全部家底啊。”

杜士坤懂嫂嫂的意思，说：“嫂嫂你放心，我们这么大的酒店在那里，还怕少了你们这点钱？”

嫂嫂一想也是，便有点不好意思，笑了笑说：“我也是随便说说。”

杜士坤走的时候说：“哥、嫂，这借钱的事不要给别人说。如有亲戚朋友知道了也要借给我们，我们就为难了。”

哥哥嫂嫂有些感动，说：“这你放心。”

借钱第一站，杜士坤旗开得胜，有些得意，回家后欢天喜地告诉了赵桂花。赵桂花听了当然高兴。

接下来杜士坤就没那么顺利了。他又跑了几家亲戚，都说没钱，而且说，如果有钱，给这么高的利息，倒是合算。杜士坤走的时候总要关照他们一番，不要对其他人说。说，因为自家至亲才愿出高利息的，如别的亲戚知道了要借给他，就不好推却了。并说，其实他们并不差钱，只是一时应收款不能到位，想暂时周转几天。等亲戚说过这你放心，你的好意我们知道后，他才悻悻离开。

其实，杜士坤知道这些亲戚的家底，要他们一时拿出几十万元是不现实的，就是十万八万也有困难，他也只是抱着试试看的想法去开口的。现在想想别无他法，只得硬着头皮去找他的战友。他吸取找亲戚的教训，以避免扩大不良影响，不再盲目瞎开口了。他挑了两个经济条件较好的战友。在第一个战友家里说，宴会大厅基建工程还有最后一笔工程款需要付，暂时手头紧缺，如愿接济，愿出二分息。战友听后说，应该帮助，但不是看在利息的分上，是看在战友的情分上才愿出手相帮的。战友和老婆商量后，愿拿出家里的积蓄三十万，但钱在银行里。杜士坤给了战友银行卡号，说，钱一到账，就写借条。并说，这事不要张扬，这么高的利息只有关系好的战友才来开口的。

杜士坤来到另一个战友胡秩明家里，一番寒暄后说，酒店一时应收款不能到位，手头暂时有些紧张，如有钱能借，愿出二分息。并老调重弹，吩咐他不要给别人说，如其他战友或朋友知道这么高的利息也要借给他，就麻烦了。其实，胡秩明和杜士坤的关系一般，平时也很少来往，倒是上次宴会大厅开业时，杜士坤也想到了他，所以这次借钱也就想到了他。胡秩明说家里也没啥积蓄，最多只能拿出二十万。胡秩明也不是因利息高借钱给杜士坤的，他是看在宴会大厅开业时能想到他才愿意借的，说到底，还是看在战友的情分上。

杜士坤共借到了一百万，离赵桂花交给他的任务只完成了一半，可他再也没有借钱的途径了。和赵桂花交差时说："我只能借这么多了。"

其实，这在赵桂花的意料之中，能借到这些，也算是不错了。她叹了口气说："你就这点出息。"

赵桂花借遍了所有的亲戚朋友，可与她的目标还相差一百多万。怎么办呢，如打打招呼，少付几笔大的利息，这年关也能挺过去，可不行，这样会失去信用，引起怀疑，怀疑她利息也付不起了。一旦引起怀疑，后果不堪设想。所以，这利息无论如何是要付的，宁愿拆东墙补西墙。别无他法，只得想办法继续借。

没有了再可借的亲戚朋友，赵桂花把目光瞄向了与她有过交往的人，一起打过麻将的麻友、跳过舞的舞友也成了她借钱的目标，甚至连社区和居委会的工作人员也是她借钱的对象。

一个每天在金鑫大酒店门口扫街道的环卫工人，名叫成彩萍，是个年近六旬的中年妇女。在一个大热天的下午，成彩萍扫街道扫到酒店门口时，正好被赵桂花看见。赵桂花见她满头是汗，便邀她到酒店的大堂里休息一会儿，并叫服务员给她倒了杯茶。从此以后，成彩萍有时累了都会到酒店里歇个脚，口渴了也会去讨口水喝，服务员对她都很客气。

成彩萍一天两次来这段街道清扫。这天下午，赵桂花从美容院回来时，成彩萍刚好扫到酒店门口。赵桂花心里一亮，走过去笑容可掬地说："成阿姨，累吗？"

成彩萍笑了笑说："还好，习惯了，也不觉得有多累。"

"成阿姨，我也难得看到你。今天巧，快去我楼上坐一会儿，喝口水。"

"谢谢赵老板，你看我身上这么脏，就不去了。"

"这有啥关系，快去坐一会儿，我们说说话。"赵桂花热情有加，边说边去拉她的手。

成彩萍见推不过，把扫帚放在她的专用拖车上后，跟赵桂花一起进了酒店的大门。来到三楼赵桂花的办公室，成彩萍见里面到处一尘不染，好像根本没有她坐的地方。赵桂花先领她参观了她的办公室和佛堂间。在佛堂间，赵桂花还当着她的面烧香拜佛。成彩萍疑惑地看着她的一举一动，微笑着说："原来赵老板还信佛。"前几天，赵桂花在财神菩萨的旁边又放了一尊观音菩萨，佛坛上还多了几本经书。

赵桂花一本正经说："是啊，我们生意人全靠诚心和善心。"

回到办公室后，赵桂花硬拉她在沙发上坐下，然后又是倒茶又是嘘寒问暖地和她拉起了家常。

"成阿姨，每天这么辛苦，生活过得还好吧？"

"马马虎虎，过得去。"

"子女们对你还好吧？"

"还好，反正经济上我也不想依靠他们。"

“听你所说，手上一定也有些积蓄了。”

“谈不上积蓄。几十年的辛苦，倒也有几个闲钱存在银行里。”赵桂花对她既热情又客气，成彩萍对她什么也不相瞒。

“存银行能有几个利息呀。现在的物价不断在涨，银行利息根本抵不上上涨的物价，而且银行利息还在不断地降。”

“谁说不是，可又有什么办法呢。我也想过去学着炒股，可又担心会亏掉。再说，我也没那个时间。”成彩萍实话实说。

赵桂花说：“成阿姨，千万别去炒股啊，那个风险可大了。亏掉了，你几十年的积蓄就泡汤了。你没听说过吗，有些老年人炒股亏掉后，当时就倒在了炒股现场。所以，弄得不好，有时连性命也要搭进去的。”

成彩萍说：“我当然听说过，所以我也不敢去炒。”

赵桂花看看火候已到，说：“成阿姨，要不这样，你把钱放在我这里，我给你二分利息，既安全又能赚钱。你想想，如果你放在我这里十万，一年就有二万元利息，如果是二十万，一年的利息就是四万。我估计你一年的工资也没有这么多吧。”赵桂花边说边察看她的表情。

“我一年的工资哪有四万呀。”成彩萍被说动了心，“放在你这里好是好，可我哪好意思赚你这么高的利息呀。”

“有什么不好意思。说句实话，成阿姨，我也是看你人好才这样做的，换了别人，我是绝对不会这样做的。”

“那就谢谢赵老板了。不过，我得回去和儿子商量商量。”

赵桂花说：“当然要商量的。不过，这事知道的人越少越好，最好你儿子也不要知道。成阿姨你想，如果他嘴快，知道的人多了，都要来借钱给我，我怎么办？再说，我也是要面子的人，人家知道了，还以为我没钱呢。成阿姨你说是吗？”

成彩萍笑笑说：“这倒也是，那我就儿子也不告诉了，反正存单上写的是我的名字。我明天就去把三十万元都取出来。”

“好吧。我给你银行卡号，你去银行把钱直接转到我的卡上。”赵桂花心里一阵轻松，她拿了一张便笺纸，写上银行卡号交给成彩萍。

成彩萍把纸折好后放进里面衣服的口袋里。她发觉自己已坐了很长时间，该走了。便站起身来，千恩万谢地走了。

六

送走成彩萍后，赵桂花有些小得意。她一时高兴，来到了底层的大堂里。这时正好是来客的辰光，服务员已很少见她到大堂来看看了。今天见她来了，一个个嘴巴甜得像糖罐头，你也赵老板，她也赵老板。赵桂花也笑脸相迎，一一应答。

赵桂花正想转身离开时，大门外走进几个人来，其中城管队的副队长包玉良她熟悉，马上打招呼说："包队长好长时间没来了。"

包玉良玩笑着说："别人不请我，我也请不起别人，所以也就来得少了。"

两人握过手后，赵桂花说："包队长客气了，只怕别人请都请不到你呢。"

包队长听得舒服，哈哈一笑说："赵老板人越来越漂亮，嘴巴也越来越甜了。"

赵桂花听得更舒服，说："今天又是谁请客呀？"

包玉良说："等会儿他来了你就知道了。"

两人说话的时候，把和包玉良一起来的几个人晾在了旁边。赵桂花突然灵机一动，有了一个主意。她指着其他几位朝包玉良说："包队长，你让他们先去包厢，我们去我的办公室说几句话。"

包玉良叫和他一起来的人先去包厢，他跟着赵桂花去了她的办公室。到了办公室，包玉良说："乖乖，赵老板的办公室好气派。"他吸了吸鼻子说："怎么有焚香味。"

赵桂花把他引到了佛堂间。包玉良一看才知，原来里面是个烧香拜佛的地方，他看了一眼赵桂花，说："如此看来，赵老板一定是个心地善良之人。"

赵桂花说："我们开酒店，肯定要诚实善良，才能生意兴隆。"

包玉良说："赵老板不但人漂亮，而且为人做事也漂亮。"

赵桂花听了暗自高兴。两人走出佛堂间，赵桂花请包玉良坐下后，替他泡了杯茶，然后说："包队长，你真是我的贵人。我这几天遇到了一件难事，本来想去找我的同学帮忙的，没想到今天遇上了你这个贵人。"

"什么事还能难住你赵老板？"包玉良疑惑地看着她。

"不瞒包队长说，我最近手头有些紧张。"赵桂花面呈难色，又把她那应收款一时不能到位的说辞摆了出来，接着她说，"包队长您如有闲钱，先借给我周转一阵，到年底我就还给你。我给你二分年息。如果你不急着用，存放在我这里也行。我想，放在我这里，总比存银行好。银行在不断降息，我这儿呢，旱涝保收。"

包玉良知道，现在社会上有好多借集资行骗的骗子，以高利息诱人。可赵桂花这不算是集资，她也不可能是个骗子，她有这么多的资产，有这么大一个酒店，是做实业的老板，而且她烧香拜佛诵经，是个积善积德之人，借给她应该没问题。他略作思考说："有倒是有几个闲钱，只是我平时不用，都在银行里。"

"这我知道，没有人把不用的钱放在家里的。这样，包队长，你去把钱取出来，死期和活期的利息差我补给你。"

"好吧。不过不多，也就五十万。"包玉良担心赵桂花不需要这么多，说完后看她的脸色。

赵桂花说："够了够了。其实呢，我也不需要这么多。但你既然帮忙替我应急，我就都收下了。谢谢了，你包队长真是我的贵人，你的大恩大德我不会忘记的。"

包玉良听赵桂花这么一说，心存感激。他向赵桂花要了银行卡号。一看时间差不多了，便起身告辞，说："可能他们都到了，我该走了。"

"好吧，等会儿我来敬酒。"赵桂花满心喜欢地把他送出门外。

过了三天，赵桂花也不见包玉良把钱打到她的银行卡上。她打电话问他，他说："赵老板，实在抱歉，我不知道家里的钱都给我老婆去银行买了理财产品，一时拿不出来，过一段时间再说吧。"

赵桂花不是笨人，一听便知，这笔钱黄了。到嘴边的肉丢了，赵桂花心里不爽，但也只得说："好吧，今后再说吧。"

包玉良那天回家后和妻子说起借钱的事，妻子一听就反对说："这么高的利息你也敢借？高利息后面必定是高风险，这钱不能借。你不要看赵桂花烧香拜佛，也许她是故意做给别人看的，是放烟幕弹。钱放在银行买理财产品，利息虽少，但稳，没风险。"

妻子是小学老师，贤惠聪明，包玉良依了妻子的话。

这几天赵桂花的主要事情就是寻找目标借钱。她把所有亲朋好友，所有接触过的人在脑子里逐一排队。社区的王副书记突然在她的脑子里跳了出来。听说王副书记为人正直，办事认真，且为官清廉。自己与他接触过几次，也有这种感觉。那么，他会借钱给我吗？我先给他来些小恩小惠，看他的反应，他如不受，再见机行事。

赵桂花在红包里塞了两千元钱，开着宝马车，去见王副书记。也许因为是下午，王副书记办公室里就他一人。见是赵桂花进门，王副书记热情接待了她。请坐、泡茶，礼数周到。

王副书记说："赵老板，最近酒店生意好吗？"

"托王书记的福，酒店的生意好着呢。"赵桂花从坤包内拿出红包，站起来双手递给王副书记，说，"王书记，感谢你一直以来对我们酒店的支持。一点小意思，不成敬意，万望笑纳。"

王副书记赶快两手向外一推，说："别别别。赵老板，我没有帮你们酒店什么忙，快把红包收回。"

赵桂花说："怎么没帮忙？我能捐款助学，上台受奖，能参加镇上的三级干部大会，并在大会上发言，这都是你帮忙的结果。还有，我们金鑫大酒店宴会大厅开业的时候，你不但莅临捧场，而且上台讲话祝贺。所有这些，不但是帮忙，更是在为我们酒店作宣传、做广告。所以，这忙帮大了。王书记，这红包你一定得收下。"

王副书记马上严肃起来，说："赵老板，我是一个社区工作者，你说的那些事都是我的分内工作，是我应该做好的。快把红包收起来，否则我要下逐客令了。"

这些似乎都在意料之中，赵桂花只得把红包收进包内，说："像王书记这样的干部现在不多了。"

王副书记见她收起红包，才换上笑脸说："赵老板说错了，现在的社会现象和官场风气比以前好多了。"

"这倒也是。"赵桂花开始她的言归正传，"王书记，既然你不肯接受我的谢意，可你还得帮我一个忙。"

"请讲，只要我能做到。"

赵桂花说："王书记，最近我接了两个酒宴，共九十多桌。可手里缺些流动资金。你如手里有闲散资金，先借给我用一下。我给你二分年息。"

王副书记想，她那酒店开得那么兴旺，怎么也不会差那么点买菜钱呀。她出那么高的利息，难道她在变着法子给我送钱？不是有人借打麻将给人送钱的吗？不过，借钱给利息也是天经地义。利息虽然高了点，但酒店开好了，也算是厚利行业，她如真是应急，那点利息也算不了什么，双方也算不上是行贿受贿。我如能借给她解决燃眉之急，也算是支持民营企业解决了一个困难，做了一件好事。想起那次去动员她捐款助学，她是那么积极地支持我的工作，现在人家有困难找上门来，我能不支持吗？想到这里，王副书记说："如赵老板真需急用，我倒是能拿出一些，至于利息，你给我银行利息就可以了。"

"这下王书记就解了我的燃眉之急了。"赵桂花说，"不过，给银行利息太低了，我毕竟是在开酒店赚钱，不是借了钱解决生活上的困难。"

赵桂花的话于情于理，都摆得到桌面上，王副书记没再说什么。

赵桂花从包中拿出笔和纸，写上开户银行和卡号，双手递给王副书记。

次日，赵桂花的银行卡上又多了二十万。

过了两天，赵桂花去了朱秀华的家里。她是去给朱秀华送二十万元利息的。朱秀华说："你急什么呀，还没到期呢。"

赵桂花说："不就相差几天嘛。我担心你要用，所以就提前了几天。”

“我平时也花不了几个钱。即使要用，也有退休工资。桂花，你如需要，那利息还放在你那儿。”朱秀华想，她有钱提前付利息，酒店的效益看来不错。

赵桂花要的就是这句话。

“朱会计，这样最好。我们酒店效益虽然好，但总有个需要应急的时候。你这钱就放在我那儿，大钱生小钱，这钱今后给你养老。”

朱秀华哈哈一笑说：“你这话说得好。”

赵桂花也笑着说：“这就叫作：你现在助我开店，我将来替你养老。”

赵桂花说完，两人一起开心地大笑。

第十二章

一

赵桂花没想到的是，向她逼债的第一个人竟然是徐品华。

赵桂花、杜士坤、赵方宇一家三口出国旅游回来的第二天，徐品华就找上门来了。徐品华来到赵桂花的办公室，赵桂花刚把门关上，就迫不及待地两手吊住了他的脖子，仰起脸等他。

徐品华轻轻推开她说："行了行了，你不怕有人撞进来？"

"真扫兴。"赵桂花一脸不高兴，噘着嘴说。她给他泡了杯茶，端到他面前说："你大驾不请自来，看来太阳明天要从西天出了。"

"我今天来是有正事的。"徐品华在沙发上坐下时说。

"什么正事？"赵桂花一脸疑惑地看着他。

今年春节，赵桂花虽然口袋里没有多少钱，但还算过得顺风顺水。几百万利息通过她的努力，竟然基本付清。至于明年怎么办，到明年再说吧，相信船到桥头自然直，到时候总有办法的。眼前的事是及时享受生活。春节前她就办好了出国旅游的一切手续。大年初五，她给陈阳阳、杜美玲俩人作了一番交代后，一家三口就随旅游团去上海的洋山港码头，乘豪华游轮，踏上了去日本、韩国十日游的旅程。

年初八，徐品华家来了亲戚，他带亲戚们去金鑫大酒店吃饭。没看到杜士坤、赵桂花夫妻俩，问了陈阳阳，才知道一家三口去日本、韩国旅游了。徐品华嘴上没说什么，心里却想，过得还真潇洒。徐品华不知道赵桂花是不是就欠他一个人的钱。一次朋友聚会，在谈到金鑫大酒店时，听邹伟达的口气有点不屑，估计还欠着他的材料款。如真还欠着，单两人加起来就不是一笔小数字。欠了这么多钱，不好好经营酒店，还有心思出国旅游？而且，他好像发现他们夫妻俩经常不在酒店。这怎么行呢。不行，这么多钱在她那里，总有点不放心。等赵桂花旅游回来，得让她有个说法。

“老同学，我那么多钱在你这里，你有付款的计划吗？”徐品华口气平和地说。

赵桂花心里一怔，没想到，还没出正月，徐品华就来提钱的事了。按习俗，债务的事一般都要过了正月才提。她面色有些尴尬，笑了笑说：“老同学请放心，还怕少了你的钱？”

徐品华面无表情地说：“不行，你不能这样含糊其辞，得有个说法。我这几年的形势也不好，手头很紧。你最近一个月内务必先给我解决一百万，其余的你给我写一个还款计划。我在钱的使用上好有个打算。”

见徐品华完全不像往常一样，变了一个人似的，赵桂花心里有些紧张。可她还是嬉皮笑脸地走过去，一屁股坐在了他的大腿上，说：“老同学，何必弄得这样一本正经呀。”

徐品华没想到她会来这一手，可越是这样他越不放心。他一把推开她，正色道：“你别这样，我们谈正事。”

赵桂花气呼呼地坐回到她的老板椅上，板着脸说：“我现在没钱。你这人也真是的。谁在正月里就上门讨债的。”

徐品华愣了一下，这，他倒还真没想到。他缓和了一下口气说：“好吧，就算我来得不是时候。可我刚才说了，一个月内安排一百万，这个没错，你就出了正月先替我安排一百万。”

赵桂花阴沉着脸说：“刚过年我哪来这么多钱。你这人怎么这样绝情，都说一夜夫妻百日恩，你我也这么长时间了，也不知有过多少次了，就这么突然之间变脸了。”

“这是两码事。我们那不是金钱关系，如是金钱关系，那成什么性质了。”徐品华知道她可能会提那事，可原则问题不能让步。

“可也有感情基础的吧，就凭这，你也不应该把我逼得这么紧吧？”

徐品华想，一时让她拿出这么多钱也不现实。而且也不能和她闹翻了，如闹出去，对大家都不好。好在她的酒店生意还不错，况且还有那么多资产在，也不怕她少了自己的钱。他换了个口气说：“我也不是逼你。你欠了我这么多钱，我来要总不错吧？”

“我没说你错，可你也不应该这个态度吧？”徐品华软了，她倒反而有理了。

“还有个事，我好像提醒过你，你要经常待在酒店里，你看你们夫妻俩，平时有多少时间是在酒店里的。你再看看人家的饭店，哪个不是老板或老板娘亲自管着的。”

“这个我接受你的批评。”

“我还有一个要求，可能提了你又要不高兴。”

“你说。”赵桂花看了他一眼说。

“你欠我这么多工程款的事，我老婆也知道了。”徐品华说，“她责问过我好几次，说为什么同意欠这么多工程款的。我每次都是以老同学为由搪塞她的，可她老是逼我向你要。为了让她放心，你得写个承诺书给我，我对她也好有个交代。”

“什么承诺书？怎么写？”赵桂花的脸色有些难看。

“也就是写一个还款计划。还款计划后面再添上一条，如不能如期还清，愿以金鑫大酒店的房产作抵押。”

“有这个必要吗？”赵桂花不认识似的盯着徐品华。

“有，完全有必要。如没有这个承诺书，我担心我老婆要吵到这里来。而且她已经说过此话。”徐品华没有更好的办法，只好把老婆搬出来。

赵桂花想，他老婆真要来吵着讨债，这事传出去，影响就大了。所有借钱给她的人都找上门来，那就要出大事了，酒店就完蛋了，她自己也完蛋了。这事是万万不能发生的。看看过不了此关，无奈之下，赵桂花只得按徐品华的意思，写了一份承诺书。并在承诺书上签上自己的名字，盖上酒店的图章。徐品华还要求她按了指印。

赵桂花心里虽然一百个不愿意，但在徐品华拿着承诺书走的时候，还是依依不舍地说了一句："我们俩今后就算结束了吗？"

徐品华懂她的意思，而且也意识到，还没到绝情的时候，真像她所说的，两人是有感情基础的。他笑了笑说："我没说结束呀。"然后安慰似的，在她肩上拍了拍，告辞走了。

二

徐品华走后，赵桂花心里一阵难过，今后和徐品华之间可能有阴影了，再也不会像以前那样随便了。徐品华可能已对她起了疑心，至少已经不放心了。更使人担心的是，在所有债主中，徐品华只是开了个头。怎么办？现在首先要做的是安抚人心，不能出乱子。而且首先得从徐品华开始，他是大债主，又是她的同学，他的举动会影响所有债主。她想，现在所有债主可能只知道他自己借钱给我，并不知道别人也借了钱给我。当然，也有人知道我或许还欠着徐品华的工程款。所以，得马上开始筹钱，想方设法先解决徐品华的事。赵桂花一面筹钱一面实施她安抚人心的计划。

其实，这安抚人心的事，她赵桂花早就开始行动了。她烧香拜佛，一是希望菩萨保佑她发财致富，保佑她平安无事；二也是做给别人看的，每当有客人去她的办公室，她都要领他们参观她的佛堂间，目的就是要让人知道她有一颗菩萨之心，是个行善积德之人。可并不是所有人、特别是所有债主都知道她有这样一个佛堂间，总不能通知他们一个个来参观吧。那怎样才能让他们知道呢？她坐在办公椅上苦思冥想时，手机突然咚地响了一下，有人发来微信。她受到启发，仿佛写文章突然来了灵感。我为什么不可以和所有债主建立微信关系呢。

赵桂花花了半天时间，通过电话联系，和所有以前没有他们微信的债主都建立了微信关系。从此以后，她每天在朋友圈发一条有关行善积德、劝人为善的语录。这些语录有的是她拾人牙慧抄来的，而更多的是她从网上搜索来的。她罗列了几十条这样的语录，滚动着每天一条在朋友圈里轮番发。这些语录不外乎以下这些内容：

◎为人正直，心胸开阔，与人为善，提升自我，自律自警，行稳致远，这是我对生活真诚的告白。

◎人若负你，天必护你，人若欠你，天必还你；为人一天，行善一天，为人一世，品正一世。

◎善是福根，恶是祸苗。恶不可积，过不可长。积恶长过，丧乱之源也。

◎小善不积，大德不成，善不可谓小而无益，不善不可谓小而无伤。用善良换安心，用品正换尊重。

◎一个人要想得到别人的尊重，先要问问自己有没有尊重别人；一个人要想得到别人的信任，先要问问自己做人是不是真诚。

……

她发的那些语录，也不知她自己有没有完全理解，但得到了朋友圈内很多人的点赞、推崇，特别是有些债主，在手机上点赞之余，心里不免还会赞叹一番，说，怪不得赵桂花事业做得那么大，这与她的与人为善、真诚待人是分不开的。钱放在她那儿，放心！也有些对她知根知底的人，看了她的微信说，赵桂花事业做大后，像换了个人似的，再也不是开茶馆以前的赵桂花了。

赵桂花一开始发那些微信的时候，心里还有些虚，到了后来，也就无所谓了。她想，我这算不了什么。看看有些政客，有多少人言行一致的？再看看有些商家，有多少广告内容与产品质量一致的？

赵桂花心里明白，靠酒店赚钱还债已十分困难了，她已经无力还清所有的债了，况且，靠借债还利息，也是拆东墙补西墙、落雨天背稻草越背越重了。可要继续风风光光地过上等人生活，除了继续借债和开好酒店，还有其他什么办法呢？她现在已一发不可收拾了。她的贪婪，她对上等人生活的追求，她那生气勃勃的空想，不断催发激励着她为金钱不断努力。可她虚荣心作怪，又不能脚踏实地、乐于吃苦。

如果她把借钱的一半精力和智慧放在酒店的经营管理上，也许她早就成为一个富婆了。

她希望酒店的利润会好起来，她听从徐品华的建议，在酒店待的时间多了起来。她经常在大堂的沙发上，或吧台内坐坐；有时还站在大门口迎迎客；有时她也去厨房和熟食间走走看看。可又没发现有什么问题，她的员工们都像原来一样，在各自的岗位上认真尽着责。当然，她大堂里来勤了，也不是没有变化，她发现她的员工，特别是像陈阳阳、杜美玲等，见了她，比以前更加热情、更加客气了，对她更加尊重了。可这不奇怪，她这么大的老板，应该受到员工的尊重呀。有时她甚至觉得，她在大堂里纯属多余，而且还有失她的身份。慢慢地，她又懒得去大堂和厨房了。

赵桂花现在烧香拜佛比以前虔诚多了。她以前烧香拜佛，某种程度是做给人家看的，而更多的则是寻求心灵的安慰。现在她可诚心多了，她一来要求财神给她带来好运，二来要求菩萨保佑她平安无事，饶恕她的一切不善之举和罪过。

她三天两头去刘正平那里拿钱。可刘正平那儿的钱来路少去路广，哪来那么多钱可取。杜士坤要去拿钱，每天采购食材要钱，月底员工的工资要付，施玲芬每月的利息要在他那儿付，还要满足他自己计划内抽取的钱。

赵桂花的经济来源除了酒店的收入，还有就是靠借债。她现在的主要工作就是借钱还息，除了写过承诺书的几个人要分期还本金外，她现在已没有能力偿还其他人的本金了。

徐品华上次拿了赵桂花的承诺书回去后，打了个电话给邹伟达，证实是不是赵桂花还欠着他的材料款。邹伟达含糊其辞地说没多少了，徐品华说我也是随便问问，没多少最好。挂了电话后，徐品华回忆邹伟达说话的内容和语气，证实了自己的猜测。

邹伟达不知徐品华打电话的意图。难道金鑫大酒店经营不善有了问题。不行，我不能再贪图赵桂花的利息了。一旦她那儿的资金出了问题，那可不是闹着玩的。一天他打电话给赵桂花，问清她在办公室后，便赶了过去。到了她的办公室，他直奔主题，说明年想在市区开一个分店，需要大量资金。赵桂花明白了，他今天是来要钱的。

“刚过年不久，我一时哪拿得出这么多钱呀。”赵桂花说，“我要是有钱，会出二分息向你借？再说，借了钱是等赚了钱慢慢还的，你这么急着要，叫我怎么办。”

赵桂花的话不错，邹伟达一时语塞，他愣了愣说：“要不这样，赵老板，我们来排一个付款计划。”

“排就排呗，反正我又不想少你的钱。”赵桂花的口气有点不客气。

邹伟达说：“我也不是担心你少我的钱，你赵老板也不是那样的人。我是想，有了个计划，我也好有个打算。”

计划写好后，邹伟达说：“赵老板，你最好再给我写张抵押承诺书。这样，我就放心了。”

“抵押承诺书？用什么抵押？”赵桂花瞪大眼睛看他。

“就用酒店的房子，反正也就是写写的。只要你按计划还款，这承诺书也就是一张废纸。”

这不和徐品华来要钱如出一辙吗，他们是商量好的，还是串通好的？赵桂花一下来了火，想变脸时，一想不可能，徐品华没这么笨，怎么可能用我的房子一女二嫁，也许就是巧合。好吧，写就写，反正到时候我会想办法筹钱的。

赵桂花写了一张与给徐品华一样的承诺书。邹伟达拿着她的还款计划和承诺书，终于放心地走了。

三

邹伟达走后，赵桂花把门关得山响，大声说：“来吧！都来吧！我就不信，我赵桂花会就此完蛋！”她生了一会儿闷气，想想也不是人家的错，怪不得别人。她静静地坐了一会儿，去佛堂间烧了一炷香，祈求菩萨保佑她能走出困境，过上荣华富贵的上等人生活。

一晃半年过去了，徐品华和她仿佛一直处于冷战状态，关系不冷不热。她心上放不下他，担心他从此在感情上和她一刀两断。一个大热天的下午，赵桂花从美容院回来后，忐忑地给徐品华打了个电话，问他什么时候有空，她想去看看他。他客气地说，一个新工程刚开工，这阵子忙。既不拒绝，也不欢迎。听口气，明显有了距离。她叹了口气，精神感到一阵空虚。这时，一阵敲门声把她从沉闷中惊醒。她有气无力地喊了声请进。

推门进来的是位五大三粗的壮年汉子。汉子满脸是汗，边用手背擦汗边大着嗓门说："这里真凉快。赵老板好舒服，毕竟是大老板。"

来者是菜场卖肉的屠户金元郎。金元郎五十开外，相貌端正，身体壮实。赵桂花一见是他，猜想是为肉钱而来，心里咯噔了一下，脸上勉强堆起笑容，说："金老板是稀客，快请坐。"

金元郎说："坐就免了。赵老板，我今天是为钱来的，你们酒店已欠了我一万多元的肉钱。我来要了好几次，他们都说没有，所以只好到你这里来了。"

"啊呀，金老板，不就是一万多元钱嘛。你请坐，坐下了我们好说话。"赵桂花见金元郎说话时，两只眼睛老盯着她的胸部看，心里便有了打算。

听赵桂花的口气，金元郎心里踏实了许多，便在沙发上一屁股坐了下来。赵桂花去给他泡了杯茶，弯腰放在他前面的茶几上，说："金老板，你请喝茶。"

赵桂花上身穿低领短袖衫，下身穿短裙，没穿袜裤。她弯腰时，雪白丰满的胸部就暴露在了金元郎的面前。金元郎看后，咽了口口水，手微抖着接过茶杯，说："谢谢赵老板。"

赵桂花走前一步，用手挠了下大腿上昨天被蚊子叮过的地方，对金元郎说："金老板，你帮我看看，这小红疙瘩是什么东西呀。"

金元郎的目光一下移到赵桂花雪白的大腿上，他浑身的血液开始沸腾，说："是蚊子咬的吧。"

赵桂花说："我觉得不像。你帮我摸摸，究竟是什么东西，不会是毒虫叮咬的吧。"

金元郎的心跳加快，伸手去抚摸她的大腿。这时，他的胆子开始大了起来，边摸边说："赵老板，你的皮肤真好。"

赵桂花笑着说："喜欢吗？喜欢就摸吧。"

金元郎的手一路向上摸去，当他快要摸到内裤时，赵桂花说："我们到里面去吧。"

金元郎对赵桂花的美貌早就垂涎三尺，只是从没奢望过能得到她的恩赐。他甚至想过，如能和她这样的美人儿睡上一次，今生足矣。他能长年累月赊肉给金鑫大酒店，某种意义上就是看在赵桂花的面上。他刚才也有过一闪念，也许这是个陷阱，但又一想，不就是一万多元钱嘛。他热血沸腾、情迷意乱，跟随赵桂花来到了她的卧室。

两人一番折腾，完成了好事。出来后，赵桂花说："金老板，你那一万多元钱对我对你都是小事。我呢，最近手头有些紧，所以，还得过段时间才能给你。要不这样，你那钱就算借给我的，我给你二分年息，你看怎样？"

金元郎做梦也没有想到，这天大的好事会突然降临在他的头上。他还沉浸在幸福之中，赵桂花的话，使他突然回过神来。他想，自己杀猪卖肉根本就赚不到百分之二十的利润，这不又是一件好事吗？他想了想说："可是，就那一万多元钱也没有多少利息呀。"

赵桂花一听有戏，按捺住内心的激动，说："金老板如家里有闲钱，可以拿到我这里来。存在我这里总比存银行好吧。"

"好吧，我回去和我老婆商量商量。"

"当然要商量。"赵桂花说，"金老板，我们加一下微信，你回去商量后，如同意的话，发个微信给我，我把银行卡号发给你。"

"好，就这样说定了。"金元郎心满意足，满心喜欢地走了。

金元郎走后，赵桂花叹了口气，唉！终于又推掉了一个讨债鬼，而且还可能多一个经济来源，可我这付出也太大了点。

次日，赵桂花的银行卡上多出了五十万。

三天后，金元郎打电话给赵桂花，问她还要不要了。赵桂花心中窃喜，说："你就不怕我少了你的钱？"

金元郎在电话里笑着说："你这么大的老板，这么大的酒店在那儿，我怕什么。"

赵桂花说："算你聪明。看在我们朋友一场的面上，如有，就打在我的卡上吧。"

"我这是借来的。"金元郎说。

赵桂花说："我不管你哪儿来的，反正我给你二分利息，你给别人多少我不管。"

就这样，赵桂花的卡上又多出了五十万。

三天后，徐品华的账上多了五十万元钱。赵桂花没有预先通知他，钱打在他账上时也没有告诉他。她知道他会打电话给她的，这是规矩，也是礼貌。果然，他来电话了，口气十分客气："老同学，承诺书上第二次的付款日期还没到，怎么提前付了？"

"怎么，提前付不好吗？如不好，退给我。"

"好好，当然好。我是想，一时间你哪来的钱？"

"我就知道你担心我少你的钱，才让我写承诺书的。我这么大的酒店开在这里会没钱吗？为了还你的钱，我最近去收了几笔应收款，不然哪来的钱。"听口气，赵桂花有些小得意。

"那我得好好谢谢你了。"

"不要嘴上说得好听，用什么谢我？"

……

"怎么不说话，你别走，我马上过来。"赵桂花想的是，跟别人都是逢场作戏，跟徐品华的关系是不能断的，如断了，自己就没有了精神寄托，生活的意义也就少了一只角。

这次徐品华的心情不错，热情接待了她，满足了她。其实，徐品华也把赵桂花当成了他生活的一部分，只是不能少了他的钱。如果她投怀送抱是为了少他的钱，那就是欺骗他了。他可以支持她，帮助她，但不能受她的欺骗，这是他的原则。

四

这天，赵桂花步行去银行回酒店时路过“人人康药店”。她见药店的老板娘一个人坐在那儿看手机，便有心拐了进去。

人人康药店的老板娘叫钱丽英，长得眉清目秀，一副忠厚相，和赵桂花差不多的年纪。前几天和几个人一起去金鑫大酒店吃过饭，并和赵桂花加了微信。钱丽英见赵桂花走进门来，赶快起身相迎，笑着说：“赵老板大驾光临，我这小药店满堂生辉。”

“老板娘笑话我了。”赵桂花被赞得满心喜欢。她话锋一转，说：“怎么这么清闲？”

钱丽英说：“这一时间段基本没生意。”

赵桂花说：“倒也是的，像我们开酒店，一定要在吃饭时间才有客人。”

“我这小药店是小本经营，怎么能和你的大酒店比。”

两人来到里面，坐下后继续说话。

赵桂花说：“你客气了，谁不知道现在开药店一本万利。”

钱丽英说：“那是人家谬传，就是有些利润，你看田塍镇上有多少家药店。不是都说田塍有三多吗，药店多，发廊多，还有就是小饭店多。”

赵桂花说：“这话不错，行行都有难处，我们酒店被那些小饭店不知要抢去多少生意。”

钱丽英继续说药店的事：“药店一多，不但客户少了，而且利润也薄了。现在一年也赚不了几个钱，攒下的钱还不知够不够我今后养老呢。”

赵桂花说：“我们还好，餐饮行业虽然竞争激烈，但我们的酒店是规模型经营，船大经得起风浪。”

“那当然，田塍镇上的餐饮业，有谁家能和你们比。”钱丽英顺便拍了一记赵桂花的马屁。

赵桂花听了心里舒服，说：“老板娘，你说攒下的钱还不够你今后养老，我知道你在说客气话。可我倒有一个想法，我现在手里缺些流动资金。你如有闲钱，就放在我那儿，我给你二分年息。你啥时要用，只要提前一个星期和我说。你看怎样？”

钱丽英笑笑说：“赵老板客气了，你怎么会缺资金。”

赵桂花说：“我也不是客气，是实话实说。你也知道，现在吃饭大多是欠账的，钱到年底才能收回。老板娘，你如把钱存在我那儿拿利息，这叫作你现在助我开店，我帮你将来养老。”

钱丽英听后哈哈一笑，说：“赵老板，你这话有点意思。你让我想想。”

“不急，不急，我也是随便说说。如行的话，我们微信联系。”说到这里，赵桂花突然醒悟似的说，“你看，我们只顾说话，险些把正事给忘记了。老板娘，我想买些消炎药，放在家里备用。你帮我挑选两个品种。”

钱丽英帮她挑了两个品种，各拿了两盒。赵桂花从包内拿出医保卡，刷过卡后便告辞了。

两天后，钱丽英发微信给赵桂花，问她还需不需要钱。赵桂花说，她当时也只是随便说说，已把这事给忘记了，她接着说：“你如有闲钱，就放在我这里吧。”赵桂花的口气好像有点勉强，但心里却窃喜着。

赵桂花把银行卡号发给了钱丽英，几个小时后，卡上便多出了三十万。赵桂花回了个微信，说钱已收到，并说，借条她会亲自送到药店的。

没过几天，钱丽英打电话给赵桂花说，她的闺蜜手里有些闲钱，听说她借钱的事后，也想把钱存放在她那儿。赵桂花说：“当时我忘记了给你说，这借钱的事是不能对别人说的。如果别人知道了都要借给我，你叫我怎么办。我是看在你的面上才答应的。”

钱丽英赶快说：“赵老板你不要生气，都怪我多嘴，下次我再也不给你添麻烦了。这次你就帮帮忙吧，看在她是我闺蜜的分上。”

“好吧，看在她是你闺蜜的分上，这忙我帮了。今后呢，如果真是你的亲朋好友或者闺蜜，这忙我是可以帮的。不过，尽量不要对别人说为好。”赵桂花说话留了个尾巴。

“那就谢谢赵老板了，也替我闺蜜谢谢你。”钱丽英千恩万谢后挂了电话。

次日，赵桂花去美容院时，美容院的女老板王园告诉她，说她办的卡上没钱了，要续办了。赵桂花说今天没带钱，问能不能下次来补办。王园说当然能，你赵老板这么大的老板，又是常客、贵宾，你不能，还有谁能呢。赵桂花听了心里舒服，开玩笑说：“王老板，按你这么说，你这里也可以像我们酒店一样了？我们那儿，熟客可以先消费，到年底一次付账。”

赵桂花没想到王园竟然答应了，王园说：“没问题。不过，这只能你赵老板可以，别人是万万不可以的。所以，还请赵老板不要为我们做这个广告。”王园想，先消费就先消费，你这么大的酒店在经营，还怕你少了钱。再说，你赵桂花在我这里已经消费了几十万，还会少了那五万元？所以她满口应承。

赵桂花心中窃喜，这不等于又借到五万元钱了吗？而且，这钱还不要付利息。看来，这几天的运气不错。一整套理疗、美容做好后，赵桂花美美地、香香地睡了一觉。醒来后，她突然有了个想法，何不向王园再开个口呢。她让服务员叫来了王园。

“赵老板有何吩咐？”王园进门后说。

“王老板，刚才说先消费后付账的事，我想想有点不好意思。要不这样，这钱算我向你借的，我给你利息，到年底我连本带利一起给你。”

“赵老板，你说什么呀。我怎么好意思要你的利息呀。快不要说这事了。”

“有什么不好意思。王老板，我和你说实话，我有几个闺蜜，她们的闲钱都放在我那儿，我给她们的都是二分年息。她们开始也说不好意思的，我说我的酒店赚了钱应该和姐妹们一起分享成果，分享开心。王老板，你对我这样特殊照顾，我也应该把你当作闺蜜一样，所以，给你二分年息也就应该的了。”

王园笑着说：“还有这种好事？赵老板真是性情中人，值得相交。”

赵桂花说：“我就喜欢交朋友，王老板如有闲置的钱，也可以放在我那里，我同样付给你二分息。”

“那我就先谢谢赵老板了。”

就这样，王园答应借给赵桂花五十万。

从美容院出来后，赵桂花突然想起了李彦玲，像在王园那儿解开了一道难题，触类旁通似的想到了她。李彦玲的昵称叫玲玲，玲玲长得小巧玲珑，一个三十多岁的小美人，是本市的金牌司仪。金鑫大酒店的宴会大厅开业时，就是赵桂花慕名去邀请她来当主持人的。当时两人一见如故，结下了友情，并以姐妹相称。自那以后，凡有来金鑫大酒店办婚宴的，赵桂花总会把李彦玲介绍给他们做司仪。

今天，赵桂花笑着责怪自己说，我怎么把她给忘记掉了？她想登门拜访，又不知她哪天有空。她急于找她，晚上试着给她打了个电话。还真是巧，合该赵桂花走运，李彦玲今天正好有空在家。两人在电话里聊了半天闲话，说了一大堆废话，然后才言归正传。赵桂花的所谓正传，其实就是那些老套头中的一个内容。她看对象选内容，今天针对李彦玲，她选用的内容是应收款一时不能到位，手里缺少流动资金，问李彦玲能否帮她解决暂时的困难。

李彦玲是专跑大酒店、大饭店做司仪的，心想她赵桂花酒店开了这么多年，怎么还缺流动资金，不会是经营不善的原因吧。如经营不善，钱借出去就不安全。她想拒绝，可又碍于面子，最后她说：“赵姐，不瞒你说，我最近手头也不宽余。不过，你赵姐开了口，我想方设法也会尽量帮上一把的。不知赵姐需要多少。”

“妹子，让你见笑了。不过，我的困难也是暂时的。至于多少嘛，能多一点当然最好，妹子你放心，我不会让你白借的，我给你年息二分的利息。”听李彦玲的口气，好像不大愿意，赵桂花的心里有点不爽。

“好吧赵姐，你把银行卡号发给我。但我不是为了利息借给你的，利息给不给都无所谓，我是帮你应急的。”李彦玲对借钱一向敏感，她口气淡淡的，完全没有了一开始的热情。

次日，李彦玲通过银行打给赵桂花十万元，并保存了银行单子。

五

一天上午十时许，赵桂花坐在办公室里对着镜子描眉，刘正平推门进去。赵桂花吓了一跳，说：“你怎么门也不敲？”

“不好意思，我忘记了应该敲门。”刘正平一副诚惶诚恐的样子。

“什么事？说吧。”赵桂花总感到最近几个月来刘正平在有意避她，今天怎么主动上门来了，不免多看了他一眼。

“妹子，我想跟你说件事。”刘正平吞吞吐吐地说。

赵桂花指指沙发，说：“坐下说吧。什么事？跟我还不好说？”

刘正平似乎受到了鼓舞，仿佛在鼓起勇气，说：“妹子，士坤他最近领钱有点频繁。”

“他有没有说领了钱干什么？”赵桂花冷冷地说。

“没说。我问他，他说有用，我就不好多问了。”刘正平说完，看赵桂花的脸色。

“你没听说他在外面干什么了吗？譬如赌钱，还有……”还有她就不好问下去了。她想要问的“还有”当然是指是不是听说他外面有女人了。

“听说是打麻将赌钱。妹子，算我多嘴，你可别说是我说的啊。”刘正平小心翼翼地说。他总担心表妹突然要问他什么似的。

“他每次领钱签字吗？”

“有时签有时不签。”

“你真糊涂，领钱怎么能不签字呢。”

“有时他拿了钱就走，等我叫他签字时，他已经走出门了。”

“走了就不能补签吗？下次可不能这样了。你可知道，你这是失职！”赵桂花从来没有像今天这样训过他。

“知道了，下次我一定改正。”刘正平一副胆小怕事的神色。

“好了，你走吧。”赵桂花心里烦透了，不知怎么，她现在对这个表兄有点讨厌。

刘正平心里忐忑着看了赵桂花一眼，出门的时候回头又补了一句：“赵老板，您可千万别和士坤说是我对您说的啊。”

嘿，赵老板也叫起来了。赵桂花现在不但对他讨厌，还有些厌恶。别说是你说的，你也太天真了吧。杜士坤是傻瓜吗，我去一问，不是你说的又能是谁说的。其实，她哪里知道，她那表兄才不天真呢，他在演戏，想栽赃。

一开始，赵桂花听刘正平说杜士坤去打麻将赌钱有些不以为意，只要他不出去找女人就好。打打小麻将也不是不可以，她自己不也经常去打麻将的吗，而且他打麻将的事她早就知道。可刘正平说他经常去领钱，而且领了钱有时还不签字，这就有问题了。

晚上两人睡在床上说起了这事。赵桂花说：“士坤，我听说你经常去刘正平那儿领钱，而且领了钱有时还不签字。”

杜士坤最近一段时间去领钱确实比较频繁，而且有一次也确实没有签字，但事后他去补签了。这事是刘正平主动去告诉赵桂花的，还是赵桂花特地去问刘正平的？他试探着问：“你怎么知道的，刘正平告诉你的吗？”

听杜士坤的口气，刘正平的话基本属实。赵桂花加强语气说：“你别问谁告诉我的，我问你有没有这事？”

“是比以前多了几次，可经常去领谈不上。领了钱没签字是有过一次，但第二天我就去补签了。”杜士坤并不抵赖。听赵桂花的口气，她并不知道他替陈阳阳买戒指和项链的事。

“士坤，我也不是不让你去打麻将，只是不要过了头。你也知道，我们的钱并不宽余。”赵桂花并不想深究。说到底，她没资格责怪他。她想，如果杜士坤反过来追究她的资金情况，她就没法交代了。

杜士坤想，刘正平为什么要告诉赵桂花这些呢？一想这不奇怪，他们是表兄妹。可他难道不知道我们是夫妻吗？是打小报告，还是别有用心？也不知杜士坤怎么脑子里突然多了一根筋。他对赵桂花说：“我听人说刘正平在市区买了一套商品房，是去年买的。”

“你告诉我这个干什么？”

“他家里不是很穷吗？怎么一下子买得起商品房了。”

“你怀疑他买房的钱来路有问题？买商品房不是能贷款吗？首付他应该能付得起的吧。我们买房的时候不也是贷款的吗？”赵桂花嘴上这样说，心里却也有了疑问。

“我去领钱都是签字的，都是有数字的。而且用的是自家的钱。只怕钱被别人用去了，连数字也不知道。我看你要防的不是我，而是别人。”杜士坤对刘正平告他的状十分恼火。

“好了，不要再说防不防的了，都是自家人。我看他也不是那种人。我今后多过问就是了。”赵桂花不想再纠缠此事。

杜士坤也不想再说下去，他担心说到后来会说到自己头上。他有自知之明，自己身上有许多见不得人的地方。以前，他去场子里赌钱，人家算计过他，按理他有过教训，但他赌性不改，心动手痒老毛病重犯。人家知道他是有钱的主，不赢他的赢谁的？因为赌钱，因为要替陈阳阳买这买那，他除了经常去刘正平那里领钱，还去办了小额贷款，甚至借了高利贷。他身上已经有一屁股债了，至于今后怎样还清这些债务，他自己也不知道，过着走一步算一步的日子。

刘正平去年就在市区买了商品房，赵桂花听后心里总有个疙瘩。这么大的事，怎么一点声音也没有呢？难道真有什么见不得人的事？她想去问刘正平，可一想，这似乎不妥。这是去责问他还是去调查他。如他真是用自己的钱买的，倒也无所谓，问一下，还是出于关心呢。如这钱是从酒店的账上贪的，就尴尬了。当然，他肯定不会承认。可这样一来，我和娘舅家的关系就不好处了。算了，由他去吧。即使他真的贪了钱，也是浑水不落外浜。但是，今后得找个机会，旁敲侧击敲一下边鼓还是必要的。

六

屠户金元郎那天去过赵桂花的办公室后，一连激动了好几天。他做梦也没有想到，今生今世会抱上这样一个美人儿。一次，他在睡梦中大笑不已，他的肉疙瘩老婆把他推醒后问：“金元郎，怎么这么开心，在梦里捡到钱了还是遇到美女了。”金元郎每次遇到来买肉的漂亮女人，回家后总要兴高采烈地对老婆说，今天遇到了个多么漂亮的美女。他的肉疙瘩老婆也总会说，你是不是多给人家肉了，或你是不是少收人家钱了。每当这时，他总是哈哈一笑说，怎么可能。

金元郎被推醒后，十二分的不开心，骂道：“你个死胖女人，推醒我干什么？”

肉疙瘩老婆哪里知道，金元郎此时正梦到和赵桂花调情调到开心处。她突然掐断了他的好梦，他怎么会开心呢。他侧头看了一眼老婆，这个没心计的女人翻了个身，又打起了呼噜，可他却翻来覆去怎么也睡不着了。他想起了赵桂花的美貌，想起了那激动人心的、使他终身难忘的情境，他失眠了。一直到鸡叫头遍，他才迷迷糊糊地睡过去。这天，他是菜场出摊卖肉最晚的一个。

今天出摊，金元郎有些心不在焉，老是走神，有一次险些把自己的手指也剁掉。没客人时，他看着那雪白的猪肉肥膘，就想起了赵桂花身上白嫩的皮肤。他忍不住去抚摸猪的肥膘。

“金老板，你每天卖肉，这猪肉有什么好摸的？”

金元郎惊醒过来，嘿嘿嘿傻笑了几声，答非所问地对顾客说：“你好，要买什么肉？”

得到顾客的回答后，金元郎开始下刀。他望着那雪白的猪肉，一刀下去时，他又想到了赵桂花身上的肉，手迟疑了一下，刀落偏了，多了。顾客说不要这么多，他只好再剁掉点。顾客付过钱走后，他自嘲地笑着摇了摇头。

下午收摊后，他迫不及待地去了金鑫大酒店。酒店又欠他好几千元肉钱了，他要去向赵桂花讨肉钱。

他没有直接去找赵桂花，他故意拐了个弯去找刘正平。刘正平说：“说好半年一结算的，你怎么提前来了？”

金元郎说：“我资金周转不过来，所以提前来了。”

刘正平说：“不行，我得按规矩来。”

“那我去向赵老板要。”金元郎说完便转身走了。

说来也巧，今天赵桂花没去美容院。金元郎叩开她办公室的门时，她微微吃了一惊，他怎么又来了？可奇怪的是，她竟然没有感到厌恶，甚至一点讨厌的感觉也没有。

说白了，那天是她主动给他的。当然，不是喜欢他，是为了钱。但他走后，她竟然有点想入非非。他身上有许多与众不同的地方，竟使她一时不能忘怀。他虽然是个屠户，但长得五官端正，体格健美。他膀大腰圆，臂力过人。那天在卧室，他那急吼吼的可笑样子，他那泰山压顶的气势，还有他那从胸前一直延伸到小腹以下的体毛，都让她难以忘怀。她甚至想过，和他还会有下一次吗？

今天他突然又来了。是来要钱的，还是来要人的？赵桂花的脸上泛出红晕，心里竟然产生出一阵小激动。

“赵老板，你好！我今天真走运，你居然在办公室。”金元郎红着脸说话时，心一阵狂跳。

“金老板，今天怎么有空？不会又是来要钱的吧？”端坐在老板椅上的赵桂花欠了欠身子说。

“不不不，噢，是的，是来要钱的。”金元郎语无伦次地说。

赵桂花嘿嘿嘿嘿一阵轻笑后说：“究竟是不，还是是。我都给你弄糊涂了。”

金元郎被她笑得一阵发窘，脸一直红到脖子根。他尴尬地笑了笑，说：“赵老板，你说是不就是不，你说是是就是是。”

金元郎慢慢恢复了常态。

“金老板，跟我说起绕口令来了。”她指指沙发说，“坐下说话吧。”金元郎坐下后，她又说：“说说看，究竟来干什么的？”

“我、我、我就是想来看看你的。”金元郎结结巴巴说了句大实话。

“金元郎！你太放肆了吧！”赵桂花突然板下了面孔。

“赵老板，我是开玩笑的，你千万别、别当真。你就当我是畜生。”金元郎吓得又结巴起来。

“嘿嘿嘿嘿。金元郎，看把你吓得，你这么大一个男人，原来胆子这么小。”赵桂花说完又一阵笑。

金元郎被赵桂花一阵阴一阵晴，弄得丈二和尚摸不着头脑，尴尬地笑了笑，说：“赵老板，我这人胆小，你不要吓我。”

这下金元郎又不结巴了。

“金老板，你不会是专门来闲扯的吧，我手头还有事呢。”赵桂花看他心神不定，眼睛色眯眯地在她身上扫来扫去，知道他想干什么。

“我、我确实是来要钱的。”金元郎贼心也有，贼胆也有，可就是难以开口。说实话，他在赵桂花面前还是有所顾忌的，所以只好言不由衷。

“要钱没有，要人有一个。”听上去像在耍无赖，其实赵桂花不想和他兜圈子了。你不说，那我说。

金元郎听懂了，他热血偾张，彻底丢开了顾忌，起身就要去抱她。赵桂花推开他说：“慢着，要了人就不能要钱了。”

“我知道。”金元郎还没说完，便猴急地上去就要熊抱。

赵桂花再一次推开他，说：“你猴急什么呀，门还没保呢。”

“我去保。”金元郎像突然得到恩赐似的，孩子一样雀跃着过去把门保上。

两人从卧室出来后，重新回到各自的位子上。赵桂花满面春色，说：“金元郎，这下满足了吧。”

金元郎憨笑着说：“谢谢赵老板，满足了。真是太满足了。”

“满足就好，可你也要为我做点什么呀。你不是说谢谢我吗？你用什么谢我呢？”

金元郎拍着胸部说：“只要你赵老板吩咐，我金元郎万死不辞。”

“不要说得那样悲壮嘛，我怎么敢叫你去死呢。”赵桂花浅浅一笑，接着说，“其实呢，也不完全是叫你用什么来谢我。既然你也给我带来了快乐，所以我也想帮帮你。”

“赵老板，我谢你是应该的，哪敢让你帮我？”金元郎有些摸不着头脑。

赵桂花说：“金老板，今年你也五十多了吧？”

“对，五十五了。”金元郎瞪大眼睛看赵桂花，不知她葫芦里卖的什么药。

赵桂花说：“这就对了嘛。金老板，你不可能卖肉卖到七十岁、八十岁吧。今后一旦干不动了，退休工资又没几个。我知道你手里肯定还有些余钱，你把它存在我这里。我这里的利息你拿过的吧？拿得满意吧？我还是那句话，你现在助我开酒店，我将来为你养老。”

金元郎嘿嘿一笑，说：“钱嘛，确实还有几个，只是不多了。既然你赵老板这样说了，我明天就去银行里取出来，留下流动资金后，都存到你这里来。”

“金老板，你这样相信我，我也和你透个底。因为我们两人有特殊关系我才愿意帮你的。你想想，换了别人，我会这样做吗？”

赵桂花仿佛掏心窝子的话，使金元郎大受感动，他热泪盈眶说：“谢谢赵老板。也不知我今生今世积了什么德，能让你这个大美女看上我这个大老粗。”

赵桂花装着羞涩，说：“金老板，说出来不怕你笑话。我就是喜欢像你这样的男人。”

原来如此，金元郎心里嘿嘿地笑着，他倒是有这个自信的。在此之前，他借钱给赵桂花还有些担心，现在，他对她已经完全没有了戒心。

第十三章

一

春去秋来，转眼秋天到了。赵桂花又要准备中秋礼物了。可今年的钱好像比去年还紧张，看来今年的中秋礼品只好意思一下了。幸亏金元郎的那笔钱，否则，这次意思一下的钱还不知哪里来呢。

马上又有好几笔利息要付了，可这些钱还不知在哪里呢。现在要紧的是要赶快筹到钱，如失了信用，债主们逼上门来就麻烦了。如果再闹出些情况来，就不单是利息的事了。债主们一旦知道了酒店的实情，就糟糕了。

赵桂花感到很累，今年春节后，她几乎一直在疲于借钱还息。她借遍了所有的亲戚朋友，以及所有有点关系的人。有些人本来想帮帮她的，可一听到二分利息，就吓得不敢借了，他们认为，利息越高，借出去的钱就越不安全。她已经无人可借了。再要借，就只好向借过的人去追加借款数字了，可这谈何容易。就在她山穷水尽、一筹莫展的时候，那些农贸市场的小商小贩首先来发难了。那些小商小贩是经不住拖欠的。吴天民答应他们最多欠半年，可大半年过去了还没兑现，他们就不干了。他们三天两头到酒店里来讨钱。有几百的，也有几千的，钱虽不多，可影响却大。仿佛故意似的，他们来讨钱专挑吃饭时间。一时间田塍镇上议论纷纷，说金鑫大酒店这么大的酒店，怎么连几百元钱也付不起了。难道酒店没有赚到钱？也有知道一些内情的人添油加醋说，不要看赵桂花的酒店表面兴旺，其实可能是个空架子。你看杜士坤整天不务正业，赵桂花也不待在酒店，不是美容院就是麻将室，平时生活掼派头，出手大方，挥金如土。听说她儿子也不是盏省油的灯，三年的职中读了四年还没毕业，书不好好读，却过着公子哥的生活。有这样的家庭，酒店即使赚到钱，也会被他们挥霍一空的。

俗话说，好事不出门，丑话传千里。更何况，田塍镇上小茶馆多，小酒店多，喜欢八卦的人也多，往往南街上死了一只羊，传到北街上就变成死了一个娘。金鑫大酒店本来表面风风光光的，可被那些小商小贩一闹一传，再加上那些自以为知道内情的人一八卦，酒店及杜士坤赵桂花夫妻俩的正面影响就大打折扣了。而且有人在说，金鑫大酒店不行了。

施玲芬和她的姐妹们听到这个消息后，开始紧张起来。周如梅、钱娟、沈梦梦一个接着一个打电话给施玲芬，问究竟怎么回事。施玲芬打电话给赵桂花，问酒店的情况。赵桂花总是说，不要听人家瞎说，生意好着呢。吃饭时间，施玲芬隔三差五开着汽车去酒店门口转悠，看到门前停了许多汽车和摩托车，也就放心了许多。就分别打电话给她的姊妹们说，酒店的生意好着呢，而且说这是她亲眼所见的。

首先引起惊慌的，倒不是外面的那些债主，而是酒店内部的那些员工。特别是像陈阳阳、杜美玲这些有点小职务、年薪在十万元左右的员工。她们清楚酒店内部管理混乱，败象早已显露，只是讨债风暴来得这么快，使她们有点措手不及。

陈阳阳已有几年的工资没拿了，她掐指一算，连本带利已超过了六十万。不行，得赶快向赵桂花要回这笔钱了，否则，风险太大了。一天，她来到赵桂花的办公室，说：“赵老板，我想把存在你这里的钱都取出来。”

赵桂花微微一惊，面无表情地说：“这不过年不过节的，你要钱干什么？”

陈阳阳早就想好了理由，说：“我想买辆汽车。”

“买汽车？买什么汽车要这么多钱？”赵桂花脑子转得飞快，难道她听到了什么？还是看出了什么？“小陈，你是看到那些小商小贩来要钱了，你不放心？我告诉你，那是他们在瞎起哄，我很快会把这事解决好的。”

“赵老板你误解了。我想买了汽车后，把余下的钱拿回老家去。”这理由有点勉强。

“放在我这里不好吗，每年有这么多利息？”

“我老公说要拿这钱去做生意。”这理由是陈阳阳突然想出来的。

一会儿说要拿回老家去，一会儿说给老公做生意用，意图已经明了，陈阳阳已经看出酒店的败象，她要取回这笔钱。赵桂花冷冷地说：“小陈啊，这几年我对你不薄吧。你怎么能在我最需要钱的时候来为难我呢。”

“赵老板，我不是为难你，我是要拿回我自己的钱。”赵桂花越是那样说，陈阳阳就越是担心，就越是坚定了要取回钱的决心。

“小陈，要不这样，你买汽车的钱我来想办法，余下的钱我分批给你。你看怎样？”赵桂花想，暂时不能和她闹僵，闹僵了，传出去事情会变大。

“也好吧。赵老板，汽车我已看好，就这几天你先给我三十万。”陈阳阳看看也只能这样了，心想，如能先拿到三十万也好，余下的一步步来。她见赵桂花面色不好看，虎着脸不说话，便说：“赵老板，我先忙去了。”

陈阳阳来到楼下的吧台里，继续想着钱的事。看赵桂花的样子，这些钱在短时间内要想全部拿回，恐怕有困难。看来，有可能要和赵桂花撕破面皮了，而且得做好离开这里的准备了。幸亏这几年多了一个心眼，多长了一只手，否则，就可能白做几年了。正想到这，杜美玲走了过来。见陈阳阳想入非非的样子，笑着问：“阳阳，在想什么呀？”

陈阳阳眼前一亮，心想，你来得正好。看来，这事单枪匹马还不行，得有帮手。从种种迹象看，金鑫大酒店可能已病入膏肓了，这里不能再待下去了，得想尽一切办法把钱要到手。她朝杜美玲招招手，说：“美玲，你过来，在里面坐一会儿。”等杜美玲来到里面和她并肩坐在一起时，她继续说：“美玲，你有没有发现，这几天来讨钱的人越来越多了。”

“就是呀，我就是为了这个来找你的。阳阳，我看这酒店不正常。你看老板、老板娘整天不见影，哪有这样管理酒店的。”杜美玲自从发现陈阳阳和杜士坤偷情的事后，两人的距离却反而变得更近了。

陈阳阳说：“谁说不是，我看我们的钱放在老板娘那里不安全。实话和你说，我刚从赵桂花那儿来，我就是去向她要钱的。”

“真的？我也想去要，就是不好意思开口，毕竟我是跟在她身边时间最长的人。”

“有什么不好意思的，钱是我们自己的。”

“可总得找个理由啊。在她困难的时候去要钱，总有点说不过去。”杜美玲想，现在去要钱，总有点不仁义。

陈阳阳说：“你说她困难吗？她要是真没钱了，那你的钱就不要了？要说说不过去的应该是他们，是他们夫妻俩没有好好经营酒店。至于要钱的理由嘛，我去要钱的理由是买汽车。”

“对，我也说要买汽车。”杜美玲想，陈阳阳说得对，如果她真没钱了，我们的钱难道就泡汤了？想到这里，杜美玲的背上惊出了冷汗。

“不行，你还是找个其他理由。如果也说要买汽车，赵桂花会以为我们俩是串通好的。”

“那我说要买房子。”

“嗯，这倒是个理由。”说到买房子，陈阳阳有些小得意，幸亏自己下手早。

杜美玲突然想起什么，凑近陈阳阳，轻声说：“阳阳，你还有一条路，可以去向杜老板要。”

“你这死妮子，欠揍。”陈阳阳脸一红，在杜美玲大腿上拧了一把。接着她正经说道：“他呀，自身难保。我估计他自己也欠下了不少债。所以，我们得赶快要回我们的钱。”

二

事不宜迟，杜美玲次日就去了赵桂花那里。来到办公室门口时，她心里有些忐忑，举第三次手时才敲了门。进门后她支支吾吾说：“赵老板，我找你有点事。”

赵桂花坐在那儿正为钱的事发愁，见杜美玲的神情有些怪异，心里就不爽，面无表情地说：“小杜，有什么事尽管说。”

赵桂花心里一怔，杜美玲不会也是来要钱的吧。这一阵她有些敏感，见到每一个人都怀疑是来要钱的。

“赵老板，我，我想来拿些钱。”杜美玲的初衷是来要回所有钱的，可话出口时又变成“想来拿些钱”了。

果然是钱的事，真是见鬼了，这几天怕什么来什么。赵桂花马上拉下脸来，说：“杜美玲，你和陈阳阳是不是商量好的，昨天她来，今天你来？”

“没有，没有。赵老板，我是因为要买房子才来向你要钱的。”

“一个要买车，一个要买房。好啊！在我最需要钱的时候，你们一个个要来拆我的墙脚。我看你们都是白眼狼！一个个都给我滚！”赵桂花火冒三丈。

杜美玲吓得一时不知说什么好，愣在那儿走也不是，不走也不是。走，还没得到答复。不走，又得不到答复。过了一会儿，大概赵桂花意识到不该发这么大的火，毕竟自己欠着人家的钱。她缓和了一下口气，说：“你走吧，我会考虑的。”

杜美玲来到楼下时，陈阳阳在等她的消息。她向她招招手，杜美玲来到吧台前，陈阳阳轻声问道：“我刚才看到你上楼去了，是去找老板娘的吧？”

“嗯，去了。”杜美玲的脸色有些难看。

“她怎么说？”现在是上午十点不到，没有客人，服务员还没有到岗，两人正好说话。

“她说她现在没钱。她怀疑我们俩去要钱是商量好的。我几乎是被她轰出来的。”杜美玲苦着脸、噘着嘴说。

“美玲，这更说明她已经没有办法了。所以，我们马上要采取行动。”

“怎么行动。除了继续向她要，还有什么办法。她如果真没有呢，那我们怎么办？”

“没有也要逼她想办法，让她借也要借来还给我们。我们的钱不能泡汤。她如不给，我们就联系其他员工一起罢工。再不行我们就锁门、就罢店。”陈阳阳似乎早就有了准备。

杜美玲听后吓了一跳，她看了看身后，没人，小声说：“阳阳，这行吗？真闹到这一步，我们今后还干不干了？”

“什么，你还想干下去吗？你看这个样子，我们还干得下去吗？”杜美玲虽然和赵桂花更加亲密，但酒店的内幕恐怕陈阳阳要比她清楚得多。陈阳阳继续说：“美玲，据我观察，刘正平平时虽然不声不响，一副谦卑的样子，但绝不是盏省油的灯。吴天民如有人管着压着，也许出格不到哪儿去，可杜士坤放开了手脚让他干，哪只猫儿不偷腥？况且他整天在鱼堆里混，不偷吃鱼才怪呢。你看看他现在的出手和派头，恐怕早就捞得盆满钵溢了。他们夫妻俩就更不要说了，一个个不务正业，哪里像开酒店的老板。从种种迹象看，酒店恐怕早就千疮百孔、漏洞百出，到了病入膏肓、不可救药的地步了。所以，这样的酒店，还有什么好留恋的？”

陈阳阳一口气说了一大串。还有她自己那一块，也是一个大窟窿，这个，她当然不会对杜美玲说。

“阳阳，经你这么一说，还真是这么回事。看来，也只能这样做了。只是有点对不起赵老板。”

“是啊，我也有这想法。平时赵老板对我还是不错的，我何尝不希望酒店能好好开下去。”陈阳阳没有说杜士坤对她也很好。她想想自己的所作所为，也对不起他们夫妻俩，对不起金鑫大酒店。她说完后一阵沉默。

杜美玲若有所思地看了陈阳阳一眼，心想，你说了那么多，恐怕你自己也干净不到哪里去。所以，这地方确实待不下去了。现在最要紧的是，要尽快拿到属于自己的钱。她朝沉默不语的陈阳阳说："阳阳，我们明天一起去。"

"好。明天去了，不管赵桂花什么态度，我们决不能退却。"陈阳阳果断地说。

杜美玲说："好，一言为定。如不行，就按你说的办，我们发动员工罢工。"

次日下午四时许，赵桂花刚在办公室坐下，陈阳阳和杜美玲就来敲门了。一看是她们俩，知道是怎么回事，赵桂花心里怔了一下。她想板面孔，一想不行，便马上换上一副笑脸，说："小陈、小杜，是为钱的事吗？"她指指沙发说："你们坐下说话。"

在赵桂花面前，杜美玲有些忐忑，脸红着不知怎么开口。可陈阳阳早就铁了心，她已经没有顾忌了，镇静地说："赵老板，我们是为钱来的。"

"小陈小杜，你们能否给我宽容几天呢。你们这样急，叫我一时到哪儿去筹钱。"赵桂花耐着性子说。

"那你也得给我们一个具体数字和时间。"陈阳阳知道赵桂花在敷衍她们，心想，不能上了她的当。

"小陈，你太过分了吧！难道你们要我写承诺书？你们想想，我平时对你们俩怎么样。你们去问问，哪家饭店的大堂经理有这么高工资的。我现在暂时有困难，你们不但不帮我，反而来为难我，这成何体统。你们的良心被狗吃了！"赵桂花的火终于憋不住了。

陈阳阳早就有了思想准备，不吃她那一套，淡淡一笑，说："赵老板，我们不会忘记你以前的大恩大德的，可这是两码事，我们现在要拿回我们自己的钱，这不过分吧。"

"对，我们要拿回我们自己的钱。"杜美玲跟了一句，她到现在还没说过一句话，感到有点说不过去。

赵桂花没想到，跟了自己这么多年的杜美玲，竟一下子冷漠如此。想想养了一只狗也不至于会这样。人世间，什么友谊啊、亲情啊，为了金钱，说翻船就会翻船。想想自己，今后还不知会是什么结局呢。想到这里，她不寒而栗。

赵桂花虎着脸，坐在那儿好一会儿才气呼呼地说："我现在没钱，你们爱怎么样就怎么样吧。"

陈阳阳心里哼了一下，想，你还真是死猪不怕开水烫呢。看来，今天谈崩了，她忽地站了起来，态度生硬地说："那好，我们走了。"

三

陈阳阳和杜美玲走后，赵桂花像泄了气的皮球，一下子瘫软在老板椅上。怎么办呢？如果两人真的闹将起来，风声传出去，来要债的人就会像多米诺骨牌一样向自己倒来。不行！还真不能和这两个死妮子闹翻。她想打电话给杜美玲，毕竟她跟了自己这么多年，平时两人的关系也很融洽，这次她一定是受了陈阳阳的鼓动才来逼钱的。但一想不行，即使杜美玲安抚好了，陈阳阳还是会鼓动其他人来讨钱的，看样子，这次她是铁了心，不肯善罢甘休了。所以，只有把她安抚好了，才能浇灭这刚燃起的火焰。这星星之火，是万万不能让它燎原的，否则，我就完蛋了，酒店就完蛋了。

赵桂花尽量让自己平静下来，她放下架子，心平气和地给陈阳阳打电话，让她马上去她的办公室。

在这个节骨眼上，赵桂花主动打电话她，陈阳阳有些意外，虽然答应了，可心里有些忐忑。想想自己过去的所作所为，心里总有些不踏实。但听赵桂花的口气，好像挺客气的，应该不会被她发现什么吧。她叩门进去时，赵桂花笑脸相迎。请她坐下后，起身泡了杯茶送到她面前。陈阳阳欠了欠身子，说了声谢谢。她见赵桂花一副谦卑的样子，心想，看来自己多虑了，便放下了心，但她告诫自己，在钱的问题上决不能让步。赵桂花坐回椅子，和颜悦色地说："阳阳，刚才我的态度不好，还请你多多原谅。"

"赵老板，刚才我们也有些冲动，也请你原谅。"陈阳阳边以礼相答，边对赵桂花察言观色，准备见机行事。

“小陈，你说说看，平时我对你怎么样？”

“赵老板，平心而论，你对我很好。”

“那为什么我现在有困难，你们不帮我一把呢？”

“赵老板，可我现在确实需要用钱呀。你和我不止一次说过，什么时候需要用钱，随时都可以拿。再说，我们要的是我们自己的钱，这是我们的权利呀。”

“这我知道。小陈，我不是说了嘛，我只是暂时有困难。这样，你宽限我一个星期，到时候我一定先替你解决买车的钱。”赵桂花几乎是恳求地说。

陈阳阳想，既然她这样说了，我再逼她，就是我的不对了。她站起来说：“赵老板，既然你这样说了，我就再等几天。十天之内，你先帮我解决二十万。”

“好的，小陈，我谢谢你了。”赵桂花笑容僵硬，心里像吃了苍蝇。

陈阳阳走后，赵桂花还想找杜美玲谈谈，一想算了，只要陈阳阳不来闹，她就不会来。

陈阳阳把情况向杜美玲说了，杜美玲说：“那我的事呢？”

陈阳阳说：“你别急，我估计她是缓兵之计。”

“那你还答应她？”

陈阳阳说：“说实话，她平时对我们确实不错，所以，我们也要给她留足面子。给了她面子，到时候她拿不出钱，那就全是她的不是了。”

杜美玲说：“这倒也是。我听你的。”

一个星期后，陈阳阳拿到了五万元钱，她朝赵桂花说：“还有十五万呢。”

赵桂花说：“那十五万还要等几天，不过你放心，我会想办法的。”

到了十天期限，陈阳阳没有再去向赵桂花要钱，而是和杜美玲商量罢工的事。陈阳阳把拿到五万元钱的事告诉了杜美玲，并说，还有她答应的十五万，不采取措施估计拿不到了。两人都认为，就凭两人形不成气候，掀不起浪，必须动员其他员工一起去要工资，要不到就罢工。

员工们已半年没拿到工资了，背后嘀嘀咕咕、议论纷纷，想去向赵桂花要，有的不好意思，有的不敢。令他们想不到的是，平时和老板、老板娘关系最密切的两位大堂经理要带头罢工讨工资。一开始，两人没有对他们说酒店已经负债累累。说罢工只是为了讨要工资。有些胆小的员工嘴上答应，可到了行动的时候却不见了人影。有些本来就不想干下去的人则立即响应。大家约好了，等赵桂花在办公室的时候，一起去讨说法。那天下午四时许，赵桂花从美容院回到办公室后，陈阳阳、杜美玲带领五六个人去敲响了她的门。

赵桂花一见进来了这么多人，知道事情闹大了。理智告诉她，现在不能发火，只能安抚。她勉强挤出一丝笑容，说："你们干什么呀，这么多人。"

陈阳阳冷冷地说："赵老板，你应该知道我们来干什么。"

见陈阳阳说话冲，赵桂花面露愠色，说："小陈，你是我最信得过的得力干将。你应该帮我做好他们的工作才对，怎么好带头来闹事呢。"

陈阳阳不卑不亢，说："赵老板，我们不是来闹事的，我们是来要工资的。"

"对，我们是来讨要工资的。"其他几个员工抢着说。

赵桂花发觉说错话了，窝了一肚子火又不好发作。她压了压心中的怒火，说："这样吧，你们先走，工资的事我马上想办法。"

一个胆子大的员工说："赵老板，我相信你会马上想办法的，但你得给我们个具体时间，是明天还是后天我们能拿到工资。你不给出具体时间，我们就不走。"

这下赵桂花爆发了，她一拍桌子，指着那员工说："放肆！我是你威胁的吗？"

这下，似乎把大家给镇住了。只有陈阳阳两臂交叉在胸前，有些不屑地微微一笑，她想开口时，杜美玲抢在了她的前面，说："赵老板，你别发火嘛，毕竟你欠着大家的工资。都半年多没发了，大家来要不很正常嘛。”

“就是呀，你不发工资我们怎样生活？”

“我们连买卫生纸的钱都没有了。”

一个跑菜的男员工说：“你不发工资，我们家孩子读书的伙食费也没钱交了。”

……

开始时被赵桂花的话吓住了，一旦有人开了头，大家就七嘴八舌抢着说。

赵桂花见镇不住大家，被逼无奈，只得耐着性子，硬着头皮说：“你们给我三天时间，三天之内，我争取把你们的工资发掉。”

“赵老板，不是争取，是保证，包括答应我们的事。”陈阳阳声音不高，却极具分量。

“好吧，我保证。”赵桂花面色难看，有气无力地说。

陈阳阳朝大家说：“既然赵老板有了保证，我们都走吧。”

赵桂花对陈阳阳、杜美玲恨得咬牙切齿。这两个白眼狼，看我怎样收拾你们。可她自己也不知道，拿什么去收拾她们。她现在要考虑的是，怎样防止她们来收拾她自己。所以得赶快想办法筹钱。她给自认为有点希望的人一个个打电话，求爹爹告奶奶，说哪怕解决十万八万也行。人家见她十万八万也成了问题，就更不敢借了，而且开始有人怀疑她的酒店是不是开不下去了。赵桂花没有了办法，尽量避免与员工们相遇。她想，陈阳阳、杜美玲她们暂时要不到钱，也就死心了，不可能会闹出更大的事的。

四

陈阳阳、杜美玲离开赵桂花的办公室后，并没有干等赵桂花的消息，而是立即商量、准备下一步行动。她们知道，赵桂花已到了山穷水尽的地步，不可能再筹到钱了。她们去做了两条横幅标语，并把商量的办法告诉了另一个平时负责迎宾的大堂经理和员工们。

到了第四天也不见赵桂花有付工资的迹象，陈阳阳、杜美玲她们没有再去找她，而是直接行动了。上午十时许，正是顾客上门的时候。三个大堂经理带领七八个员工在酒店门口拉起了横幅，开始罢工了。

来吃饭的顾客一见这阵势，有的转向去了其他饭店，有的打电话给赵桂花，问究竟发生了什么事。这时赵桂花还在床上，说没发生什么事呀。顾客说："赵老板，你快来酒店看看吧，你的员工们都罢工了，还说没发生什么事。"

赵桂花听后大吃一惊，吓得一骨碌从床上爬了起来。她知道这是陈阳阳、杜美玲她们在作怪，便边穿衣边骂人，她想骂这两个婊子养的，可一想到自己是怎样的一个人，便改口骂道："这两个畜生！白眼狼！"接着她又骂杜士坤："这个畜生！杂种！不知死哪里去了。"但骂又有什么用呢，得赶快去灭火。她穿好衣服后立即给杜士坤打电话，接通电话后，她先是骂了一通，然后叫他马上去酒店平息事态。

赵桂花风风火火赶到现场一看，她的员工们举着标语，站的站，坐的坐。两条横幅标语上分别写着："我们要工资、我们要吃饭！""向老板讨要血汗钱！"

酒店门口已聚有几十号人在看热闹了。

赵桂花傻眼了，她做梦也不会想到，她的员工，特别是她的两个最信得过、最得力的大堂经理，竟然会做出如此大逆不道的举动来。她失望、伤心至极。她强压住愤怒，拨开人群，走向陈阳阳，以乞求的口气说："小陈，快把标语收起来。给你们这一闹，还怎样做生意呀？"

陈阳阳已没有顾忌了，她说："可是赵老板，这不是我们造成的呀。你三番五次说给我们解决工资，我们也体谅你的苦衷，一次次相信了你，原谅了你，可你却一次次食言，我们也是没有了办法才出此下策的。"

赵桂花见陈阳阳已铁了心，再去劝杜美玲，叫她快把标语收起来。可这时的杜美玲，已开弓没有回头箭了，她说："赵老板，除非你现在把钱拿出来。再说，即使我撤离了，其他人也不会走的。”

赵桂花见没有了办法，就自己去收标语，可举标语的四个服务员哪里肯让她收。双方便抢夺起来。正当赵桂花寡不敌众的时候，杜士坤不知从哪里冒了出来。他不管三七二十一，上去就抢标语。两个男员工见状，便去和杜士坤抢夺。就在他们争抢标语的时候，赵桂花打电话报了警。这时，有一个女员工别出心裁，去里面找了一只不锈钢盆子和一把炒菜的铲子，来到场上边喊边敲：

“我们要工资！”当当当。

“我们要生存！”当当当。

“我们要讨还血汗钱！”当当当。

……

她敲几下，喊一声。喊一声，再敲几下。引得那些看热闹的人，发出阵阵笑声和怪叫声。连他们这些起事的员工们有的也捧腹大笑。

场外的路人越聚越多，人群、电瓶车、汽车，堵塞了酒店门前的整条马路。双方闹得不可开交的时候，警笛声由远而近，警察来了。警察一到，整个场面突然安静下来。警察一问情况，知道是为工资的事，不好过分责备员工。金鑫大酒店是有影响的企业，暂时不知内情，也不能责备。只好做和事佬，劝双方。可员工一方据理力争，说半年多没拿到工资了，不发工资，决不复工。赵桂花在众人面前要争回面子，说是因为应收款没到位才拖欠工资的，她现在正千方百计在筹集资金，争取在近期内把工资发掉。可工人们已不相信她的鬼话了，坚决不愿收场。

警察一时没有了办法，又不好来硬的。一个警察看到马路上越来越堵，突然来了灵感，他一脸严肃，指着马路朝员工们说：“你们看看，乱成什么样子了。你们这是扰乱社会秩序，再这样闹下去，我们可要带人了。”

陈阳阳可不吃这一套，说：“警察先生，这事不是我们引起的。你要带人可以，我跟你走，可赵老板她也得一起走。”

几个警察互相递了个眼色，想想也只能如此了。结果是员工方去了三个人，杜美玲还有一个男员工是主动要求去的，酒店方是赵桂花去的。他们一走，其他人就都散了。

到了派出所，陈阳阳他们坚决不让步，除非拿到工资，否则不复工，并说，这是他们的权利和自由。赵桂花也表态说，最近几天会想尽一切办法去收应收款，但不可能全部付清。最后在警察的协调下，双方达成协议，三天内付清工资的三分之一，可这期间员工不能闹事。

陈阳阳和赵桂花他们去派出所后，金鑫大酒店员工罢工闹事的情景，通过微信和微信视频传遍了田塍镇的街街巷巷、角角落落。金鑫大酒店和赵桂花，人们印象中高大上的形象因此一落千丈。怎么会弄到这种地步的呀，不是生意挺好的嘛。有的说，我早就知道会有这种结果的，你看杜士坤、赵桂花夫妻俩，哪一个是规矩人。经常去酒店吃饭的人说，我去吃饭时，难得看到他们夫妻俩在酒店的，你看人家开饭店，哪像他们的，这样的酒店不垮才怪呢。不管怎样说，这些都是闲话、风凉话，说说也就罢了，与他们没有丝毫的利害关系。要命的是那些借钱给赵桂花的人，开始坐卧不安了。连工资也发不出了，那借给她的钱还能有保障吗？

开始有人不断地给赵桂花打电话，询问酒店的情况。赵桂花知道会出现这种情况，所以也有了思想准备。她答复人家说，酒店没事，因应收款要到年底才能到账，员工的工资没有及时付清，所以有几个不懂事的员工吵着要工资。接下来她会说："我现在就差十万元钱，有了十万元，事情就可以摆平了。你能不能先借十万给我，帮我渡过难关。这笔钱等应收款一到，立即就还。"

赵桂花的话，有人信而更多的人则不信。信的人回答她说："我手里没钱，有的话就借给你了。"其实也就是不敢。不信的人当然是一口拒绝。

五

徐品华也打来电话问："老同学，怎么回事啊，怎么连工资也发不出了？”

徐品华听到消息后，着实吃惊不小。

有些人的电话赵桂花不敢接，而有些人即使不打来电话她也会打给他们。徐品华的电话来得正好，她说：“老同学，我现在遇到了难事，你快帮帮我吧。”

“怎么会弄到这种地步的呀。”徐品华还以为也就是工资的事，根本没想到酒店已经病入膏肓、不可救药了。

“其实也不是什么大问题，就因为外面应收款太多，所以工资一时不能发清。你如能帮我解决三十万元，就什么问题都解决了。”赵桂花的最大希望寄托在徐品华身上。

如果赵桂花开口十万八万，而且十万八万真能解决问题，徐品华也许会答应，可一开口就是三十万，他就怀疑不单是工资的事了。如果不单是工资的事，那么，即使给她三十万，恐怕也难填窟窿了。他真后悔给她打电话。他说：“我的应收款也不能到位，资金十分紧张，明天还准备去要贷款呢。”不等回答，徐品华就挂了电话。

徐品华也这个态度，还有谁能帮她呢。她心里难受极了，如三天内不能兑现在派出所的承诺，将会发生什么情况呢。她不敢再想下去了，她得赶快想办法。她试着给邹伟达打电话，说：“邹老板，我目前遇到了困难，你能马上给我解决三十万吗？”

邹伟达已从微信中知道了她那里员工闹事的事，有文、有图、有视频。他只知道金鑫大酒店的生意好着呢，哪想到会出这种事的呢。他以前已经提醒过自己，那么多材料款她还没给，虽说好作为借款给利息的，但也是无奈之下才答应的，因此再也不能借钱给她了。现在出了这种事，可能以前借给她的钱也不安全了。所以，她打电话给他时，他也以没有钱拒绝了她。

赵桂花又打电话给屠户金元郎。金元郎说：“赵老板，我连朋友的钱也借来给你了，我自己确实没钱了。”

赵桂花心里骂道，一个个没良心的东西，需要我的时候、想占我便宜的时候、要做我生意的时候，什么都好说，现在我有困难了，倒一个个比我还穷了。

现在的赵桂花，多么希望时间是静止的啊，多么希望太阳永远挂在中天不要歪西啊。她已急得像热锅上的蚂蚁了。怎么办呢，三天期限可是一晃就到的呀。她现在真正体会到了什么叫度日如年。她试着打电话向王轩求助。王轩出于同情，答应再借给她五万。五万，虽然杯水车薪，无济于事。但在到处求助无果的情况下，五万也使她感动得喉咙发哽，眼眶潮湿。

虽然又打了好几个电话，可再也借不到一分一厘了。她也想过打施玲芬的电话，可几次揿好了号码还是放弃了。她怕引起恐慌，会招来更大的麻烦。可你越是怕鬼，鬼越要来敲门。施玲芬打电话来了，她说姐妹们都知道员工闹事的事了，并说她们都担心钱会出问题。其实，更担心的是她施玲芬。赵桂花心里有些恼火，说："大姐，我这么大的酒店开在这里，会出什么问题呀。"她想再解释一下，可听施玲芬的口气，解释了也借不到钱，所以还是放弃了。她想，你们拿利息的时候一个个眉开眼笑，现在见我穷途末路了，不但不来帮我一把，不为我担心，反倒先担心起自己的钱来了。到时候我的酒店关门了，你们一个个也没有好日子过。

徐品华打过赵桂花的电话后，心里总感到不踏实，他想了解酒店的真实情况，便打电话给陈阳阳。陈阳阳告诉他说："徐老板，我们已经半年多没拿到工资了，你说酒店的情况会好吗？"其实，陈阳阳对酒店的情况也是一知半解。可以说，酒店的真实情况谁都不清楚，包括她赵桂花。

徐品华说："小陈，你能说具体点吗？"

徐品华一直以为他是最了解金鑫大酒店和赵桂花的，现在看来，他错了。

陈阳阳说："徐老板，具体情况我也不清楚，但从种种迹象看，酒店好像开不下去了。"

陈阳阳确实不清楚具体情况，她也不可能知道，她只知道她自己的具体情况。

“什么？酒店开不下去了？”徐品华想，这不可能吧，也许他们要闹事才故意这样说的。他觉得有必要劝说她几句，便说：“小陈，你是大堂经理，是酒店的骨干，赵桂花、杜士坤平时对你不薄。你应该带头帮助他们开好酒店才对，怎么能带头闹事呢？”

陈阳阳说：“徐老板，你说的我都懂。可工作再好，做了拿不到工资，什么大堂经理啊、骨干啊，这一切又有什么意义呢。我们不是义工，是打工者，是为工资而来的。徐老板，你说是吗？”

这下徐品华不好再说什么了，再说就是空洞的说教了。可他还是说：“小陈，我还是希望你能带个头，不要再罢工了。酒店开好了，才能拿到工资。”

“谢谢徐老板的教诲。赵老板已经答应我们了，三天内会付给我们三分之一的工资，等拿到了钱，我们一定会好好干的。徐老板你放心，我们有分寸的。”陈阳阳对徐品华还是很尊重的，她认为他是个有文化、有教养的老板。

“这就好。”徐品华想，话只能说到这里了。看来，情况并不像自己想象的那样简单。

六

杜士坤去做陈阳阳的工作，叫她不要再带头闹事了。陈阳阳说：“杜老板，你以为我喜欢闹事吗？我们不闹可以，可你给我们工资呀，把钱还给我呀。”

杜士坤低声下气说：“我的小祖宗，看在我的面上，你也不应该带头闹事呀。”

“杜老板，你说反了。应该说，看在我的面上，你也应该先解决我的工资。要不这样，你想办法把我的钱先解决，我就去做他们的工作。”

“小陈，可你们罢工闹事也不能解决问题呀。”

“可不闹更不能解决问题呀。”

看来陈阳阳是劝不回头了。杜士坤虎着脸说："好吧，你们闹吧，看你们能闹出什么结果来。"说完，气得一跺脚走了。

三天期限转眼到了。赵桂花没有兑现在派出所的承诺，员工们只好再次罢工。这次罢工的阵势比上一次更大，员工们不但拉出了标语，而且敲盆子的人从一个增加到了三个，参加的人员不但有酒店员工，而且还来了员工家属，陈阳阳和杜美玲的老公和孩子都来了。他们已无所谓别人的看法和评论了，他们希望影响越大越好，他们自己拍视频通过微信发到朋友圈里。一传十，十传百，不到半小时，这事就传遍了田塍镇的大街小巷，甚至传到了更远的地方。

施玲芬看到微信后，心里恨得直骂陈阳阳、杜美玲等人，骂她们忘恩负义，骂她们是搞骚精。她一边骂一边开车赶到金鑫大酒店。现场早已围满了人。赵桂花和杜士坤两人站在那里干瞪眼，急得束手无策。赵桂花见施玲芬来了，见到救兵似的，哭丧着脸说："大姐，你快帮我劝劝他们吧。"

员工罢工，酒店停业，今后的利息和本金还怎么拿？上次听说罢工的事，施玲芬就窝了一肚子火，今天居然再次闹事，她早已火冒三丈，哪还有耐心劝说，而是直接开火。她朝陈阳阳说："陈阳阳！你们的良心被狗吃了！赵老板平时对你们那样好，你们竟做出这种下作的事来！你们聚众闹事，这是犯法！"

陈阳阳倒是没有发火，她淡然一笑，说："施老板，你批评也好，骂也好，可我不生你的气。我且问你，你知道酒店的真实情况吗？你知道我们有多长时间没拿到工资了吗？你是饱汉不知饿汉饥，你每个月能来这里拿钱，可我们呢。施老板，我也不想多说，说出来有损你的形象。你一边去站着吧。"

这话比打脸还重，施玲芬闹了个大红脸，再也没有了下文，十分尴尬地闪到了一旁。施玲芬每个月去领利息，有时候刘正平不在，就直接在吧台上向陈阳阳领，这是赵桂花吩咐过的。现在施玲芬当众教训她，她还是给她留了面子，没有说出更难听的话来。

施玲芬一闪开，敲盆子的人又开始敲了起来。酒店的门前场地和前面的马路上围观的人越来越多。杜士坤没法，只好闪到一旁报了警。

警察姗姗来迟。看看此情此景，一时也没有好的办法，只好先把马路上的人群劝散，然后再去做陈阳阳他们的工作。可陈阳阳他们理直气壮、据理力争，丝毫没有退让的意思。警察好说歹说都不行，最后只得让步。同意他们先罢工，但不能在外面闹，因为这影响交通，影响社会治安。如再闹下去，性质就变了，而且答应做杜士坤和赵桂花的工作，争取早日发放工资。为了给警察面子，陈阳阳同意撤到室内，但标语得拉在门外。

其实，警察说同意他们罢工，说与不说，没多大的区别，同不同意，也没多大意义。员工愿不愿意上班，是他们的自由，谁也管不着他们。

到了第二天，见没有任何说法，陈阳阳他们干脆把大门也锁了。带头的是陈阳阳，杜士坤不能来横的，咬碎了钢牙只能朝肚里咽。没办法，只得再次报警。警察说叫我们有什么办法，他们讨要工资合情合理，合理合法，你们拖欠工资倒是违反了劳动法。

赵桂花想发动刘正平、吴天民等人帮助维持秩序，或者干脆和罢工的员工来硬的。可他们也希望尽快拿到工资，更主要的是他们自己身上有一屁股的屎，担心引火烧身，所以，一个个避之不及，哪还有他们的影子。

赵桂花实出无奈，再一次拨通了徐品华的电话。想让他伸出援助之手，她乞求说："老同学，现在只有你能帮我了。你在办公室吗？我马上过去。"

"你别去，我在外面有事。再说，我也资金紧缺，帮不了你。"徐品华知道她要去他办公室的用意。

"你若不帮，酒店就死路一条了，到时候，你也只好跟着一起倒霉。"口气不再乞求，还带有威胁了。

徐品华听了脊背生凉，难道她真的山穷水尽了？他说："赵桂花，你这是什么意思？你如实告诉我，你身上究竟有多少债务。"

"没有多少呀，除了你那儿的，还有邹伟达那儿有一点材料款，施玲芬有一点。加起来不满一千万。”

“一千万？你说得倒轻巧。赵桂花呀赵桂花，一千万，不是一千元啊。这么些年你们在干些什么呀？居然还有一千万债务。”徐品华意识到，自己可能真要跟着倒霉了。

“不是搞了宴会大厅的扩建工程嘛。”

徐品华想，即使有一千万债务，对金鑫大酒店来说，也不是天塌下来的大事，经营得好，三到五年就能搞定，关键是要好好经营。可这几年的观察，他已发现，那夫妻俩不是这个料。所以，钱是万万不能再砸进去了。他说：“我已说过，我也缺钱。”没等回答，他就断了电话。

赵桂花又打了几个人的电话，他们有邹伟达、施玲芬、王轩、金元郎、高淳正，甚至社区的王副书记。她现在不再躲躲闪闪了，干脆在电话里挑明了，你们如不出手相帮，不把那些闹事的员工摆平，大家一起完蛋。

那些接过她电话的人，一个个听得毛骨悚然。她赵桂花完蛋了，金鑫大酒店完蛋了，那么，借给她的钱不也就完蛋了？继续借钱给她拯救酒店？可现在还有谁敢借钱给她呀。金鑫大酒店员工罢工的事，在田塍早已闹得满城风雨，家喻户晓。不但接到她电话被求助的人，还有那些没有接到她电话的所有债主，一个个开始惶惶不安了。

田塍，一股生成轩然大波的暗流，已经开始涌动了。

第十四章

一

金鑫大酒店开开关关，半死不活。陈阳阳、杜美玲一开始想用罢工的方式逼赵桂花想办法筹钱，能逼多少是多少。赵桂花也确实想了办法，求了许多人，可没有一点成效。即使去收了一点应收款，但扣除水电费后，就所剩无几了，根本不能应付目前的局面。这期间，每天都有债主上门逼债。杜士坤、赵桂花要么躲着不见面，要么一副死猪不怕开水烫的样子，说："现在没钱，要等酒店赚出来了才有。"

陈阳阳、杜美玲看看没有了半点希望，只好采取进一步的行动，干脆把酒店的大门也锁了起来。这一锁，就把所有债主的希望全部锁住了。

这是公元 2018 年元旦后的一天。吃过中饭，徐品华去浴室泡了个澡，他开了个包房，想好好睡个午觉。刚躺下，手机就响了起来。一看是邹伟达打来的，不知何事，OK 键刚按下，声音就传了过来："徐老板，你在哪里呀？"

"我在浴室。"徐品华说，"什么事，听你的声音这么着急？"

"你怎么还有心思洗澡呀。快过来！出大事了！"

徐品华一下子坐了起来，说："快说！出什么事了？"

"金鑫大酒店出大事了。你快来酒店吧，来了就知道了。"

"究竟出什么事了？你不说清楚，我不过去，我要睡觉呢。"徐品华又躺了下去。能有什么事？不就是员工闹事嘛，不可能会是杀人放火的事吧。

“徐老板，你快来吧，这里在登记债务，已聚集了好几十个债主了，都已登记到三千多万了！”邹伟达在电话里大喊大叫。

“什么？好几十个人？三千多万？你在和我开玩笑吧？”徐品华一下子又坐了起来。他的手都在发抖了。

“都什么时候了，我还有心思开玩笑吗？”邹伟达说，“你快过来，人越来越多了，不要忘记带好借条。”

徐品华的手机还没放下，又响了起来，一看是妻子的，估计也是为这事。一接，果然是。妻子急得快哭出来了：“品华，你在哪里呀？快去登记呀，听说已经四千多万了。”

“你先别急，不可能有这么多的。我马上回去。”徐品华安慰妻子说。

这下徐品华相信了，真出大事了。他的心狂跳着，完了完了，这下完了。他三下五除二穿好衣服，去吧台付过钱，向门外奔去。车子发动后，他猛踩油门。宝马车像被狠狠抽了一鞭子，向前猛地一蹿。徐品华吓了一跳，一脚刹车，车子猛跳一下，停了下来。徐品华让自己镇静了一下，然后点了一下油门，向家里驶去。

徐品华回家拿了借条，来到金鑫大酒店时，大门口已停满了汽车、电瓶车、三轮车，甚至还有自行车。他把汽车停在一个安全的地方，然后风风火火走进酒店的大门。

大堂里冷冷清清，就一个平时负责看车的老头坐在沙发上。是赵桂花吩咐他在这里看东西的。

徐品华问他：“人呢？都在哪里？”

“在二楼。”老头面无表情，没有多余的话。

徐品华直奔二楼，刚到楼上，就听到了那个最大的包厢里传出来的吵闹声。走廊内三个一帮、四个一堆站了许多人。他来到包厢里一看，当即就傻眼了，黑压压一片挤满了人，足有五六十个。里面人声嘈杂，烟雾腾腾。

邹伟达见徐品华来了，赶快迎上去说：“徐老板，出大事了，四千多万了。你也快去登记吧。”

徐品华脸色突变，心怦怦直跳，说："真有这么多？"

"不是真有这么多，而是可能远远不止这么多。"邹伟达的脸色十分难看，说话喘着粗气。

可坐二十个人的大圆桌上围满了人，有坐的也有站的，一个个愁云满面。面对门口坐着面容有些憔悴、表情凝重的朱秀华，在埋头认真做着登记，她旁边的刘正平脸色灰暗，表情十分复杂，在帮她查对核实借条。朱秀华后面挤满了手持借条的人，一个个在等着登记。与她相隔五六个人的地方，坐着一脸苦相的赵桂花。她头发蓬乱，面色苍白，完全没有了往日光彩照人的靓丽容颜。赵桂花后面站着好几个满面怒容的人，有男的也有女的。大概是担心她跑掉，在看着她。这么多人这么多钱，现在已真相大白。赵桂花平时哪里是在借钱开酒店，到后来，完全是在以酒店为平台骗钱，尽管她很想把酒店开下去。

几十个人中，有徐品华认识的，也有不认识的。认识的人相互打个招呼，不认识的人面无表情地看他一眼。施玲芬、周如梅、钱娟、沈梦梦、高淳正他们都在，真没想到，原来他们都借钱给赵桂花了。陈阳阳、杜美玲等几个服务员也在。现场所有人都不希望再有人来了，多一个人就意味着债务又要增加一笔数字。朱秀华听到徐品华的声音，抬起头来和他招呼："徐老板，你也来了？你一来，可能又要增加一大笔了。这么大的数字，我写字的手都在发抖了。"说完，继续伏案登记。四十岁不到就华发早生的朱秀华，这几天像突然染上重霜一样，头发一下白了许多。

徐品华朝赵桂花看过去，正好她也在看他，他狠狠地瞪了她一眼，她马上又低下头去。他来到朱秀华的后面，排队等着登记。排在他前面的是几个中老年妇女，有十万的，也有五万的。他想，真作孽啊，连老年人的五万元也骗去了，骗这么多人这么多钱，我以前怎么就一点也没发觉呢。他又狠狠地朝赵桂花看过去，她像瘟鸡一样低着头，一动也不动地坐在那儿。轮到他时，他从口袋里掏出借条递给刘正平，然后朝朱秀华说："朱会计，一共三百八十万。"

朱秀华知道他肯定是一笔大数字，没想到会这么多。她惊讶地抬头看了他一眼，说：“徐老板，这么多钱，可怎么办呢。”

徐品华无话可说，苦笑着摇了摇头，他让朱秀华登记好后，收回自己的借条。他刚登记好，见王轩从外面走了进来。王轩也是接了邹伟达的电话赶过来的。邹伟达并不知道赵桂花向王轩借钱，他见赵桂花向这么多人借了钱，知道王轩不可能会躲过一劫，便给他打了电话。王轩一进门就大呼小叫说：“要死了，怎么这么多人呀。”他扫视了一下圆桌上的人，看到赵桂花时，她正偷眼在看他。他大声说：“要死了！赵桂花！这么多人都是借钱给你的吗？”赵桂花的头又低了下去，再也不敢看大家。

徐品华见王轩也来了，就想到了另外一个人。他的目光四下搜寻余光迪，没见到，不知是没借钱给赵桂花呢，还是不知道这里在登记债务。他想打个电话给他，想想还是算了，这也不是什么光彩的事，这么多人在这里，来了有损他的脸面。如果借了，过了这个时间登记也不迟。徐品华后来问余光迪时才知道，赵桂花确实去向他借过钱，去过他办公室也打过他的电话，可他没有被她忽悠。余光迪对他说：“我怎么会借钱给她呢？徐老板你不想想，这么高的利息，借出去的钱会安全吗？再说，那楼房是经过我的手卖给她的，我如借钱给她，人家知道了，会怎么想怎么说？我才不做那傻事呢。”

在一片乱哄哄中，有人在喊赵桂花，赵桂花见是她的娘家亲戚，起身要出去，可旁边的人不让她走。她一脸苦相说：“我又不逃走，要逃我早就逃了，要等到今天？再说，我还要把酒店开下去呢，不开下去，哪来的钱还给你们。”

众人听后，一时无言以对。赵桂花出门后，和娘家亲戚一起向她的办公室走去。有人不放心，跟了出去，在楼梯口守着。

二

现场的人登记得差不多了，大家七嘴八舌又吵开了。有骂自己的，说怎么昏了脑袋，把钱借给了这个狐狸精。有骂赵桂花的，说这个骗子，骗了这么多钱，早晚遭天打五雷轰。骂到后来，不知谁提起了利息的事。有人说，早几年借给她的人，利息可能拿得差不多到本了，我是今年上半年才借给她的，一分钱的利息也没拿到，真是冤死了。慢慢地，就有人问起别人的利息是多少，一问，多数是年息二分，个别的甚至有年息三分的。

周如梅、钱娟、沈梦梦等人听后，你看看我，我看看你。周如梅问旁边的几位说："怎么，你们的利息都是年息二分？"

旁边的几位说："是啊，我们都是二分息呀。你呢，难道你的是三分息。"

周如梅朝钱娟、沈梦梦、施玲芬说："不对呀，我们的怎么是一分息呀？还算是姐妹相称呢，这不是欺人太甚了嘛。虽然我们当时也不是为了利息借钱给她的，但做人也不是这样做的呀。"

钱娟说："就是呀，这也太不像话了。"

沈梦梦说："不行，她得对我们有个说法。"

施玲芬红着脸说："是得有个说法。"

这时，不知谁说了一声："咦，赵桂花怎么去了这么长时间还不回来，不会逃走吧。"

施玲芬马上接上去说："不能让她逃掉，我去看住她。"

"对，去把她看住。"旁边一个老年妇人说。

赵桂花和她的娘家亲戚一起回办公室后，娘家亲戚说："桂花，你这办公室好气派啊。"娘家亲戚第一次来这里。她东瞧瞧西看看，见通向里面的门半开着，一缕幽香飘进她的鼻中，她感到好奇，不请自进来到里面。她看着香烟缭绕的佛坛，心里感到好笑，对跟在旁边的赵桂花说："桂花，还在每天烧香拜佛？"

"婶，让你见笑了。"按辈分，赵桂花比她小一辈。

婶没说什么，来到外面后从口袋里拿出一张纸条，交给赵桂花，说："桂花，我这里还有一张借条呢。"

"婶，那你去登记呀。"赵桂花心情不好，说话有点冲。

赵桂花没接婶的借条，婶只得暂时把它收回。

婶眨了眨小眼睛，说："桂花，我想让你再写一张五十万的借条。"

赵桂花马上拉下脸来，说："婶，你这是什么意思。我已经到这个地步了，你这不是趁火打劫吗？"

婶皮笑肉不笑地说："桂花啊，我这是为你考虑，那五十万的借条，我去登记好后就还给你，由你自己保管。"

"什么意思？"赵桂花一时没转过弯来。

婶神秘兮兮说："桂花你想，你欠了这么多的债，你一时能还得清吗？今后一旦酒店破产，或酒店开下去每年凭借条分利润，凭这张借条，你不也能分得一份吗？"

赵桂花恍然大悟，脸上马上活泛起来，笑着说："婶，我怎么没有想到呢。还是你聪明，已为我想到后一步去了。"

婶长得娇小玲珑，小鼻子、小眼睛、小嘴巴。嘴唇薄哓哓，说话轻飘飘，她是赵桂花娘家亲戚中出了名的刁钻角色。

"桂花你说，这不是婶为你好吗？"婶嘿嘿嘿地看着赵桂花的脸笑。

赵桂花得到启发后想，我何不来个一不做二不休，多写几张呢。她朝婶说："婶，既然这样，一张是写，两张也是写，我就再写几张，你帮我一起去登记。你就说别人走不开，叫你带来登记的。"

婶笑着说："好啊，这下你算开窍了。"

赵桂花起身去把门上好保险，然后回到座位上，一连又写了五张借条。这些借条上的名字，都是她凭空捏造的。借条上的年份有远有近，数字有大有小。连刚才的一张共六张，总金额三百万。她把那些借条折了几折，故意弄了些折皱，然后交给婶，说："婶，快去登记吧。登记好后把那些借条来还给我。"

婶拿了借条后没有立即走，一副欲言又止的样子。赵桂花疑惑地看着她说："婶，还有事吗？"

婶欠了欠嘴角，笑容有些僵硬，说："桂花，我那张十万的借条能否给我换成五十万的。"

"噢，好的。"赵桂花尽管老大不愿意，但还是替她重写了一张。

赵桂花起身刚要把婶送走时，外面有了敲门声。两人同时吓了一跳。赵桂花立即去把门打开，站在门外的是施玲芬，赵桂花涨红着脸说："大姐是你呀，快请进。"她心里扑扑直跳，不知道刚才她与婶的话施玲芬有没有听到。

婶也警惕地看了一眼施玲芬，然后对赵桂花说："桂花，我走啦。"

三

两人神色都有些慌张。赵桂花不知道施玲芬在外面站了多久。施玲芬对大家说是来看住赵桂花的，其实她是有要紧事急着来给她说的，所以刚来到门口就敲了门。

施玲芬一到里面，就反身把门关上。赵桂花见她神情异样，不知她要干什么，疑惑地看着她。施玲芬说："老五，利息的事你没和她们说过吧？"

"什么利息的事？她们是谁？"赵桂花现在脑子里一团乱麻，一时没反应过来。

"我在老二老三老四身上拿一半利息的事，你没对她们说过吧？"

"我没有和她们说过呀。"赵桂花想，你拿利息的时候开心，现在却担心起来了？

施玲芬似乎放下了心，说："这就好。老五，这可千万不能说出去的啊，否则，我就不好做人了，我会被她们骂死的。"

其实，施玲芬应该早就知道了，她每个月去刘正平或陈阳阳那儿拿利息的时候，他们会不知道你拿的是什么钱吗？赵桂花会不告诉他们吗？只是他们根据赵桂花的吩咐，不告诉别人罢了。但现在出了这么大的事，他们还会守口如瓶吗？那天陈阳阳他们罢工，你去训斥陈阳阳时，她不是已经把你反驳得闹了个大红脸吗？

"好的大姐，我知道了。"这时，赵桂花心里有些看不起她，心想，我无奈之下借了这么多钱，现在被千人骂万人唾。嘿，我看你比我也好不到哪里去。

"老五，现在她们已经知道，你借钱的利息都是二分息，甚至三分息，她们要是问起你，你怎么说呢？”施玲芬还是不放心。

“你放心，我知道怎样说的。”赵桂花有些不耐烦，她不想再纠缠这个问题。她现在要面对的是天塌下来的大事，而不是这些对她来说是芝麻绿豆的小事。

“老五，你不会跑哪儿去的吧？他们都担心你会跑掉。”施玲芬见她不耐烦，换了个话题小心翼翼地说。她既然对大家说来看住她的，等会儿回去后，总得有个说法。

“我会跑哪儿去？我身上没有钱，我能跑哪儿去？你叫他们放心，要跑我早就跑了。”赵桂花睥睨了她一眼，心里说：嘿，他们都担心，难道你不担心？

两人沉默了一会儿，施玲芬见没什么好说的了，便起身告辞。还真是无巧不成书，施玲芬刚要开门时，突然响起了敲门声。心中有事的施玲芬着实吓了一跳。

没等里面叫请，门就被猛地推开了。进门的是徐品华、邹伟达、王轩、高淳正四个人。

施玲芬心里虚，以为是周如梅她们为利息的事来问赵桂花了，一见是他们，狂跳的心才慢慢平静下来。她勉强笑了笑，对徐品华说：“徐老板，你们来了，我就走了。”没等回答，就出门去了。

徐品华登记好债务后，与邹伟达、高淳正、王轩几个熟悉的人站在一起议事。都说怎么会出这种事的呢。说怎么也想不到她会借这么多钱，涉及这么多人，真是该死。高淳正说：“走！去看看她！先给她点颜色看看，解解恨再说。”

“去，我们一起去。”邹伟达说。他现在肠子都悔青了，怎么会上她这个当的呢。

高淳正、邹伟达向外走的时候，徐品华担心出事，朝王轩歪歪嘴，说：“我们也去。”

见其他人也要跟去，徐品华说：“我们去商量事情，你们暂时就别去了，人多了反而不好，等会儿我们把她叫来。”

见是徐品华他们几个，赵桂花稍稍放下了心。现在她见谁都胆战心惊。

“老同学啊，你还这么定心坐在这里？我真佩服你。你去看看，都吵翻天了！”徐品华越说越响，“你不是说不会超过一千万的吗？原来你一直在骗我啊！你还是个人吗？”他虎着脸，在办公室里狂怒地来回走着，发现墙上挂着他的一幅《雨游菱湖湾》的书法作品，便一把扯下撕得粉碎，伸手一扬，纸片纷纷扬扬落了一地。他闻到有一缕淡淡的焚香味，知道是从里面飘出来的。他怒气冲冲来到里面，使劲把佛坛掀了个底朝天，佛坛上的香炉、电蜡烛、焚香及经书等稀里哗啦摔了一地，财神和观音两菩萨摔了个粉碎。

听到响动，赵桂花冲到里面，朝徐品华说：“你干什么呀！”

“你这个骗子！你还想用这一套来骗人吗！”徐品华狂怒着说。

高淳正早就窝了一肚子火，想狠狠地痛骂赵桂花一通，但看在她老同学徐品华的面上，一开始还有所顾忌，现在见徐品华动了手，直接上去就是两个耳光，打得赵桂花天旋地转，两眼直冒金星。赵桂花两手捂着脸，呜呜地哭了起来。

面色铁青的王轩说：“赵桂花！你哭什么！你再风光呀，你昔日的风光跑哪儿去了？真想不到，你原来是个骗子。我为有你这个同学感到可耻！”

“在这里打你还是轻的，到了众人面前，我们一动手，大家不把你打成肉酱才怪呢。”邹伟达真是有苦难言，心想，今生今世怎么会遇上这个狐狸精的。

赵桂花止住了哭，央求着说：“看在过去的交情上，到了大家面前，还请你们帮帮我。”

徐品华恶狠狠地说：“还帮你呢，我恨不得把你撕烂！”

赵桂花可怜地看了他一眼，心想，难道你一点也不念旧情了？白了他一眼。她动了动嘴，想说些什么，可看看大家，终究没说出来。

过了片刻，徐品华说：“赵桂花！你的房产证呢？拿出来给我！”

“我把这大楼抵押在银行里了，所以，房产证在银行里。”赵桂花哭丧着脸说。

“你呀！我真想揍你！”徐品华握紧拳头朝赵桂花扬了扬。

赵桂花吓得连连后退了好几步。

“我还想问这个事呢，当时你给我写承诺书的时候说，到时候还不出钱就用房子抵押。当时我怎么没想到向你要房产证呢。”邹伟达朝赵桂花说。他突然醒悟似的朝徐品华说：“徐老板，你向她要房产证，难道她也给你写了承诺书？”

“是啊，给你也写了？”徐品华眼睛瞪得老大。

“对啊，我今天还带来了。”

到这时大家才发现，赵桂花把酒楼的房产一女多嫁，可能不知承诺了多少人呢。邹伟达上去一把扯住头发，把赵桂花使劲一拉又狠狠地一推，说：“我真想生吞活剥了你！”

赵桂花又一次呜呜地哭了起来。

还有什么好说的呢，再说下去还有什么意义呢。四个受骗的大男人摔门走了出去。

四

施玲芬走出赵桂花的办公室后，没有马上离开，她不知道四个大男人在这个节骨眼上来干什么。她在门外听了一会儿，原来他们是来兴师问罪的。她不敢久留，悄悄离开了。她现在心里乱得很，她想，一旦利息的事穿帮，我还有脸面对周如梅她们吗？我还怎么在田塍这三尺地皮上混？她越想越担心。她担心她们问起这事，也担心她们去问赵桂花。虽说赵桂花已答应她的请求，但她现在自身难保，还会顾及我的脸面吗？她越想越害怕。她很想知道事情将朝什么方向发展，可她又不敢再回到大家中间去。她想把手机关掉，可又不敢。她现在像赵桂花一样，就担心自己的手机突然响起来。她忧心忡忡地离开了酒店，回家去了。

周如梅、钱娟、沈梦梦三人越想越生气，越说越恼火。算什么结拜姐妹，闲人都不如。如果也像别人拿了二分利息，也许本金差不多就拿过一半了。周如梅说："大姐也真糊涂，当时动员我们借钱给她的时候，怎么不问问清楚。"

钱娟说："恐怕老大也不知道赵桂花向这么多人借了钱。再说，当时我们也不是为了贪赵桂花的利息，我们是为了帮助她开酒店，哪知道会是这样的。"

沈梦梦说："要知道会是这样，即使割袍断义我们也不会借钱给她的。"

周如梅说："等大姐来了，我们一起商量商量，去找赵桂花算账。"

"算什么账？要她补利息吗？连本金都拿不到了，你还想要利息？"想到连本金都拿不到了，沈梦梦心痛得直想哭。

"这个臭婊子！我们怎么这么倒霉，交上她这个妹子。"钱娟气得爆起了粗口。

沈梦梦说："大姐也真是的，要借她自己借，怎么来动员我们也一起借给了这个骗子。"

钱娟说："这不能怪大姐，我们姐妹哪个有困难，大家相帮也是应该的，谁知道赵桂花是个骗子。"

"不管怎样，赵桂花总得有个说法。我来打电话问，否则我出不了这口气。"周如梅气呼呼地说。

三个人一起来到外面的走廊里，周如梅拨通了赵桂花的电话，没等赵桂花开口，周如梅就开起了火，说："赵桂花！你还算是我们的小妹呢！我看你做人的底线都没有了！我问你，为什么人家都是二分息，我们却是一分息？你还是人吗？"

赵桂花有气无力地说："二姐你别发火，有些话我不好说。"

"有什么不好说的。我们也不是为了利息和你计较，我们借钱是为了帮你，可是你的做法也太气人了。"

"二姐，既然你这样说了，我也不必瞒瞒藏藏了。我向你们借的钱出的都是二分息。"

"什么？都是二分息？那我们另一半的利息去哪儿了？"周如梅瞪大眼睛说。

钱娟、沈梦梦见周如梅一惊一乍的样子，都惊疑地瞪着眼睛看她。

“还有一半被介绍人拿去了。”赵桂花说。

“介绍人？哪个介绍人？难道是老大？”周如梅简直不敢相信自己的耳朵了。怎么可能呢，她是大姐，她怎么可能从中赚取我们的利息呢。这世界真是无奇不有了。这也可能，世界上还有什么不可能的呢。

“二姐，都到这一步了，你们也不要去为难大姐了。”

“谁是你的二姐！今后再也不要叫我二姐了。你这个骗子！我们没有你这个妹子！”周如梅气呼呼地挂了电话后，一个劲地出粗气。她既像自言自语，又像有所指地说：“骗子！都是骗子！”

沈梦梦见她那样子，不解地问：“二姐，发生什么事了？什么叫都是骗子？还有谁是骗子？”

周如梅气愤地说：“真想不到，我们还有一半利息被老大拿去了。”

“啊？不可能吧。如真是这样，这也太不可思议了吧。”钱娟像听到谁家的公鸡下了个蛋似的一样惊奇。

沈梦梦铁青着脸说：“我相信。老大一听大家提利息的事，就主动要求去看住赵桂花，我估计她是去和她订立攻守同盟的。”

“那赵桂花不还是说了吗？”周如梅不解地说。

沈梦梦说：“已到这个地步了，赵桂花泥菩萨过江，自身难保了，还顾得了别人吗？她现在还值得为别人背黑锅吗？能甩掉一只是一只了。而且，我猜想，老大她早已不在赵桂花那儿了。”

“妈的，我们这些人也太好骗了，小的要骗我们，大的也要骗我们。气死我们了。不行，我来打电话给老大。”钱娟的鼻子差点没气出第三个洞来。

和老大怎么说呢？真要打电话的时候，钱娟却又有些为难了，平时这么好的姐妹，还真有点不好意思开口。但想想她也好意思在我们身上盘剥利息，我们也就没什么不好意思的了。她拨通了施玲芬的电话，对方几乎到了最后一响才接了电话。钱娟先开口说：“老大，你在哪里呀？还在看赵桂花吗？”

“我已走了，接了客户一个电话，有要紧事先走了。等处理好了事情我再来。”施玲芬说话有气无力，她刚听到电话铃响，心里就怔了一下，当看到是钱娟的电话时，更是紧张得心里发怵。

“老大，你来不来我不管。我且问你，我们借给赵桂花的钱，她出的利息究竟是多少？”钱娟已不管不顾了。

“年息一分呀，你们不是拿到过的吗？”

“我们拿到的是年息一分，可我问的是赵桂花出的是多少。你不要揣着明白装糊涂。”钱娟提高声音，毫不客气地说。

“老三，我不明白你的意思。”

钱娟说：“好，施玲芬。你不明白我的意思吗？那我就当着老二老四的面和你说明白了。赵桂花说，她借钱出的利息都是二分息，甚至有三分息的。我们姐妹仨借给她的钱，她出的也是二分息，可我们拿到的却是一分息。老大，还有一半利息呢？你是我们的大姐呀，你怎么好意思的呀。”

“我没有在你们身上剥利息。当时你们借钱给她时，说好的就是一分息，这些借条上都写得明明白白。你们每次拿利息的时候拿的不都是一分息吗？”施玲芬的口气慢慢硬了起来。意思很明白，这些都是你们认可的，现在来找我说这些干吗？

钱娟一时语塞，怎么好像错的是她自己了。她定了定神说：“照你这样说，是我们错怪你了？可赵桂花说还有一半利息被介绍人拿去了，那不说的就是你吗？”

“我是拿到了一些钱，可那是赵桂花给我的介绍费，也就是说，这是她给我的奖金，不属于利息。”既然事已穿帮，施玲芬已不顾脸面了，说话理不直气却壮。

还有什么好说的呢，都要赖皮了。钱娟气得挂断了电话。她把通话内容向其他两位说了，三个人一个个义愤填膺，都说要向施玲芬讨要被她剥去的利息。

五

徐品华一行四人回到包厢内，见人又多了许多，知道债务的数字还在上升。徐品华看到社区的王副书记也来了，心中疑惑，难道他也借钱给赵桂花了？还是代表地方政府来解决问题的？包厢内乱哄哄的，吵得很。王副书记和朱秀华在说着什么，一时没有发现他。他走过去和他打招呼，说："王书记，您也来了。"

王副书记见是徐品华，面色有些尴尬，和他握手时笑了笑说："对，我也来了。"

徐品华说："王书记，您是来……"

王副书记说："说来惭愧，我也被骗进来了。当时她向我借钱，我只是为了帮助她解决燃眉之急，哪知道会是这个结局。"

徐品华说："这个骗子，真该千刀万剐。"

"徐老板，这事该怎么办呢？你看这么多人，都被她害惨了。"王副书记指着一屋子的人说。王副书记第一个想法就是报案，但他又不想自己去报，他担心别人说他贪人家的利息才被骗的。

徐品华说："王书记，办法我刚才也想过，可不成熟。我们可以选择报案，让司法部门介入，让其破产。还有一个办法就是所有债主接管酒店，进行自救。究竟怎么办我也没想好，我的脑子乱得很。现在您来了就好了，我们一起想办法。"

王副书记认为徐品华说得不无道理，他想了想说："徐老板，你看我们有没有必要成立一个债权人委员会。不管让其破产也好，自救也好，总得有人来理事。"

"王书记，你这主意好。现在趁大家都在这里，先把这想法和大家说说，然后让大家来选举债权人委员会。"

王副书记说："徐老板，我认为，这个债权人委员会的头由你来当最合适。你在田塍镇有一定的知名度，又熟悉酒店的情况。"

徐品华说："我和赵桂花是同学，所以我进债权人委员会不合适，当头更不合适。在场的好多人互相都不认识，我认为让大家推荐各自心中信得过的人，然后进行筛选，再由债权人委员会选举出一个头，这样才有代表性。王书记，你看这样行吗？”

旁边的邹伟达等人，认为徐品华说得不无道理。邹伟达说：“徐老板说得对，但他即使不当头，债权人委员会是一定要进的。等会儿我们都选他。”

高淳正、王轩也附和说：“对，我们等会儿一起推荐徐老板。”

徐品华想想也对，这么多朋友总应有人在债权人委员会中，这样，既可以为大家代言，又可以及时传递信息。他说：“这个等大家推荐了再说吧。”他又对王副书记说：“王书记，成立债权人委员会的事，你临时主持一下吧。你是领导，有号召力。”

邹伟达等人一起附和说，对，这个场面只有王书记才能掌控，才有号召力，才名正言顺。

王副书记见推不过，只得说：“好吧，我就勉为其难了。我建议把赵桂花、杜士坤一起叫来，这事他们应该知道。”

“对，应该把这对狗男女也一起叫来。我来打电话。”徐品华先打给了赵桂花。赵桂花支支吾吾不想来，听口气担心有人找她麻烦，他说：“要找你麻烦，你就躲得了吗？快过来！”赵桂花没办法，只得答应。

徐品华又拨通了杜士坤的电话，叫他马上来酒店，杜士坤说在外面有事来不了。徐品华吼道：“你来不来？不来，我一把火把酒店烧掉！”

听徐品华口气凶狠，杜士坤只得答应马上过去。十分钟内，赵桂花、杜士坤都到了。徐品华再一次朝杜士坤吼道：“你看看这么多人，都被你们骗得血本无归，还有什么事比处理这事更重要？”

杜士坤苦着脸，嘀咕道：“我也不知道向这么多人借了钱。”

这时，从屋角里冲出一个人来，左手抓住杜士坤的胸部，右手指着他的鼻子说：“杜士坤，还算战友呢，你狗屁不如！我的钱赶快还给我，否则我对你不客气！”

“这位朋友先消消气，我们先商量一下怎样来解决这个问题。”徐品华担心场面失控，赶快去把自称是杜士坤的战友拉开。然后他清了清嗓子朝大家说：“大家静一静，我们请社区的王书记讲话。”徐品华想说欢迎王书记讲话，但一想这场合说欢迎不合适。

很多人不认识王副书记，听说他要讲话，都以为他是来解决债务问题的，并不知道他也是债主。大家一下子静了下来。

王副书记来到朱秀华的后面。那里暂时是中心位子。朱秀华站起来想让他，他摆摆手说，站着好。然后他说：“各位债主，我也是受害者，也是债主。”这一说，一下拉近了他和大家的距离。许多人窃窃私语说，原来他也借钱给赵桂花了。一阵嘁嘁喳喳的说话声后，王副书记继续说：“谁都没有想到，杜士坤、赵桂花夫妻俩借了这么多钱。现在看来，完全可以说是骗了这么多钱。刚才，我和徐品华老板他们几个人商量，为了便于解决问题，应该成立一个债权人委员会。为了使委员会的成员有充分的代表性，而且能为大家说话、办事，我们建议采取民主推荐的办法。每个人可以推荐自己心目中信得过的人，当然，也可以毛遂自荐。请登记债务的这位女同志记录一下。现在开始。”

一番乱哄哄的推荐后，最后定下九个人。以徐品华和王副书记的想法，五个或七个人够了，人多了反而不好。田塍人有句俗语，叫人多狗屁臭，意思是人多了意见难以统一。可推荐前王副书记说了，各自推荐自己信得过的人。所以，九个人是无论如何不能再少了。一开始，推荐王副书记的人最多，可他坚决不干，但他说今后愿为债权人委员会做好参谋，大家这才放过了他。其次是徐品华，推荐他的人超过了三分之一。徐品华也想不干，可大家放过了王副书记，就不能再放过他了，而且王副书记也极力推荐了他，他就没有了办法。为了今后便于商量，好办事，徐品华推荐了邹伟达。另外，杜美玲等人推荐了陈阳阳。朱秀华也理所当然地被很多人推荐了。周如梅、钱娟、沈梦梦三人一番商量后，有些恶作剧地推荐了施玲芬。赵桂花的同学王轩也被推荐上了。另外几位，一位是杜士坤的战友胡秩明，大家见他敢于揪杜士坤的胸部，好几个人推荐了他；一位是钱娟，三姐妹推荐施玲芬是想让她出丑的，可三个人总得有一个人代言，所以推荐了敢于说话的钱娟；还有一位徐品华他们不认识，她是“人人康药店”的老板娘钱丽英。屠户金元郎毛遂自荐也想当选，可没人应他，他讨了个没趣。

推荐好后，大家鼓掌通过。接下来，王副书记又作了一次发言。他提议债权人委员会简称叫“债委会”，并希望债委会办事一定要公平、公正、公道。朱秀华要继续做好登记工作。最后他警告赵桂花和杜士坤，从今天起不能离开田塍镇，债委会有事要找他们，一定要随叫随到。

六

选好债委会后，开始商量金鑫大酒店何去何从的事。讨论前王副书记先问赵桂花，说：“赵桂花，我想先听听你的意见，你有什么打算？”

赵桂花故作镇静，嘴角欠了欠，似笑非笑地说：“王书记，我说了你们也许不相信。我认为，酒店继续由我们自己经营，我们肯定会开好的。只有开好了酒店，才能还清大家的钱。所以……”

赵桂花的话还没说完，现场就响起了一片咒骂声，有骂她放屁的，有骂她骗子的。有咒她下十八层地狱的，也有咒她断子绝孙的。环卫工人成彩萍大声说：“你这个大骗子，你说得比唱得还好听。你能开好酒店？你开到今朝的酒店，你赚的钱呢？谁还相信你的屁话！”

王副书记本来是想看看赵桂花的态度才叫她发言的，没想到她还是这样大言不惭，屁话连篇。

王副书记止住了大家的咒骂，提出刚才和徐品华商量的两个议题让大家讨论。一个是直接让酒店破产，一个是开店自救。

有人提出马上报案，走司法程序，让酒店直接破产。资产评估后，能分一元是一元，这部分人以借钱时间较长、利息拿得离本金相差不多的人为多，还有一部分人是做老板的，他们耗不起时间和精力，希望快刀斩乱麻。有相当一部分人主张开店自救，他们认为破产后，如果按债务的比例分，根本分不到多少，店开下去还有盼头。这部分人最可怜，这些人的钱，有的是养老金，有的是准备购房的，有的还借着别人的钱，他们有的把身家性命都押在赵桂花手上了。他们很多人把钱借给赵桂花连家人都不知道，现在事情暴露了，有的被子女怪，有的被丈夫骂，有的被妻子骂，有的被亲戚骂，有的家里还打得头破血流。他们多么希望能把钱全部拿到手啊，他们已经不要利息了，只要能拿到本金就阿弥陀佛了，有的甚至想，只要能拿到本金的一半就谢天谢地了。所以，他们希望酒店能开下去。

提出破产的人说，酒店能开下去最好，可谁来开呀。即使可以承包出去，但猴年马月才能赚回这么多钱呀。一说到这些，代表第二种意见的人又看不到希望了，便一个个垂头丧气，有些年长的妇女开始呜呜地哭了起来。又有人开始骂起了赵桂花和杜士坤，一个个恨不得要剥他们的皮、抽他们的筋。站在杜士坤身后的人冷不丁给了他一拳，说："我一拳打死你！你这个畜生！"

杜士坤向前一冲，撞在了前面的人身上才站住了脚。他没有还手，虎着脸说："有话好好说嘛，打什么人呀。"他想说我又没向你借钱，但他没敢说出口。一场小风波后，徐品华说："说实话，我也赞成第一种观点，破产后，能分多少是多少，省得今后再把心思牵挂在这里。可你们知道吗？破产后你们能分到多少呢？你们可能还不知道，这幢大楼的资产还被抵押在银行里。而且，破产后，先要把员工的工资付清，然后要还清银行的钱，剩下的才能还我们的钱。所以，我们就不要抱多大希望了。"还有一件事，徐品华给赵桂花留了面子，就是她写承诺书把大楼抵押给多人的事，否则，她又要招来一顿臭骂。骂她一女多嫁，纯粹就是个婊子。

徐品华这一说，很多人又倾向于开店自救了。

看看时间不早了，人多嘴杂，一时也商量不出结果。王副书记宣布散会，说有什么事再和大家一起商量。大家离开前，他提议建立一个债主微信群，以便大家联系沟通和公开信息，他让陈阳阳负责这事。最后他提议债委会的人员吃过晚饭继续开会，会议内容是选举债委会负责人和商讨怎样开店自救的事。

徐品华是债委会中最大的老板，王副书记又在场，所以，他请债委会人员吃了顿便饭。非常时期，为了避嫌，他们去了附近的其他饭店。晚饭后，王副书记想不参加会议，可徐品华一定要他参加，说：“王书记，第一次会议你一定要参加。债委会成员互相还不了解，你在，才有主心骨，才能压住阵脚。下次会议请便。”

王副书记拗不过，只得留下了。

一行人回到金鑫大酒店，挑了个包厢，坐下开会议事。陈阳阳是饭店的员工，她去为大家每人泡了一杯茶。王副书记已了解到，朱秀华做过会计，文笔也好，就让她负责记录。徐品华提议说：“今后每一次会议或活动，都由朱会计负责记录，笔、纸、笔记簿都由我负责提供。今天就暂时用酒店的笔和纸凑合一下。”大家都表示同意。可朱秀华不答应，理由是她与杜士坤和赵桂花有一点特殊关系，所以不适合做这工作。

众人不解，就连徐品华也不知他们有什么特殊关系。王副书记疑惑地说：“什么特殊关系？你们是亲戚？”

朱秀华有点不好意思，笑了笑说：“亲戚倒不是，我是他们夫妻俩的介绍人。”

原来如此，她是为了避嫌。王副书记说：“这没什么，他们连你这个介绍人也不放过，根本就没有了人情味。你还会向着他们吗？我们相信你。”

大家都同意王副书记的意见，都说相信她。朱秀华说：“既然大家信任我，我愿意为广大债主服务。”

有人带头鼓起了掌，大家就跟着一起鼓掌。这算是会议开始前通过的第一个议题。为了轻松一下气氛，徐品华说：“朱会计，都怪你不好。你当时如果不把这两个妖孽凑合在一起兴风作怪、狼狈为奸，也就没有今天这个结局了。”

朱秀华笑着回撑道：“也怪你徐老板不好，要不是你把这幢大楼推荐给赵桂花，不推波助澜帮她做装修，也就没有今天这个结局了。徐老板，你这是助纣为虐。”

众人听了一阵发笑。这是今天大家最轻松开心的一刻。王副书记想，要说助纣为虐，我推荐赵桂花去参加先进表彰会议，宴会大厅开业那天我到场讲话祝贺，也应该算是一条。

徐品华换了个话题，问朱秀华：“朱会计，我到现在也不明白，这债务的事怎么会是你来登记的，问一下赵桂花不就得了？”

朱秀华说：“今天上午，我在微信中看到，说赵桂花向好多人借了钱，当时我还不信。吃过中饭，来酒店想问个究竟，一看有好多讨债的人，知道事情闹大了。我去问赵桂花究竟借了多少钱，她还说没有多少，不愿说数字。所以，我就主动为大家登记数字。微信中一传开，就来了这么多人。”

“原来如此。”徐品华说，“朱会计，你为广大债主做了一件大好事。”

一会儿，陈阳阳拿来了笔和纸，朱秀华先在纸上写下债委会人员的名单。她先从认识的人写起，不认识的边问边写，在座的全部写好后，一点只有八人，说：“应该是九个，还有一个是谁？”

刚才推荐人员的时候，七嘴八舌，谁也没去记哪九个人，吃晚饭的时候也没注意清点人数。到现在才发现少了一个人。钱娟还以为她们推荐的施玲芬没有放在里面呢，现在经朱秀华一提，知道漏掉了施玲芬，马上说：“应该是施玲芬吧。”

大家这才恍悟，还少了一个施玲芬。徐品华让钱娟给施玲芬打电话，叫她马上来开会。钱娟说：“这个电话我不能打，只有王书记或你徐老板打才名正言顺。”她现在恨死了她，哪还愿意和她说话。

徐品华向钱娟要了电话号码，连拨了三次，施玲芬的手机处于关机状态。没有办法了，只好作罢。王副书记做了会议的临时主持人，他宣布会议正式开始，第一个议程是选举债委会的组长。大家一致选举徐品华做组长，徐品华坚决不愿做。说，如果别人做组长，他一定积极配合。见他态度坚决，只好另选他人。大家又选邹伟达，邹伟达也不愿做，理由是他的建材店脱不开人。其实他是怕麻烦，凭他的直觉，酒店已没有了希望，让其破产也好，开店自救也好，都不可能拿回多少钱了，所以，没必要把心思花在这里了。徐品华提议让王轩做，王轩倒是愿意，可住在市区实在不方便。最后，大家只得选杜士坤的战友胡秩明当了组长。

胡秩明当兵时和杜士坤在一个班，他高中文化，当兵第二年当上了炊事班的副班长。副班长算不上干部，退伍回家时政府安排他在村里工作，可他想自己闯出一番事业，辞职后自谋职业，可换了几份工作都没做长，最后还是因在部队学到的一技之长，干起了厨师的行当。慢慢地倒也有了点小名气，方圆十几里，凡有婚丧喜事的人家都会慕名去请他。最近几年，手里有了些小积蓄，可一下被杜士坤骗得所剩无几。

会议决定，债委会从明天起接管酒店。因为大家都有工作，所以，由陈阳阳暂时负责酒店的日常事务，并做好柜台的收银工作，每天收到的现金，扣除每天需要的日常开销，其余的可以存在专门设立的银行卡上。银行卡由朱秀华负责办理。债委会人员每天晚上派一人到酒店轮流值班。

另外，如果有人要报案，走司法程序，债委会不反对，也无权反对，那是人家的自由。

第十五章

一

施玲芬和赵桂花订好攻守同盟后，没有再回到广大债主中去，而是回家去了。回家后，她心神不定，忐忑不安。赵桂花虽然答应了她的要求，不把她赚姐妹们利息的事说出去，但赵桂花现在自身难保，还会顾及别人吗？果然，不多一会儿，钱娟打电话来了。虽然自己没有承认赚她们的利息，说她得的是奖金，或者说是业务费，但她心里明白，她这是自圆其说，是经不住推敲的。她心里又烦又乱，钱娟给她打过电话后，她担心再有人打电话责问她，干脆关掉了手机。

吃过晚饭，施玲芬坐在沙发上想看一会儿电视，可看了老半天也不知看了些什么。她总感到随时都会发生什么，她懊丧极了，不但自己陷进去了二百多万，还把周如梅、钱娟、沈梦梦三人也搭进去了。在她们身上赚了那么多的利息，从今以后，她们再也不会认我这个大姐了，再也不会把我当人看待了。她们向我要另一半利息，我可以凭借条上写的内容说话，这利息是她们认可的。可我确实是赚了她们的利息呀，而且是为了赚她们的利息，才动员她们借钱给赵桂花的。现在事已败露，我还有何脸面去见她们？撇开利息的事不说，她们借钱给赵桂花，我是作了担保的呀，我写的担保书在她们手里，这是赖不掉的呀。

施玲芬越想越懊恼。她关掉了电视机，想出去走走。她知道肯定有人打过她的电话，她打开手机一看，果然有十几通未接电话，其中有三通是徐品华打来的。他怎么会打我的电话？她想回个电话，可又担心周如梅她们在他身旁，想想还是算了。她感到奇怪的是，她们三人居然没有再打她的电话。是恨透了我，还是原谅了我？不！她们不可能会原谅我的，那就一定是恨透了我，恨得已懒得理我了。但施玲芬知道，事情绝不会到此为止，现在是暴风雨前的沉闷，这种沉闷有时比暴风雨还可怕。想到这里，她不寒而栗。她精神恍惚地向门外走去。

丈夫李书南知道施玲芬借出去的钱可能打了水漂。金鑫大酒店的事已闹得满城风雨，他不知道施玲芬究竟借给赵桂花多少钱，只知道很多。他几次想开口问，可话到嘴边还是咽了回去。他知道她心里一定很难过，现在见她穿着单薄走出门去，追到门口说："玲芬，外面冷，加件衣服再出去。"

施玲芬站住了脚，她感觉丈夫的话从来没有像今天这样温暖。她回了过来，对丈夫说："书南，我借出去好多钱，看来收不回来了。"

"收不回就收不回吧，也不要太放在心上，只要身体好就啥都好。"李书南嘴上说着安慰话，其实心里很难过。李书南没多少文化，老老实实，任劳任怨，像条老黄牛，只知道干活，从来不过问施玲芬在外面干了些什么，也从来不问经营和经济上的事。他有时出门也有人叫他李老板，可他听后总是付之一笑。他一生节俭，一年到头从来不知道下个馆子，去个饭店。他不打麻将，不抽烟，平时的穿着打扮，完全是工地上农民工的样子。现在，一下子损失这么多钱，他怎么会不心痛呢。

其实，丈夫不说安慰话，施玲芬心里可能要好受一些，一说，她更难受。她仿佛才发现，其实丈夫很可怜，可怜得连她都好像不认识他似的。平时，她在外面花天酒地，饭店、歌厅、舞厅、美容院、麻将馆，她高兴去哪就去哪，高兴干啥就干啥，过着纸醉金迷的生活。而丈夫呢，除了家里就是预制厂，两点一线。庆幸的是，丈夫的身体很好。看来，他平时的心态还好。从今以后，得多关心体贴他了。今天，施玲芬对丈夫动起了感情。

施玲芬加了件衣服走出门去，向自己的预制厂方向走去。她自己也不知道现在去预制厂干啥，只是觉得好几天没去了。想去看看吗？这黑咕隆咚的夜晚去看什么呢。其实，她只是心里烦，想出去走走。她边走边思考，思考怎样来面对目前的局面。离开酒店后，也不知道那里后来发生了什么，不知道周如梅、钱娟、沈梦梦她们仨说了她什么。路上没有行人，镇郊的夜晚寂静得很。突然，一阵清脆的手机铃声把她吓了一跳。她记得手机是关着的，怎么会有铃声。一想，刚才开过的，开了就没有再关。她看来电号码，是徐品华打来的，她心里一怔。这么晚了，还有什么事？她按了接听键，说："徐老板你好。"声音有气无力。

徐品华说："施老板，你在哪里呀？刚才打了你三个电话，可一直关机。"

"真不好意思，我也不知道，怎么不小心关机了。徐老板，这么晚了，有事吗？"施玲芬有些慌乱，她总担心会说起利息的事。

徐品华把选举债委会和晚饭后开会的内容向她简单述说了一遍。最后他说："施老板，下次债委会的活动可不能缺席了。"

徐品华虽然不是组长，但他和施玲芬熟悉，认为有责任把情况告诉她。

"徐老板，谢谢你们对我的信任，这个债委会我就不参加了。"原来是这事，施玲芬似乎松了口气。可听徐品华说她进债委会是周如梅她们仨推荐的，这就不知道她们的用意了。

"为什么？你们姐妹几个，钱娟也在债委会中，有你在里面，我们办事就更好商量了。"徐品华听施玲芬说话有气无力，不知是她被骗了钱心里难过，还是另有原因。

"谢谢徐老板，请你转告大家，我真的不想参加。"没等徐品华再说什么，施玲芬就挂了电话。她本来就不想参加，钱娟也在里面，她就更不想参加了。

徐品华感到奇怪，这不像施玲芬的性格，难道她有什么难言之隐？唉，女人的心思真是猜不透。

接了徐品华的电话，施玲芬没心思再往前走了。夜色很浓，已有了露水，风比出门时大了许多。施玲芬打了个寒颤，把衣服裹了裹，开始往回走。这时，她的手机又响了起来。她再次吓了一跳，一看号码，是沈梦梦打来的，真是怕什么来什么。她想不接，可不接说明自己心虚。她调整了一下情绪，接通了电话："喂，老四，到现在还没休息?"

"老大，我们哪有心思休息呀。大姐啊，你怎么不辞而别呀，我们还等着你拿主意呢。"沈梦梦的口气有些阴阳怪气。

"我有急事，所以先走了。"施玲芬说话没有一点中气。

"你有急事？还有什么事比几百万的事急呀?"沈梦梦酸溜溜地说，"噢，对了，大姐，可能你对这事不急。你拿了那么多利息，当然就不急了。"

施玲芬一下噎住了，过了好一会儿才说："老四，我也是受害者，我借给她的钱比你们多。"

"我们借钱是为了帮赵桂花，这是你动员我们借钱给她时说的。而你呢，你是为了帮她吗？你是为了获取利息，你动员我们借钱给她，是为了在我们身上赚取利息。所以，你受害是咎由自取。而我们呢，我们是受你的骗、上你的当。"沈梦梦性格有些内敛，平时不随便说话，可今天却一反常态，主动出击。

施玲芬有些恼怒，说："老四，说话不要这样难听嘛，你们也是拿到利息的呀。"

"我说话难听？难道我说错了吗？我们是拿到了利息，可我们拿到了多少？你每个月去领取属于我们的利息。而我们呢？施玲芬呀施玲芬，你怎么好意思的呀？我们平时总以为你出手大方，原来你花的都是我们的钱啊。"

"没有的事。"施玲芬自己也不知道，没有的事是指什么事。

"什么？没有的事？施玲芬，你敢来吗，我们还在酒店，陈阳阳也在这里，谅你也不敢来。就算我们的利息是我们认可的，那么本金你得还给我们，我们手上都有你的担保书呢。"沈梦梦不想再和她废话，说完就挂了电话。

施玲芬拿着已没有了声音的手机，浑身乏力，再也迈不开步了，一阵头晕目眩，便一下瘫坐在了地上。直到丈夫打着手电找到她，两人才搀扶着一起回家去。

二

酒店半死不活地开着。顾客明显少了许多。债主逼债，员工闹着要工资，像两颗定时炸弹，随时都有爆炸的可能。

成立债委会的第三天下午二时许，召开了第一次全体债主会议。为了不影响酒店营业，会议地点放在镇老年活动中心。这地方是社区王副书记去争取来的。为了维稳，镇领导同意，今后债委会的每次活动，都可以借用老年活动中心的会议室。

这天，气温骤降，天地间灰蒙蒙的一片混沌，入冬后的第一场大雪来势凶猛。与会人员勉强超过八成。债委会人员除施玲芬没到，其余的都到了。

组长胡秩明主持了会议。赵桂花、杜士坤也被叫到了场。两人一脸苦相，一言不发。

会议的主要内容是传达债委会第一次会议的意见。然后让大家讨论并提好的建议。讨论前，胡秩明让朱秀华向大家通报了债务的总数。当听到有五千多万债务的时候，全场一片哗然。还开什么酒店呀，这么多钱要到驴年马月才能还清了，干脆破产清算拉倒。有几个年岁大的人说，我们不知还有几年活头，看来是没有盼头了。他们也同意破产清算。

徐品华知道有好多人还蒙在鼓里，有些人还对破产抱有幻想，他认为有必要和大家交代清楚，便清了清嗓子说："大家静一静，听我说几句。可能大家对酒店的资产还寄予希望，可你们有所不知。酒店的大楼早已抵押给了银行，也就是说，即使酒店破产，也要先还清银行的钱和付清员工的工资，余下的我们还能拿多少？"这话徐品华上次在债务登记的晚上说过。可后来登记的债主们还不知道，而且那天乱哄哄的，有些人根本就没有完全听明白。

徐品华的话像一颗炸弹，一下在人群中炸开了。本来还抱一丝希望的人，现在是彻底失望了。室外，大雪纷飞，天地一片混沌；室内，骂声四起，场面一片混乱。

“这对狗男女！应遭天打五雷轰，应下十八层地狱！”

“这两个大骗子！应剥他们的皮，抽他们的筋！”

“这两个畜生！应该马上去死！怎么还有脸皮活在世上！”

……

环卫工人成彩萍骂着骂着就哭了起来。她走过去一把抓住赵桂花的头发，边哭边说：“你这个骗子！你把钱还给我呀，我那是看病的钱，是养老的钱呀。”

“打！打死这两个骗子！”这时，群情激愤，有好几个人走过去要动手。

王副书记见这样下去会出事，赶快站起来制止，大声说：“大家安静！请不要动手！打不能解决问题。”

徐品华知道这场面由他的话而引起，赶快起身，去把要动手的几个人劝回到座位上。

一波未平，一波又起。大家刚坐定，又有事了。这次起哄的是那些酒店的服务员，他们可不管什么破产或者开店自救，他们现在要拿清工资。他们的理由很简单，打工拿钱，天经地义。杜美玲已完全看不到希望了，即使酒店开下去，她也不想在这里干了。所以，她首先发难，说：“我们是打工的，如果不付清我们的工资，我们就锁酒店的大门。”

胡秩明说：“员工的工资当然要付，可现在哪来的钱呀。总要等酒店赚了钱才能付呀。”

另一个员工说：“这我们不管。如果不付清工资，我们不但要锁门，还要搬东西。”

“搬东西是犯法的。”一个支持开店自救的债主说。

“那赖农民工的工资就不犯法了？”那员工据理力争。

与会人员各说各的，争论不休。支持开店自救的人慢慢占了上风。但酒店员工丝毫没有让步的意思，拿不到工资，坚决锁门。

到了下午四点多，还是争论不出结果。外面的风雪越来越大，天慢慢灰暗下来。室内冷得出奇，墙角有立式空调，可电源被切断了。是啊，人家借给了你们地方，不可能再让你们享用空调吧。大家都穿着厚厚的棉衣，但还是难挡严寒。债委会几个人到外面商量了一下，决定会议到此结束，债委会人员和酒店员工留下来继续开会，商量员工工资的事。几个人回到里面，胡秩明宣布散会，叫杜士坤、赵桂花夫妇和酒店员工留下，并说，其他债主有愿意留下的也可留下继续开会。可天实在太冷，其他债主没人愿意留下来继续受罪。大家起身走的时候，徐品华说，有什么事会在微信群里和大家通气的。徐品华虽然不是组长，但他的一言一行在债委会中起着举足轻重的作用。王副书记起身要走，被徐品华留了下来。

留下的人向一起靠了靠，继续开会。债委会人员先做酒店员工的工作，让他们放弃原来的主张。等酒店做出利润来了，先付他们的工资，可他们死活不同意。王副书记提议，把工资作为债务处理。可他们不笨，如果工资当作和广大债主的债务一样处理，那么性质就变了，所以他们根本不会同意。会议再次陷入僵局。陈阳阳既是酒店员工，也是债委会成员，她有自己的小算盘，所以她不发表任何意见。

徐品华看看僵持下去也不是个事，如果没有结果，明天酒店只好关门。他提出了另一个方案，说："现在要付清员工的所有工资是不现实的，是根本不可能的。我有一个不成熟的方案，供大家讨论。"他清了清嗓子继续说："我们是不是可以先付三分之一，春节前再付三分之一，剩下的三分之一到正月半、也就是元宵节付清。春节前和元宵节的两个三分之一，要靠酒店赚出来。那么，第一个三分之一的钱哪里来呢，这就要靠我们在座的人了。"

徐品华还没说完，钱娟就抢着说："徐老板，你的意思是叫我们债委会人员集资付员工们的工资？亏你想得出来。你们有钱，我可没有钱。"

徐品华笑笑说：“我还没说完呢，听我说完了你们再发表意见。我的意思是，现在拿钱出来的人，等酒店赚了钱，按五倍的数字优先归还。当然，这五倍的数额不是奖金，也不是利息，是借给赵桂花钱的数字。比如，我原来借给赵桂花一百万，现在拿出十万，酒店赚了钱，就要优先还给我五十万，那么，赵桂花欠我的钱就剩下五十万了。为了拯救酒店，这也是没有办法的举措。作为酒店员工，你们也要体谅我们，我们也只能做到这一步了。”

王副书记说：“我看行，也只能这样了。我也愿意出一份力。”

大家想想再也没有其他好的办法了，看在能优先得到五倍数额还款的分上，都表示了同意。胡秩明说：“这办法可以发在微信群里，一来公开信息；二来鼓励大家集资，虽然希望十分渺茫。”这建议也得到了大家同意。

酒店的员工们见大家已作出了如此努力，而且，大家都是受害者。所以，也只能作出让步。再说，真要锁了酒店的大门，可能分文也拿不到。

接下来，大家各自报了集资的数字，徐品华最后一个报，他最后一个报的原因，是要凑齐三分之一的数字。他今天这样做，一是为了拯救酒店，二是为了广大债主，他毕竟是田塍镇上有头有脸的人物。还有一个原因是为了赵桂花，他知道，如果酒店开不下去，她的日子将永无宁日，这是他不愿意看到的，虽然他对她恨之入骨。

胡秩明答应这笔钱三天之内到位后，员工们才退了场。

早已到了吃晚饭的时候。外面风雪交加，路上的积雪已有十几公分厚。邹伟达意识到自己大小是个开建材店的老板，应该请大家吃顿便饭，便邀请债委会成员和王副书记一起去了附近的饭店。

三

晚饭时，徐品华朝大家说：“外面好多人在说，赵桂花手里应该有钱，不然，她借那么多钱，去了哪里呢？在座的各位，你们认为呢，她手里究竟有没有钱？”

王副书记说：“按理她应该有钱，再花也花不了这么多呀。除非她去过澳门赌场。”

钱娟说：“她没去过那里，这我知道。”

胡秩明和钱丽英平时和赵桂花接触不多，对她了解甚少，所以他们也都认为她手里有钱。陈阳阳只知道酒店管理松懈，漏洞百出，其他原因她也知之甚少，但她不发表任何意见。

朱秀华最近几天倒是给赵桂花总结了一些原因，她说：“真正的详细原因，恐怕只有赵桂花她自己知道。但我也给她分析了几个原因：其一是他们夫妻俩没有认真去管理酒店，导致酒店漏洞百出，这一点在座的小陈应该知道。其二，他们俩贪图享受，爱虚荣，导致个人开支过大。其三，不必要的开支太大，比如，逢年过节的礼品开支，就是一笔相当大的数字，这，在座的恐怕都知道。其四，巨额的利息支出，使她像落雨天背稻草，越背越重。你们想想，五千多万的债务，每年的利息就是一千多万，她的酒店一年能赚这么多吗？根本不可能。由此看来，酒店出事是早晚的事。可以想象，赵桂花早就债台高筑，为利息的事在拆东墙补西墙了。所以，我认为她手里没有钱。”

朱秀华的分析应该是比较到位的，大家都认同。徐品华说：“既然他们俩手里没钱，我认为，从人性化的角度考虑，我们接手酒店后，应该给他们安排一份事干，付给他们一份工资，好让他们有生活来源，况且，他们还有一个儿子。”

钱丽英说：“徐老板是看在老同学的面上吧？”

“可以这样说。”徐品华笑笑说。当然，也只能这样说了，难道还能说看在情人的面上吗？他接着说：“钱老板，以你的想法呢？”

钱丽英黑着脸说：“以我的想法啊，应该给他们剥皮抽筋，才能解心头之恨。当然，我也只是说说而已，解解嘴巴之恨。我同意徐老板的意见。”

钱娟说：“我也是这意见。”

朱秀华说：“那应该让他们干什么呢？”

胡秩明说："这个由我来安排吧。赵桂花端盘子做服务员，杜士坤做传菜员。"

王副书记说："我同意。前几年他们享福太多了，应该让他们回归本真。"

邹伟达很少说话，他一次次给大家敬酒敬烟。他每次反思的时候，总是悔恨交加。我当时为什么同意把材料全部欠给她的呢？后来为什么又同意把材料款作为借款来处理的呢？他恨自己一时糊涂，更恨赵桂花那个狐狸精。他还有点埋怨徐品华，是徐品华介绍他认识赵桂花的。但又不能完全怪徐品华，徐品华给他介绍生意总不会错吧。总之，他心里是说不出的滋味。

吃着喝着时，徐品华突然想起一件事。他问钱娟："老三，施玲芬怎么回事？让她参加债委会，她不愿意。今天的会议也不来参加？"

钱娟哼了一声，说："徐老板，你问这个？说出来也是气煞人的事。"

"难道你们之间发生了什么？"徐品华说，"你们不是最要好的姐妹吗？究竟怎么回事，能说来听听吗？"

钱娟叹了口气说："不说也罢，说出来都是伤心事。"

钱娟越是这样说，旁人越是想知道个究竟。王副书记说："难道也与赵桂花的债务有关？不妨说来听听。"

钱娟说："既然王书记也想听，那我就说说吧。按理呢，我不应该说她的，毕竟大家姐妹一场，她还是我们的老大呢。但既然她做得出来，我说了也就不算伤姐妹情了。"

钱娟稍稍整理了一下思路。然后把施玲芬怎样动员她和周如梅、沈梦梦三人借钱给赵桂花的经过，金鑫大酒店东窗事发后才知道她赚取她们的利息的事述说了一遍。最后她说："施玲芬在我们身上赚取的利息是每个月到酒店领取的，可以说，在所有债主中，她是特例。我不知道她是怎么做得出来的。而且，当时她动员我们借钱，她是作了担保的，我们手上都有她写的担保书。她现在连这个也不认可了，你们说，她还算是个人吗？这和赵桂花骗钱有什么两样。"钱娟越说越气愤，越说越激动，越说越难过，最后竟眼泪也说出来了。

大家听得哑然，一个个沉思起来。这世上啊，真是什么样的人物都有。什么亲戚朋友、兄弟姐妹，为了金钱，为了利益，有些人一旦失去了做人的底线，就什么都做得出来。

王副书记说："在这么多债主中，我估计像施玲芬这种现象绝非个例，不排除还会闹出些节外生枝的事来。"

越吃越冷，越吃越没劲，一会儿也就散了。来到室外，风雪似乎更大了。积雪覆盖了一切，天地间一片灰白。路上泛着银光，没有一个行人，也没有车辆行驶。徐品华一行人各自走向自己的汽车或电瓶车。十几公分厚的积雪使电瓶车无法开动，只能慢慢推着前行，轮胎压过积雪时发出吱吱嘎嘎的声音。胡秩明、钱丽英两人边推车边骂骂咧咧起来。他们骂天气，说这鬼天气，怎么下了这么大的雪。骂着骂着就骂起了人，骂人当然是骂赵桂花骂杜士坤，说都是这两个骗子、害人精，害得大家遭这么大的罪。徐品华几个开汽车回家的人虽然没有喝酒，但也不顺利，方向盘不听使唤，车子蛇游一样前行着。马上要回家了，邹伟达又想起了早上出门时，为被骗了钱和妻子吵架的事，心里闷闷不乐，一分心，汽车险些撞在电线杆上。他骂了一句，妈的，今天遇上鬼了。接着，就骂起了赵桂花："都是这骚狐狸精害的。"

四

2018 年的第一场雪下得出奇地大。田塍镇还是 2008 年春节时下过这么大的雪，那一年在中国发生了好多大事，汶川大地震、特大洪涝灾害、举办奥运会等等。中国的大事，当然也是田塍的大事。2008 年，到今年刚好十年，又是一场罕见的大雪。每一场大雪，难道合该田塍要发生些什么？其实，这大事已经发生了。不是吗？金鑫大酒店的事，对田塍人来说，还是小事吗？虽然没有牵涉到每一个人，但就其影响来说，已经是家喻户晓、人人皆知了。而且，事关几百个家庭。

开过债主大会的次日，屠户金元郎家里闹出了事。好几个金元郎的酒肉朋友相约踏雪来到他家，他们既不是来买肉，也不是来邀他去喝酒，而是来讨说法的，是来要钱的。他们都听说了金鑫大酒店的事，而且都知道了金元郎是为了赚取利息才动员他们借钱给赵桂花的。当时他们也担心过，借出去的钱会不会出问题，金元郎向他们作了口头担保，说绝对没问题的。现在他们来讨债，都说你赚利息我们不管，这是你的门路，你的本事，我们只要能拿到我们应得的一份利息。现在，我们应得的一份利息也没有了希望，那我们的本金总应该还给我们吧。

金元郎的老婆丁玉兰是个厉害角色，人长得身高不足一米六，可满身是肉，且壮实。五大三粗的金元郎凡事都得让她三分，不然的话，她就跟你三天三夜没完。金元郎手中虽然握有杀猪的屠刀，但丁玉兰的哭闹打滚是对付他的杀手锏。现在人家讨债讨上门来了，丁玉兰会善罢甘休吗？她先对上门讨债的人一顿臭骂，说，你们来找我们干啥？有本事去找赵桂花呀！说着说着，便一屁股坐在地上，指着金元郎骂道："你这个杀千刀的，你和赵桂花那个婊子究竟是什么关系？你把自己家的钱借给了她不算，还动员人家也借钱给她。你今天不说清楚，我跟你没完！"丁玉兰只知道自家的钱借给了赵桂花，哪知道把人家的钱也牵了进去。

这几天，在田塍镇上，有关金鑫大酒店的传闻闹得沸沸扬扬，真相也好，谣言也罢，都说得有鼻子有眼睛。丁玉兰早就听人说过，凡借钱给赵桂花的男人，都是和她有一腿的。赵桂花以色相勾引男人，是她借钱的招数之一。

金元郎苦着脸说："我不是看在能赚几个利息的分上嘛。"

丁玉兰脱下一只鞋子，奋力向金元郎扔去，说："放你妈的狗屁！你赚的利息呢？你是看在人家长得漂亮的分上吧？是看在人家那身骚肉的分上吧？"

金元郎一侧身，让过飞来的鞋子，说："你瞎说什么呀，人家长得漂亮关我屁事。"

金元郎嘴上硬，心里却虚着。

“不关你屁事？不关你屁事为什么借钱给她？”丁玉兰脱下另一只鞋子扔了过去。这次不偏不倚，正中金元郎当胸。

力大无穷的金元郎在朋友面前大失了面子，过去当胸抓住丁玉兰的衣服，提小猪一样提了起来，做着要往下摔的样子。丁玉兰可不吃他那一套，她边蹬腿边大声说：“金元郎！你摔呀！你不摔就是狗娘养的！”

几个讨债的怕闹出大事来，赶快过去劝架。金元郎把老婆放下后，丁玉兰想想气不过，又一下坐在了地上，呼天抢地地哭闹起来。骂了金元郎再骂赵桂花。

讨债的人看看闹成这样，也没有他们说话的机会，互相看了一下，摇了摇头，意思是今天也只能这样了。其中一个说：“金老板，我们下次再来。反正这钱你得还给我们。”

丁玉兰一听急了，指着那几个人说：“来也没用。我们又没向你们借钱。”

另一个来要钱的黑脸汉子说：“你们不要耍赖，我们借钱给赵桂花，金元郎可是作了担保的。”

“什么担保？”丁玉兰又指着金元郎问，“什么担保？你担保什么啦？”

金元郎苦着脸说：“我当时不也就是说说而已嘛。”

“说说而已也就等于放屁！”丁玉兰大声说，她又朝几个讨债人说道，“你们知道什么叫口说无凭吗？如果凭嘴上说说就可以说是担保，就可以要钱，那明天我到你们家里去讨债，说我们借给赵桂花的钱，是你们作了担保的。”

黑脸汉子气呼呼地说：“跟你说不清楚，我们跟金元郎讨说法。”

丁玉兰厉声说道：“跟谁说都没用。有本事你们去起诉打官司。下次再上门来要钱，我就用棍子把你们打出去。”

几个人今天算是领教过了，完全相信她能做得出来。后来就再也没有去过金元郎的家，倒是去过几次他的肉摊位。吵闹无果，只得暂时偃旗息鼓，只盼望酒店能开下去，今后好慢慢分钱。

几个人去过金元郎家的次日，田塍的大街小巷传遍了屠户金元郎担保借钱的事，金元郎可能与赵桂花有一腿的事，金元郎的肉疙瘩老婆刁钻撒泼的事。慢慢地，金元郎肉摊位前的人竟一天天多了起来。人们怎么也想不通，一个卖肉的屠户，怎么会与“名人”赵桂花勾搭上的，除了钱的原因还会是什么？想不通这个手中握有屠刀的、五大三粗的汉子，怎么会怕老婆的。人们来看他，他也不反感，一个大男人外面有个把女人，也不是十分失面子的事。再说，怕老婆也不是什么坍台的大事。他懂得和气生财，对来者总是笑脸相迎，使他想不到的是，他的生意竟比以前好了许多。

旁边的同行和他打趣说：“老金，看来人是要交桃花运的，你看你，不但收获了美女，还招徕了生意。”

金元郎苦笑着嘿嘿两声，算是回答了别人。

五

成彩萍是农村人，在环卫所做了几十年的环卫工人，腰椎间盘突出的病痛已折磨了她好多年。去年儿子高生祥就动员她去手术，可她说这也不是什么致命的病，熬熬就过去了。高生祥知道她心疼钱，便偷偷给了她五万元。成彩萍问儿子钱是哪来的，高生祥说这不要她管。成彩萍知道，这钱可能儿媳不知道，虽然收下了，但没有立即去手术。她担心儿媳一旦知道，儿子的日子会不太平。所以她以防万一，儿媳一旦发现，钱就立即还给儿子。哪知道，不仅儿子给她的五万元，就连她自己的积蓄也被赵桂花骗了去。

连气带病，成彩萍的腰椎间盘最近痛得连站直身子也成了问题。她想请病假，可又舍不得工资。高生祥见她痛得实在不行，再一次动员她去手术。她一手撑腰，一手朝儿子摇摇说：“快不要再提手术的事了。”儿子知道她已没有了钱。父亲已去世多年，娘的事儿子不管谁管，他硬着头皮去和妻子许春花商量。

许春花说：“你妈不是很有钱吗？她钱多得都去送给赵桂花用了，

怎么还来向我要钱。”

“她的钱不是给人骗掉了吗？”

“骗掉了？那去要呀。我听人说，赵桂花要给借钱给她的老人养老的。现在去找她呀，来找我干什么。”

“春花，你看我妈挺可怜的。就算看在我的面上，我们也应该去给她治病呀。”高生祥一副可怜兮兮的样子。

“那你去给她治呀，你是她儿子，应该的呀。我可告诉你，这事我不管。”许春花说完，转身走了。

许春花嘴上这样说，可心里还是准备去给婆婆治病的。要不是丈夫因赌博被派出所抓过，在钱的事上，她也不会对他管得这么严。为这事，她还和婆婆吵过一架，怪她对儿子没有教育好。许春花回到房间，打开她常年锁着的抽屉，想拿出那张五万元的存单，去银行取钱给婆婆治病。那张存单她存的活期，以备急用的。可她把抽屉翻了个底朝天，也没找到那张存单。她极力回想两年中有没有动过那张存单，思来想去，肯定没有。存单哪里去了呢？只有一种可能，出了家贼。想到可能是丈夫拿了钱又去赌博了，她的火就不打一处来。她找到丈夫后，指着他就骂：“你这个畜生！你还是个人吗？你还有点人味吗？”

为替娘治病的事，没有得到妻子的支持，高生祥本来就窝着一肚子火，现在又被莫名其妙地一顿臭骂，一股火直蹿脑门，上去就是一个嘴巴，打得妻子两眼直冒金星。这下许春花不买账了，上前狠狠地还了他一个嘴巴，说：“畜生！偷了我的钱你还敢打我！我今天跟你没完！”说完又要去打。高生祥明白了妻子为什么要打他，自知理亏，让开了。

听到动静的成彩萍赶了过来，一听可能是为了那五万元钱的事。气得连给自己两个耳光，哭着说：“都怪我，怪我听了人家的花言巧语。怪我的腰不争气。”她朝儿子说：“我跟你说不要去治什么腰病的。这算什么病呀。不治死不了！”成彩萍说着说着被一口气噎住了，一下倒在了地上。

见成彩萍倒地了，夫妻俩赶快去把她扶了起来，一个捶背，一个揉胸。等成彩萍缓过气来后，许春花的气又上来了，指着丈夫厉声说道：“你今天给我说清楚了，你是不是拿我五万元钱了？”

事已败露，高生祥只得承认，说：“是我拿的。”

许春花一时弄不明白，高生祥是怎么拿到存单的，又是怎么去取到钱的。

为了给娘治病，高生祥也是动足了心思。一次趁妻子不注意，他拿了她的一串钥匙，一把把配，打开了那只抽屉，放在最上面的那张五万元的存单正好是活期，棘手的是不知道密码，他把存单翻过来覆过去看，希望能发现些什么。嘿，还真被他发现了，反面的一个角上，用铅笔写着六个阿拉伯数字，无疑这就是密码了，他一阵欣喜，把存单放进了口袋，然后把抽屉关上锁好。后来他又想办法弄到了妻子的身份证，去银行取了那五万元钱。

“果然是你偷的。你们母子俩真是一样的货色，都想着别人口袋里的钱，结果一个个把钱送到了别人的口袋里。”许春花气愤之极，到这时，她还是认为丈夫拿了她的钱是去赌博的。她指着丈夫的鼻子骂道：“你这个不争气的东西，你又去和谁赌钱了？”

丈夫有些委屈，说：“我没有去赌钱。”

“那五万元钱呢？钱去哪儿了？”

“那钱给我了，是生祥给我去治病的，可我去借给了赵桂花。都是我不好，是我不是人。”成彩萍边说边哭着走了。

成彩萍一个人住两间小房子，到了晚上，高生祥不放心去看她，可敲门不应，喊娘不回。里面黑灯瞎火，高生祥又喊了几声，还是没回应。高生祥着急起来，使劲撞开了门，一股刺鼻的农药味扑鼻而来。不好，娘喝农药了。一探娘的鼻息，气若游丝。他赶快回去骑电瓶三轮车，并对妻子冷冰冰地说：“我妈喝农药了。”说完骑着三轮车就走。

许春花听说婆婆喝农药了，大吃了一惊，知道这事与她有关。要真出了人命，自己罪责难逃。她放下手里的活，奔了过去。夫妻两人把成彩萍抬上三轮车后直奔医院。一番灌水清肠洗胃，成彩萍醒了过来。幸亏抢救得及时，成彩萍才从鬼门关走了一趟又回来了。

次日，还没到中午，成彩萍喝农药的事就传遍了田塍镇。喝农药的原因，是因为被赵桂花骗掉了钱，这是一家三口统一了的口径。所以，这事的罪魁祸首当然是赵桂花了。

六

“唉，我们这个债委会啊，弄好了是个自救会，弄不好呢，就是个治丧会。”徐品华叹了口气说。

钱娟说：“徐老板，你这话有点悲观，但也不无道理。我这里也有一个比喻，我们这个债委会啊，好比是医院的抢救小组，又像是个救火队。金鑫大酒店好比是个重症病人，一次次进入病危状态，债委会一次次把他抢救过来；金鑫大酒店又像是火警重灾区，一次次地出现火情，债委会一次次去救火扑灭。依我看啊，这个酒店早已病入膏肓，没救了。”

王轩说：“钱老板，你这说法不是更悲观吗？”

钱娟说：“我倒是希望它能活过来、好起来，但能好得了吗？”

胡秩明说：“我们开会吧。首先，我们在座的要有信心。如果我们都失去了信心，那么，我们这个债委会就没有存在的意义了。我们债委会要争取做一个合格的抢救小组和救火队。如果能把这个重症病人治好、把火情全部消除，也算是为广大债主、为田塍人民做了一件好事。”

这几天，酒店的生意急转直下。原因，一是酒店已臭名远扬，二是受大雪天的影响。今天是星期天，昨天就通知了，利用假日，召开一次债委会会议，商量怎样扭转酒店生意清淡的局面。会议地点就在酒店。

今天一早，又下起了雪。前面的雪还没化掉，所以雪一下就积了起来。不到两个小时，天地间已是白茫茫的一片。积雪把大地上一切美好的、丑陋的、肮脏的东西都覆盖得严严实实，装扮得素净妖娆，似乎一切都是那么美好，那么圣洁。可人们知道，只要阳光一照，那些美好的东西会给人们带来美好的享受，而那些丑陋的、肮脏的东西也会暴露在光天化日之下，让人们讨厌和唾弃。

风雪交加，天寒地冻，九时许，债委会几个人才骂骂咧咧来到酒店。陈阳阳去开了一个包厢，打开了空调，给每个人泡了一杯茶。看看就缺施玲芬，徐品华给她打了个电话，她说有事来不了，徐品华也没勉强。钱娟听后说："她得了见不得人的心病了，还有脸面出来吗？"

会议开始后，胡秩明说："今天会议的主要内容是，商量怎样扭转酒店生意清淡的局面，大家看看有没有偏方良策。"

钱丽英说："胡秩明组长刚才说了，我们在座的首先要有信心，这不假。可酒店开在这里，关键要有顾客。也不知道最近情况怎样，反正我值班的那天晚上，一共只有两桌。也许是天气关系，但最主要的原因，我看还是酒店的名气臭了，要想起死回生，谈何容易。"

看来，钱丽英对酒店能否开下去，信心也不足。再看看其他人的表情，一个个无精打采，表情淡漠。徐品华见大家似乎都没有了信心，他想鼓鼓大家的劲，说："我有一个不成熟的想法，提出来供大家商量。"

邹伟达马上接上去说："徐老板你说，你说的肯定也代表我的意见。"

大家听徐品华有想法，便一个个洗耳恭听。徐品华看了看邹伟达，笑笑说："酒店要兴旺，靠的是人气，没有客人，就没有了人气。可以说，连我们在座的上饭店，也不到这里来了，怎么还希望别人会来呢。这样下去，不关门才怪。那么，怎样来改变这个局面呢，首先要从我们广大债主做起。但这又不能强求，债主们对金鑫大酒店一个个恨之入骨，都恨不得一把火烧它个精光呢，所以，要求大家来消费是不现实的。只有一个办法，那就是给来用餐的债主打折。那么打多少折合适呢？我认为八折比较合理。多打了，酒店要亏本，少打了，没有吸引力。"徐品华喝了口热茶继续说道："有一点要强调，债主来消费，一定要付现金，当然，刷卡也行，就是不能赊账，更不能在借款中扣除。”

大家都说这办法好，可胡秩明提出了一个实际问题，他说：“这办法虽好，可如果有的债主来吃霸王餐，吃了不付钱怎么办？”

徐品华说：“这个问题我也想到了。如果有人不付钱，我们有言在先，在他的借款中，以餐费十倍的数字扣除。”

“嗯，这办法好。”胡秩明说。

“还有，如果债主中有谁介绍别人来吃饭，酒店以餐费的百分之二十进行奖励，而且奖励现金。”徐品华补充说。

一直没开口的今天的特邀代表、社区的王副书记说：“我看这办法行。我同意。”

王副书记同意了，大家也都表示同意。徐品华说：“既然大家都同意了，就请朱秀华整理成一个简单的决议，然后用微信的方式发在债主的大群里。”

朱秀华说：“好吧，这事由我来做。”

胡秩明说：“还要请朱会计备一份债主的名单和一份表格，放在陈阳阳那里。凡债主来吃饭的，都要登记签名，以防有人冒充。”

徐品华见这个问题讨论得差不多了，感到有些轻松，他笑笑说：“大家都认为这办法好，那就从我开始吧。今天中午我请各位吃饭。等会儿叫那对狗男女也一起来，这件事也要让他们知道，同时也敲敲他们的警钟，要好好配合，不要搞小动作。”

朱秀华说：“好，等会儿我去叫他们。”

“好，朱会计去叫最合适。等会儿你还要好好警告他们几句，叫他们好好工作，首先从良心上、态度上向广大债主谢罪。”徐品华接着说道，“我以前说过，是你把这对妖孽凑合在一起的，让他们有狼狈为奸、为非作歹的机会，从而在田塍这块风水宝地上兴风作妖、贻害百姓。事有今日，你朱会计是有责任的。所以，你有责任好好教育他们。”

大家听了，轻松地发出一阵笑。

朱秀华笑过后说：“徐老板，你又来了。你为什么不从自己身上找原因呢，如果不是你促成他们买下这幢大楼，不是你为他们一次次装修酒店，这对妖孽也就没有兴风作妖的机会和平台。所以，你徐老板是有重大责任的。”

又是一阵笑。徐品华笑过后说：“是啊，我也有责任。所以，今天我甘愿受罚。”

朱秀华说：“说到责任，我还真后悔得要命。早知今日，打死我也不会把他们说合在一起。这对狗男女，我恨死他们了。”

“好了，我们谁也别自责了。”徐品华说。他想，要说责任，自己还真是造成今天这个局面的始作俑者。所以他赶快换了个话题，说：“会议一开始我就说过，我们债委会弄好了是个自救会。我们今天商量的办法，也不知算不算是自救的一个举措。”

王副书记说：“怎么不算？应该算的。”

第十六章

一

虽然胡秩明是债委会的组长，但有些人有事还是习惯找徐品华。

这天，徐品华接到王副书记的电话，说派出所所长打电话给他，有十几个债主闹到了派出所。

那些债主已看到酒店没有了希望，所以才去找政府的。他们先去了镇政府，镇政府出面解决问题的工作人员说，对你们的遭遇我们深表同情，但也怪你们自己不好，你们虽是受骗的，是受害者，但也是看在赵桂花的高额利息上自愿借给她的。难道你们不知道，高利息都是有风险的？现在她经营不下去了，这就是风险来了。况且，你们这属于民间借贷，叫我们怎么说呢？这话听上去似乎有些道理，但也不能就此罢了，债主们待在镇政府不愿走。政府工作人员只得说，要么你们去告赵桂花，走法律程序。有债主说，我们的钱都被骗光了，哪还打得起官司，要么我们先去派出所。政府工作人员赶快说，也好，你们先去派出所。债主们走后，政府工作人员终于松了一口气，但看到他们一个个垂头丧气地离开，又为他们感到难过。

一帮人来到派出所，警察知道这事棘手，也不是他们能处理得了的，便马上打电话给社区的王副书记。王副书记也是债主，是受害者，他有苦难言，只好把电话打给徐品华。徐品华又能有什么办法呢。他能去劝说他们回家吗？当然不能，除非你能拿出钱来替赵桂花还债。他只好打电话给胡秩明。徐品华倒不是踢皮球，只是把情况说给胡秩明听听。胡秩明比徐品华更没有办法，只是嘿嘿笑了几声，说："他们要闹，就让他们闹去吧，我们有什么办法。”

那十几个债主在派出所大门外的寒风中站了一个多小时，冷得实在受不了。警察出于同情，几次叫他们到里面去，可他们说只想解决问题，不想去里面取暖。警察说：“这种事我们也是无能为力，请大家谅解。”警察想说，是你们眼热赵桂花的利息才有今天的，现在出问题了，想到来找我们了？当时借钱的时候为什么不想着来问问我们？但想想他们也挺可怜的，当时可能也是受了赵桂花花言巧语的鼓动，才受骗上当的。所以很同情他们，没有用言语去伤害他们。

想想以前派出所也出面调解过几次，可每次都是不了了之，看来这次又只能不了了之了。他们又待了一会儿，看看没有希望了，只好撤离派出所。一行人想想又气又恨，这么冷的天，既然出来了，不能就此罢休。他们又转道来到了酒店，吵着闹着要讨回血汗钱。这时赵桂花正好在大厅，看到那阵势，知道是来讨债的，想躲开，可来不及了，只好面对。

成彩萍也在讨债队伍里，以前和蔼可亲的赵桂花，现在在她的眼里就是个魔鬼，更是个仇人。仇人相见，分外眼红。成彩萍想起家里险些家破人亡，不由分说，上去就是一个大耳光，并声嘶力竭地说：“赵桂花！你这个骗子！你还我钱！”

见成彩萍动了手，其他人一齐喊打。赵桂花见势不妙，赶快往吧台后面躲。陈阳阳一看事情要闹大，赶快从吧台里走出来把大家拦住，大声说：“各位住手！”她缓了缓口气说：“大家听我说，打人呢只能暂时解解恨，但不能解决问题。所以呢，还是有话好好说。”陈阳阳嘴上这样说，心里巴不得大家把赵桂花一顿痛打，可现在还不是时候，她的新计划才刚开始实施呢。

“我们不但要解恨，更要讨债。”

“对！我们要讨债！赵桂花！你今天必须给我们个说法，钱究竟什么时候还清？”

“对，没有个说法，我们就砸烂酒店。”

听说要砸烂酒店，有人真的就动起了手。一个五十多岁的壮汉一拳打在他身旁的一米多高的大花瓶上。随着砰的一声巨响，花瓶嗯喇喇碎了一地。那壮汉本来是想解解恨出出气的，并不想把花瓶打坏，哪知用力过猛，也怪花瓶壁薄不经打，竟一拳给打碎了。这下壮汉怕了起来，他不知道这花瓶值多少钱。

花瓶的一声碎响，一下把他们给镇住了。陈阳阳见这帮人并非胆大狂妄之流，便拉下脸来说："又是打又是砸，你们这算什么行为。这么大的花瓶少说也值五千多元。你们看怎么办吧？是赔钱还是报警。"

"算了算了，我看他也不是故意的。"他们一时不知怎么回答时，赵桂花从吧台里走了出来。她强颜欢笑，朝他们拜了一拜说："大家好！我赵桂花对不起大家，我给大家赔罪了。大家不是要讨说法吗？你们都看在眼里，我们的酒店现在不是开得好好的吗？我承认，前几年，确实是我管理不善，没有把酒店经营好。从今往后，我会认认真真管理好酒店的。管好了，我们这酒店一年赚几百万肯定没问题。告诉你们，到目前为止，就今年春节的酒席，我们就接到了两千多桌的订单。所以，你们的钱，要不了几年我就能连本带利还清的。如果你们来闹来吵，酒店还怎么做生意。没有了生意，怎么能赚到钱，赚不到钱，我拿什么还给你们。所以，你们今后再也不要来闹了。请相信我，我不会赖大家的钱的。你们也不要听信谣言。我们的酒店是不会垮的。快回吧，马上有客人来了。"

陈阳阳见他们不出声，知道赵桂花的鬼话生了效，便赶快以劝带推，把他们赶出了门。

二

债主们这几天还算平静，可厨师们却闹起事来了。

厨师长四十多岁，南通人，苏帮菜做得地道、正宗。厨师长不但菜做得好，人也长得帅。为此，赵桂花开给他的工资也不菲，但今年他和他的团队也已半年没拿到工资了。

赵桂花最近一段时间被债委会安排做服务员的工作，开头两天，她还算安分。可过了几天，老板的派头又慢慢显露了出来。心想，这酒店本来就是我的，我怎么听别人的派遣了？心里很是不服。再说，我就拿服务员的工资，叫我怎么开销。看到债主们慢慢平静下来，她便动起了邪念。一天晚上下班后，她打电话把厨师长叫到她的办公室。厨师长来之前，赵桂花早已打开了空调，室内温暖如春。她自己也打扮化妆了一番。她没穿外套，上身穿紧身浅绿色羊毛衫，下身牛仔裤，把身材勾勒得十分匀称性感。

厨师长进门时，赵桂花已为他泡好了茶。她指指沙发，让他坐下说话。

“赵老板找我有事？”酒店出事后，厨师长还没进过赵桂花的办公室呢。见她妆容靓丽，打扮性感，厨师长有些心猿意马。

“唐师傅，你说句实话，我平时对你怎么样？”厨师长叫唐志云，赵桂花平时习惯叫他唐师傅。

“赵老板对我是没得说的。”唐志云操着南通口音的普通话说。

“那好，我现在落难了，想请你帮我一个忙。”赵桂花挺了挺胸部说。声音糯糯的，甜甜的。

“什么事？赵老板您只管吩咐。”唐志云疑惑地看着满面春色的赵桂花，咽了口口水说。

赵桂花离开座位，来到唐志云身旁，在沙发上紧靠着他坐下。一只手放在他的大腿上，装着不经意的样子，来回轻轻地抚摸了一下，说：“其实呢，在帮我的同时也是在帮你自己。”

唐志云虽然对赵桂花的美色早就垂涎三尺，但她是老板，自己是她手下的员工。所以，平时只有非分之念，有时甚至想入非非，可哪敢有付诸行动的奢望。现在，赵桂花的举动，虽然使他血脉偾张，但他不敢轻举妄动。他的声音有些颤抖，说：“赵老板，您有什么吩咐只管说，只要我能办到。”

唐志云说完，胆子慢慢大了起来，他的一只手颤抖着覆盖在赵桂花的手背上，下意识地轻轻捏了捏。赵桂花不但没有把手抽回，而且头也靠在了他的肩膀上，说：“唐师傅，我们共同来完成一个计划。”

“好的，您说。”唐志云收回那只抚摸她的手，伸过她的后脖，搭在她另一边的肩膀上。

赵桂花说：“你明天就带领你的厨师团队罢工，理由是酒店还欠着你们的工资。如拿不到工资就不复工。在快要过年的节骨眼上，你们一罢工，就会引起债委会及债主们的恐慌。如果有人提出另换厨师，你们可以坚决不让出。我想，他们不会再有人拿钱出来给你们付工资了。”

“那目的是什么呢？难道就是为了我们以前的工资？”唐志云有点丈二和尚摸不着头脑。

赵桂花直了直身子说：“当然不是，我们目的是要你承包厨房。”

“承包厨房？”唐志云眼睛一亮，似乎悟出了什么。

“对。承包厨房。”赵桂花说，“等债委会来解决你们罢工的事时，你们就可以提出厨师团队承包厨房的要求，而且工资要尽量开得高。他们如果不能满足你们的条件，你们就继续罢工。”

“赵老板，我明白了，这承包的工资要把您的一份收入也要算进去，是不是？”唐志云边说边轻轻捏着她的肩膀。

“那当然，不然我不白费心计了？”

“那您的一份应该是多少呢？”

“不少于二十万。”

“这么多？赵老板，这恐怕开不出口吧。”唐志云见赵桂花有求于他，摆起了架子。

“好了，唐志云，你就别跟我打马虎眼儿了。我还不知道你心里那点小九九。放心，我不会让你吃亏的。”赵桂花还没说完，就躺在了他的怀里。

一开始，唐志云没想到赵桂花会跟他玩这一手。这好事来得有点突然，突然得使他不敢相信，甚至有些害怕。现在，当得知她的用意后，他的胆子就完全放开了。他一把抱住了她，两人在沙发上行起了好事。完事后，两人重整衣衫。唐志云在沙发上跷起了二郎腿，赵桂花坐回了她的老板椅，重新开始谈正事。两人商量好了承包的价格后，唐志云问："赵老板，我们什么时候开始行动呢？"

赵桂花："这事我险些忘记了。时间嘛，最好再晚几天。"

"这又是为什么？你刚才不是说明天就开始的吗？"

赵桂花说："刚才我欠考虑。再晚几天，离过年的时间就更近了。如果早了，他们就可能有回旋的余地。"

赵桂花还想说下去，唐志云抢着说："好了赵老板，您别说了，我全明白了。"

一个星期后，唐志云就带领他的厨师团队罢工了。这让债委会措手不及。厨师一罢工，就等于酒店关门。这事刻不容缓，债委会马上和以唐志云为首的厨师谈判。唐志云开出条件后，徐品华他们明白，厨师是想以讨要工资为由，来要挟债委会就范。不依他们的承包要求，就得付清他们以前的工资。依了他们，承包工资高得离谱。这使债委会人员十分恼火。

徐品华把陈阳阳叫到外面，问还欠厨师多少工资。陈阳阳说："其实，厨师的工资不欠多少，具体多少要查了才知道。"陈阳阳说了个大概数字。

徐品华说："好，我知道了。你去把胡秩明和邹伟达叫出来。"

陈阳阳进去后，胡秩明和邹伟华走了出来。徐品华气愤地说："这帮家伙，纯粹是趁火打劫，是讹诈。"

胡秩明说："那怎么办呢？"

徐品华说："我想让他们滚蛋！"

邹伟达说："徐老板，难道你想要我们先垫付这笔工资？"

"对。反正这笔钱的数字不大，我们几个人先凑给他们。给了他们，他们如好好干，就让他们做下去，如不好好干，就让他们滚。"徐品华火冒三丈地说。

胡秩明说："我同意。如果他们是趁火打劫，留下来也不会好好干的。我认识一帮厨师，正好他们空着，前几天还问我酒店要不要厨师呢。"

"这太好了。工资给了他们就让他们滚蛋。"徐品华再一次说让他们滚蛋。

第三天，唐志云就带着他的团队滚蛋了。赵桂花和唐志云怎么也没想到会是这种结果。赵桂花失了身子又折将，气得一连三天没上班。

三

又一场大雪下了一天一夜。这几天，周如梅、钱娟、沈梦梦三人看店的看店，宅家的宅家，闲来无事，串通好了轮番给施玲芬打电话讨债。施玲芬说："我也陷进去了几百万，哪有钱给你们呀，这钱你们去向赵桂花要。"

周如梅说："老大，你这话就不对了，我们的钱虽然是借给赵桂花的，可你作了担保我们才借给她的，现在不向你要向谁要？"

钱娟说："施玲芬，我现在在债委会里，据我所知，所有介绍借钱给赵桂花作担保的人，都是答应还钱的，怎么就你要起了赖皮。"

沈梦梦说："施老板呀，你好歹也是个老板，做生意是要讲信誉讲诚信的，你怎么连这点基本素质也没有？就连大骗子赵桂花都说不赖大家的钱，还信誓旦旦说一定要还给大家呢，你怎么连她也不如呀？"

施玲芬这几天一直处于惶恐不安之中，只要看到是她们三个人的电话，就胆战心惊，接又不好，不接又不好，想干脆关机，可又不敢。快岁末年终了，有业务往来的客户时不时有电话打进来。

施玲芬坐在家里的沙发上看电视、生闷气，看了老半天也不知看了些什么。上午九时许，雪终于下累了，由大到小，由小到停。施玲芬想出去收应收款，可她身心疲惫，浑身乏力。她在沙发上欠了一下身子，给一个应收款单位的老板打了个电话，说她有点不舒服，想让她老公李书南去取款。这笔款子是对方早就答应了的，所以对方的老板爽快地答应了。

李书南根据妻子的吩咐，带着身份证出门去收应收款。他加了件衣服，把电瓶车推出门时，赵桂花叮嘱他说："路上小心。"

李书南说："放心，不会出问题的。"

妻子第一次把这么重大的任务交给他，他有些兴奋。

路上的积雪足有五公分厚。轮胎压在积雪上，发出吱吱嘎嘎的声音。李书南上路后，蛇游一样向前骑去。上了马路，积雪薄了许多，李书南加快了速度。他尽量靠边骑行。在离目的地还有三公里左右时，他突然发现前面有一方被雪覆盖着的、高低不平的路面，他想打偏方向避让，可来不及了。电瓶车的前轮一下冲进了一个窟窿。李书南猛地向前一冲，蹿过头，摔在了地上。真是无巧不成书，不偏不倚，李书南的额头正好撞在一块三角形水泥块的尖角上。李书南的头上撞了一个洞，当时血流如注，人就昏了过去。

后面有一辆小轿车发现了前面的情况，慢慢停了下来。车上下来一位中年男子，一看情况不妙，马上用手机报了警。

警察根据现场情况，知道是他自己出的车祸。一个警察先打120电话，然后在李书南的身上找到了手机和身份证。警察根据李书南手机上的通信录，希望能找到他的家人或亲戚，没想到第一个电话号码前面就写着老婆两字。警察用李书南的手机打通了施玲芬的电话。另一个警察在现场拍照取样。

施玲芬还坐在沙发上看电视，快要迷迷糊糊睡着的时候，被骤然响起的手机铃声吓了一跳。一看是李书南的号码，以为是应收款收得不顺利，没好气地说："啥事？"

"你是李书南的老婆吗？"一个陌生男子的声音。

"我是。你是谁？手机怎么在你的手里？"施玲芬不知发生了什么事，开始紧张起来。

"我是警察，你快去田塍镇中心医院。你老公出车祸了。"

施玲芬大吃一惊，接电话的手也抖了起来。知道大事不好了，事情一定很严重，不然不会惊动警察的。她说话也不连贯了："好，好，我马、马上去。"

施玲芬把汽车倒出车库时，险些撞在旁边的墙角上。她一路上风驰电掣，向田塍镇中心医院驶去，路上她不断告诫自己要注意安全。来到医院，她把汽车歪斜地停在车位上。当她来到抢救室时，李书南已被从头到脚罩上了白布。施玲芬看后，一下瘫倒在地上。护士小姐好不容易才把她扶了起来。她边哭边给女儿打电话。

不到半天时间，施玲芬的老公摔死在马路上的消息就传遍了田塍镇。单说是李书南摔死了，人们也就只知道出车祸摔死了一个人，这消息不过一条新闻而已。如果说到李书南是施玲芬的老公，而且李书南是替施玲芬去要债时摔死的，那人们的议论就不一样了。

田塍镇是古镇、老镇、重镇，文化底蕴深厚。田塍人历来崇文尚武，田塍人还喜欢听故事，听多了就会编故事。李书南因为是施玲芬的老公，施玲芬是老板，是女强人，又涉及金鑫大酒店的债务纠纷。而且很多人都知道她为了赚取别人的利息，把最要好的几个小姊妹也骗了进去，这就有故事可编了。

有的说：这大雪天的，施玲芬有汽车自己不去要债，让老公骑电瓶车去，这不是让她的老公去做她的替死鬼吗?

有熟悉她老公的人说：按理说善有善报，恶有恶报。她老公这么善良老实的人，这报应怎么就应在了他的身上呢？老天爷不公平。

还有人把施玲芬业务上的事也扯了进去，说：做生意要讲诚信，昧良心的钱是不能赚的，听说她卖的预制构件经常偷工减料，有时还用毛竹片当钢筋用，现在报应来了。

这些段子在茶楼酒肆、街头巷尾、微信群中传来传去，有的确有其事，有的无中生有。特别是在金鑫大酒店的债主微信群里，更是传得神乎其神。

周如梅、钱娟、沈梦梦三个人倒是没有幸灾乐祸。她们得到消息后，不免各自一番叹息。嘴上不说，可心里却不免会想，难道这真是报应？三个人互相联系后，都认为施玲芬家出了这么大的事，应该去看看她，便相约一起来到她家。三个人分别向死者烧香磕头，并在账台上每人上了一千元白文。她们去向施玲芬慰问的时候，施玲芬心里五味杂陈。不知她们是来吊唁的呢，还是幸灾乐祸来看好看的。

李书南的丧事办完后，施玲芬的女儿认为这事应该起诉市政公司。是窨井盖损坏了没有及时修理好，才导致这次事故的。施玲芬找到了市政公司，市政公司派工程师前去察看现场，那段路的下水道和窨井还真是市政公司修建的。一看损坏的窨井盖，里面露出的竟然是毛竹片，而不是钢筋，而且混凝土标号明显不达标。工程师拍下照片，回去汇报领导。一查下来，那批窨井盖的供应商竟然是施玲芬。市政公司的领导问施玲芬，说："施老板，这事你看怎么办？"

施玲芬只得自认倒霉，不声不响离开了市政公司。后来，市政公司再也不敢向施玲芬购买预制构件了。而且，负责采购的业务科长也被免了职。

施玲芬在债主的微信群里，看到了许多债主对这次事故的评说。有同情她的，也有人说她是遭报应的。她不好辩白，心里忍着疼痛。也许这就是报应，是命。为求得清静，她退出了债主微信群。

四

快年终了，该收应收款了，债委会专门为此事召开了会议，这次会议还特地邀请了社区的王副书记。会议讨论了这么几个问题：

一是统计应收款的对象和金额。这项工作由胡秩明负责去叫会计刘正平列一份清单，并分别开好发票。

二是由谁去收。这是个大问题。往年收应收款都是由赵桂花先打好电话，然后由陈阳阳挨家挨户去收取的。平时客户用餐后都是由陈阳阳负责让他们签单的，所以陈阳阳和他们都熟。今年要赵桂花先打电话不现实，那么，只能让陈阳阳带了开好的发票去逐个收取。陈阳阳是债委会成员，又熟悉应收款的对象，所以，她去收取最合适。徐品华说："估计今年应收款的收取有一定的难度，可能有人见金鑫大酒店已不是赵桂花在开了，因此会赖账。所以，小陈要有充分的思想准备。"陈阳阳说："我会尽最大努力的。"

三是收了钱放在哪里。陈阳阳说："我们以前不是以债委会的名义办过一张银行卡吗？现在收了还放在那张卡上行吗？"胡秩明说："我看行。"这个问题也算定下了。

四是收了钱怎样安排。这个问题也很简单。一是安排以前欠员工的三分之一的工资，这是债委会给员工们早就承诺的。余下的部分留作酒店的流动资金。快过年了，生意肯定会好起来，所以需要留足流动资金。扣除这些，根本不可能有余钱了，而且流动资金还是个问题，所以，这第一年，债主们就别指望分钱了。

会议结束时，王副书记说："这次应收款的事，小陈任务最重，拜托了。"

徐品华朝陈阳阳说："小陈，我们大家都要感谢你。"

陈阳阳说："没事，这是我应该做的。"

会议后的次日，陈阳阳穿着米黄色羽绒服，围着条大红围巾，骑着电瓶车，冒着凌厉的寒风，走上了收取应收款的道路。第一天还算顺利。陈阳阳漂亮、热情、嘴甜，以前又是熟悉的，客户都买她的账。只有一个小老板说："小陈，酒店都换了主人，你还这么起劲干吗？我看就算了吧。"

陈阳阳说："我是为酒店负责，为广大债主负责。你如不给，这事传出去，对你的声誉不好。"

那客户不好意思再说什么，最终还是给了。

到了第二天，情况就完全不一样了。有一个客户，以前和赵桂花关系很铁，第一天虽然把欠的钱给了陈阳阳，但他把这事打电话告诉了赵桂花，他倒不是为了告密，而是要告诉她，他今年的应付款已经给了。赵桂花听后，心有不甘，给客户一个个打电话说，金鑫大酒店还是她赵桂花的，没有她的同意，钱暂时不能给。她想直接向他们收，可又有点不敢。

陈阳阳白跑了半天，客户们都说，赵桂花打电话关照过了，说酒店还是她在开，所以，这钱没有她的同意不能给。陈阳阳没有把这事回报给债委会，她有自己的打算。她直接去找了赵桂花，叫她不要妨碍她去收应收款。

赵桂花说："小陈啊，这酒店早晚还是我的，你这么积极去替他们收钱干吗呢。"

“这是债委会开会定下的，我也没有办法。”陈阳阳装得一脸无奈地说。她想，这店早晚是你的？你做梦吧。

“小陈，实话对你说，我已经和他们都打过了招呼。你再要去收是收不到的。”赵桂花多此一举地说。

那些客户以前在逢年过节时都得过赵桂花的礼品，所以她的话多少还是能起作用的。

“那我只好向债委会汇报了。”陈阳阳显得一脸无奈地说。

“小陈，要不这样。你呢，也不要去向他们汇报。你只要答应我，应收款收到后给我一半，我包你收款顺利。而且，给我的一半你还不能给别人说。”

原来如此，又在搞鬼了。陈阳阳心里感到好笑，你也想得太天真了。她显得十分为难，说：“那债委会那里我怎么交代？”

赵桂花说：“这我不管，你自己想办法。你如答应，就这么办，如不答应，你连一半也收不到。”

“好吧，我答应你。麻烦你重新给那些客户打个招呼。”

“这就对了嘛。”赵桂花说，“放心，我会打电话给他们的。”

接下来，陈阳阳的讨债之路还算顺利。她马不停蹄，一家接着一家跑。两天之内，就把所有该跑的客户都跑完了。尽管还有三分之一的款没到位，但她不想再去跑了。到了第三天，赵桂花想找她要钱时，她却玩起了失踪。一整天也没见到陈阳阳，晚上的吧台也没人坐。今天债委会的值班人员是朱秀华，她问杜美玲，陈阳阳去哪儿了。杜美玲说她这几天去收应收款了。朱秀华说，人家都下班了，不会收到人家家里去了吧。她给她打电话，关机。朱秀华说怎么关机了？杜美玲说，她从来不关机的。朱秀华担心起来，不会路上出什么事吧，她想到了施玲芬老公的事，心里不寒而栗。她再打，还是关机。两人正担心的时候，杜美玲的手机响了起来，一看是陈阳阳的，便放下心来。杜美玲马上接了电话，陈阳阳说她有点不舒服，今天就不来酒店了。杜美玲说，好吧，那你休息吧，这里有朱会计在。第二天一天也没有见到陈阳阳。杜美玲以为她病了，就打电话给她，可她关机。上午打，下午也打，一连打了好几个，可她的手机一直关着。第六感觉告诉杜美玲，陈阳阳收了应收款后玩失踪了。杜美玲想到自己的三分之一工资还在陈阳阳那里，情急之下便打电话给徐品华，说："徐老板，陈阳阳可能卷款失踪了。"

徐品华听后大吃了一惊，如真是卷款失踪了，那前一段时间吧台上收的钱也可能一起被她卷走了，这可不是一笔小数目啊。他马上打电话给胡秩明，胡秩明说，晚上就召开债委会会议。

赵桂花听说后，捶胸顿足说："这个小妖精，我怎么就相信了她呢，我说当时她怎么答应得如此爽快呢。"她苦笑了一下，心里说，这个骗子，竟骗起师父来了。

赵桂花上次和厨师长谋划的事失败后，现在又一次失算。如此下去，今后的脂粉钱哪里来？穿衣打扮的钱哪里来？养汽车的钱哪里来？她心里十分难受，懊丧之极。

五

债委会连夜开会，商量对策，徐品华把王副书记和杜美玲也请来了。会上，一个个义愤填膺。

钱娟说："这金鑫大酒店就是个骗子窝。"

朱秀华说："大骗子没逃，小骗子倒先逃走了。"

钱丽英说："这婊子养的，抓住了她，我不把她撕烂才怪。"

胡秩明说："好了，我们在这里骂翻天她也听不到，还是想办法吧。"

王副书记说："现在首先要弄清陈阳阳住在哪里，才能找到她人。真的不行就报案。她是拿广大债主的工资的，所以她这是贪污公款。如果她不拿工资，就难办了，她可以说卷走的是赵桂花欠她的钱。"

"王书记说得对，她这是贪污广大债主的钱。由此看来，当时让她为大家管账，我们给她另外发工资还是明智的。"徐品华说，"要说她住在哪里，可能小杜知道，她们俩平时经常在一起。"

杜美玲说：“以前她租住的地方我知道，可半个月前我说要去她家里玩，她说她搬家了，搬到了很远的地方。现在住在哪里我就不知道了。”

徐品华说：“如此看来，她是早有准备的了。我估计让她继续在吧台上收银时，她就有了打算。”

“其实要弄清她住在哪里也不难，她儿子在田塍中心小学读一年级。放晚学的时候她一定会去接儿子的，所以，只要在暗中跟踪她就知道了。”杜美玲本不想出卖她的，但她卷走的钱也有她杜美玲的一份工资款，所以对她也是恨之入骨。

众人听杜美玲说得在理，便采纳了她的意见。商量派谁去合适的时候，钱丽英自告奋勇说：“这事我来负责。”

陈阳阳确实是半个月前搬的家。金鑫大酒店东窗事发，债委会安排她继续在吧台收银时，她就有了打算，想好了退路。她市区的房子已经装修完毕，而且已为儿子办好了转学手续，准备春节后就让儿子去市区读书。但儿子放寒假前，必须搬到一个隐秘的地方临时居住。

邹伟达说：“我们应该把这情况马上发在债主微信群里，发动大家向她讨还这笔钱。”

王副书记说：“当然要发，但现在还不是时候。在没有找到她的居住地前，不能打草惊蛇。”

徐品华叹了口气，说：“有些人为了钱，真是什么都做得出来。金鑫大酒店的事件，真是一次人性大暴露。”说到这里他立即打住了，心想，自己在酒店的发展过程中，虽然也是受害者，但不也扮演了一个并不光彩的角色吗？

王副书记说：“谁说不是，包括我们自己，想做好事竟变成了助纣为虐。想当初我还为赵桂花宣传鼓动、摇旗呐喊，现在想来是多么可笑，多么滑稽，想想也惭愧。”

朱秀华说：“都不要自责了。我们还是想想下一步该怎么办吧。”

胡秩明说：“找到陈阳阳后，我们和她先礼后兵。她如果明智的，就把钱交出来，如不交出来，我们就报警，或者干脆和她来硬的。”

邹伟达说："什么叫来硬的？能否说具体点。"

胡秩明说："我们发动所有债主，二十四小时轮流到她家里去讨要，闹得她日夜不得安宁，直到她把钱交出来为止。"

看来也只有这个办法了，所以大家都表示同意。王副书记说："只是要先麻烦钱丽英，把她的住址摸清楚。"

钱丽英说："应该的，大家都在献计献策，努力工作，我也不能袖手旁观。"

看看商议得差不多了，会议到此结束。

钱丽英第二天就摸清了陈阳阳的住址。她上午去小学的门卫问清了一年级的放学时间。下午，她戴着一副大墨镜，提前十分钟来到校门对面的一个商店门口守候。直到放学时间，陈阳阳才骑着电瓶车姗姗来迟。这时，一年级的学生以班为单位，已在校门口排成几条长龙，等候家长们来领。陈阳阳在一年级（3）班的队伍中领了儿子，快步向她的电瓶车走去，并迅速上车骑走了。钱丽英不敢耽误，骑了电瓶车尾随而去。一直拐了好几个弯，陈阳阳才在一个叫李家弄的小弄堂里的一个门口停下。陈阳阳让儿子下了车，开门让他先进去，然后把电瓶车推了进去。进门后，她又探出头向两旁看了看，没发现有熟人，才关上了门。钱丽英骑车过去，把车停在门的旁边。她记下了门牌号，然后从门缝中向里面看去，发现里面是一个破败的小院子，院子北边是两间坐北朝南的十分陈旧的小平房。她没再多看，骑上车离开了。

李家弄是田塍镇没有改造的最后一段老街。这里的老居民几乎都搬走了。居住在这里的不是老人就是租住在这里的外地民工。陈阳阳租住在这里，想躲到儿子放寒假后立即搬到市区去，哪知道还是被发现了。

钱丽英立即打电话把侦察到的情况告诉了胡秩明，胡秩明在债委会的微信小群里发了此消息，并通知晚上在酒店开会。

晚上的会议没有多余的内容，简单商量后，全体债委会人员直奔李家弄 22 号。可敲门没人应，打电话已关机。不开门，只好继续敲，边敲边喊陈阳阳快开门。过了好一阵，才有一个男人的声音在里面恶狠狠地说："谁呀？"

听声音应该是陈阳阳的老公。

"我们是债委会的。快开门！我们找陈阳阳！"胡秩明也没好气地说。

"什么债委会，我们不知道，这里也没有陈阳阳。你们快走开，不然我要报警了。"

还真要恶人先告状，邹伟达说："好啊，你报呀，你不报我们还想报呢。"

里面一时没有了声音。王轩说："快开门！不开我们可要砸门了！"

"你们想干什么？大呼小叫的。"这时响起了陈阳阳的声音，口气完全没有了平时柔声细语的腔调。

"小陈，你也是债委会成员，怎么可以私吞公款呢？你快把钱交出来，我们一切都好说。"徐品华平时和陈阳阳的关系不错，可到了这一步，也就不客气了。

"徐老板，你这话说得好难听。我怎么私吞公款了？酒店不但欠着我的工资，还欠着我的借款。这是我应得的钱，与其他人没关系。"陈阳阳仿佛理由十足。

胡秩明说："你是债委会委托去收应收款的，是得工资的，这不叫贪污公款叫什么？陈阳阳，这钱你不拿出来，这么多债主是不会放过你的。"

"休想！你们快走吧。"陈阳阳说，"你们这叫私闯民宅，如不走，我就报警了。"

还真是，有不要脸的，没有比这更不要脸的。徐品华说："小陈，我看你还是好好想一想，你还年轻，今后的路还长着呢。凡事不要过了头，否则，对你不利。"

"徐老板，你不要威胁我，我也不是今天来田塍的，也不是被吓大的。我拿的是我应得的钱，是我自己的钱。我不怕！"

钱娟说："好！那你就等着！我们会每天来的。"

徐品华对胡秩明说："你把情况发在债主群里，从明天开始，有愿意的，一天二十四小时都可以来向陈阳阳要钱。”

债主们得到消息后，群情激愤。次日起，从早到晚，债主们成群结帮地来到李家弄22号，敲门、叫骂、敲盆子，闹得陈阳阳一家整日不得安宁。晚上，陈阳阳的儿子不但做不成作业，还经常吓得哇哇直哭。有一次，陈阳阳报了警，警察到场后一问情况，批评她说：“是你错了，那是广大债主的钱，你怎么可以侵吞呢？怎么还有脸报警呢？”

债主们见警察不支持陈阳阳，更加有了底气。胡秩明说：“陈阳阳，如果你不把钱拿出来，就法庭上见。我们不会饶过你的！”

但陈阳阳并没有被吓住，她用以下内容，与债主们嚣张发威：

> 我侵吞公款了吗？我是罪人吗？那就让法院来审判我吧，轮不到你们！
>
> 我没拿你们的钱，这钱是赵桂花的，是她让我去收了和她每人一半的。你们有什么权利来向我要钱！
>
> 你们这些无耻之徒！乌龟王八蛋！孬种！杂种们！我不怕你们！我不会让你们得逞的！
>
> ……

陈阳阳一边和门外的债主们声嘶力竭地对骂，一边在债主微信群里用以上内容滚动播发。

有人说，这女人不会是疯了吧？债主们人多势众，不吃她这一套，轮流着白天晚上到她的租屋门口叫骂示威。弄得陈阳阳接送儿子的时候，只得从后门偷偷地溜进溜出。叫骂、敲门、往院子里扔东西，都无济于事。有人去酒店拿来了泔水，越过围墙向院子里泼，甚至有人从马路上捡来了被汽车压死的死猫死狗往院子里扔，吓得陈阳阳的儿子经常大哭小叫。陈阳阳的丈夫想冲出来和大家拼命，可外面人多势众，所以也只敢在院子里与债主们对骂。

陈阳阳的声音嘶哑了，中气也没有开头几天足了，说话有时自相矛盾，颠三倒四，前言不搭后语。她有时骂着骂着，就哭了起来；有时骂着骂着，又突然大声笑了起来。突然有一天，她开门冲了出来。人们见她披头散发、衣衫不整、面容憔悴、神情恍惚，便怀疑她是否疯了。她嘿嘿嘿地笑着说："你们是谁呀？我怎么不认识你们呀？快到里面坐，我为你们泡茶。嘿嘿，嘿嘿。怎么不见杜老板呀，杜士坤呢？我不喜欢你们，我喜欢的是杜士坤。嘿嘿，嘿嘿。"

陈阳阳真的疯了。债主们见状，担心惹上麻烦，竟一窝蜂地散了。后来，再也没有人敢上她的门了。谁还敢去向一个疯子要钱呢，见了都避之唯恐不及呢。

金鑫大酒店的收银员陈阳阳疯了。这又成了田塍镇的一大新闻。赵桂花听说后，心里一阵惊悸，夜里睡了，噩梦连连，虚汗不断。

六

厨师长唐志云一直没有离开田塍，他还想在田塍找到工作。找了几家，不是嫌工资低，就是嫌人家饭店的档次低。最近几天他听说金鑫大酒店生意清淡，门可罗雀。原因诸多，但菜肴的味道不好是一大原因。唐志云以为机会来了，便去找胡秩明，想重返金鑫大酒店掌勺。胡秩明说："你当时趁酒店之危，想趁火打劫，狮子大开口承包厨房。作为一个厨师长，你人品有问题，职业道德有问题，还有谁敢用你？"

唐志云一脸委屈，说："胡组长，你有所不知，我也是受了别人的指使，才一时脑子发热这样做的。"

"受了别人的指使？谁指使你了？"

"赵桂花，是赵桂花让我这样做的。"

"赵桂花让你这样做的？她为什么要你这样做？"胡秩明感到不可思议，她这不是胳膊肘往外拐吗？我们在为她开店，开了店帮她还债，可她却在撑倒篙，在搞鬼。这算唱的哪一出。

"是的，是她让我这样做的。"唐志云说，"她的目的是想从承包价中提取一半承包金额。"

"你没说假话吧？"胡秩明想，这个赵桂花，还在作妖。

“没有。胡组长，我如说了假话，遭天打五雷轰。”

“好了，我知道了。”胡秩民说，“这事等我们债委会商量后再定。你先走吧。”

“好的，胡组长，我等你消息。”

胡秩明鼻子里嗯了一声，就不再理他了。唐志云走后，胡秩明想，现在的厨师是他介绍来的，怎么好再去赶他们走呢，可继续用他们，厨艺又确实不行。这不但涉及饭店的生意，而且，说不定他胡秩明今后会成为大家的罪人。他想开个债委会会议来商量此事，他用微信通知全体债委会成员晚上在酒店开会，并说晚饭他请客，希望大家能早一点到。

胡秩明通知完后，没经过商量，就把唐志云说的赵桂花指使厨师罢工搞承包的情况，发到了广大债主的微信群里。这一来，就一石激起了千层浪，群里一下就沸腾了起来。

原来是这么回事，这个赵桂花为了钱，还真是什么缺德事都做得出来。在背后，她和唐志云还不知干了哪些丑事呢。不然，唐志云也不会傻到和她站在一条船上，提这么高的承包要求。

债主们又联想到陈阳阳发在群里的话，说是赵桂花让她去收了应收款和她各人一半的。现在看来，不是没有这种可能。这个大骗子，原来一直在背后煽阴风点鬼火，一直在暗中兴风作妖，一直在坑害广大债主。大家在群里越说越激动，越说越愤怒。有的说，饭店早就没有生意了，还开个屁；有的说，先把赵桂花杜士坤送进司法机关再说；有的说，先去把酒店砸烂了再说，那钱我们也不要了；屠户金元郎的妻子丁玉兰是后来进群的，她说，我们马上去找赵桂花，看我不把那贱货撕烂才怪。丁玉兰这一说，就在微信群里吹响了集结号，得到了很多人的支持。于是，就有很多人奔向金鑫大酒店。

不到半小时，酒店的大堂里就聚集了二十几个满面怒容的人。今天，连平时很少出面的卖日杂的方丽琼、美媚美容院的老板王园、金牌司仪李彦玲、环卫工人成彩萍等人都来了。

坐在吧台里的杜美玲一直在看微信群里的消息，所以，早就知道这些人是来找赵桂花算账的。她不作任何表态，也不去告诉赵桂花。她也是受害者，也早已对酒店不抱任何希望了。她静观事态的发展。

在楼上听到声音的赵桂花知道情况不妙，想下楼从边门夺门逃走，可被眼尖的几个债主看见了。几个人一哄而上，把她抓到了大堂里。她尴尬地笑了笑说："你们想干什么呀？"

"赵桂花！你逃什么？"

赵桂花说："我逃什么呀，我不是出去想办点事嘛。"

钱丽英说："赵骗子！你还在说谎！我问你，厨师承包的事是不是你提出来的？"

王园说："你这个大骗子！陈阳阳收了应收款，你和她每人一半是不是你提出来的？"

"要死哉，到现在还在欺骗大家。"李彦玲说。

赵桂花说："你们都瞎说些什么呀，根本就没有这些事。"

成彩萍想到自己治病养老的钱都被她骗光了，还险些把老命都搭上，上去揪住她的衣服要讨说法。赵桂花使劲一把推开她，说："是你自己愿意把钱借给我的。"

成彩萍被推得一下跌坐在地上。早就摩拳擦掌的丁玉兰上去就是一个耳光，打得赵桂花一个趔趄，险些跌倒，说："你这个婊子，还敢打人了。"

"你是谁？你怎么可以乱骂人！"赵桂花摸了一下脸说，她并不知道打她的人是金元郎的老婆。

王园气愤地指着赵桂花说："我看她骂得不错。你不做那种见不得人的事，你的下身要做美体干啥，是你老公嫌弃你了？还是要讨野男人的欢喜？"

丁玉兰早就怀疑自己的男人可能与她有一腿，她怒气冲天地说："你这个不要脸的东西，原来还有这种事！既然你的下身好看，那就让大家都看看。"然后上去一把扯住头发，把赵桂花拉翻在地。

正群情激愤时，丁玉兰一动手，好几个中老年妇女便一起动手。抓手的抓手，抓脚的抓脚，剥衣服的剥衣服。直到把赵桂花的衣服剥得只剩下了胸罩和内裤。赵桂花极力反抗，可哪里是众人的对手。她一手按住胸部，一手紧紧抓住内裤。她既吓又冷，浑身抖得厉害。一个妇女干脆一下把她的胸罩也扯了下来。直到这时，赵桂花才发出了呼救声，她拼命地喊救命。债主们想到一生的积蓄都被她骗了，现在她还在想方设法欺骗大家，所以恨得要剥她的皮抽她的筋，哪里还顾她的喊叫。丁玉兰一手按住她的一条腿，一手使劲想把她的内裤也扯下来。她边拉边说："你那骚货不是长得好看吗？干脆让大家看个够。"

赵桂花突然意识到，在这个世界上，自己完全成了孤家寡人，连最后想依赖的几个人也不但背叛了她，还一个个为了自己的利益，揭露了她的丑恶行径。她知道自己犯下了不可饶恕的罪过，过去，她曾经也有过这种想法，但她的内心深处不承认，不服输，想咸鱼翻身。现在，一切都不可挽回了，所有的希望都破灭了。闪电一样的想法在她脑海中划过：不出一个小时，我的所有丑闻和现在所发生的一切，将传遍田塍的每一个角落，自己再也没有脸面活在这个世上了，也许，谢罪的时候到了，过去的一切都该结束了。她不想让自己身上的最后一块遮羞布被扯下。也不知她突然哪来那么大的力气，就在她的内裤将要被拉下的瞬间，她一个鲤鱼翻身，挣脱了众人的手，然后大叫一声："我的死与任何人无关！"话音刚落，便奋力向身旁一根柱子的棱角上撞去。随着砰的一声，一个鲜活的身躯应声倒下。

坐在吧台内的杜美玲，看到大家闹哄哄地闯进门来，不知道这阵势会是怎样的结局。她出于好奇，手机一直开着录音功能，放在吧台内。在赵桂花的胸罩被扯下的那一刻，杜美玲被这场面吓得浑身发抖了。她很快向杜士坤和徐品华各发了一条微信：快来酒店，要出大事了。发完后继续录音。她虽然恨赵桂花，但她不想看到她受这种侮辱，可群情激愤之下，她一个弱女子，又不敢去阻拦。

徐品华看到微信后，不敢有片刻耽搁，开着宝马车飞奔而来。当他停好车奔进大堂时，为时已晚了，赵桂花已触柱而亡。大堂内站着二十几个人，死一般地沉寂。赵桂花几乎赤裸着身子，躺在冰冷的大理石地面上，头下一汪热血，还在肆意地向四周扩散。徐品华见状，一下子惊呆了。杜美玲浑身抖得厉害，见徐品华来了，她呜呜地哭了起来。徐品华从地上捡起赵桂花的羽绒大衣，覆盖在那具他十分熟悉的光洁如玉的躯体上。

这下出大事了。债主们没想到赵桂花会来这一着，突如其来的变故，使大家一个个吓得谁也不敢出声，一个个木桩一样站在那里。见徐品华来了，有人便开始偷偷往外溜。有人开始一走，便一窝蜂地都溜走了。杜士坤赶到时，大堂内只剩下了徐品华、杜美玲和躺在地上的赵桂花。看着气绝身亡的妻子，杜士坤一下瘫坐在了地上。

徐品华报了警，警察很快来到现场。首先拍照取证，然后开始询问。

杜美玲是现场自始至终的第一见证人，她没有半点隐瞒，把所发生的一切和盘托出，并把手机录音交给了警察。本来想录音后在微信群里发发玩玩的，现在却成了警察办案的最好证据。

赵桂花死前的最后那句话和生前的所作所为，使前来闹事讨债的所有人都免于追责。

回办公室后，徐品华的心情久久不能平静。他半躺在沙发上想心事。赵桂花触柱身亡的情景太可怕了，现在想来还心惊肉跳。他虽然没有亲眼看到她奋力向柱上撞去，但杜美玲颤抖着声音的讲述使他刻骨铭心。一条鲜活的生命，而且和他有过肌肤之亲的生命，瞬间说没就没了。她的美丽，她的梦想，她的虚荣，她的一切，也随着她的生命说没就没了。他感慨万千，心想道，人啊，竟如此地脆弱，如此地不堪一击；岁月沧桑，如梦如烟，无论平凡与辉煌，终将是指间的流沙；红尘滚滚，利来利往，无论繁华与落寞，最后都将如荷叶上的雨珠滑落水中，无声无息，无影无踪。唉！可想归想，说归说，人啊，即使想穿了，又有几人能看破红尘；即使看破了，又有几人能放弃追求欲望。人活在世上，都有梦想，只是要脚踏实地，量力而行。如果被那些虚荣的东西、不切实际的想法所迷惑，终将不但误了别人还害了自己。

徐品华想来首打油诗，可怎么也找不到灵感。

周如梅、钱娟、沈梦梦都去参加了赵桂花的丧事。她们认为，骗她们钱的不是赵桂花，是施玲芬。死者为大，她们对她的死表示惋惜和同情。徐品华、王轩以同学的身份也去参加了丧事。已经一头华发的朱秀华当然也去了。金元郎瞒着妻子也去了，他这一去，田塍人在茶余饭后便又多了新的谈资。

杜士坤在整理赵桂花的遗物时，发现了两本日记簿，一本记录着所有债主的姓名和借款数字。他通过核对，发现实际借款数字比后来登记的数字少了将近一千万，这使他不得其解；另一本是还利息的流水账。从流水账上可以发现，赵桂花每个月都在还利息，有时甚至一个月要还好几笔，每年的利息累计就是一笔惊人的数字。由此可见，后来两年，赵桂花把大多心思和精力放在了借款和还息的事上。她后来借的钱，一部分被她挥霍掉了，而大部分是用来还利息的。借款越来越多，利息越滚越多，造成恶性循环。她一直在为她所谓的上等人生活借款还息、欺三瞒四，最后疲于奔命，直至穷途末路，命赴黄泉。

杜士坤办完赵桂花的丧事，把酒店彻底交给了债委会，他自己重操旧业，仍旧推着板车去卖烧烤。赵桂花的儿子赵方宇自己去找了份工作，从此，和杜士坤相依为命。

几经波折，大家认识到，金鑫大酒店由债委会代表广大债主经管是不现实的，是管不好的。在债主微信群里，征得大家的同意，租给了一个老板。债委会每年收取的租金，按债务比例分给各位债主。

酒店出租的第一年，邹伟达分到了一千多元。他苦笑了一下，朝徐品华说："徐老板，这倒也好，我希望能全部拿到借给赵桂花的钱，这样一来，我至少还能活一千多年。"

2020 年 5 月 15 日初稿

2021 年 5 月 27 日最后定稿

图书在版编目（CIP）数据

金鑫大酒店／周清著．-- 北京：作家出版社，2022.1
ISBN 978-7-5212-1605-9

Ⅰ．①金… Ⅱ．①周… Ⅲ．①长篇小说-中国-当代
Ⅳ．①I247.5

中国版本图书馆 CIP 数据核字（2021）第 231589 号

金鑫大酒店

作　　者： 周　清
责任编辑： 李亚梓
封面设计： 百丰艺术
出版发行： 作家出版社有限公司
社　　址： 北京农展馆南里 10 号　　**邮　　编：** 100125
电话传真： 86-10-65067186（发行中心及邮购部）
86-10-65004079（总编室）
E-mail: zuojia@zuojia.net.cn
http: //www.zuojiachubanshe.com
印　　刷： 河北京平诚乾印刷有限公司
成品尺寸： 152×230
字　　数： 278 千
印　　张： 20.25
版　　次： 2022 年 1 月第 1 版
印　　次： 2022 年 1 月第 1 次印刷
ISBN 978-7-5212-1605-9
定　　价： 46.00 元